The Ultimate Guide to CHINESE

Vocabulary & TOCFL

Band B Level 3

華語文能力測驗

關鍵詞彙：進階篇

吳彰英、周美宏、孫淑儀、陳慶華 ─ 著

張莉萍 ───────────── 編審

國立臺灣師範大學國語教學中心
Mandarin Training Center National Taiwan Normal University

前言

　　本書是以模擬華語文能力測驗（TOCFL）的進階級程度來設計編寫的模擬測驗教材，因此編輯小組在編寫之初即以「國家華語測驗推動工作委員會」之〈華語八千詞〉中的進階級詞彙作為詞彙等級的參考範圍，並將TOCFL「任務領域分類表」和《華語教學基礎詞庫1.0版》（文鶴，2010）的「基礎情境詞表」之情境範疇彙整編寫而成十大主題，每一主題編寫三個單元，共有三十個單元。

　　本書的測驗都以模擬TOCFL的題型方式編寫而成，每一單元的測驗練習分為五大項目：一、對話聽力，二、完成句子，三、選詞填空，四、材料閱讀，五、短文閱讀等。另有關鍵詞語（主題相關詞語、常用詞組）供使用者複習。本書設計以自學測試為主，所以每個單元的測驗均附上解答及聽力文本，並將選項中的關鍵詞彙加以解說或以例句說明。

　　本書之適用對象為：母語非華語之人士，在台灣學習華語的時數達360-960小時，或是在其他國家、地區學習720-1920小時，具備2500-5000個詞彙量的自學者。亦十分適用於欲參加TOCFL進階高階級（Band B）測驗的應試者作為考試準備的練習，也可作為教師課堂教學之補助教材。

　　相信利用本書練習的學習者必定能精進詞彙，提高華語文能力，並順利通過TOCFL考試。

編輯小組謹識於臺師大國語教學中心

2017年11月

Foreword

The goal of the book is to help users prepare for TOCFL (The Test of Chinese as a Foreign Language) Band B Level 3; therefore, the editorial team used the list of Band B, Level 3 from the 8000 Chinese words items, provided by The Steering Committee for the Test Of Proficiency-Huayu (SC-TOP), as reference to write this book. We also used the "Categories of Tasks and Fields from TOCFL" as well as the Basic Scenarios of Vocabulary List from the book , *"Basic Wordlist for Teaching Chinese as a Second Language Version 1.0"* (Crane, 2010) and compile and make into ten main themes. Each theme is composed of three units, 30 units in total.

Each mock test in this book is written according to the test types in TOCFL. All the exercises in the units are presented in five parts: 1. Dialogue listening comprehension, 2. Sentence completion, 3. Blank-filling, 4. Material reading, 5. Short essays. A list of key vocabulary items (thematic expressions, useful expressions) is also provided to help the learners review the vocabulary items. The book is designed for self-study, and hence, answer keys and listening texts are attached at the end of the book. The key vocabulary items in the multiple choices are also provided with detailed explanations and sample sentences as further illustrations.

This book is suitable for: learners of Chinese whose native language is non-Chinese, learners of Chinese whose study hours in Taiwan reach 360-960 hours, or learners of Chinese who are overseas with study hours of 720-1920, and also learners whose vocabulary bank is around 2500-5000 items. It is also ideal for test-takers of Band B Level 3, TOCFL. This book is also a perfect reference material for Chinese teachers to use in their classes.

With this book at hand, the learners of Chinese will definitely master the vocabulary items and enhance their Chinese proficiency, and meanwhile pass TOCFL successfully.

Editorial Team at MTC, NTNU

November, 2017

本書特點與使用方法

1. 為了加強中文關鍵詞彙的理解及運用能力,本書將詞彙練習都編寫成各種題型的練習題。

2. 練習題根據華語文能力測驗(TOCFL)題型來編寫,除了作為自學練習以外,更可同時作為華語文能力測驗的模擬練習來熟悉考試的方式。

3. 練習題除了解答,還把各題的詞彙選項容易用錯、混淆的,以及詞義相近的都加了解說、做了例句,讓學習者更能了解詞義,並正確地使用詞彙。

4. 每單元練習題的第一大題為聽力練習,可同時增進聽力的訓練。

5. 本書適合 Band B Level 3 及相同程度的學習者,作為自我學習成果的測驗。同時教師也可以此作為程度檢測的試題。

華測會8000詞下載連結:

http://www.sc-top.org.tw/chinese/download.php

Overview of Book and Users' Guide

1. To better improve the capability to understand and use the key vocabulary items of Chinese, the exercises in this book are designed in the form of different test types.

2. The exercises are designed based on TOCFL (The Test of Chinese as a Foreign Language). Besides self study and self test, the exercises can be a good way to get familiar with and prepare for TOCFL.

3. The exercises not only provide answer keys but also compare and contrast all other similar vocabulary items that are related but with different usages, or vocabulary items that are easily-mistaken. Sample sentences are provided to help learners fully understand the meanings of the vocabulary items and how and when to correctly use them.

4. The first part of each unit is the listening comprehension exercise. It can also help enhance the learners' listening capability.

5. This book is ideal for learners with the equivalent level of Band B, Level 3, TOCFL. It is suitable for users to assess their own learning results and also useful for teachers who wish to test students' level of proficiency.

A list of TOCFL Band B 8000 Chinese words can be downloaded from the Steering Committee for the Test of Proficiency-Hanyu (SC-TOP) official website:
http://www.sc-top.org.tw/chinese/download.php

目錄 Contents

Ⓤnit 4 休閒娛樂

Ⓤnit 5 飲食

Ⓤnit 6 與他人關係

A. 測驗練習

一、對話聽力

1. **A** 有錢人覺得那是天堂
   B 有錢人才可以去那個小島
   C 那個小島風景美得像天堂
   D 有錢人覺得在小島上生活很便宜

2. **A** 學中文是一種旅遊活動
   B 歐洲人學中文是為了流行
   C 學中文是為了到歐洲買東西
   D 到歐洲旅遊的中國遊客越來越多了

3. **A** 她不相信這位先生說的
   B 這位先生是個愛開玩笑的人
   C 發財的意思跟有錢沒有關係
   D 「美麗」不可以當做人的名字

4. **A** 因為他是小職員
   B 因為他做事不認真
   C 因為他在公司好多年了
   D 因為他是做事隨便的壞人

5. **A** 他去約會了
   B 他什麼話也沒說
   C 他被警察叫去問話了
   D 他的舅媽問了他很多問題

二、完成句子

6. 他的名字是他父親＿＿＿＿＿的。
   A 做　　　　　**B** 選　　　　　**C** 送　　　　　**D** 訂

7. 他弟弟是在台灣＿＿＿＿＿的。
   A 生產　　　　**B** 產生　　　　**C** 發生　　　　**D** 出生

8. 她們是昨天從台北機場＿＿＿＿＿到香港去的。
   A 搬家　　　　**B** 出門　　　　**C** 出發　　　　**D** 出現

9. 沒想到李太太結婚才兩年就跟先生＿＿＿＿了。
   - Ⓐ 分手
   - Ⓑ 離婚
   - Ⓒ 外遇
   - Ⓓ 戀愛

10. 跟銀行申請信用卡，得填寫一份個人＿＿＿＿。
   - Ⓐ 資料
   - Ⓑ 材料
   - Ⓒ 情報
   - Ⓓ 報告

11. 在醫院看病的＿＿＿＿沒得到病人的同意，醫生是不可以公開的。
   - Ⓐ 紀錄
   - Ⓑ 登記
   - Ⓒ 填字
   - Ⓓ 文章

12. 這次參加演講比賽的學生＿＿＿＿比上次多。
   - Ⓐ 人數
   - Ⓑ 人員
   - Ⓒ 人口
   - Ⓓ 人家

13. 工作的機會大家都應該一樣，不應該有男女＿＿＿＿的不同。
   - Ⓐ 雙方
   - Ⓑ 性別
   - Ⓒ 證件
   - Ⓓ 親人

三、選詞填空

(一)

　　我家附近有一個小公園，我在週末時都會跟著爺爺到公園去散步，一大早在那兒的人有 14 是中年人或老年人。

　　公園附近有一家醫院，所以也常看見坐在輪椅上 15 太陽的病人，男女老少都有。小孩多半是由父母推著他們出來；推著年輕人的看起來不是同學、朋友，就是男女朋友；推著老人的，有年紀比較大的， 16 是她先生或是他太太；有的是年輕人，是他的子女嗎？有的看起來像是從外國來的看護工。

　　我看著他們，常常 17 他們之間是什麼樣的關係， 18 他們是住在一起的嗎？能來看他們、照顧他們的，應該都是關心他們的家人或是朋友吧！

14. Ⓐ 多半　　Ⓑ 許多　　Ⓒ 大多　　Ⓓ 多少
15. Ⓐ 照著　　Ⓑ 看著　　Ⓒ 曬著　　Ⓓ 對著
16. Ⓐ 許多　　Ⓑ 也許　　Ⓒ 大半　　Ⓓ 一半
17. Ⓐ 感覺　　Ⓑ 感受　　Ⓒ 覺得　　Ⓓ 想像
18. Ⓐ 經常　　Ⓑ 日常　　Ⓒ 平常　　Ⓓ 常常

（二）　　護照是一個國家發給本國人民可以出入國境，可以到國外旅行、居住的身分證明和國籍證明。護照是一種官方的證明 __19__ ，得到護照的人民，就可以在國外得到國家的外交 __20__ 。

　　簽證是本國人民和外國人要出入或是經過一個國家國境時的許可證明，跟護照同時使用。只有護照而沒有簽證，一般是不能 __21__ 本國國境，或是去別的國家的。

　　護照和簽證是兩件 __22__ 的事情，雖然有些國家不需要簽證，可是需要簽證的國家，只有護照沒有簽證，是沒有辦法進入的， __23__ 沒有護照也是不能辦簽證的。

19. Ⓐ 表格　　　Ⓑ 文件　　　Ⓒ 說明　　　Ⓓ 證物
20. Ⓐ 保險　　　Ⓑ 保護　　　Ⓒ 保守　　　Ⓓ 保養
21. Ⓐ 走去　　　Ⓑ 走進　　　Ⓒ 走開　　　Ⓓ 離開
22. Ⓐ 分不開　　Ⓑ 合不來　　Ⓒ 合得來　　Ⓓ 合起來
23. Ⓐ 雖然　　　Ⓑ 不但　　　Ⓒ 而且　　　Ⓓ 反而

四、材料閱讀

（一）名片

全球**網路**資訊研究中心

設計工程師

林保文

手機：0943587321
E-mail：MTC.online.service@gmail.com
地址：台北市和平東路六段127號12樓（亞東工業城）

24. 下面哪一個資訊是這張名片**沒有**的？
    Ⓐ 公司在什麼地方　　　　　Ⓑ 是什麼樣的公司
    Ⓒ 什麼學校畢業的　　　　　Ⓓ 是做什麼工作的

(二) 表格

姓名	李心宜	出生日期	1987年1月20日
性別	女	血型	O型
婚姻狀況	未婚	國籍	中華民國
身分證字號	A202333444	電子郵件信箱	lee@gmail.com
通訊住址	台北市東義路3號	護照號碼	888800850
學歷	台灣大學商學系畢	經歷	便利商店店長

25. 我應該怎麼稱呼李心宜才對？
    Ⓐ 李小姐　　　Ⓑ 李太太　　　Ⓒ 李媽媽　　　Ⓓ 李老師

26. 我想跟李心宜聯絡，我應該知道她的什麼資訊？
    Ⓐ 姓名性別　　Ⓑ 通訊住址　　Ⓒ 學歷經歷　　Ⓓ 護照號碼

27. 這個表格是李心宜的什麼文件？
    Ⓐ 畢業證書　　Ⓑ 工作證明　　Ⓒ 旅行證明　　Ⓓ 個人資料

五、短文閱讀

　　不久以前，一般人的基本觀念還是人人都要結婚、家家都要生孩子的。近年來，不願意結婚，或是結了婚不要孩子的年輕人卻越來越多了。有份報告說，有一些八○年代後出生的人，甚至開始流行「結婚不是必要的」、「結婚只是許多生活方式中的一種」的想法，而「同居」在一些青少年的觀念中也越來越普遍。

　　現在媒體更是主動邀請一般民眾參加談話性節目，讓大家上節目來談、來討論「感情、婚姻、兩性關係」這類的話題。這樣的情況讓我們知道年輕人不但願意跟別人談個人的感情生活，也願意把他們對婚姻、對兩性之間的看法在公開的場合跟大家談。

　　可是年輕人願意公開跟大家談的話題，卻不見得願意跟父母談，這又是為什麼呢？在傳統保守的觀念中，父母關心自己的孩子，對孩子有太多的期待，希望他們是最好的，總擔心他們表現不夠好，可是又擔心他們受苦、受傷害，這樣的擔心讓父母在不知不覺中表現出著急的樣子，讓他們對孩子不夠有耐心。孩子當然就不願跟父母談了。

　　不管怎麼樣，從許多經驗中知道，一個人再聰明、生活經驗再豐富，一碰到感情的問題，不見得都知道怎麼做、怎麼處理，還是需要多聽、多了解別人的經驗，來幫助自己做選擇、做決定。

28. 從這段短文來看，近年來年輕人對婚姻的看法哪一個是對的？
 Ⓐ 結婚必須生孩子
 Ⓑ 生孩子必須結婚
 Ⓒ 要生孩子不要結婚
 Ⓓ 結婚生孩子都不是必須的

29. 從這段短文來看，年輕人不願意跟父母談，是因為父母怎麼了？
 Ⓐ 太容易受傷害
 Ⓑ 擔心自己不夠好
 Ⓒ 對孩子太有耐心
 Ⓓ 對孩子太關心、太擔心

30. 從這段短文來看，主要談的是什麼？
 Ⓐ 年輕人的感情問題
 Ⓑ 父母子女的感情問題
 Ⓒ 怎麼尊重別人的選擇
 Ⓓ 媒體談話性節目的話題

B. 關鍵詞語

一、主題相關詞語

本單元出處	主題相關詞語
一、對話聽力1.	天堂、付稅
一、對話聽力2.	服務、興趣、流行
一、對話聽力3.	家庭、發財、可笑、玩笑
一、對話聽力4.	隨便、同事、難怪、職員、認真
一、對話聽力5.	約會、對象、陪、犯人、閉上
三、選詞填空(一)	許多、輪椅、曬、太陽、推著、也許、照顧、年紀、想像、平常、看護工
三、選詞填空(二)	護照、簽證、國境、國籍、證明、文件、外交、保護、申請
四、材料閱讀(一)	名片、網路、資訊、研究、設計、工程師、手機、畢業
四、材料閱讀(二)	表格、姓名、性別、血型、通訊、住址、身分證、護照、電子郵件信箱（電郵）
五、短文閱讀	觀念、同居、媒體、婚姻、擔心、傷害

二、常用詞組

本單元出處	常用詞組	例句
一、對話聽力1.	付稅	進口貨的價錢比較貴，是因為要付的稅比較多。
一、對話聽力3.	開玩笑	你開他女朋友的玩笑，讓他很生氣。
三、選詞填空(一)	曬太陽	今天陽光太強了，雖然只在外面曬了十分鐘的太陽，還是曬得臉都紅了。
五、短文閱讀	受傷害	一句話說錯了，不但傷害別人，也會讓自己受傷害。

愛情不必勉強，
婚姻則要負責

A. 測驗練習

一、對話聽力

1.
   Ⓐ 這位先生一下班就跟這位小姐去約會
   Ⓑ 這位小姐不知道有什麼書是更有趣的
   Ⓒ 這位小姐只愛看跟工作或考試有關的書
   Ⓓ 只要是跟工作或考試不相關的書，這位小姐都有興趣

2.
   Ⓐ 她認為到新竹上班實在太累了
   Ⓑ 她家離公司很近，所以交通很方便
   Ⓒ 公司離她家很遠，但搭高鐵去很快也很方便
   Ⓓ 她認為票價不貴，再說公司可以補助交通費用

3.
   Ⓐ 這位先生的牙痛死了
   Ⓑ 這位小姐因為臉痛而睡不著
   Ⓒ 這位小姐每半年就去看一次牙醫
   Ⓓ 這位小姐要是沒問題就不去看牙醫

4.
   Ⓐ 連獸醫也不知道狗為什麼生病了
   Ⓑ 一般來說，貓和狗都活不到十歲
   Ⓒ 這隻狗的病好了，是因為奇蹟發生了
   Ⓓ 除非有奇蹟，否則這隻狗應該活不了太久了

5.
   Ⓐ 她吃膩了外面的菜
   Ⓑ 她吃不慣外面的菜
   Ⓒ 她飯後非做運動不可
   Ⓓ 她其實不願意跟同事一起用餐

二、完成句子

6. 李伯伯的女兒瘦瘦小小的，心目中的_____工作卻是棒球教練。
   Ⓐ 想像　　　　Ⓑ 理想　　　　Ⓒ 夢想　　　　Ⓓ 幻想

7. 他喜歡看電影，他覺得看電影最大的_____就是學會安靜地觀察與欣賞四周的人。
   Ⓐ 反應　　　　Ⓑ 影響　　　　Ⓒ 優點　　　　Ⓓ 收穫

8. 他從小就愛＿＿＿＿各類小說，尤其是跟歷史有關的。
　Ⓐ 讀書　　　　　Ⓑ 閱讀　　　　　Ⓒ 閱覽　　　　　Ⓓ 展覽

9. 他的個性很害羞，也不太會＿＿＿＿自己的感情，所以朋友沒幾個。
　Ⓐ 表達　　　　　Ⓑ 發表　　　　　Ⓒ 表演　　　　　Ⓓ 表示

10. 為了要＿＿＿＿他對父母的感謝，他要在父母結婚紀念日那天親手做大餐。
　Ⓐ 表面　　　　　Ⓑ 表現　　　　　Ⓒ 表演　　　　　Ⓓ 表示

11. 李木蘭在畫畫方面的＿＿＿＿非常優秀。
　Ⓐ 表達　　　　　Ⓑ 表現　　　　　Ⓒ 表演　　　　　Ⓓ 表示

12. 你知道在年底的感恩活動大家都得上台＿＿＿＿拿手的才藝嗎？
　Ⓐ 表達　　　　　Ⓑ 代表　　　　　Ⓒ 表演　　　　　Ⓓ 表示

13. 其實個人生活上真的用得到的東西並不多，但買的往往超過基本＿＿＿＿。
　Ⓐ 請求　　　　　Ⓑ 要求　　　　　Ⓒ 需要　　　　　Ⓓ 需求

三、選詞填空

> （一）　　　其實今天起得並不算早，但是我很 14 能在多雨的冬日早晨，看到暖暖的太陽在河邊升起，我迅速地拿出手機拍下這美麗的太陽。
>
> 　　我的手機除了用來 15 和照相以外，其他的功能我都很少使用。現代人為了工作忙得連吃飯時間都沒有，更別說是寫日記了，16 不少人使用手機照相的功能把日常生活 17 下來，而這也慢慢就變成多數人的習慣了。
>
> 　　有些朋友喜歡把自拍的照片放在臉書上，不過這種自拍的事我可不習慣，雖然是這樣，我還是把照片放在臉書相簿裡，把照片中發生的事用文字 18 下來，這就是我手機上的照片日記。

14. Ⓐ 幸運　　　　Ⓑ 幸福　　　　Ⓒ 幸虧　　　　Ⓓ 幸好
15. Ⓐ 想像　　　　Ⓑ 聯想　　　　Ⓒ 聯合　　　　Ⓓ 聯絡
16. Ⓐ 因此　　　　Ⓑ 因為　　　　Ⓒ 原因　　　　Ⓓ 並且
17. Ⓐ 派　　　　　Ⓑ 拍　　　　　Ⓒ 打　　　　　Ⓓ 搭
18. Ⓐ 記憶　　　　Ⓑ 記錄　　　　Ⓒ 記住　　　　Ⓓ 登記

(二)　有一個南半球有名的環保品牌，他們的設計師來自一個手工創作的家庭，母親是有名的裁縫師，爺爺做家具，這品牌大大小小的 __19__ 都是她親手創作的。她從小就喜歡隨手拿身邊的東西變出新的花樣，總是有人問她這些手工 __20__ 賣不賣？因此家人和朋友都希望她能做出一個新的而且是環保的手作品牌。

　　她認為這樣的環保品牌多少會給周圍的人 __21__ 幸福或改變，但還得看每個人自己的選擇。而為了環保，在買東西以前，她提出幾個 __22__ ：一、想想是不是真的有需要？能不能借得到？或是舊東西能修好嗎？二、考慮價錢，還有能夠使用多久？三、考慮買二手貨，可 __23__ 生活中的廢棄物。四、買在地產品，縮短運送里程。五、任何物品在丟棄以前可以考慮送人或者改造再利用。

19. Ⓐ 設計　　　Ⓑ 佈置　　　Ⓒ 資料　　　Ⓓ 材料
20. Ⓐ 作品　　　Ⓑ 作業　　　Ⓒ 製作　　　Ⓓ 生產
21. Ⓐ 帶給　　　Ⓑ 帶走　　　Ⓒ 帶來　　　Ⓓ 帶去
22. Ⓐ 意見　　　Ⓑ 計畫　　　Ⓒ 打算　　　Ⓓ 建議
23. Ⓐ 減低　　　Ⓑ 減少　　　Ⓒ 減量　　　Ⓓ 減輕

四、材料閱讀

(一) 公車上的文章

你有時間休息或運動嗎？
還是已經習慣了每天忙進忙出？

　　一般人上了公車、捷運以後大都在玩手機，像是網路遊戲、傳簡訊、即時通訊什麼的，不過也有人喜歡聽音樂、看書、看報、看雜誌，也有人習慣閉著眼睛休息或小睡一會兒，甚至也有人只是對著窗外發呆。不管在車上做什麼，反正搭公共交通工具就能享受這種幸福，既便利又安全，走到捷運站還能散步健身，而且使用悠遊卡搭乘捷運後的兩小時內再轉搭公車，車票只要半價。

　　雖然自己開車或是騎摩托車，既省時，也相當便利，但是非專心注意自己車子左右兩邊的車輛不可。當然每個人習慣不同，如果時間足夠，搭大眾交通工具是最划得來的，並且還能享受片刻寧靜。

24. 下面哪一個說法是對的？
    ⓐ 時間不夠時坐捷運最好
    ⓑ 搭捷運時不可以上網聊天
    ⓒ 搭公車時傳簡訊可以半價
    ⓓ 騎車、開車時得更加小心兩邊車輛

25. 下面哪一個說法是這段文章上說的？
    ⓐ 搭捷運比開車、騎車安全
    ⓑ 騎車、開車比坐捷運便利多了
    ⓒ 走路既能運動，又節省交通費
    ⓓ 先搭公車再轉搭捷運可以打對折

(二) 傳單

大心醫院兒童部門非常需要您的幫忙

我要報名當志工！

1. 報名期間：即日起至4月11日止
2. 報名方式：
   (1) 請到下方網頁直接填寫報名表。
   (2) 書面資料通過後，將於報名結束後三日內在網站公佈錄取名單並個別電郵通知錄取者。

3. 申請流程：

填好報名資料→資料審查→名單公佈→基礎訓練（關心傾聽訓練72小時）→實習（72小時）→正式志工

聯絡專線： 02-3456-7890#18 陳小姐
http://www.bishengyiyuanertong.com

26. 下面哪一個**不是**大心醫院兒童部門志工在做的事？
    ⓐ 寫卡片給病童
    ⓑ 帶病童回家過年
    ⓒ 說故事給病童聽
    ⓓ 又唱又跳地表演

27. 有關報名志工的事，下面哪一個是對的？
    ⓐ 直接電話報名
    ⓑ 4月11日開始報名
    ⓒ 收到資料就馬上成為志工
    ⓓ 被錄取的人可以在網站上看到名單

五、短文閱讀

　　林安華剛從專科學校畢業時，寄了三十多封履歷表給大型的廣告公司，但是都沒有消息，只好先到一家小型的廣告公司上班。白天認真工作，晚上進修，一方面也到處打聽理想的公司。後來才知道這些大公司都很重視學歷。

　　但是他不放棄，還是繼續找進大公司的機會。在畢業兩年後，他終於進入大型公司，可是副總經理很看不起他的學歷，還問他留過學嗎？他老老實實回答沒有。隔天開始他每天只睡四小時，一定要讓自己在工作上超過昨天的自己和上司的期待。他天天早出晚歸，好不容易幾年後變成小主管了。

　　不過他還是沒辦法證明學歷不重要，因為幾個有碩、博士學歷的同事，能力沒他好，卻都已經超過他，去負責更重要的工作了。於是在三十歲時，他給了自己一個大禮物──去北美洲遊學。回國後，他決定念碩士。念書時放慢腳步，他才發現原來畢業後辛苦工作的那十年，除了工作，什麼也沒得到。結果碩士畢業後，他不再做廣告設計，而那張漂亮的文憑到現在一次也沒用上。

28. 下面哪一個是這段短文的意思？
    Ⓐ 其實文憑代表能力
    Ⓑ 只有靠文憑才能進大公司
    Ⓒ 為了變成主管，非念博士不可
    Ⓓ 其實最高學歷不見得等於實際能力

29. 依照上面這段短文的內容，下面哪一個是對的？
    Ⓐ 他好不容易才念完博士
    Ⓑ 其實他三十歲以前就念完碩士了
    Ⓒ 由於副總經理看不起他的學經歷，他就立刻出國留學
    Ⓓ 由於上司看不起，因此他決定減少睡覺時間，在工作上超越自己

30. 依照上面這段短文的內容，下面哪一個是對的？
    Ⓐ 他努力得到碩士文憑，但後來都沒用上
    Ⓑ 只要有高學歷的文憑就一定能找到好工作
    Ⓒ 念了很多年書以後，他才發現自己一無所有
    Ⓓ 他三十歲時，給自己一個機會到國外留學，得到博士文憑

B. 關鍵詞語

一、主題相關詞語

本單元出處	主題相關詞語
一、對話聽力1.	高興、無關、有興趣、沒意思、有趣、約會、相關
一、對話聽力2.	快速、方便、便宜、票價、按照、距離、幸好、補助
一、對話聽力3.	臉、牙疼、牙痛、牙醫
一、對話聽力4.	獸醫、奇蹟、出現
一、對話聽力5.	油膩、吃不慣、寧可、注意、飲食、養成、散步、習慣、用餐
四、材料閱讀(一)	休息、運動、忙進忙出、發呆、享受、幸福、便利、健身、搭乘、轉乘、半價、省時、專心、事故、划得來、片刻、寧靜
四、材料閱讀(二)	報名、志工、錄取、審查、訓練、實習、表演
五、短文閱讀	畢業、履歷表、進修、學歷、期待、早出晚歸、主管、禮物、遊學、文憑

二、常用詞組

本單元出處	常用詞組	例句
三、選詞填空(二)	帶來影響	石油和大宗商品價格上漲，對大多數國家的物價都帶來負面的影響。
四、材料閱讀(二)	公佈名單	本屆文學獎將在本週六公佈得獎名單。

品行是一個人的內在，名譽是一個人的外貌

> **A. 測驗練習**

一、對話聽力

1. Ⓐ 她是向銀行借錢才買的房子
   Ⓑ 她是為了父母才買新房子的
   Ⓒ 她的孩子越來越大，所以錢才不夠用
   Ⓓ 她跟她先生的錢加起來才夠一家人日常生活

2. Ⓐ 她的房間只放得下床跟桌子
   Ⓑ 她租的房間交通上沒有郊區的方便
   Ⓒ 她是學生，所以租不起更大的房間
   Ⓓ 為了有大一點的空間，她決定搬到郊區

3. Ⓐ 這位先生一睡著就不會受影響
   Ⓑ 這位先生去看的那間房子在捷運站樓上
   Ⓒ 這位小姐覺得這位先生不應該晚上去看房子
   Ⓓ 這位小姐覺得那間房子晚上恐怕會很吵，這位先生會住不慣

4. Ⓐ 他現在的房子比較省錢
   Ⓑ 他原來房子的租金比較低
   Ⓒ 他本來以為找房子花的時間會比半個月久
   Ⓓ 這位小姐覺得他花了半個月找到的房子不值得

5. Ⓐ 他以前沒有個人用的浴室
   Ⓑ 他住的地方除了他還有八個房客
   Ⓒ 他得跟其他房客一起共用一間浴室
   Ⓓ 他覺得現在住的地方只有浴室不方便

二、完成句子

6. 幾個年輕人合租一間房子是常有的事，像這間房子就分租給三個房客，一個在念大學，_____兩個都在上班。
   Ⓐ 其中　　　　　Ⓑ 其他　　　　　Ⓒ 別的　　　　　Ⓓ 加上

7. 社會上選擇一個人住的老年人越來越多，他們_____照顧自己，不必等別人來照顧他們。

    Ⓐ 能夠　　　　Ⓑ 需要　　　　Ⓒ 答應　　　　Ⓓ 同意

8. 王先生、王太太買不起房子，_____跟父母住在一起。

    Ⓐ 同時　　　　Ⓑ 曾經　　　　Ⓒ 早晚　　　　Ⓓ 目前

9. 因為台灣的天氣比較熱，所以裝暖氣的房子不像裝冷氣的_____多。

    Ⓐ 那麼　　　　Ⓑ 怎麼　　　　Ⓒ 同樣　　　　Ⓓ 一樣

10. 小張_____沒有浴室的房間，為了過得舒服一點，他租了一間帶浴室的套房。

    Ⓐ 買不到　　　Ⓑ 住不下　　　Ⓒ 租不起　　　Ⓓ 住不慣

11. 房東先生，請問房租_____水電費？

    Ⓐ 收不收　　　Ⓑ 加不加　　　Ⓒ 包不包　　　Ⓓ 帶不帶

12. 這個大樓有免費的健身房，住在這裡的人都可以_____使用。

    Ⓐ 自信　　　　Ⓑ 自然　　　　Ⓒ 自動　　　　Ⓓ 自由

13. 房租多少跟房子在哪一個_____有很大的關係。

    Ⓐ 地區　　　　Ⓑ 郊區　　　　Ⓒ 土地　　　　Ⓓ 地址

三、選詞填空

(一)　　　大學附近到處都找得到租屋廣告牆，上面　14　著各種各樣的出租廣告。不過房子的真實　15　怎麼樣，必須去現場看才知道。看房子時，最好兩個人一起去比較安全。在跟房東　16　以前要先問清楚，除了月租，每個月　17　還有哪些費用要付，像水費、電費、網路費等。一般來說，房客還得放一筆錢在房東那裡，差不多是兩個月的租金。等約　18　了以後，房東拿回房子跟鑰匙，才會把那筆錢還給房客。

14. Ⓐ 放　　　　　Ⓑ 掛　　　　　Ⓒ 填　　　　　Ⓓ 貼
15. Ⓐ 表現　　　　Ⓑ 程度　　　　Ⓒ 情況　　　　Ⓓ 態度

16. Ⓐ 簽約　　　Ⓑ 預約　　　Ⓒ 約好　　　Ⓓ 約會
17. Ⓐ 從來　　　Ⓑ 到底　　　Ⓒ 真正　　　Ⓓ 完全
18. Ⓐ 過期　　　Ⓑ 過去　　　Ⓒ 到期　　　Ⓓ 改期

（二）　　一般人要買房子，最常想到的，就是能不能用最少的時間從　19　到市中心去。在　20　交通工具越來越方便的今天，一般人住的選擇也就越來越廣，離市中心可以越來越遠。有一　21　最新的研究報告指出，從自家到市區（或工作地區），現代人願意花的時間大概是45分鐘。拿大台北地區來說，要是你肯花45分鐘上下班，你可以住在像林口、淡水這些地方，不但有很多新的建設，生活環境好得多，房子也　22　便宜。這幾年，這些地方的居住　23　越來越多，交通就是一個重要的原因。

19. Ⓐ 屋子　　　Ⓑ 房間　　　Ⓒ 到處　　　Ⓓ 住處
20. Ⓐ 個個　　　Ⓑ 個人　　　Ⓒ 各式　　　Ⓓ 各位
21. Ⓐ 篇　　　　Ⓑ 科　　　　Ⓒ 張　　　　Ⓓ 段
22. Ⓐ 比　　　　Ⓑ 較　　　　Ⓒ 會　　　　Ⓓ 變
23. Ⓐ 人民　　　Ⓑ 人家　　　Ⓒ 人口　　　Ⓓ 人們

四、材料閱讀

(一) 告示

日租公寓

★ 一樓的房間沒有有線網路。歡迎WI-FI或上網型手機用戶！
★ 二樓到四樓的房間都有有線網路，當天立刻可使用！
★ 二樓房間只供女生入住。
★ 房間內不提供任何個人用品。

入住時間：下午三點至次日十一點。

24. 關於這間日租公寓，下面哪一個是對的？
　　Ⓐ 女生只能住在二樓的房間　　　　Ⓑ 任何個人用品都不必自己準備
　　Ⓒ 住客最慢第二天十一點以前要離開　Ⓓ 一樓到四樓的房間，男生女生都可以住

25. 在這裡可以使用網路嗎？
　　Ⓐ 二樓到四樓都可以用WI-FI　　　Ⓑ 住在一樓的完全沒有網路可用
　　Ⓒ 有上網型手機的才可以住在一樓　Ⓓ 二樓到四樓一住進去馬上就可以用網路

(二) 廣告

26. 關於這個要出租的房間，哪一個是對的？
　　Ⓐ 帶家具　　　　　　　　　　　Ⓑ 只能住一名房客
　　Ⓒ 跟房東住在一起　　　　　　　Ⓓ 一共有兩個房間要出租

27. 下面哪一個設備是這個房間<u>沒有</u>的？
　　Ⓐ 電梯　　　Ⓑ 電腦　　　Ⓒ 窗戶　　　Ⓓ 冷氣

28. 小王想要租這個房間，他應該注意什麼？
　　Ⓐ 他不能看電視　　　　　　　　Ⓑ 他不能找一個室友
　　Ⓒ 他每個月要付租金跟網路費　　Ⓓ 他每個月要付租金跟水電費

五、短文閱讀

　　這張照片裡的小山，被叫做「世界上最美的地方」。山上只有少少的幾戶人家。用手感覺一下，房子的牆面是土做的，抬頭看看，上面是草做的。外面只有一條小河流過。沒有電，沒有電視，也沒有網路。每一戶人家吃的東西，都是山上、土裡長出來的。他們住的房子一間間站在綠色的山裡，吃飯時間一到，每一間房子上就會慢慢地出現白色的煙。「什麼都沒有但又什麼都有」，就是這個地方給人的感覺。

　　再看看住在城市中的我們。住的房子不但要有電梯，空間也要越大越好，還要有各種舒服的設備。有了各種舒服的設備，為什麼有的人還是覺得不夠？為什麼有的人經常改裝房子或買有名的家具，想讓房子更好看，花了錢卻還是不滿意？

29. 這篇文章提到小山上的幾戶人家，主要是想說明什麼？
    Ⓐ 山上有小河，環境比較好
    Ⓑ 那裡什麼都沒有，卻讓人覺得很美
    Ⓒ 那幾戶人家沒有電，所以生活很困難
    Ⓓ 那幾戶人家只能吃山上跟土裡長的東西

30. 關於城市人對居住環境的要求，下面哪一個是對的？
    Ⓐ 只要有電梯就可以了
    Ⓑ 房子大就好了，設備少一點沒關係
    Ⓒ 既要空間大，又要有各種舒服的設備
    Ⓓ 只要能經常改裝房子或買有名的家具，就覺得滿意

B. 關鍵詞語

一、主題相關詞語

本單元出處	主題相關詞語
一、對話聽力1.	房子、擔心、還錢、上班、借錢
一、對話聽力2.	房間、畢業、租、市區、空間、郊區、交通費
一、對話聽力3.	樓下、夜市、生活、方便、住得慣、習慣、受影響、不如
一、對話聽力4.	租金、省、值得
一、對話聽力5.	浴室、共用、房客、打算
三、選詞填空(一)	租屋廣告牆、出租、安全、訂約、月租、費用、房東、鑰匙
三、選詞填空(二)	住處、市中心、各式、交通工具、選擇、自家、建設、居住
四、材料閱讀(一)	有線、網路、上網、用戶、立刻、使用、提供、用品、入住
四、材料閱讀(二)	電梯、大樓、單人房、設備
五、短文閱讀	戶、感覺、抬頭、煙、舒服、經常、改裝、有名、家具、好看、花錢、滿意

二、常用詞組

本單元出處	常用詞組	例句
一、對話聽力3.	住得慣 （V得慣）	那兒的天氣、生活水平不一定是老年人能夠住得慣的。
一、對話聽力3.	住不慣 （V不慣）	去日本的遊客們大都玩得輕鬆愉快，但仍有一些人吃不慣日本菜。
一、對話聽力3.	受……影響	颱風已慢慢遠離，所以學校上課將不受影響。

無論人類的哪個屬類，
都比懶惰的種族好

> A. 測驗練習

一、對話聽力

1. Ⓐ 生活在地球上的生物沒有什麼不同
   Ⓑ 人類在地球環境中發展出不同的生活方式
   Ⓒ 人類為地球上的生物發展出不同的生活方式
   Ⓓ 不同的地理環境是因為不同的生活方式發展出來的

2. Ⓐ 只要是海邊就都可以玩風帆
   Ⓑ 好吃的米粉跟風的乾冷有關
   Ⓒ 只有風城的風才能當天然資源
   Ⓓ 曬米粉、玩風帆都要靠「三分日曬、七分風乾」

3. Ⓐ 賺錢比花錢重要
   Ⓑ 留住水比有水重要
   Ⓒ 水不夠是因為台灣人太會花錢了
   Ⓓ 雨水豐富，只要解決山太高的問題就好了

4. Ⓐ 太陽日曬的作用
   Ⓑ 陸地的位置在哪裡
   Ⓒ 流入湖裡的河的長短
   Ⓓ 流入河裡的湖水的多少

5. Ⓐ 死海是海也是湖
   Ⓑ 死海裡什麼都沒有
   Ⓒ 死海是世界最低的海
   Ⓓ 死海鹹得魚都活不了

二、完成句子

6. 冷氣團來了以後，各地的氣溫會從二十度_____到十二度。
   Ⓐ 減少　　　Ⓑ 增加　　　Ⓒ 降　　　Ⓓ 升

7. 你知道冰天雪地的北極地區_____哪些天然礦產嗎？

   Ⓐ 出產　　　　Ⓑ 生產　　　　Ⓒ 農產　　　　Ⓓ 產品

8. 海裡的魚類減少了，研究人員_____是受到環境及氣候改變的影響。

   Ⓐ 認為　　　　Ⓑ 決定　　　　Ⓒ 感到　　　　Ⓓ 做成

9. 小雨的雨量不大，對儲存用水可能沒什麼貢獻，但在生態或農業上的幫助是不可以_____的。

   Ⓐ 近視　　　　Ⓑ 注意　　　　Ⓒ 看重　　　　Ⓓ 小看

10. _____「極地世界」指的就是南極、北極。

    Ⓐ 包含　　　　Ⓑ 所謂　　　　Ⓒ 無所謂　　　　Ⓓ 說出來

11. 穿戴簡單的潛水_____就可以在海裡浮潛了。

    Ⓐ 設計　　　　Ⓑ 設備　　　　Ⓒ 準備　　　　Ⓓ 預備

12. 地球上的海水受到太陽和月亮的_____，所以有了不一樣的變化。

    Ⓐ 歡迎　　　　Ⓑ 影響　　　　Ⓒ 注意　　　　Ⓓ 幫助

13. 在森林裡很難看到陽光_____樹枝照在地上的光影。

    Ⓐ 穿著　　　　Ⓑ 穿在　　　　Ⓒ 穿過　　　　Ⓓ 穿了

三、選詞填空

(一)

　　如果我搭飛機發生了意外，我希望不要發生在 __14__ ，因為那裡又乾又熱又沒水，我會渴死乾死；我也不希望發生在高山上，因為那裡 __15__ 高， __16__ 低，我可能會冷死。

　　要是坐船發生意外，我到了一個熱帶 __17__ 上，四面都是海。雖然地方不大，但天氣不冷，有淡水，有水果，也許就不會餓死， __18__ 的機會就應該很大。

14. Ⓐ 鄉下　　　Ⓑ 農村　　　Ⓒ 沙漠　　　Ⓓ 陸地
15. Ⓐ 海拔　　　Ⓑ 森林　　　Ⓒ 環境　　　Ⓓ 太陽
16. Ⓐ 高度　　　Ⓑ 熱度　　　Ⓒ 暖度　　　Ⓓ 溫度
17. Ⓐ 平原　　　Ⓑ 高原　　　Ⓒ 大陸　　　Ⓓ 小島
18. Ⓐ 生活　　　Ⓑ 活著　　　Ⓒ 存著　　　Ⓓ 發生

(二)

　　小王離開了都市，帶著家人回到鄉下老家，在　19　海邊的山地整理出一塊地，開始了他們的新生活。

　　他們整理出一小塊地來種菜、種稻，也　20　了雞鴨，有空還去海裡捕魚，這樣，他們日常生活中的　21　就可以靠自己　22　了。

　　這裡只住了小王一家人，　23　沒有交通建設，要到別的地方都非常不方便，不過對他們來說，這真的不是問題。

19. Ⓐ 靠近　　　Ⓑ 靠在　　　Ⓒ 可靠　　　Ⓓ 依靠
20. Ⓐ 生　　　　Ⓑ 產　　　　Ⓒ 養　　　　Ⓓ 種
21. Ⓐ 材料　　　Ⓑ 用品　　　Ⓒ 藥材　　　Ⓓ 食物
22. Ⓐ 解決　　　Ⓑ 理解　　　Ⓒ 了解　　　Ⓓ 解釋
23. Ⓐ 全部　　　Ⓑ 完全　　　Ⓒ 所有　　　Ⓓ 一切

四、材料閱讀

(一) 歌詞

歌詞1：
走在鄉間田邊的小路上，
陪伴我的是老牛，
看著夕陽西下，
滿天雲彩。

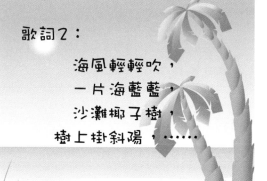

歌詞2：
海風輕輕吹，
一片海藍藍，
沙灘椰子樹，
樹上掛斜陽，……

24. 在這兩段歌詞裡，哪一個景色是它們共有的？
　　Ⓐ 都在農村　　Ⓑ 都在海邊　　Ⓒ 都在都市　　Ⓓ 都有夕陽

(二) 注意事項

注 意 事 項

✪ 請打電話給家長，了解學童是不是已經到家。

✪ 不管是在教室內或在教室外，請注意颱風風雨的情況。

✪ 是不是停班、停課，請隨時注意政府的公告。

25. 下面哪一個情況**不是**這個注意事項要說的？
　　Ⓐ 要注意颱風的情況　　　　Ⓑ 要關心學生的安全
　　Ⓒ 要打電話給學生家長　　　Ⓓ 要打電話給政府了解公告

(三) 標誌牌

1. 熊出沒注意
2. 注意毒蛇毒蜂 小心安全、勿驚擾
3. 禁止野炊 No Campfire

26. 第一張圖的意思是什麼？
　　Ⓐ 沒注意熊出來了　　　　Ⓑ 注意！熊不見了
　　Ⓒ 要注意！熊出來了　　　Ⓓ 要小心，可能會有熊

27. 第三張圖的意思是什麼？
　　Ⓐ 不可以烤熊　　　　　　Ⓑ 不可以煮蛇和蜜蜂
　　Ⓒ 注意！不可以煮和烤東西　Ⓓ 小心！不可以吃毒蛇、毒蜂和熊

五、短文閱讀

> 　　快到墾丁就看到天好藍，海水也好藍。我們的目的地是墾丁國家公園。
>
> 　　「國家公園」是指具有國家代表性的自然環境地區或人文景觀古蹟，由國家成立國家公園管理處來管理保護這些自然資源、人文景觀。
>
> 　　墾丁國家公園在台灣南部的恆春半島，三面都有海，東邊是太平洋，西邊是台灣海峽，南邊連接巴士海峽。在這裡有海洋景觀，也有陸地及島嶼特有的景觀。
>
> 　　墾丁在地理上是熱帶性氣候區，在墾丁國家公園有熱帶樹種一千多種，一到墾丁國家公園，印象最深的就是好多樹，好多大樹。而最特別的是每年冬天都有很多候鳥從北方飛到這個熱帶氣候區來過冬，有一些觀光客是特地到這裡來觀賞候鳥生態景觀的。
>
> 　　除了自然生態景觀以外，在墾丁有條大街，整條街就好像是個非常熱鬧的觀光夜市，有酒吧、餐廳以及各種小吃攤，街上都是穿得很輕鬆的國內外遊客，在這裡看到的是另外一種具有當地生活特色的人文景觀。
>
> 　　如果要到墾丁國家公園來一趟生態旅遊，別忘了這跟只是觀光遊玩不完全一樣，生態旅遊是一種負責任的旅遊，強調人和環境之間相處的關係，除了了解生態的美，還要學習保護生態資源和文化資源。

28. 國家公園管理處的任務是什麼？
    Ⓐ 成立更多的國家公園
    Ⓑ 在國家公園種好多大樹
    Ⓒ 在國家公園養很多候鳥
    Ⓓ 管理保護國家公園的資源

29. 這段短文說到墾丁國家公園的景觀，下面哪一個是對的？
    Ⓐ 有墾丁大街的歷史景觀
    Ⓑ 有天藍海藍的人文景觀
    Ⓒ 有好多大樹的海洋景觀
    Ⓓ 有候鳥過冬的生態景觀

30. 對墾丁國家公園來說，下面哪一個是對的？
    Ⓐ 觀光客不能參加這裡的生態旅遊
    Ⓑ 這裡同時具有植物景觀和動物景觀
    Ⓒ 這裡冬天很冷，候鳥喜歡來這裡過冬
    Ⓓ 這裡四面都是海，海洋景觀是它的特色

B. 關鍵詞語

一、主題相關詞語

本單元出處	主題相關詞語
一、對話聽力1.	生物、動物、植物、環境、自然環境、發展、海洋、沙漠、氣候、溫度、生活、方式、種、養、捕
一、對話聽力2.	米粉、漁港、風箏、風帆、風乾、天然資源
一、對話聽力3.	颱風、雨量、豐富、面積、流、留
一、對話聽力4.	湖、日曬、決定、存在
一、對話聽力5.	海拔、死、鹹、鹽、魚類
三、選詞填空(一)	發生、意外、海拔、熱帶、活著、機會
三、選詞填空(二)	鄉下、靠近、整理、食物、解決、完全、交通
四、材料閱讀(一)	鄉間、田邊、夕陽、沙灘、椰子樹、斜陽
四、材料閱讀(二)	注意、颱風、情況、家長、學童、隨時、政府、公告
四、材料閱讀(三)	熊、出沒（chūmò）、毒蛇、毒蜂
五、短文閱讀	墾丁國家公園、人文景觀、古蹟、資源、半島、海峽、島嶼、陸地、遊客、觀光客、觀賞、熱鬧、輕鬆、相處、負責任、強調、了解

二、常用詞組

本單元出處	常用詞組	例句
二、完成句子12.	受到……影響	學生學習中文時，多少都會受到母語的影響。
五、短文閱讀	負……責任	公車司機要對乘客的安全負責任，開車一定要小心。

生活的目標是使
生活合於自然規律

A. 測驗練習

一、對話聽力

1.
Ⓐ 他只要拍櫻花的照片
Ⓑ 他跟這位小姐開車上陽明山
Ⓒ 他跟這位小姐去陽明山採櫻花
Ⓓ 他想先欣賞海芋再買幾枝回家

2.
Ⓐ 台灣氣候不適合種水果，所以使用農藥
Ⓑ 氣候適合種水果，就不適合生長對水果有害的蟲
Ⓒ 用農藥後很快採收，就不必去果皮隨便洗洗就好
Ⓓ 水果一定要在農藥的安全期內採收，這樣洗了、吃了就沒問題

3.
Ⓐ 咖啡產量多少跟氣溫變高沒關係
Ⓑ 雖然降雨過量，咖啡的產量還是不變
Ⓒ 病蟲害增加的原因，並不是受高溫和雨量多的影響
Ⓓ 在海平面300-500公尺的土地上種咖啡，咖啡產量比較不受影響

4.
Ⓐ 全球暖化只會造成長時間不下雨
Ⓑ 淹水了，是因為只下了一個小時的雨
Ⓒ 全球氣溫越來越高，影響了下雨的情況
Ⓓ 雖然下雨在短時間內造成淹水，但不會影響農作物的產量

5.
Ⓐ 葡萄樹靠企鵝的大便生長
Ⓑ 南極洲整年都結冰，不能種植物
Ⓒ 南極洲的葡萄園跟它生長的環境沒關係
Ⓓ 南極洲的夏天，冰全都沒有了，可以種葡萄樹

二、完成句子

6. 台灣的農業非常_____。
Ⓐ 發財　　　Ⓑ 發揮　　　Ⓒ 發展　　　Ⓓ 發達

7. 台灣的夏天很熱，所以差不多家家戶戶都＿＿＿冷氣。
　Ⓐ 假裝　　　　Ⓑ 安裝　　　　Ⓒ 包裝　　　　Ⓓ 服裝

8. 今天受東北季風的影響，所以天氣＿＿＿冷了。
　Ⓐ 變　　　　　Ⓑ 變成　　　　Ⓒ 變化　　　　Ⓓ 變更

9. 台灣的天然＿＿＿不多，比如煤、鐵、石油等，因為產量太少，都得跟別的國家購買。
　Ⓐ 投資　　　　Ⓑ 資料　　　　Ⓒ 資源　　　　Ⓓ 工資

10. 以台灣的天氣來說，冬天時，南部比北部＿＿＿。
　Ⓐ 緩和　　　　Ⓑ 溫和　　　　Ⓒ 和氣　　　　Ⓓ 暖和

11. 美國北部冬天很冷常下雪，＿＿＿是颳起風來，冷得讓人受不了。
　Ⓐ 尤其　　　　Ⓑ 其中　　　　Ⓒ 其實　　　　Ⓓ 其次

12. 白白的雪很漂亮。不過＿＿＿了以後，路上又髒又滑，很不方便。
　Ⓐ 消化　　　　Ⓑ 融化　　　　Ⓒ 化學　　　　Ⓓ 變化

13. 台灣南部＿＿＿的水果，種類很多，而且又甜又好吃。
　Ⓐ 生產　　　　Ⓑ 產生　　　　Ⓒ 出產　　　　Ⓓ 產品

三、選詞填空

（一）
　　上個月朋友開車帶我到南部的一個漁港──東港鎮，聽到「東港鎮」，大家第一個 14 的就是最有名的「黑鮪魚季」。東港鎮在高屏溪出口的東南方， 15 是小琉球島。東港是個很熱鬧、很 16 的漁港，是愛吃海鮮的人必到的地方。

　　每天從 17 三點多起，漁港附近就會看到漁船在拍賣各類魚蝦海鮮，這就是辛苦的漁民一天的開始。為了做出各式各樣既便宜又好吃的海鮮大餐，漁港餐廳的廚師每天總是一大早就忙著去 18 最新鮮的海產。當然我們這一趟漁港之旅，大家都吃得又飽又開心。

14.   Ⓐ 回想   Ⓑ 想到   Ⓒ 思想   Ⓓ 想像

15.   Ⓐ 面前   Ⓑ 當面   Ⓒ 表面   Ⓓ 對面

16.   Ⓐ 忙碌   Ⓑ 幫忙   Ⓒ 急忙   Ⓓ 連忙

17.   Ⓐ 黃昏   Ⓑ 夜晚   Ⓒ 半夜   Ⓓ 午後

18.   Ⓐ 挑戰   Ⓑ 挑選   Ⓒ 選擇   Ⓓ 選舉

(二)

　　台灣夏天 __19__ 西南風，因為 __20__ 西南低壓氣流的影響，常有颱風經過，而台灣中部以南又是熱帶季風氣候，所以天氣總是又濕又熱。 __21__ 夏日午後常有雷陣雨，差不多下兩個鐘頭，__22__ 因此下降了，也讓人覺得涼快 __23__ 。

19.   Ⓐ 吹   Ⓑ 颳   Ⓒ 呼   Ⓓ 吸

20.   Ⓐ 得到   Ⓑ 碰到   Ⓒ 受到   Ⓓ 遇到

21.   Ⓐ 幸福   Ⓑ 不幸   Ⓒ 幸運   Ⓓ 幸好

22.   Ⓐ 天氣   Ⓑ 氣溫   Ⓒ 空氣   Ⓓ 體溫

23.   Ⓐ 舒適   Ⓑ 適當   Ⓒ 適應   Ⓓ 合適

四、材料閱讀

(一) 雜誌文章選讀 ✂

影響**種茶**的因素

1. 氣溫是影響茶樹生長的主要原因之一。茶樹在20~25℃之間的溫度最適合生長。溫度較低的高山茶區，產量較少，但是品質較好，而溫度較高的茶區，剛好相反。

2. 雨量也是影響茶樹長得好不好的主要原因之一。長期缺水或是年雨量少於1500mm的地區，大都不適合種茶樹。年降雨量1800~3000 mm，而且雨量分布均勻的地區較適合。

3. 濕度在75~80%時，不但對茶樹生長有好處，且能提高茶葉品質。

4. 強風和下霜都不利茶樹生長，尤其是大葉的品種，影響更大。

24. 關於氣溫與雨量對種茶樹的影響，下面哪一個是對的？
    Ⓐ 茶樹在25℃以上的溫度最適合生長
    Ⓑ 缺水或是年雨量少的地區，對茶樹種植的影響不大
    Ⓒ 高山茶區因為溫度較低，所以產量少，品質也不好
    Ⓓ 雨量分布均勻，而且雨量在1800到3000mm之間的地區，很適合種茶樹

25. 種茶樹和濕度、風、霜的關係，哪一個不對？
    Ⓐ 下霜對茶樹生長很不利
    Ⓑ 茶樹大葉的品種，不怕強風
    Ⓒ 濕度90%以上，對茶樹生長沒什麼好處
    Ⓓ 要求茶葉品質好，濕度必須在75~80%之間

(二) 研究報告

天氣改變 對 台灣 的影響

下面是一些天氣改變的研究，可以讓我們了解台灣天氣改變的一些現象。

1. 台灣過去的平均氣溫和海水升高的速度，已經超過了全球變化的速度，從這裡可以知道，天氣改變對台灣的影響。

2. 全台灣平均下雨時雨量的強度有增加的情形。

3. 台灣年平均的雨量增加不明顯，但是台灣北部每年增加的情況比南部明顯。

4. 跟著颱風而來的大雨，是颱風來時造成災害的主要原因，過去十年來，颱風一來就下超級大雨的次數，比過去三十年增加一倍以上。

26. 關於台灣天氣的改變，下面哪一個是對的？
    Ⓐ 台灣年平均雨量增加的情況非常明顯
    Ⓑ 台灣年平均雨量，南部比北部增加得快
    Ⓒ 颱風來時就下超級大雨的情況，比以前嚴重多了
    Ⓓ 台灣過去的平均氣溫，還沒超過全球變化的速度

27. 關於台灣的下雨量，下面哪一個符合研究報告？
    Ⓐ 颱風來的時候，不會有下超級大雨的情形
    Ⓑ 跟著颱風一起來的大量雨水，往往造成極大的災害
    Ⓒ 關於平均下雨時雨量的強度，全台灣並沒有增加的情形
    Ⓓ 台灣有大量雨水的颱風發生的次數，過去是現在的一倍以上

五、短文閱讀

因為農業技術進步得很快，現代人吃的食物種類就多了。除了主食稻米、大麥、小麥以外，每個季節還有各種蔬菜和水果。假日時全家人可以一起到觀光農場、果園去摘水梨、採草莓，體驗農家生活的樂趣。

由於食物越來越多，在大多數國家，飢餓似乎不再是大問題，人類的生命也延長了，可是健康卻出現了問題，因為現在受到速食文化和常常外食的影響，吃了過多的油、口味太鹹，三餐的飲食反而影響了現代人的健康。

想愛自己、愛家人、愛地球，就先從注意自己的健康飲食做起吧！

28. 根據短文內容，下面哪一個是<u>不對</u>的？
   Ⓐ 人類的主食不只有稻米一種
   Ⓑ 速食和外食影響現代人的健康
   Ⓒ 農業技術越來越好，食物不缺乏了
   Ⓓ 農業技術雖然進步，但是食物種類變少了

29. 關於健康，下面哪一個說法是對的？
   Ⓐ 食物種類過多，所以影響健康
   Ⓑ 只要農業技術進步，出產多，人就健康
   Ⓒ 因為外食、速食太油膩，吃多了會影響健康
   Ⓓ 只有外食，還有假日去觀光果園，家人才健康

30. 根據短文內容，下面哪一個說法是對的？
   Ⓐ 常跟家人出去外食，生活才有樂趣
   Ⓑ 食物越來越多，人類的生命卻變短了
   Ⓒ 每天一定要吃三頓外食，身體才會健康
   Ⓓ 每個人都要注意自己和家人的飲食健康

B. 關鍵詞語

一、主題相關詞語

本單元出處	主題相關詞語
一、對話聽力1.	聽說、種、採、約、花季、飄、趕快、拍、枝、欣賞
一、對話聽力2.	幸福、各式各樣、水果、氣候、適合、農藥、生長、安全、採收、沖洗
一、對話聽力3.	出產、緊張、變化、高溫、雨量、影響、產量、病蟲害、增加、減少、解決、建議、移、海平面、減輕
一、對話聽力4.	全球、溫暖、比如、淹水、難怪、颱風、農作物
一、對話聽力5.	南極、大部分、結冰、陽光、左右、長大、共同、生存
三、選詞填空(一)	熱鬧、忙碌、漁港、海鮮、拍賣、辛苦、便宜、挑選、新鮮、海產
三、選詞填空(二)	低壓、經過、熱帶、季風、幸好、雷陣雨、下降、涼快、舒適
四、材料閱讀(一)	溫度、適合、高山、品質、相反、長期、缺水、降雨分布、均勻、濕度、好處、提高、強風、下霜、不利、品種
四、材料閱讀(二)	改變、研究、了解、現象、平均、升高、速度、超過、知道、強度、情形、明顯、情況、災害、超級、倍
五、短文閱讀	技術、進步、主食、體驗、樂趣、飢餓、生命、延長、健康、速食、外食、油、鹹、反而、注意

二、常用詞組

本單元出處	常用詞組	例句
三、選詞填空(一)	既…… 又……	台灣的6至8月，完全受到南方熱帶地區天氣系統的影響，天氣是既溼又熱。
四、材料閱讀(一)	提高品質	今後國家發展要走國際化、自由化，若想在國際上獲得勝利，勞工和企業應共同合作，並提高生產品質。
四、材料閱讀(一)	不利生長	在缺水的農地裡，既不適合種子發芽，也不利於幼苗的生長。
四、材料閱讀(二)	造成災害	一座高爾夫球場完工了，業者是賺錢了，但它對環境生態所造成的災害卻也很大。
五、短文閱讀	技術進步	科學知識的累積，使技術不斷進步，一方面使勞動生產力提高，一方面也創造了新產品。
五、短文閱讀	體驗樂趣	學校不定期舉辦趣味科學競賽，讓學生體驗科學學習的樂趣。

房屋與家庭、環境

2-3 自然變遷、環保

A. 測驗練習

一、對話聽力

1.
Ⓐ 種有機菜的方法很困難，也很辛苦
Ⓑ 陳老師重視環保，所以自己種有機菜
Ⓒ 陳老師常去逛有機商店，不常逛一般菜市場
Ⓓ 因為有機商店的產品比較便宜，所以陳老師常常去

2.
Ⓐ 太陽能車不好看，也不好開
Ⓑ 沒太陽的時候，太陽能車就開不了
Ⓒ 太陽能設備比較貴，所以還沒發展起來
Ⓓ 太陽能車因為很環保，所以越來越流行了

3.
Ⓐ 過去兩千年地球都沒現在這麼熱
Ⓑ 今年台灣夏天天氣不到三十八、九度
Ⓒ 只有台灣有夏天天氣越來越熱的問題
Ⓓ 天氣改變跟用電、坐車等日常活動沒有關係

4.
Ⓐ 坐公車比騎公共腳踏車便宜
Ⓑ 因為要收費，這位小姐就不想騎了
Ⓒ 不管什麼時候騎公共腳踏車都要排隊
Ⓓ 公共腳踏車很環保，這位小姐願意排隊

5.
Ⓐ 第一位先生覺得用塑膠杯很麻煩
Ⓑ 第二位先生從來不買外面的飲料
Ⓒ 第一位先生天天買外面的飲料，才要帶杯子
Ⓓ 第二位先生為了可以便宜一點，以後也想自己準備杯子

二、完成句子

6. 洗手間要通風，_____會有異味。
Ⓐ 了不起　　　Ⓑ 恨不得　　　Ⓒ 要不然　　　Ⓓ 要不是

7. 出門以前，一定要看看水、電_____了沒有。
   Ⓐ 掛好　　　　　Ⓑ 關好　　　　　Ⓒ 放好　　　　　Ⓓ 停好

8. 除濕機的水_____太可惜了，可以留著洗地。
   Ⓐ 倒掉　　　　　Ⓑ 扔掉　　　　　Ⓒ 擦掉　　　　　Ⓓ 摘掉

9. 為了解決孩子上學的問題，李先生對新房子的_____就是要在學校附近。
   Ⓐ 意見　　　　　Ⓑ 選擇　　　　　Ⓒ 要求　　　　　Ⓓ 需要

10. 忙了一天回到家，誰不希望能有一個讓自己覺得_____的家？
    Ⓐ 熱鬧　　　　　Ⓑ 簡單　　　　　Ⓒ 暖和　　　　　Ⓓ 溫暖

11. 報紙、袋子、瓶子都是不一樣的資源，必須_____回收。
    Ⓐ 放開　　　　　Ⓑ 拿開　　　　　Ⓒ 分開　　　　　Ⓓ 打開

12. 王太太很會利用東西，她把_____的舊衣服拿來改一改，做成袋子。
    Ⓐ 洗不掉　　　　Ⓑ 穿不下　　　　Ⓒ 買不到　　　　Ⓓ 買不起

13. 聽說有一種燈用得久又環保，所以我想把全家的燈都_____。
    Ⓐ 收一收　　　　Ⓑ 弄一弄　　　　Ⓒ 變一變　　　　Ⓓ 換一換

三、選詞填空

（一）　　暑假中，我參加了學校環保社在海邊__14__的活動，我覺得非常有意義。那就是去收遊客__15__在沙灘上的空瓶子。我們一到了那裡，就看到原來__16__的風景都不見了，沙灘變得又髒又亂。於是，我們馬上開始工作！__17__一天的努力，大部分的空瓶子都被我們帶走了。我覺得__18__的辛苦都是值得的，下次我還要再來！

14. Ⓐ 發生　　　　Ⓑ 決定　　　　Ⓒ 設計　　　　Ⓓ 舉行
15. Ⓐ 躺　　　　　Ⓑ 扔　　　　　Ⓒ 投　　　　　Ⓓ 剩
16. Ⓐ 欣賞　　　　Ⓑ 享受　　　　Ⓒ 美味　　　　Ⓓ 美麗
17. Ⓐ 通過　　　　Ⓑ 經過　　　　Ⓒ 過來　　　　Ⓓ 過去
18. Ⓐ 一片　　　　Ⓑ 一樣　　　　Ⓒ 一切　　　　Ⓓ 一下

（二）　　　台北市一家百貨公司的美食街，最近開始提供環保 __19__ ，不用免洗碗筷。這是因為他們覺得，除了做生意以外，也應該給客人一個 __20__ 的用餐環境。美食街的餐廳認為，不用免洗碗筷的話，就不能做外帶服務， __21__ 會影響生意。但這家百貨公司還是 __22__ 美食街的幾十家餐廳這樣做，一起為環保努力。記者訪問了美食街的客人，大部分的客人對不用免洗碗筷這件事的 __23__ 是：如果要外帶的話，自己帶環保筷或便當盒不難，習慣就好了，而且像這樣的美食街一定可以讓客人覺得放心，下次還會再來。

19. Ⓐ 文具　　Ⓑ 工具　　Ⓒ 家具　　Ⓓ 餐具
20. Ⓐ 安心　　Ⓑ 小心　　Ⓒ 擔心　　Ⓓ 專心
21. Ⓐ 多麼　　Ⓑ 多少　　Ⓒ 不少　　Ⓓ 最少
22. Ⓐ 要求　　Ⓑ 需要　　Ⓒ 同意　　Ⓓ 求
23. Ⓐ 主意　　Ⓑ 心情　　Ⓒ 看法　　Ⓓ 意思

四、材料閱讀

（一）廣告

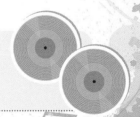

小張 二手 CD 中心

一張CD可以聽數十年，
傳給子孫還不一定聽得壞，而且每張又那麼貴，
聽膩了別急著丟！那樣不太環保喔！

服務：

・二手CD
　（國語、台語、西洋音樂）買賣
・二手VCD / DVD
　（日韓劇、國片、洋片）買賣

地址：台北市和平東路三段55號2F
電話：02-24256456
開店時間：每日13:30 ～ 21:30
　　　　　每月1日、21日公休

加入會員後就可開始買賣或交換CD、DVD

24. 有關這家店，下面哪一個對？
　　Ⓐ 只賣CD　　　Ⓑ 週末不開店　　Ⓒ 每月公休一天　Ⓓ 想買賣CD要先變成會員

25. 關於買賣二手CD，下面哪一個是對的？
　　Ⓐ 把聽膩的CD賣給二手店，不如丟掉
　　Ⓑ 把CD傳給子孫以後就會聽壞，不如賣掉
　　Ⓒ 聽完了CD不要急著丟，賣給下一個人比較環保
　　Ⓓ 因為一張CD很貴，所以一定要聽幾十年才能賣掉

(二) 線上廣告

環保節能綠住宅

　　你覺得夏天一到，電費不斷增加，讓錢包大失血？裝了環保節能冷氣，卻省不了多少錢？夏天在室內卻比室外更像在烤箱做SPA？超過三十度才敢開冷氣？節能生活就是辛苦的生活？要花很多錢才能變成節能住宅？老師要告訴你，這些都是錯誤的想法，而且不管是新房子或舊房子，都能變成環保綠住宅！

課程說明
這堂課教你怎麼做好室外生態環境，找到室內最佳空氣對流的通道，讓你在家自然涼，電費不貴沒煩惱！只要建材和設備選對了，冬暖夏涼住得好！

課程內容
室外生態環境設計、室內自然通風採光設計、隔熱遮陽設計

上課師資：吳青逸　室內設計師／安居室內設計裝修工程有限公司
課程代號：00502_3463301

～歡迎線上報名～

26. 這是什麼廣告？
  Ⓐ 房地產買賣　　　　　　　Ⓑ 省電節能冷氣
  Ⓒ 綠住宅設計課　　　　　　Ⓓ 環保建材設備

27. 根據這個廣告，下面哪一個是對的？
  Ⓐ 舊房子就不能變成環保綠住宅
  Ⓑ 要花很多錢才能變成節能住宅
  Ⓒ 建材和設備的選擇，跟冬暖夏涼沒有關係
  Ⓓ 找到最佳空氣對流的通道，就能在家自然涼

28. 下面哪一個<u>不算</u>在課程內容中？
  Ⓐ 室內通風設計　　　　　　Ⓑ 室內除濕設計
  Ⓒ 室內採光設計　　　　　　Ⓓ 室外生態環境設計

五、短文閱讀

　　這個城市到處都有美麗的花園，大樓的牆上爬滿綠色植物，常常一經過街角就看得到各種花花草草─給人的感覺真的很綠！如果你抬頭看看，就會發現大部分公寓的陽台上，也種滿各種綠色植物。居住在這個城市中的市民，好像每個人都是「綠手指」。

　　原來是市長為了綠化整個城市，會發許可證給市民，拿到許可證的市民會利用家中的空間，像陽台、公寓外牆或空中花園，種植一些蔬菜水果、花草樹木。不過他們不是什麼都可以種，也不能隨便亂種，尤其是不能用農藥，必須使用天然的方式。這樣做，是希望市民都能注意人跟環境的關係，用永續和健康的方式來愛護這個美麗的城市。

29. 這個城市看起來怎麼樣？下面哪一個<u>不對</u>？
  Ⓐ 到處都有很多美麗的花園
  Ⓑ 大樓的牆上弄得非常乾淨
  Ⓒ 街角看得到各種花花草草
  Ⓓ 大部分公寓的陽台上種滿綠色植物

30. 關於這個城市的綠化方式，下面哪一個是對的？
  Ⓐ 市長自己教大家種綠色植物
  Ⓑ 有空中花園的市民才可以申請許可證
  Ⓒ 有許可證的市民，可以用農藥來種東西
  Ⓓ 市民雖然拿到許可證，但不能隨便亂種

B. 關鍵詞語

一、主題相關詞語

本單元出處	主題相關詞語
一、對話聽力1.	有機、健康、便宜、安全、種、困難、辛苦、環境、重視、環保
一、對話聽力2.	太陽能、帥、天氣、其實、流行、設備、發電、發展
一、對話聽力3.	科學家、到底、原因、日常、改變、全球性、變化、責任
一、對話聽力4.	公共、使用、沒關係、一般人、便宜、相當、排隊、騎
一、對話聽力5.	美式、飲料、麻煩、隨身、塑膠、自備、準備
三、選詞填空(一)	暑假、海邊、意義、遊客、扔、沙灘、忽然、難過、值得
三、選詞填空(二)	提供、餐具、用餐、外帶、要求、看法、習慣、安心
四、材料閱讀(一)	二手、傳、子孫、膩、公休、國語、台語、西洋、買賣、日劇、韓劇、國片、洋片、交換
四、材料閱讀(二)	節能、住宅、失血、錯誤、生態、對流、煩惱、建材、通風、採光、隔熱、遮陽
五、短文閱讀	植物、街角、抬頭、公寓、陽台、綠化、許可證、農藥、天然、注意、永續、愛護

二、常用詞組

本單元出處	常用詞組	例句
一、對話聽力2.	受到……影響	如果在學習期間，心情一再受到外在環境影響，可能就學不好了。
一、對話聽力3.	動不動（就）	花點錢買有品質的東西，這樣東西才用得久，以後也不會動不動就要修要換，浪費時間和金錢。
一、對話聽力4.	付得起（V得起）	要是你父母沒幫助你，你租得起這麼好的房子、買得起這麼貴的鞋子？

只要不把兒童關在不透氣、不見陽光的環境中，那麼，就算是貧乏的大自然，也能使兒童的心靈得到歡樂。

> **A. 測驗練習**

一、對話聽力

1. Ⓐ 除了洗碗，她沒什麼事要做
   Ⓑ 她累得要命，不知道自己要做什麼
   Ⓒ 她覺得時間不夠，因為得幫孩子寫功課
   Ⓓ 她要洗碗也要檢查孩子的功課，所以希望自己有兩雙手

2. Ⓐ 男女主角是誰
   Ⓑ 男女主角哭了沒有
   Ⓒ 最後的結局怎麼樣
   Ⓓ 最後一集是什麼時候

3. Ⓐ 新管理員應該要天天打掃才對
   Ⓑ 他們的大樓現在比以前乾淨多了
   Ⓒ 她不知道新管理員是哪一天來的
   Ⓓ 住在這棟大樓裡的人都不愛乾淨

4. Ⓐ 這位先生很擔心爺爺奶奶
   Ⓑ 打麻將太花時間，沒有人要打了
   Ⓒ 爺爺奶奶不喜歡打麻將，所以只打兩個小時
   Ⓓ 這位小姐覺得先生應該讓爺爺奶奶少打一點麻將

5. Ⓐ 房子的地點
   Ⓑ 房子的新舊
   Ⓒ 內部空間的大小
   Ⓓ 生活品質的好壞

二、完成句子

6. 我對這間房子很_____，因為每個房間都有大窗戶，住起來很舒服。
   Ⓐ 感謝　　　　Ⓑ 同意　　　　Ⓒ 滿意　　　　Ⓓ 放心

7. 妹妹喜歡用各種可愛的小東西來_____房間。
   Ⓐ 安排　　　　Ⓑ 整理　　　　Ⓒ 打扮　　　　Ⓓ 佈置

8. 家居網站不但_____產品的價錢、大小等資料，還教你怎麼把家居空間弄得整齊、漂亮。

   Ⓐ 提供　　　　　Ⓑ 提高　　　　　Ⓒ 通知　　　　　Ⓓ 出現

9. 爸爸想把客廳沙發_____真皮的，因為真皮沙發用得越久越好看。

   Ⓐ 變化　　　　　Ⓑ 變成　　　　　Ⓒ 換成　　　　　Ⓓ 換下來

10. 這對夫妻希望住家附近有綠地，好讓他們養的大型犬有足夠的_____空間。

    Ⓐ 生動　　　　　Ⓑ 移動　　　　　Ⓒ 心動　　　　　Ⓓ 活動

11. 王太太每天不管再忙，都要花一點時間來_____小孩，跟他們說說話。

    Ⓐ 替　　　　　　Ⓑ 陪　　　　　　Ⓒ 求　　　　　　Ⓓ 管

12. 還有幾天就要過年了，大家都忙著整理家居環境，_____過節。

    Ⓐ 幫助　　　　　Ⓑ 進行　　　　　Ⓒ 預備　　　　　Ⓓ 預習

13. 在朋友的_____下，他把租來的房子改成一間民宿，並種了一些花。

    Ⓐ 招待　　　　　Ⓑ 服務　　　　　Ⓒ 幫助　　　　　Ⓓ 照顧

三、選詞填空

> **(一)**　　市場上剛出現了一種最新型的 __14__ 電腦，爸爸馬上就上網訂了一台。他換平板電腦就跟換衣服一樣快。他平常最大的興趣就是玩臉書，也 __15__ 在臉書上和他的老同學們聯絡。爸爸覺得，這樣一來，大家好像比以前更 __16__ 了。__17__ 的時候，他還喜歡上網看影集和電視劇。__18__ 是歐美的、日韓的，他都不會錯過。

14. Ⓐ 平板　　　　Ⓑ 板子　　　　Ⓒ 平地　　　　Ⓓ 平原
15. Ⓐ 快要　　　　Ⓑ 不常　　　　Ⓒ 永遠　　　　Ⓓ 經常
16. Ⓐ 熱　　　　　Ⓑ 熟　　　　　Ⓒ 深　　　　　Ⓓ 濃
17. Ⓐ 沒用　　　　Ⓑ 沒事　　　　Ⓒ 沒什麼　　　Ⓓ 沒意思
18. Ⓐ 不算　　　　Ⓑ 不管　　　　Ⓒ 不但　　　　Ⓓ 不只

(二)　　以前只要一聽到家庭機器人，大家都以為是會做家事的機器人，例如掃地、 19 桌子、洗碗、倒茶等。現在的機器人越來越進步，除了樣子可愛，能唱歌跳舞，也能 20 。有的機器人功能很多，它會幫你拍照、打電話、記下約會的 21 ，它還很聰明，能 22 全家人的臉，或是在陪孩子玩的時候，說有趣的故事給孩子聽，把故事 23 給孩子看。

19. Ⓐ 扔　　　　　Ⓑ 摘　　　　　Ⓒ 擦　　　　　Ⓓ 抬
20. Ⓐ 講話　　　　Ⓑ 語言　　　　Ⓒ 會議　　　　Ⓓ 外語
21. Ⓐ 時候　　　　Ⓑ 時間　　　　Ⓒ 時鐘　　　　Ⓓ 時代
22. Ⓐ 認識　　　　Ⓑ 認得　　　　Ⓒ 明白　　　　Ⓓ 習慣
23. Ⓐ 出現　　　　Ⓑ 代表　　　　Ⓒ 表現　　　　Ⓓ 表演

四、材料閱讀

(一) 廣告

台北米蘭家具城

全新歐美家具，精緻生活

週年慶**大減價**，全場**85**折起

來就送**精美禮品**

滿 **2000** 元就送一人沙發，共十組，送完為止。

★ **週年慶期間，送貨一律免運費**

24. 這個家具城賣什麼樣的家具？
　　Ⓐ 訂做家具　　　Ⓑ 拍賣家具　　　Ⓒ 二手家具　　　Ⓓ 進口家具

25. 週年慶有什麼活動？
    Ⓐ 買就送精美禮品　　　　Ⓑ 全場最少打八五折
    Ⓒ 買滿兩千元免運費　　　Ⓓ 單人沙發只賣兩千元

(二) 活動訊息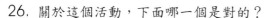

全民好評設計師講座

1／5 (二) 19:00-21:00　小公寓空間活用法
1／12 (二) 19:00-21:00　如何幫老房子換個新風格

地點：真心書店信義館5F
為了讓大家更了解這些全民設計師，「美麗家居」雜誌舉辦了全民好評設計師講座，開放給有興趣的朋友上網報名參加，現場跟設計師對談，還可以抽好禮喔！

26. 關於這個活動，下面哪一個是對的？
    Ⓐ 是由書店舉辦的　　　　　Ⓑ 講座內容包括如何保養老房子
    Ⓒ 只要有興趣都可以現場報名參加　Ⓓ 講座內容包括室內空間的活用方法

27. 「全民好評設計師講座」是一個什麼樣的活動？
    Ⓐ 演講　　　　Ⓑ 課程　　　　Ⓒ 訪問　　　　Ⓓ 抽獎

五、短文閱讀

　　北歐國家由於氣候的關係，再加上每一家的人口比較少，因此對他們來說，室內的「溫暖」很重要。要讓室內溫暖，不一定要用什麼高價的家具，只要利用合適的顏色、燈、材料就可以做到。

　　很多人在改裝房子時，也想試試這種北歐風格。例如，把深色家具換成淺色，把日光燈換成暖色的燈，用木頭地板，減少不必要的裝飾品等。現在有種地板材料，好看又便宜，雖然不是真的木頭，卻能輕鬆完成北歐風。

　　不過，因為台灣常常下雨，所以除了換家具、換燈泡、換地板，還是應該養成好習慣，像天天打掃、隨手做好分類、定期使用除濕機等，才能真正有一個舒服又有個人風格的家居環境！

28. 根據文章，北歐風格是什麼？
   Ⓐ 合適的燈
   Ⓑ 高價的家具
   Ⓒ 溫暖的感覺
   Ⓓ 較少的人口

29. 如何改裝出有北歐風的房子？
   Ⓐ 用日光燈
   Ⓑ 用木頭材料
   Ⓒ 用深色家具
   Ⓓ 增加裝飾品

30. 作者說要怎麼樣才能有一個舒服的
   家居環境，下列哪一個<u>不對</u>？
   Ⓐ 定期除濕
   Ⓑ 天天打掃
   Ⓒ 隨手做好分類
   Ⓓ 用真的木頭地板

B. 關鍵詞語

一、主題相關詞語

本單元出處	主題相關詞語
一、對話聽力1.	檢查、功課、真、恨不得、雙
一、對話聽力2.	集、結局、清楚、電視機、劇情
一、對話聽力3.	大樓、變、乾淨、管理員、打掃
一、對話聽力4.	愛、打、麻將、剛剛、鐘頭、萬一
一、對話聽力5.	市中心、品質、老、公寓、空間、價錢、地點、土地、相反
三、選詞填空(一)	訂、平板電腦、開始、用、同學、聯絡、熟、播、連續劇
三、選詞填空(二)	家庭、機器人、進步、可愛、功能、拍照、聰明、有趣、表演
四、材料閱讀(一)	週年慶、減價、精美、禮品、期間、送貨、運費
四、材料閱讀(二)	全民、好評、設計師、講座、活用、風格、雜誌、開放、興趣、上網、報名、對談
五、短文閱讀	氣候、人口、重要、合適、改裝、減少、裝飾品、材料、輕鬆、完成、習慣、隨手、分類、定期、使用、舒服、環境

二、常用詞組

本單元出處	常用詞組	例句
一、對話聽力 1.	恨不得	聽到奶奶受傷的消息，爸爸恨不得能立刻下班回鄉下老家。
一、對話聽力 5.	價錢……開（開價）	那位作家捐出一本書義賣，沒想到價錢開到都可以買一輛車了。

休息一下，喝杯咖啡、聽聽音樂，享受一小段人生

> A. 測驗練習

一、對話聽力

1. Ⓐ 就是很想去加班
   Ⓑ 週末不想到哪兒去
   Ⓒ 週末不知道要到哪兒去比較好
   Ⓓ 週末哪兒也不能去，只能到公司去工作

2. Ⓐ 這位先生不知道這位小姐會過來
   Ⓑ 這位先生不知道這位小姐是怎麼來的
   Ⓒ 這位小姐擔心這位先生不過來，所以自己先來
   Ⓓ 這位小姐擔心這位先生做得不好，所以要親自過來

3. Ⓐ 他的獎學金太少不夠用
   Ⓑ 他畢業了，也找到工作了
   Ⓒ 他父親薪水變少，生活費不夠
   Ⓓ 他父親現在沒有工作，沒辦法幫他

4. Ⓐ 小華覺得打工辛苦
   Ⓑ 小華覺得打工並不辛苦
   Ⓒ 小華覺得打工並不很忙
   Ⓓ 小華就是打工很忙，也都能準時交作業

5. Ⓐ 司機抱怨開車太辛苦
   Ⓑ 開車的工作一點兒也不辛苦
   Ⓒ 不管哪一個時間，開車的收入都一樣好
   Ⓓ 夜間加價收入好，但是可能會遇到麻煩的客人

二、完成句子

6. 請教您，求職信＿＿＿＿應該寫多長才好呢？
   Ⓐ 最後　　　　Ⓑ 終於　　　　Ⓒ 到底　　　　Ⓓ 總算

7. 除了認真工作以外，他也總是熱心幫助同事，難怪老闆認為他是大家的好_____。
   Ⓐ 目標　　　Ⓑ 目的　　　Ⓒ 榜樣　　　Ⓓ 樣子

8. 這位店員的工作態度很_____，從來不積極幫助客人。
   Ⓐ 主動　　　Ⓑ 被動　　　Ⓒ 輕視　　　Ⓓ 重視

9. 他總是認真做事，果然半年就打破他們店長的_____了。
   Ⓐ 紀錄　　　Ⓑ 記事　　　Ⓒ 記憶　　　Ⓓ 紀念

10. 老師千萬不能小看學生的_____背景，或他們的個別差異。
   Ⓐ 成熟　　　Ⓑ 成就　　　Ⓒ 成果　　　Ⓓ 成長

11. 他的工作是幫客人_____衣服的大小、長短什麼的。
   Ⓐ 修理　　　Ⓑ 修改　　　Ⓒ 修補　　　Ⓓ 整理

12. 這份工作每週都_____加夜班的人手。
   Ⓐ 必要　　　Ⓑ 何必　　　Ⓒ 需求　　　Ⓓ 需要

13. 這次他犯的錯太_____了，公司只好請他走路。
   Ⓐ 嚴重　　　Ⓑ 嚴格　　　Ⓒ 嚴屬　　　Ⓓ 屬害

三、選詞填空

> **(一)**
> 　　林華十三歲那年小學剛畢業，就因為父母親發生意外沒錢看病，失去了雙親。身為老大的她從此就 __14__ 父母親照顧菜市場的小生意。她是市場裡年紀最小的菜販，沒什麼經驗，做起生意來總是 __15__ 的，每天忙到快傍晚才回到家。
> 　　小家長真是不簡單，不但要洗衣、燒飯，還要照顧弟妹們睡覺。她小腦袋只想著不管再累，再苦，再 __16__ ，都要賺錢讓弟妹們把書念好，因此半夜還沒睡熟就又得摸黑出門了，而且全年無休。
> 　　她知道市場競爭 __17__ ，但是她相信只要有誠意，比別人更認真，她有 __18__ 客人一定會再光臨的。如今她已賣了50年的菜了。

14. Ⓐ 替換　　　Ⓑ 代替　　　Ⓒ 代換　　　Ⓓ 代表
15. Ⓐ 手忙腳亂　Ⓑ 七手八腳　Ⓒ 大手大腳　Ⓓ 手腳靈活

16. Ⓐ 難色　　　Ⓑ 難處　　　Ⓒ 困境　　　Ⓓ 困難
17. Ⓐ 激烈　　　Ⓑ 刺激　　　Ⓒ 激動　　　Ⓓ 主動
18. Ⓐ 信度　　　Ⓑ 信用　　　Ⓒ 信心　　　Ⓓ 信任

> (二)
>
> 　　人生中有三件最慘的事：一是幼年失學、二是中年失業、三是老年失去老伴。中壯年時是家庭經濟的支柱，如果收入不 __19__ 會影響全家。但有誰能 __20__ 知道公司未來營運的情形，或是自己未來的工作以及健康狀況呢？ __21__ 政府有短期的 __22__ 補助金，但最重要的是讓突然丟了工作的人能盡快找回信心， __23__ 回到就業市場。

19. Ⓐ 穩重　　　Ⓑ 穩健　　　Ⓒ 穩定　　　Ⓓ 安穩
20. Ⓐ 預先　　　Ⓑ 預想　　　Ⓒ 預算　　　Ⓓ 預防
21. Ⓐ 幸運　　　Ⓑ 幸虧　　　Ⓒ 幸福　　　Ⓓ 幸會
22. Ⓐ 事業　　　Ⓑ 專業　　　Ⓒ 職業　　　Ⓓ 失業
23. Ⓐ 再來　　　Ⓑ 一再　　　Ⓒ 一度　　　Ⓓ 再次

四、材料閱讀

(一) 廣告 ✂

24. 以上這兩張是什麼？
    (A) 都是徵才廣告　　　　　　　(B) 都是競選海報
    (C) 一張是宣傳單，一張是競選海報　(D) 一張是徵才海報，一張是求職海報

25. 要應徵西門門市人員<u>不需要</u>準備什麼？
    (A) 自傳　　　　(B) 生活照　　　　(C) 大頭照　　　　(D) 履歷表

26. 2017年中彰投地區就業博覽會海報中<u>沒有</u>哪一個產業？
    (A) 農業　　　　(B) 服務業　　　　(C) 製造業　　　　(D) 高科技產業

(二) **廣告** ✂

9999人力銀行	家教 全職 兼職 外包 獵才 教育 徵才 職涯規劃 更多▼ 登出 登入

9999人力銀行　　　　　　　　　　　　刊登日期：2018.6.16

午班、晚班 中餐廚師

[我要應徵]　[★儲存工作]

10~12人應徵　　FB分享　　轉寄

樂樂企業社　　本公司其他工作

● **工作內容**
　面試時談

　店　　名：陽春乾麵（24小時）
　工作待遇：書面資料通過後通知再面談
　工作性質：全職
　工作地點：台北市信義區
　上班時段：三班制輪流休息
　　　　　　早班8：00-16：30／下午班16：00—0：30／半夜0：00—8：30
　需求人數：各1人

● **條件要求**
　學　　歷：無限制

● **公司福利**
　按照公司規定

● **聯絡方式**
　請自己準備學經歷資料和一張最近的照片在6月30日以前寄到本公司人事部
　kabanisi@gmail.com
　資料審核後面談，並以細心、負責，能配合公司安排休假和加班時間者最先考慮。

---

27. 這是什麼廣告？
   Ⓐ 西式餐廳的廣告
   Ⓑ 徵求人才的廣告
   Ⓒ 宣傳公司的廣告
   Ⓓ 幫人找工作的廣告

28. 下面哪一個是對的？
   Ⓐ 先面談後再看資料
   Ⓑ 需要中餐廚師數十名
   Ⓒ 三班制輪休，但有時得加班
   Ⓓ 不願意安排休假者最先考慮

五、短文閱讀

　　對年輕人來說，理想的工作條件只是「錢多、事少，離家近」嗎？要找一份理想的工作，不是一件容易的事情。但是「行行出狀元」，只要在任何行業努力都可以成功。不過要找一份心中的理想工作，還是需要一點運氣吧！

　　當個普通上班族的應該是大多數，但也是有好有壞。上班族雖然看起來上班時間都差不多，事實上要煩惱的地方也不少，像是錢不多不說，還有麻煩的同事或老闆，再加上壓得人喘不過氣來的工作等等。

　　考公務員也是不少年輕人的夢想。近十年來公務員普通考試錄取率從1.69%提高到4.06%，高等考試從2.39%提高到8.88%等現象來看，錄取率算是大大地提高了。但其實也不見得容易，不少人也是考了很多年才考取的。

　　儘管公務員收入最穩定，但是還有很多年輕人寧願花時間、精神去追求夢想。加倍努力，有了經驗以後，就有成功的希望。天下沒有白吃的午餐，世上哪有不辛苦的工作。

29. 依照上面這段短文內容，下面哪一個說法是對的？
   Ⓐ 理想的工作是靠運氣考上公務員就能賺大錢
   Ⓑ 要找到一份理想工作，還是需要靠一點運氣
   Ⓒ 「行行出狀元」，就是任何工作都要去試試看
   Ⓓ 上班族最煩惱的就只是工作量多得叫人受不了

30. 依照上面這段短文內容，下面哪一個說法是對的？
   Ⓐ 近十年來，公務員成為年輕人最喜歡的一種工作
   Ⓑ 近十年來，公務員高等考試的錄取率比普通考試高
   Ⓒ 公務員錄取率大大地提高了，算是很容易考上的工作
   Ⓓ 公務員因為收入最穩定，年輕人願意花時間、精神去追求

B. 關鍵詞語

一、主題相關詞語

本單元出處	主題相關詞語
一、對話聽力2.	擔心、親自、忙不過來
一、對話聽力3.	獨立、申請、寄錢、畢業、薪水、工作、獎學金、生活費
一、對話聽力4.	打工、辛苦、半夜、準時、怪不得
一、對話聽力5.	幸虧、冷氣、時間、自由、生意、收入、加價、喝醉、麻煩、抱怨、客人
三、選詞填空(一)	菜販、賺錢、摸黑、競爭、誠意、認真、光臨、積蓄、菜市場
三、選詞填空(二)	家庭、經濟、支柱、短期、就業、補助金、失業（者）
四、材料閱讀(一)	徵才、競選、應徵、自傳、產業、宣傳單、履歷表、生活照、大頭照、博覽會
四、材料閱讀(二)	公司、輪流、全職、待遇、面談、審核、細心、負責、配合、考慮、學歷、經歷
五、短文閱讀	理想、條件、行業、運氣、普通、考取、上班族、公務員、錄取率、 行行出狀元、天下沒有白吃的午餐

二、常用詞組

本單元出處	常用詞組	例句
三、選詞填空(一)	發生意外	不論走路、騎車、開車都得小心，才不會<u>發生意外</u>。
五、短文閱讀	壓得喘不過氣來	學生常被大大小小的考試<u>壓得喘不過氣來</u>。
五、短文閱讀	追求夢想	這齣兒童舞台劇的主旨在鼓勵小朋友勇於<u>追求</u>自己的<u>夢想</u>。

不怕慢，就怕站

A. 測驗練習

一、對話聽力

1. Ⓐ 他不喜歡上課
   Ⓑ 他不喜歡上學
   Ⓒ 他不喜歡學校生活
   Ⓓ 他覺得學校生活很無聊

2. Ⓐ 要寫別人的故事
   Ⓑ 要寫沒發生的事
   Ⓒ 不知道要寫什麼
   Ⓓ 自己沒有寫作能力

3. Ⓐ 補助私立學校
   Ⓑ 補助擔心學費的學生
   Ⓒ 讓公立學校的學費不要太高
   Ⓓ 讓想念書的學生都念得起私立
      學校

4. Ⓐ 她現在是大三的學生
   Ⓑ 她覺得去旅行不如去打工
   Ⓒ 她是在大三暑假時去國外旅行的
   Ⓓ 旅行的經驗讓她找工作加了不少
      分

5. Ⓐ 他是個不愛念書的學生
   Ⓑ 他是個不愛問問題的學生
   Ⓒ 他是個想學卻學不好的學生
   Ⓓ 他想要趕快學完、學會所有的科目

二、完成句子

6. 我們學校的_____很美麗。
   Ⓐ 公園　　　　Ⓑ 校園　　　　Ⓒ 院子　　　　Ⓓ 庭院

7. 他對學校的社團活動很有_____。
   Ⓐ 樂趣　　　　Ⓑ 興趣　　　　Ⓒ 意思　　　　Ⓓ 關心

8. 上課時要_____，才不會聽不懂。
   Ⓐ 小心　　　　Ⓑ 專心　　　　Ⓒ 擔心　　　　Ⓓ 放心

9. 他想到國外＿＿＿＿，試試不同的生活方式。
　　Ⓐ 轉學　　　　Ⓑ 休學　　　　Ⓒ 留學　　　　Ⓓ 退學

10. 這份＿＿＿＿的考試時間是一個小時。
　　Ⓐ 考卷　　　　Ⓑ 文章　　　　Ⓒ 作業　　　　Ⓓ 功課

11. 這次的考試是為了要＿＿＿＿學生的寫字能力。
　　Ⓐ 練習　　　　Ⓑ 了解　　　　Ⓒ 口試　　　　Ⓓ 筆試

12. 學生正跟著老師＿＿＿＿太極拳。
　　Ⓐ 運動　　　　Ⓑ 考試　　　　Ⓒ 訓練　　　　Ⓓ 練習

13. 畢業後，＿＿＿＿校園，進入社會，就不再是受學校保護的學生了。
　　Ⓐ 走出　　　　Ⓑ 走去　　　　Ⓒ 走開　　　　Ⓓ 退出

三、選詞填空

（一）　　大學生的生活習慣普遍不是很好，尤其是上網，每天晚上差不多十點以後就進入了「上網高峰」時段，在網路上跟同學聊天、玩線上遊戲，不知不覺就已經深夜了。

　　到了學期最後，不少大學生　14　夜車　15　報告，交了報告以後，就又得準備期末考，許多人因此健康　16　起了紅燈。

　　台大社工系三年級學生張敬發起了「健康」運動，希望大學生要為自己的健康　17　起責任，要　18　夜生活的壞習慣，建立起正常的作息時間。

14. Ⓐ 坐　　　　Ⓑ 開　　　　Ⓒ 追　　　　Ⓓ 跑
15. Ⓐ 付　　　　Ⓑ 說　　　　Ⓒ 拿　　　　Ⓓ 趕
16. Ⓐ 亮　　　　Ⓑ 開　　　　Ⓒ 換　　　　Ⓓ 轉
17. Ⓐ 拿　　　　Ⓑ 負　　　　Ⓒ 背　　　　Ⓓ 打
18. Ⓐ 改掉　　　Ⓑ 改進　　　Ⓒ 改好　　　Ⓓ 改成

(二)　　我家的經濟情況不是很好，上高中、大學的時候，為了減輕父母的　19　，我　20　申請獎學金來付學費。

申請獎學金要先　21　一張獎學金申請表，還要準備一份成績單、一份上課出席紀錄表，以及學生證影印本，另外要寫一　22　自傳文章，一份學習計畫，當然還要有一封老師的推薦　23　，都準備好了，就可以申請獎學金了。

19. Ⓐ 負擔　　　　Ⓑ 負責　　　　Ⓒ 責任　　　　Ⓓ 擔任
20. Ⓐ 受　　　　　Ⓑ 靠　　　　　Ⓒ 借　　　　　Ⓓ 給
21. Ⓐ 創造　　　　Ⓑ 照相　　　　Ⓒ 填寫　　　　Ⓓ 填空
22. Ⓐ 張　　　　　Ⓑ 篇　　　　　Ⓒ 本　　　　　Ⓓ 封
23. Ⓐ 信封　　　　Ⓑ 信紙　　　　Ⓒ 書信　　　　Ⓓ 信箱

四、材料閱讀

(一) 網路公告 ✄

學校成績查詢登錄系統

請輸入使用者代號：＊＊＊＊＊＊

帳號：馬利maly

密碼：＊＊＊＊

1. 密碼跟選課密碼一樣。
2. 畢業生密碼仍然是四個號碼（跟身分證最後四個號碼相同）。
3. 查密碼，請到選課系統裡的「查詢密碼」去查。

24. 這是什麼公告？
　　Ⓐ 查帳號的　　　Ⓑ 查密碼的　　　Ⓒ 查成績的　　　Ⓓ 查身分證號碼的

25. 公告中四個號碼的密碼<u>不能</u>做什麼？
　　Ⓐ 選課　　　　Ⓑ 查成績　　　Ⓒ 查使用者代號　Ⓓ 知道身分證後四碼

（二）社團海報

吉他社招生

目標
1. 學彈吉他、自彈自唱、能上台表演
2. 身心愉快、氣質優雅

說明
1. 學習中外民歌、名曲、電影主題曲
2. 社團辦公室的各種吉他可以免費借用
3. 吉他社社員買吉他可以打折
4. 吉他教學免學費
5. 有上台表演的機會

上課時間
・週二、週四　12：20 – 15：00

報名
・6月12日以前到綜合大樓六樓學生社團辦公室報名繳費

26. 參加吉他社什麼可以免費？
　　Ⓐ 報名費　　　Ⓑ 買吉他　　　Ⓒ 借吉他　　　Ⓓ 社團會費

27. 看吉他社招生海報上的內容，下面哪一個是對的？
　　Ⓐ 6月12日開始報名　　　　Ⓑ 社員要自己準備吉他
　　Ⓒ 學習的方法是上台表演　　Ⓓ 學吉他可以讓人愉快有氣質

五、短文閱讀

　　小王不愛念書，看到書就想睡，他一心只想著打工賺錢，可是他爸媽認為他這個年紀應該以課業為重，賺錢的事以後再說。

　　因為有工作就能賺錢，賺了錢就能買想買的東西，甚至能自己付學費，小王一想到這樣，就讓他覺得打工很有成就感。看到他工作的人都可以感受到他的樂觀進取、認真負責，他真是個「樂在工作」的人。

　　其實，並不是每個人都適合讀書做研究，不想念書的年輕人不如先工作，等工作一段時間以後，不管是在心理上或思想上都更成熟了，人生的目標、方向也更確定了，也許會有不同的學習心情和動力。

28. 小王為什麼要打工？
    ⒜ 他得負責賺錢
    ⒝ 他得自己付學費
    ⒞ 賺錢讓他有成就感
    ⒟ 他覺得自己不夠成熟

29. 小王的父母認為小王現在<u>不需要</u>做什麼？
    ⒜ 念書
    ⒝ 睡覺
    ⒞ 賺錢
    ⒟ 感受

30. 這段短文最後一段的意思，下面哪一個是對的？
    ⒜ 找工作比念書重要
    ⒝ 不是人人都適合讀書做研究
    ⒞ 心理成熟的人才能讀書做研究
    ⒟ 不愛念書的人以後就會愛念書了

B. 關鍵詞語

一、主題相關詞語

本單元出處	主題相關詞語
一、對話聽力1.	上學、放學、聊天、無聊、打鬧、閒逛
一、對話聽力2.	經驗、想像、寫作、能力
一、對話聽力3.	學費、補助、公立、私立、念得起
一、對話聽力4.	環島、可惜、值得、經驗、加分、打工、工作
一、對話聽力5.	科目、聽課、複習、有效、趕快
三、選詞填空(一)	習慣、普遍、聊天、線上遊戲、期末考、健康、責任、改進、作息時間
三、選詞填空(二)	減輕、負擔、靠、申請、獎學金、付、填寫、記錄表、推薦信
四、材料閱讀(一)	查、成績、選課、輸入、密碼、帳號、號碼、系統、身分證
五、短文閱讀	賺錢、成就感、認真、負責、樂在工作、研究、心理、目標

二、常用詞組

本單元出處	常用詞組	例句
三、選詞填空(一)	開夜車	貨櫃車司機老王喜歡開夜車送貨，他說晚上車少不塞車，開起來不但輕鬆，也省時間。
三、選詞填空(一)	趕報告	一個月前就知道交報告的時間，可是總是要到最後幾天才急著趕報告。
三、選詞填空(一)	亮紅燈	不用功學習，考試就不及格，學業成績就會亮起紅燈了。
三、選詞填空(一)	負責任	媽媽生病後，就由爸爸負起照顧孩子和做家事的責任。
三、選詞填空(二)	減輕負擔	背包客到了一個地方，常把行李寄放在車站的寄物櫃，減輕身上的負擔，方便在市區觀光。
三、選詞填空(二)	填表	找工作面談時，他們給我一張表格，要我把個人資料填在那張表上。

知識就是力量

> ## A. 測驗練習

一、對話聽力

1. Ⓐ 老闆生病了
   Ⓑ 大家不敢大聲說話
   Ⓒ 大家喜歡看老闆臉色
   Ⓓ 大家不小心就會大聲說話

2. Ⓐ 只要公司賺錢就有
   Ⓑ 獲利要變成四倍才有
   Ⓒ 獲利要有四分之一倍才有
   Ⓓ 現在談年終獎金的事太早了

3. Ⓐ 她回答不出這位先生的問題
   Ⓑ 生活就是工作、賺錢、養家
   Ⓒ 這位先生說的不是生活的目的
   Ⓓ 她沒辦法像這位先生那樣生活

4. Ⓐ 食物的作法不重要
   Ⓑ 吃什麼樣的食物不重要
   Ⓒ 美味的東西對健康不好
   Ⓓ 又好吃又健康並不是問題

5. Ⓐ 打麻將很花時間
   Ⓑ 打麻將就是很好的運動
   Ⓒ 打麻將就是不好的遊戲
   Ⓓ 數學不好的人不能打麻將

二、完成句子

6. _____學好中文，他放假的時候也不打算去打工。
   Ⓐ 為　　　　　Ⓑ 為了　　　　　Ⓒ 因為　　　　　Ⓓ 雖然

7. 上課時老師說現在馬上要考試，大家都沒想到，這個消息來得太_____了。
   Ⓐ 忽然　　　　　Ⓑ 突然　　　　　Ⓒ 仍然　　　　　Ⓓ 居然

8. 明年的新年晚會將由本中心_____。
   Ⓐ 選擇　　　　　Ⓑ 舉行　　　　　Ⓒ 舉辦　　　　　Ⓓ 選舉

9. 明年的新年晚會決定在十二月三十一號_____。
   Ⓐ 舉行　　　　　Ⓑ 選辦　　　　　Ⓒ 選舉　　　　　Ⓓ 選擇

10. 德明打算明年出國留學，你覺得他這個想法_____？
    Ⓐ 怎麼辦　　　Ⓑ 怎麼　　　　Ⓒ 怎麼了　　　Ⓓ 怎麼樣

11. 我到現在還不能決定是念研究所，還是先找工作，_____？
    Ⓐ 怎麼了　　　Ⓑ 怎麼樣　　　Ⓒ 怎麼辦　　　Ⓓ 怎麼

12. 你_____？還不能決定要去哪家公司上班嗎？
    Ⓐ 怎麼樣　　　Ⓑ 怎麼了　　　Ⓒ 怎麼　　　　Ⓓ 怎麼辦

13. 這麼大的事情，你_____不問問你父母的看法，自己就決定了？
    Ⓐ 怎麼　　　　Ⓑ 怎麼辦　　　Ⓒ 怎麼樣　　　Ⓓ 怎麼了

三、選詞填空

> （一）　　大明正在學中文，因為他__14__中國文化，他__15__畢業以後可以找到一個跟中華文化有關係的工作。
>
> 　　為了學好中文，他__16__每天下課以後，另外再到圖書館做兩個小時的中文功課。大明把他的__17__告訴了他最好的朋友，他朋友聽了以後，真心地__18__他，不管是學中文或是找工作都能事事如意。

14～18 題：請選出一個正確的選項填入空格中。
Ⓐ 祝　　Ⓑ 祝福　　Ⓒ 慶祝　　Ⓓ 喜歡　　Ⓔ 希望　　Ⓕ 願意　　Ⓖ 願望

> （二）　　我生長在一個經濟__19__不是很好的__20__裡，從小我就看著父母__21__地工作，卻沒有辦法讓家裡的生活變得更好，那時我就已經知道生活是很困難的事。
>
> 　　現在我長大了，小時候的生活經驗，讓我更懂得不管__22__什麼困難，都要__23__，要更認真更努力地去做，我相信只要我肯做，沒有不能做的事。

19. Ⓐ 辦法　　　Ⓑ 方式　　　Ⓒ 事情　　　Ⓓ 條件
20. Ⓐ 房子　　　Ⓑ 屋子　　　Ⓒ 房屋　　　Ⓓ 家庭
21. Ⓐ 難看　　　Ⓑ 難過　　　Ⓒ 困難　　　Ⓓ 辛苦

22. Ⓐ 碰　　　Ⓑ 看　　　Ⓒ 碰到　　　Ⓓ 看起來
23. Ⓐ 忍耐　　Ⓑ 老實　　Ⓒ 認得　　　Ⓓ 屬害

四、材料閱讀

(一) 廣告 ✂

> ◉ 一次搞定外文學習 & 旅行計畫
> ◉ 線上家教練外語，一對一互動
> ◉ 在家輕鬆學！省時又省錢
> ◉ 實務課程：使用目的語規畫自助行
> 　（上網搜尋資訊、旅遊會話、問路、購物……）
> ◉ 最佳學習情境，日文、英文、歐語、……，想去哪兒就去哪兒
>
> 天下一家網址：www.top.xxx

24. 這是什麼廣告？
　　Ⓐ 旅行社的廣告
　　Ⓑ 學外文的廣告
　　Ⓒ 教省錢的廣告
　　Ⓓ 自助旅行的廣告

25. 下面哪一個是這則廣告<u>沒說</u>的？
　　Ⓐ 可以在家學外文
　　Ⓑ 在網路上學外文
　　Ⓒ 用外文規畫旅行
　　Ⓓ 在網路上訂票省時又省錢

(二) 新聞報導 ✂

〔記者王大明／台北報導〕

　　高鐵將在十一日凌晨零時起開放24小時不休息的訂票，今年春節期間高鐵將加開三百三十四個班次，方便旅客回家。

　　每年春節車票的預訂，在開放的第一時間，一定出現網路塞車，今年恐怕也不例外。除了上網預訂之外，民眾也可利用便利超商、手機快速訂票系統以及電話語音等辦法訂票。

　　要回家的民眾，請早點規畫行程及適當的交通工具。

26. 這則新聞的重點是什麼？
　　Ⓐ 上網訂票會塞車
　　Ⓑ 春節應該回家過年
　　Ⓒ 過年路上一定會塞車
　　Ⓓ 網路上會有塞車的新聞

27. 下面哪一個是對的？
　　Ⓐ 訂票時間只開放24小時
　　Ⓑ 在半夜就可以開始訂票了
　　Ⓒ 高鐵幫民眾規畫返鄉行程
　　Ⓓ 高鐵工作人員加班加了三百多次

五、短文閱讀

> 　　小美從小就是一個活潑好動的小孩，她喜歡唱歌跳舞，更喜歡到公園去溜滑板，當媽媽要她上課學跳舞，她當然高高興興地去了。媽媽希望她好好地學，以後才能參加全國舞蹈比賽，因為媽媽以前就是全國舞蹈比賽的冠軍。
>
> 　　小美每個禮拜上一次跳舞課，下了課她就去公園溜滑板，後來為了要參加跳舞比賽，媽媽把她的跳舞課改為一週三次，也不許她去公園溜滑板，擔心她摔倒腳會受傷，會影響跳舞。
>
> 　　本來愛跳舞的她，現在越來越不喜歡跳舞了，喜愛的滑板也不能溜了，一切都是因為要參加比賽，可是參加比賽也不是她的決定。到底什麼時候她才能安排、決定她自己的生活？

28. 媽媽要小美做什麼？
　　Ⓐ 學跳舞
　　Ⓑ 學溜滑板
　　Ⓒ 安排自己的生活
　　Ⓓ 決定參不參加比賽

29. 下面哪一個是對的？
　　Ⓐ 小美本來很喜歡跳舞
　　Ⓑ 小美很高興要參加比賽
　　Ⓒ 小美本來不喜歡上跳舞課
　　Ⓓ 小美後來不喜歡溜滑板了

30. 下面哪一個是對的？
　　Ⓐ 媽媽規畫自己的生活
　　Ⓑ 媽媽規畫小美的生活
　　Ⓒ 小美不喜歡自己規畫生活
　　Ⓓ 小美從小就規畫自己的生活

B. 關鍵詞語

一、主題相關詞語

本單元出處	主題相關詞語
一、對話聽力1.	臉色、倒楣
一、對話聽力2.	獲利、年終獎金、四成、四倍、四分之一
一、對話聽力3.	賺錢、結婚、家庭、教育、照顧、目的
一、對話聽力4.	食物、美味、可口、健康、營養
三、選詞填空(一)	希望、願意、願望、事事如意
三、選詞填空(二)	長大、生長、成長、辛苦、吃苦、受苦、困苦、困難
四、材料閱讀(一)	實務課程、線上家教
四、材料閱讀(二)	凌晨、零時、高鐵、預訂、訂票系統、網路、塞車、規畫、行程
五、短文閱讀	活潑、好動、比賽、冠軍、擔心、安排

二、常用詞組

本單元出處	常用詞組	例句
一、對話聽力3.	成立家庭	有的人認為結婚生子成立了家庭，人生才算圓滿。
三、選詞填空(一)	真心地祝福	知道前女友結婚的消息，他寫了一封簡訊真心地祝福她。
三、選詞填空(二)	碰到困難	碰到困難就要找出解決困難的辦法。
五、短文閱讀	參加比賽	這次的歌唱比賽一定要先報名，才能參加。

休息是為了走
更長遠的路

Note

> **A. 測驗練習**

一、對話聽力

1. Ⓐ 有空是很容易的事情
   Ⓑ 打電腦是不對的事情
   Ⓒ 玩電腦遊戲得用腦子
   Ⓓ 用電腦玩遊戲不用腦子

2. Ⓐ 這位先生覺得看書很無聊
   Ⓑ 這位小姐覺得看書很無聊
   Ⓒ 這位小姐不知道自己喜歡什麼
   Ⓓ 這位先生不知道自己喜歡什麼

3. Ⓐ 喝茶解渴生活很痛快
   Ⓑ 不渴還喝茶是為了生活
   Ⓒ 大口喝茶不容易有安靜的心情
   Ⓓ 悠閒的生活是為了喝出茶的味道

4. Ⓐ 老人是個怪人
   Ⓑ 老人走得很慢
   Ⓒ 老人讓鳥運動
   Ⓓ 老人用鳥籠做運動

5. Ⓐ 打麻將花腦子也花時間
   Ⓑ 只有退休的人才能打麻將
   Ⓒ 退休的人很難動腦子贏錢
   Ⓓ 老人打麻將常說著說著就打起來了

二、完成句子

6. 逛夜市的_____只有去逛過的人才能了解。
   Ⓐ 樂趣　　　　Ⓑ 有趣　　　　Ⓒ 喜愛　　　　Ⓓ 喜好

7. 夜市裡的東西有好有壞，挑選時要有_____。
   Ⓐ 忍耐　　　　Ⓑ 耐心　　　　Ⓒ 小心　　　　Ⓓ 注意

8. 對喜歡喝茶的人來說，選擇茶葉也是一_____學問。
   Ⓐ 門　　　　　Ⓑ 件　　　　　Ⓒ 課　　　　　Ⓓ 科

9. 剛煮好的咖啡_____真香。
   Ⓐ 買起來　　　Ⓑ 煮起來　　　Ⓒ 聞起來　　　Ⓓ 說起來

10. 馬拉松路跑活動，明年還會_____舉辦下去。

   Ⓐ 常常　　　　　Ⓑ 總是　　　　　Ⓒ 繼續　　　　　Ⓓ 接下來

11. _____自行車上山，得非常用力才上得去。

   Ⓐ 坐　　　　　　Ⓑ 開　　　　　　Ⓒ 搭　　　　　　Ⓓ 騎

12. 爺爺退休以後，每天種種花，種種菜，生活過得很輕鬆_____。

   Ⓐ 耐心　　　　　Ⓑ 愉快　　　　　Ⓒ 迷人　　　　　Ⓓ 樂趣

13. 到了假期，這座慢活休閒中心就都是來_____的旅客。

   Ⓐ 度假　　　　　Ⓑ 放假　　　　　Ⓒ 生活　　　　　Ⓓ 過日子

三、選詞填空

(一)　　我們班今天的活動是報告自己的休閒生活。明美說她喜歡下棋，下棋可以　14　她的思考能力，為了思考下一　15　棋怎麼走，她必須想辦法讓自己安靜下來，這樣也能讓她的　16　不那麼急。

　　金名說他喜歡去釣魚，因為釣魚時，只要把釣竿釣具都弄好、放好以後，他就可以完全放鬆，什麼都不必想，什麼都不必做，安靜地、耐心地坐在那裡等，要是覺得無聊了，還可以看看書、聽聽手機音樂，　17　河邊、魚池邊的鄉村風景。

　　這兩個人做的都是自己喜歡的休閒活動，也都是能讓自己安靜下來的休閒娛樂，都是在　18　中學習、放鬆。

14. Ⓐ 教育　　　　Ⓑ 學習　　　　Ⓒ 通過　　　　Ⓓ 訓練
15. Ⓐ 粒　　　　　Ⓑ 個　　　　　Ⓒ 步　　　　　Ⓓ 盤
16. Ⓐ 感情　　　　Ⓑ 情感　　　　Ⓒ 個性　　　　Ⓓ 個人
17. Ⓐ 感覺　　　　Ⓑ 欣賞　　　　Ⓒ 處理　　　　Ⓓ 忍耐
18. Ⓐ 無聊　　　　Ⓑ 玩笑　　　　Ⓒ 興趣　　　　Ⓓ 著急

(二)

　　黃大城 __19__ 森林解說員已經十幾年了，他真的是一位 __20__ 豐富的解說員。

　　他常熱心地帶著遊客走登山步道，認識森林公園裡的植物。這個國家森林公園有好幾條登山步道，每一條步道的景觀都不一樣。有一條大眾步道 __21__ 很短，非常 __22__ 沒辦法走很遠的老人家輕輕鬆鬆地走一趟。在森林步道上慢慢地走，兩旁都是高大的老樹，風輕輕地吹，吹得人舒服極了。

　　黃大城總是要大家小聲說話，他要大家感受除了鳥叫聲以外，還有一種在大自然裡才感覺得到的聲音，他真希望能讓來到這裡的每個人，不論是男的女的老的年輕的，都能 __23__ 大自然，欣賞大自然，享受大自然。

19. Ⓐ 當作　　Ⓑ 變成　　Ⓒ 擔任　　Ⓓ 工作
20. Ⓐ 認識　　Ⓑ 認真　　Ⓒ 經驗　　Ⓓ 經濟
21. Ⓐ 寬度　　Ⓑ 長度　　Ⓒ 高度　　Ⓓ 深度
22. Ⓐ 讓　　　Ⓑ 合　　　Ⓒ 適合　　Ⓓ 剛好
23. Ⓐ 走出　　Ⓑ 出去　　Ⓒ 走進　　Ⓓ 進來

四、材料閱讀

(一) 注意事項 ✂

行走登山步道必須注意的事項

1. 計畫行程：了解步道行走難易的程度，行走步道來回所需要的時間，以及當天的氣象資料。
2. 颱風、地震來臨時，以及來臨後一週內不要進入山區步道。
3. 準備合適的裝備，包括服裝、鞋子、食物、飲水、雨具等相關的物品。
4. 不要使用氣味太濃的香水或化妝品，才不會引來動物或蜜蜂。
5. 尊重大自然環境，包括動植物。要把垃圾帶走。
6. 用眼睛看，用鼻子聞，用耳朵聽，用心去感覺，才會有一趟美好的步道之旅。

24. 行走登山步道**不需要**注意哪一件事情？
　　Ⓐ 步道好不好走
　　Ⓑ 地震什麼時候會來
　　Ⓒ 怎麼做會引來蜜蜂
　　Ⓓ 化妝品、香水的味道

25. 什麼情況下**不可以**去走登山步道？
　　Ⓐ 步道太難走
　　Ⓑ 走步道的時間太長
　　Ⓒ 颱風來以前的一週內
　　Ⓓ 颱風來以後的一週內

(二) 表格

海島度假村5天4夜

房間類型	成人	4～12歲	2～3歲	0～1歲	
標準房	37000	29000	15000	7000	• 報價需另外付會員一年年費九百元
景觀房	39900	30900	16000	7000	• 12歲以下兒童免年費
麗景房	41900	32900	17000	7000	• 度假村內另外有付費服務項目
相關資訊	• 每日早午晚免費提供歐式、日式、中式及當地口味料理，以及午、晚餐的紅白酒、啤酒 • 提供兒童俱樂部、水上活動、陸上活動以及室內娛樂休閒活動 • 洗衣、按摩另外計費，海灘巾需付押金 • 村外旅遊活動另外付費				

26. 下面哪一個是對的？
　　Ⓐ 房價跟年紀沒關係
　　Ⓑ 會員年費跟年紀沒關係
　　Ⓒ 房價跟成人年紀沒關係
　　Ⓓ 另外付費項目跟年紀有關係

27. 下面哪一個相關資訊是對的？
　　Ⓐ 三餐都提供啤酒
　　Ⓑ 海灘巾需付錢買
　　Ⓒ 房價包括各式料理
　　Ⓓ 村外休閒娛樂活動不需另外付費

五、短文閱讀

休閒娛樂活動應該是自己喜歡的，不是被勉強的，不是為了工作所做的，簡單來說，就是在生活中，可以讓人心情愉快、生活快樂的活動。

休閒活動有靜態的，有動態的，有的重視的是趣味性、娛樂性，也有的是能增加知識技能；有安全性高的，也有比較具有冒險性、危險性的，但都應該是不會傷害自己或別人生命安全的活動。

現代青少年的休閒活動比較是以趣味娛樂性的活動為主，這種現象可能跟學校、社會環境以及父母對休閒活動的看法有關係。

青少年因為家庭或念書的關係不能經常出外旅行，欣賞大自然的機會也少，要是不能好好利用時間，就算是靜態的休閒活動，例如閱讀自己喜歡的讀物，欣賞自己喜歡的音樂，都可能不容易抽出時間來；運動也因為時間或運動場所的關係，機會就更少了。

另外，因升學競爭激烈，再加上家庭的經濟因素，以及父母本身對休閒活動的觀念及支持的態度，這些都會影響青少年的休閒娛樂生活。

28. 什麼是休閒？下面哪一個是<u>不對</u>的？
Ⓐ 具有趣味性的活動
Ⓑ 具有刺激冒險性的活動
Ⓒ 能增加知識技能的活動
Ⓓ 能提高升學競爭能力的活動

29. 影響青少年休閒生活的，下面哪一個是這篇短文<u>沒說</u>的？
Ⓐ 家庭的經濟環境
Ⓑ 青少年的念書時間
Ⓒ 青少年的打工時間
Ⓓ 父母對休閒活動的觀念

30. 為什麼青少年可能連靜態休閒都做不到？因為：
Ⓐ 經常出外旅行
Ⓑ 出外欣賞大自然
Ⓒ 不會安排利用時間
Ⓓ 沒有合適的運動場所

B. 關鍵詞語

一、主題相關詞語

本單元出處	主題相關詞語
一、對話聽力1.	腦子、腦袋、網路遊戲、放空
一、對話聽力2.	無聊、興趣、小說
一、對話聽力3.	解渴、悠閒、體會、心情、安靜
一、對話聽力4.	運動、散步、鳥籠
一、對話聽力5.	打麻將、動腦、贏
三、選詞填空(一)	下棋、訓練、思考、釣魚、耐心、放鬆、無聊、欣賞、娛樂
三、選詞填空(二)	擔任、解說員、認識、植物、景觀、大眾、適合、輕輕鬆鬆、感受、享受
四、材料閱讀(一)	登山、步道、注意、事項、行程、程度、資料、颱風、地震、合適、裝備、服裝、化妝品、尊重、垃圾
四、材料閱讀(二)	類型、報價、項目、料理、提供、俱樂部、按摩、計費、押金
五、短文閱讀	勉強、靜態、動態、冒險、危險、傷害、現象、因素、支持

二、常用詞組

本單元出處	常用詞組	例句
四、材料閱讀(一)	用鼻子（去）聞	一道色香味俱全的好菜，不但要用眼睛去看 / 欣賞，還要用鼻子聞，用心去感覺。
五、短文閱讀	抽出時間	為了身體的健康，再怎麼忙也要抽出時間來運動。

休閒是一種有品質的
生活方式

A. 測驗練習

一、對話聽力

1.
Ⓐ 這位小姐認為這位先生說的話沒什麼道理
Ⓑ 這位先生認為開車時，要收聽路況才有安全感
Ⓒ 這位小姐覺得一邊開車，一邊聽音樂才有安全感
Ⓓ 這位先生認為一邊開車，一邊聽路況叫人更緊張

2.
Ⓐ 現代人每天只訂閱一份報
Ⓑ 現代報紙已經被電子傳播媒體完全取代了
Ⓒ 將來，電子書、網路新聞恐怕會取代書、報刊、雜誌
Ⓓ 用手指在螢幕上滑來滑去的感覺比看報、看雜誌好多了

3.
Ⓐ 電腦完全改變了人們購物的習慣
Ⓑ 二十世紀初，電腦讓人再也不出門了
Ⓒ 電腦僅提供了個人快速享受資訊的世界
Ⓓ 電腦改變了人們溝通、聯絡和生活方式

4.
Ⓐ 上世紀末網路已經完全代替了電台廣播
Ⓑ 本世紀初網路已經完全代替了電台廣播
Ⓒ 電台廣播節目就要完全被取代或是消失了
Ⓓ 電台廣播節目目前還不至於被取代或是消失

5.
Ⓐ 這種新產品的功能雖然不多，不過又實用又輕便
Ⓑ 這種新產品的價格並不高，但是它的樣子有點奇怪
Ⓒ 對商人來說，查看郵件以及接電話實在都是相當麻煩的事
Ⓓ 戴著新的電子產品不但不會錯過電話，也讓客戶對生意人更有信心

二、完成句子

6. 小張在工作方面，態度_____都非常積極，不過對休閒生活的安排卻一直很被動。
   Ⓐ 往常　　　Ⓑ 一向　　　Ⓒ 時常　　　Ⓓ 平時

7. 除了看足球賽和新聞以外，他_____看其他電視節目。
   Ⓐ 從前　　　Ⓑ 從來　　　Ⓒ 從來不　　　Ⓓ 從小

8. 開車時，聽著電台_____的音樂，讓他輕鬆許多。
   Ⓐ 廣告　　　Ⓑ 主播　　　Ⓒ 播出　　　Ⓓ 播報

9. 戲劇表演並不是她的_____，不過週末她都去戲劇社排練，好讓她暫時忘了工作的煩惱。
   Ⓐ 專業　　　Ⓑ 專門　　　Ⓒ 專心　　　Ⓓ 專家

10. 有空就去打球，不管輸贏，重要的是能讓身體和精神_____一下就好了。
    Ⓐ 放心　　　Ⓑ 放鬆　　　Ⓒ 打開　　　Ⓓ 輕輕鬆鬆

11. 誰都_____在辛苦的工作後，能有個讓自己放輕鬆的空間。
    Ⓐ 希望　　　Ⓑ 願望　　　Ⓒ 等候　　　Ⓓ 等待

12. 我一直想要_____一個好的運動習慣，不過老是忙得找不到機會。
    Ⓐ 保養　　　Ⓑ 調養　　　Ⓒ 認養　　　Ⓓ 培養

13. 小趙常跟分公司的同事_____交流，討論新想法，週末也常跟不同部門的同事溝通。
    Ⓐ 約　　　Ⓑ 碰見　　　Ⓒ 約定　　　Ⓓ 見面

三、選詞填空

(一)

　　度過一個又省錢又＿＿14＿＿的週末假期，卻不是什麼事都不做，哪裡都不去的無聊週末喔！這裡要＿＿15＿＿大家一些花小錢享受週末的＿＿16＿＿，像是淡水一日遊、碧潭半日遊。在淡水不到一百元便能吃一頓有機早午餐，再吹吹海風、騎騎腳踏車、喝喝下午茶、看看免費的戲劇表演，還可以坐渡輪到對岸八里參觀原住民博物館或是在漁人碼頭看夕陽。如果去碧潭可以踩小船、騎單車，享受沒有汙染、慢活的旅遊，還有附近的美食。這真是難得的機會，幾百塊就能全部玩個＿＿17＿＿，兩人同行再折一百。機不可失，請您馬上撥打＿＿18＿＿電話。0800—654321，0800—654321，我們有專人為您服務。

14. Ⓐ 充實　　　　Ⓑ 充滿　　　　Ⓒ 充分　　　　Ⓓ 充當
15. Ⓐ 提醒　　　　Ⓑ 提前　　　　Ⓒ 提供　　　　Ⓓ 提名
16. Ⓐ 方向　　　　Ⓑ 方式　　　　Ⓒ 情形　　　　Ⓓ 情況
17. Ⓐ 滿足　　　　Ⓑ 滿意　　　　Ⓒ 完　　　　　Ⓓ 夠
18. Ⓐ 繳費　　　　Ⓑ 白費　　　　Ⓒ 免費　　　　Ⓓ 消費

(二)

　　自從智慧型手機出現＿＿19＿＿，笨重的電腦就從桌上＿＿20＿＿進口袋裡面了，而現在巨仁科技公司會在今年底或明年＿＿21＿＿公開這一副最新的研究發明—可以連接網路的眼鏡。這副眼鏡的樣子像是科幻的太陽眼鏡，可是沒有鏡片。這種眼鏡不但有時間、行事曆、＿＿22＿＿有新電子郵件的顯示，還有地圖、指路和照相等功能。能隨身「戴著走」，是不是比數位電腦更輕更方便？讓我們一起期待這個新科技的到來，人跟人之間＿＿23＿＿更快速，生活更便利。

19. Ⓐ 前　　　　　Ⓑ 以前　　　　Ⓒ 來　　　　　Ⓓ 以來
20. Ⓐ 拉　　　　　Ⓑ 裝　　　　　Ⓒ 接　　　　　Ⓓ 排
21. Ⓐ 初　　　　　Ⓑ 始　　　　　Ⓒ 開始　　　　Ⓓ 末
22. Ⓐ 宣布　　　　Ⓑ 發表　　　　Ⓒ 通知　　　　Ⓓ 通話
23. Ⓐ 通知　　　　Ⓑ 通過　　　　Ⓒ 連接　　　　Ⓓ 聯絡

四、材料閱讀

(一) 廣播

各位親愛的觀眾：

晚安！國家劇院十分感謝大家今晚的蒞臨。這是得到今年金獅獎最佳戲劇獎的當代話劇表演。表演即將開始，請各位嘉賓先入座。進入觀眾席以後請勿飲食，並將手機關機。表演進行時禁止任何錄影、攝影或錄音，國家劇院感謝您的配合。

五分鐘以後表演就要開始，請您盡快入座。表演開始後請勿隨意走動以免打擾其他觀眾。中場休息是十五分鐘。有任何問題也可以向各出口的工作人員詢問，我們將盡快為您服務。

今晚希望您能擁有一個充滿文藝氣息的心靈饗宴和美好的仲夏之夜。

24. 這是什麼？
 (A) 話劇開演前的廣告
 (B) 話劇開演前的廣播
 (C) 話劇表演的節目單
 (D) 得獎話劇的感謝詞

25. 下面哪一個說法是這廣播裡提到的？
 (A) 表演再十分鐘就要開始了
 (B) 希望有個美好的夏日夜晚
 (C) 記得表演後五分鐘要關上手機
 (D) 中場休息十五分鐘可以自由攝影

(二) 廣告

天氣這麼熱，誰會想在大太陽下流汗運動？
難怪年輕人覺得睡覺是最受歡迎的休閒活動！
你想在冷氣房裡輕輕鬆鬆地遨遊奇幻世界嗎？
這裡是全台放映廳最多、座位最寬敞舒適，
全國音效最佳、服務最好的奇幻世界電影城！
我們誠摯地邀請您和朋友相約，
享受一個有活力、又涼快的夏日。

現場購票除早場以外，四人同行皆有九折特惠。
網路預約訂票可享九五折優待和飲料對折特惠，
四人同行可享九折優惠和飲料對折特惠。
或來電0800—080321預約，也可同享網路訂票之優惠。

分時段計費：

早 場 ·上午 **9：00～11：00**
早鳥票 250元
兩人同行附贈一份爆米花

一般場次 ·上午 **11：10～**半夜 **11：30**
成人票 330元
兩人同行附贈一份爆米花

午 夜 場 ·半夜 **11：30～1：30**
成人票 300元
兩人同行附贈一份爆米花

26. 這是什麼廣告？
  Ⓐ 電影的廣告 　　　　　　　Ⓑ 網路的廣告
  Ⓒ 電影院的廣告 　　　　　　Ⓓ 遊樂園的廣告

27. 在這則廣告中，下面哪一個是對的？
  Ⓐ 按照不同時段收費 　　　　Ⓑ 可以在冷氣房運動
  Ⓒ 電話預約可享受買票對折優惠　Ⓓ 四人同行飲料特別優待打九折

五、短文閱讀

　　今年華語片最大影展昨晚結束了。張光明《遠足去》得到最佳導演、最佳男主角兩大獎。

　　雖然張光明的電影美學與藝術，仍然無法在商業市場中競爭，不過它在國際影展或懂得欣賞藝術電影的人眼中卻是值得推薦的。這也是《遠足去》之前宣布未來不會進戲院，只計畫在美術館放映的原因。

　　最佳紀錄片《驚見福爾摩沙》實至名歸，這部影片是所有台灣觀眾今年必須看的電影，它以宏觀的視野，看台灣這片土地的過去、現在與未來。不止是一部高空拍攝的紀錄片，也是年度最好的台灣電影，可惜只入圍兩項，甚至連拍攝難度非常高的攝影獎都沒入圍。

　　新加坡的《老媽不在家》拿下最佳新導演、原著劇本、女配角這三個獎。也許讓人很意外，但進一步思考，這部影片就是反映跨國社會議題，討論當代外勞進入他國家庭以後發生的問題，有喜有悲，得大獎還真是有幾分道理。

28. 關於今年得到最佳導演的影片，下面哪一個是對的？
    Ⓐ 很賣座
    Ⓑ 也得最佳女演員獎
    Ⓒ 不准在美術館播放
    Ⓓ 因為藝術性高而很難進入商業市場

29. 關於《驚見福爾摩沙》，下面哪一個是對的？
    Ⓐ 只觀察過去的台灣
    Ⓑ 因高空攝影難度高而得獎
    Ⓒ 不過是一部紀錄片，因此只入圍了一項
    Ⓓ 是用寬廣的視野探討台灣而得獎的紀錄片

30. 依照上面這段短文的內容，下面哪一個是對的？
    Ⓐ 誰都沒想到《老媽不在家》會拿下三項大獎
    Ⓑ 《老媽不在家》拿下最佳導演、編劇和女配角獎
    Ⓒ 《老媽不在家》討論的跨國界社會議題非常奇怪
    Ⓓ 相對於台港聯合拍攝的大製作，今年新加坡的影片算是比較弱的

▶ **B. 關鍵詞語**

一、主題相關詞語

本單元出處	主題相關詞語
一、對話聽力1.	收聽、播報、路況、播放、流行音樂、廣播電台
一、對話聽力2.	滑、網路、取代、翻閱、螢幕、訂閱、報刊、雜誌、電子書
一、對話聽力3.	世紀、電腦、發明、共享、資訊、溝通、訊息、聯絡、大開眼界
一、對話聽力4.	傳播、迅速、代替、消失、收音機
一、對話聽力5.	查、平板、手機、方便、實用、輕便、上網、速度、不相上下
三、選詞填空(一)	撥、便宜、享受、免費、渡輪、夕陽、專人、服務、無聊、一頓、度過、有機、步調、緩慢、機不可失
三、選詞填空(二)	笨重、公開、連接、眼鏡、顯示、功能、便利、科技、科幻、行事曆、戴（眼鏡）、電子郵件
四、材料閱讀(一)	話劇、觀眾、入座、配合、入席、視線、文藝、美好、心靈、表演、禁止、錄影
四、材料閱讀(二)	寬敞、舒適、邀請、特惠、難怪、流汗、早鳥票、爆米花
五、短文閱讀	閉幕、競爭、推薦、放映、宏觀、視野、跨國、當代、討論、攝影、跌破眼鏡

二、常用詞組

本單元出處	常用詞組	例句
一、對話聽力1.	收聽路況	開車前應該先規畫時間、收聽路況，選擇最安全快速的路。
二、完成句子12.	培養習慣	從小就要培養良好的生活習慣。
三、選詞填空(一)	度過假期	為迎接暑假，學校舉辦了一系列活動，希望讓學生度過充實愉快的假期。
三、選詞填空(一)	有機早午餐（有機＋N）	有機蔬果沒有農藥，比較健康。
三、選詞填空(一)	撥／打／撥打……電話	目前各國撥打國際電話的代碼都不太一樣。
三、選詞填空(二)	戴（眼鏡）	爺爺看書時得戴著老花眼鏡才看得清楚。
四、材料閱讀(一)	充滿……氣息	今天晚會有學生精彩的表演，讓聖誕夜充滿活潑熱鬧的氣息。
五、短文閱讀	進入市場	廠商都知道：新產品要進入別國市場時，都會遇到一些困難。

Note

A. 測驗練習

一、對話聽力

1.
   (A) 女兒覺得各送各的,要不然太小氣了
   (B) 女兒覺得送球鞋比送球衣好,要不然太小氣了
   (C) 他們打算帶爸爸來試穿球鞋,這樣尺寸就不會錯了
   (D) 由於他們不知道爸爸的尺寸,所以現在不買衣服也不買鞋

2.
   (A) 她的娛樂是語言交換
   (B) 她利用語言交換的時間聽英文廣播
   (C) 她從英文新聞中學會了很多英文單字
   (D) 語言交換教她很多單字,她才聽得懂英文新聞

3.
   (A) 因為這位先生想變得年輕一點,所以才刮了鬍子
   (B) 有可能是這位先生沒刮鬍子,所以小王才認不出來
   (C) 因為小王跟這位先生很熟,所以他覺得不需要打招呼
   (D) 有可能是因為這位先生的穿著沒有平常那麼正式,所以小王才認不出來

4.
   (A) 她簽證已經辦好了
   (B) 她打算先辦好簽證,再買外套
   (C) 她三個月以後才要出國,所以不急著辦簽證
   (D) 由於要出國三個月,所以這位先生決定幫她整理東西

5.
   (A) 那家餐廳只提供一種早午餐
   (B) 那家餐廳過了十二點也可以點早午餐
   (C) 這位小姐決定中午以前到那家餐廳去
   (D) 因為明天是晴天,所以他們要到湖邊游泳

二、完成句子

6. 在大都市裡，公園是一般人做休閒活動常去的_____。
   Ⓐ 地方　　　　Ⓑ 地帶　　　　Ⓒ 地位　　　　Ⓓ 地區

7. 到社區活動中心的健身房去運動，_____比去一般私人的健身房低。
   Ⓐ 租金　　　　Ⓑ 學費　　　　Ⓒ 小費　　　　Ⓓ 費用

8. 週末看電影的人比較多，還是_____網路訂票吧！這樣就不用排隊了。
   Ⓐ 經過　　　　Ⓑ 值得　　　　Ⓒ 使用　　　　Ⓓ 接受

9. 很多人假日去騎腳踏車，_____是運動，但是也可以到處去看看美麗的風景。
   Ⓐ 目前　　　　Ⓑ 目的　　　　Ⓒ 有的　　　　Ⓓ 原因

10. 都市生活的壓力讓越來越多人_____走向大自然。
    Ⓐ 請求　　　　Ⓑ 要求　　　　Ⓒ 願望　　　　Ⓓ 渴望

11. 夏季的海邊有各式各樣的水上活動，吸引許多追求_____的年輕人和學生。
    Ⓐ 激起　　　　Ⓑ 刺激　　　　Ⓒ 激動　　　　Ⓓ 激烈

12. 小王週末沒事就在家上網，從來不_____出去走走。
    Ⓐ 敢　　　　　Ⓑ 該　　　　　Ⓒ 需　　　　　Ⓓ 肯

13. 有的上班族一下班，就_____去別的地方打工，完全沒有休息的時間。
    Ⓐ 隨便　　　　Ⓑ 隨地　　　　Ⓒ 立刻　　　　Ⓓ 快要

三、選詞填空

> **(一)**
> 　　羅小姐每天長時間工作，__14__的生活讓她生了一場大病。她說：「我的工作是照顧別人，卻忘了要__15__照顧自己。」病好後她改變了__16__的生活習慣，開始運動。聽說像瑜伽__17__的運動很適合女生來做，她就決定去學。她練習了半年多的瑜伽後，覺得__18__好多了，不像以前那麼容易累。

14. Ⓐ 緊張　　　　Ⓑ 用功　　　　Ⓒ 要緊　　　　Ⓓ 嚴重

15. Ⓐ 好些　　　Ⓑ 好幾　　　Ⓒ 好好　　　Ⓓ 好久
16. Ⓐ 未來　　　Ⓑ 將來　　　Ⓒ 從來　　　Ⓓ 本來
17. Ⓐ 那邊　　　Ⓑ 那樣　　　Ⓒ 同樣　　　Ⓓ 那麼
18. Ⓐ 感情　　　Ⓑ 精神　　　Ⓒ 信心　　　Ⓓ 態度

（二）　　近幾年，騎腳踏車變成一種全民運動了。路上騎腳踏車的人 __19__ 了很多，有的人是騎車運動，有的人是 __20__ 捷運站提供的免費腳踏車上下班。騎腳踏車除了方便，也代表了一種年輕又健康的生活 __21__ 。不過除了上下班的馬路或住家附近的公園，很多人還希望 __22__ 更多有趣的自行車道。 __23__ ，如果騎起來不太難，還能欣賞河邊或田邊美麗的風景，那就更理想了。

19. Ⓐ 長大　　　Ⓑ 提高　　　Ⓒ 進步　　　Ⓓ 增加
20. Ⓐ 不用　　　Ⓑ 慢用　　　Ⓒ 利用　　　Ⓓ 有用
21. Ⓐ 方式　　　Ⓑ 方面　　　Ⓒ 方向　　　Ⓓ 方法
22. Ⓐ 發現　　　Ⓑ 發生　　　Ⓒ 想到　　　Ⓓ 遇到
23. Ⓐ 最後　　　Ⓑ 最好　　　Ⓒ 只好　　　Ⓓ 只有

四、材料閱讀

（一）優惠券 ✂

水上樂園「清涼假期」 優惠券

優惠辦法：（活動日期：**7/1-8/31**）

辦法一 活動期間內，現場買票就可用本券免費換冰品一份。

辦法二 活動期間內，姓名內有「冰」字者，出示身分證就可免費入場。

注意事項：

1. 現場購買全票或學童票皆可使用本券。

2. 本券限活動期間內，供一人單次使用，優惠辦法二選一。

3. 本券不得折換現金，不得跟其他優惠券合併使用。

24. 使用這張優惠券有什麼要注意的？
　Ⓐ 只可使用一次
　Ⓑ 全年都可使用
　Ⓒ 不是現場買票也可使用
　Ⓓ 只有學生或兒童買票才可使用

25. 這張優惠券的優惠辦法是什麼？
　Ⓐ 可換現金使用
　Ⓑ 任何人用這張優惠券都可以免費入園
　Ⓒ 只要條件適合，可同時使用兩種辦法
　Ⓓ 現場買票者只要用這張優惠券就可以免費吃冰

(二) 海報

2017 師大 書香日活動

日期：本週六下午四點到晚上九點
地點：師大校本部校園
主辦：師大英文系系學會主辦

當天活動內容 ⋯⋯⋯⋯⋯⋯⋯⋯⋯⋯

16-17PM【草地讀書會】
兩人一組，各組可免費拿一本新書

17-18PM【愛書人市集】
二手書拍賣、交換

19-21PM【書香晚會】
表演、小遊戲、抽獎活動

現場備有點心飲料，有吃有喝有玩，
歡迎全校師生免費入場！
校內活動，謝絕校外人士入場。

26. 有關當天活動的參加方式，下面哪一個是對的？
 Ⓐ 校外人士也可以參加
 Ⓑ 所有活動都不收門票
 Ⓒ 所有活動都要兩人一組才可以參加
 Ⓓ 所有活動舉行地點都在師大英文系

27. 有關當天活動的內容，下面哪一個是對的？
 Ⓐ 抽獎活動會在晚間進行
 Ⓑ 必須買點心飲料才可入場
 Ⓒ 想買新書的可以參加「愛書人市集」
 Ⓓ 參加「草地讀書會」的每個人都可以得到一本新書

五、短文閱讀

（廣播新聞）
　　昨天（5月26日）在台南棒球場有一場棒球賽，請到台南獅隊跟桃園猿隊來比賽。比賽一開始，由台南市長投出第一球，完成開球。中場休息時間有啦啦隊表演，這支啦啦隊共有八位美女隊員，都是來自全台各地的大學生，全都會唱歌也會跳舞。她們一連跳了三支舞，很多人都搶著拍她們的照片。而且她們又叫又跳，讓現場的每個人都跟著她們動了起來。賽後，市長接受訪問，感謝來現場加油的一萬多人，這場比賽以表演為主要目的，門票收入將用來幫助台南地區家庭環境不好的學生球員。

28. 關於這場比賽，下面哪一個是對的？
 Ⓐ 在桃園舉行
 Ⓑ 這是一場啦啦隊比賽
 Ⓒ 這是一場棒球表演賽
 Ⓓ 比賽的門票要用來幫助全台各地
　　的家庭

29. 市長在現場進行了什麼活動？
 Ⓐ 負責開球
 Ⓑ 表演啦啦隊
 Ⓒ 訪問來加油的人
 Ⓓ 讓現場很多人拍照

30. 啦啦隊的表現怎麼樣？
    Ⓐ 她們幫大家拍照
    Ⓑ 她們一連唱了三首歌
    Ⓒ 她們都是台南的大學生
    Ⓓ 她們讓現場的人也又叫又跳

B. 關鍵詞語

一、主題相關詞語

本單元出處	主題相關詞語
一、對話聽力1.	球衣、禮物、小氣、尺寸、清楚、正確、試穿
一、對話聽力2.	用功、單字、廣播、娛樂、語言、交換、新聞
一、對話聽力3.	平常、健身房、打招呼、穿著、認得、正式、刮鬍子、年輕
一、對話聽力4.	氣溫、零下、準備、簽證、立刻、動手、來不及
一、對話聽力5.	主意、推薦、餐廳、環境、欣賞、擔心、隨時
三、選詞填空(一)	緊張、照顧、改變、瑜伽、適合、精神
三、選詞填空(二)	全民、增加、利用、提供、方式、發現、有趣、欣賞
四、材料閱讀(一)	優惠、免費、出示、折換、現金、合併
四、材料閱讀(二)	書香、校園、主辦、學會、備有、草地、市集、拍賣、抽獎
五、短文閱讀	比賽、市長、休息、啦啦隊、一連、表演、收入

二、常用詞組

本單元出處	常用詞組	例句
三、選詞填空(一)	改變習慣	所謂人不可貌相，我們與人交往，只要改變看人的習慣，就可以看到新的東西。
五、短文閱讀	接受訪問	她與她的丈夫首次接受新聞媒體的訪問時誓言，他們願繼續為民主奮鬥到底。
五、短文閱讀	以……為（主要）目的	清潔隊員每天勤奮地工作，卻領著微薄的薪水，但他們服務熱誠不減，敬業負責，確實做到人生以服務為目的的訓示，真讓人敬佩。

A. 測驗練習

一、對話聽力

1. Ⓐ 肉都壞了，所以有臭味
   Ⓑ 肉都好了，可是他還不想吃
   Ⓒ 肉都好了，他真想馬上就吃
   Ⓓ 他怕肉都壞了，所以他只吃了
   一口

2. Ⓐ 價錢對學生來說很實在
   Ⓑ 菜色都差不多，很容易就吃膩了
   Ⓒ 味道跟家鄉的不太一樣，所以她
   吃不慣
   Ⓓ 裡面的料除了一種肉以外，只有
   三種蔬菜

3. Ⓐ 只要是混的肉餡就沒有營養價
   值，最好不要吃
   Ⓑ 按照傳統做法，獅子頭的肉餡中
   有肉、新鮮配料、雞蛋
   Ⓒ 有些漢堡肉使用的肉不到一半，
   所以油分比一般的肉要低
   Ⓓ 為了降低賣價，有些早餐店賣的
   漢堡肉中只有肉，不加其他東西

4. Ⓐ 這次家庭派對的菜色只有西式
   料理
   Ⓑ 他們覺得菜已經夠多了，用不
   著再吃炸雞和水餃
   Ⓒ 最適合的菜色是平常的家庭料
   理，因為大人小孩都敢吃
   Ⓓ 他們要等大家來了一起準備咖
   哩，裡面要放蔬菜、肉、香料、
   辣椒

5. Ⓐ 所有西式基礎食材都找得到，但
   沒什麼特殊食材
   Ⓑ 所有食材都可以零買，減少包裝
   上的浪費，也不用怕吃不完
   Ⓒ 店裡賣的油、酒、醋類各30多
   種，米食、義大利麵共10多種
   Ⓓ 很多從來不下廚的人，雖然覺得
   這家店很親切，但並不會買東西
   回去

二、完成句子

6. 爺爺吃完飯，一定會＿＿＿＿＿泡杯茶來喝。

   Ⓐ 順利　　　Ⓑ 順路　　　Ⓒ 順便　　　Ⓓ 方便

7. 把碗裡的飯吃乾淨，是＿＿＿＿＿食物的表現。

   Ⓐ 珍貴　　　Ⓑ 寶貴　　　Ⓒ 喜愛　　　Ⓓ 愛惜

8. 做菜的時候不小心放進了＿＿＿＿＿的鹽和油，會影響整道菜的口感。

   Ⓐ 超過　　　Ⓑ 過量　　　Ⓒ 過分　　　Ⓓ 十分

9. 做巧克力蛋糕要先讓鍋裡的巧克力融化，同時要注意溫度＿＿＿＿＿時間。

   Ⓐ 又　　　　Ⓑ 與　　　　Ⓒ 連　　　　Ⓓ 卻

10. 常常吃同樣的菜會膩，所以我沒事就喜歡一個人在廚房裡＿＿＿＿＿新菜。

    Ⓐ 討論　　　Ⓑ 表演　　　Ⓒ 研究　　　Ⓓ 檢查

11. 王小姐在陽台上種了一些植物，有的不但好看，＿＿＿＿＿了還可以用來做菜。

    Ⓐ 收　　　　Ⓑ 裝　　　　Ⓒ 抬　　　　Ⓓ 摘

12. 姊姊常常在＿＿＿＿＿吃東西，吃了就睡，為什麼還是那麼瘦？

    Ⓐ 半天　　　Ⓑ 半夜　　　Ⓒ 過夜　　　Ⓓ 宵夜

13. 王媽媽做菜總是放很多鹽和辣椒，因為王伯伯的口味很＿＿＿＿＿。

    Ⓐ 重　　　　Ⓑ 香　　　　Ⓒ 濃　　　　Ⓓ 強

三、選詞填空

> **(一)**
>
> 　　最近李小姐整天都在外面跟客戶談生意，三餐不＿14＿，忙起來就忘記吃了。沒想到才過了一個月，她卻胖了兩公斤。＿15＿的原因是每天下午她都會買一杯700cc的含糖飲料，例如珍珠奶茶、冰咖啡，而且已經＿16＿一種習慣了，一天不喝就感覺怪怪的。
>
> 　　為了一天的活力，至少要好好地吃一＿17＿飯。另外，含糖飲料熱量太高，最好少喝。不管怎麼忙，還是要＿18＿自己的身體才對。

14. Ⓐ 經常　　　Ⓑ 平常　　　Ⓒ 正確　　　Ⓓ 正常
15. Ⓐ 主人　　　Ⓑ 主任　　　Ⓒ 主要　　　Ⓓ 主意
16. Ⓐ 變　　　　Ⓑ 變成　　　Ⓒ 變化　　　Ⓓ 改變
17. Ⓐ 頓　　　　Ⓑ 趟　　　　Ⓒ 回　　　　Ⓓ 次
18. Ⓐ 考慮　　　Ⓑ 愛惜　　　Ⓒ 欣賞　　　Ⓓ 講究

◤(二)◢　　大偉留學的時候，住在一個華人家庭裡。 19 他們一起吃飯、生活，而且他還學會了做幾道小吃。在這幾道小吃當中，他最有 20 的就是酸辣麵。做的時候，除了麵條，要準備的 21 很簡單，有黑醋、麻油、辣醬、醬油。接著，只要用一匙黑醋、半匙麻油、半匙辣醬、兩匙醬油，就能做出 22 好吃的酸辣麵醬了。回國以後，大偉做給家人吃， 23 辣得大家鼻涕、眼淚一直流！

19. Ⓐ 陪著　　　Ⓑ 順著　　　Ⓒ 跟著　　　Ⓓ 接著
20. Ⓐ 自信　　　Ⓑ 自在　　　Ⓒ 自由　　　Ⓓ 自動
21. Ⓐ 顏料　　　Ⓑ 衣料　　　Ⓒ 醬料　　　Ⓓ 資料
22. Ⓐ 正　　　　Ⓑ 真正　　　Ⓒ 正常　　　Ⓓ 正確
23. Ⓐ 其實　　　Ⓑ 再說　　　Ⓒ 幸好　　　Ⓓ 結果

四、材料閱讀

（一）廣告

坪林伴手・茶鄉名產

文山包種茶是台灣北部的名茶品種。

茶湯是鮮綠色的，味道清甜香氣厚，是茶中極不苦，台灣人愛喝，外國人也愛喝，是過年送禮的最佳選擇。用包種茶做的茶油，加熱時不容易產生油煙，營養豐富，用來做菜最健康，還可以用來護膚、護髮，廣受各年齡層的喜愛。

文山包種茶

24. 這則廣告中說的「茶鄉」是指什麼？
　　Ⓐ 台灣　　　　　Ⓑ 坪林　　　　　Ⓒ 文山　　　　　Ⓓ 高山

25. 關於文山包種茶，下面哪一個是對的？
　　Ⓐ 產於台灣南部的名茶之一
　　Ⓑ 茶色鮮綠，香氣厚、味道苦
　　Ⓒ 做成茶油以後不能拿來做菜，因為加熱時容易有油煙
　　Ⓓ 做成茶油以後可以用來美容，一般人不分年齡都很喜愛

(二) 新聞

（本報訊）某連鎖速食店昨舉辦國際早餐日。從早上七點起，在全球**5000**家分店，共免費送出**500**萬個漢堡，送完為止。發言人表示，這個活動的目的是利用推廣早餐，鼓勵大家早睡早起，活得更健康。

昨天台灣共送出34萬個，吸引全台各地數十萬人早起搶免費早餐，有學生、上班族、早起運動的老人，還有第一次吃到漢堡的街友。一般人的反應相當好，還有很多人表示希望以後常常舉辦這樣的活動。不過，記者訪問了路人，有人卻覺得這只是速食店打廣告的題材，所以不會去排隊。還有人認為，與其排隊去領，不如把機會留給有需要的人。

26. 這家連鎖速食店為什麼要送免費的漢堡？
　　Ⓐ 做好事　　　　　　　　　　Ⓑ 推廣一般人吃早餐
　　Ⓒ 鼓勵一般人早起去運動　　　Ⓓ 慶祝全球第5000家分店開店

27. 關於這個活動，下面哪一個是對的？
　　Ⓐ 昨天台灣共送出500萬個免費漢堡
　　Ⓑ 反應不好，以後不會再舉辦這樣的活動
　　Ⓒ 有人認為免錢的早餐只是打廣告的方式
　　Ⓓ 有人認為速食店應該多提供一點免費漢堡給有需要的人

五、短文閱讀

根據新聞報導，台灣兒童肥胖的比例佔全體的28%，排名全球第十六。主要的是台灣小學生花在上網跟看電視的時間太長，各是運動的七倍和五倍。另外，小學生在學校上體育課的時間每週平均只有80小時，低於日本、新加坡、中國等國。再加上學校附近速食店一家連著一家，一到放學時間，小學生很容易就吃到各種高熱量食物。這種現象越來越普遍，值得學校、家庭重視。

小學生飲食習慣不佳，跟父母的觀念也有關係。父母擔心孩子營養不良，讓他們吃下過多的肉類和糖分，結果孩子就吃不下蔬菜水果了。久了以後，蔬菜水果自然也引不起孩子的興趣。這樣一來，孩子不但不健康，還會因而提高變胖的機率，可見父母的錯誤觀念也是造成兒童肥胖的原因之一。

28. 有關台灣小學生肥胖的問題，哪一個對？
Ⓐ 這種現象越來越普遍
Ⓑ 速食店在學校附近一家也沒有
Ⓒ 小學體育課每週的時數比80小時多
Ⓓ 兒童每週上網的時間是運動時間的五倍

29. 孩子的「飲食習慣不佳」，是指什麼？
Ⓐ 分量不夠
Ⓑ 熱量不足
Ⓒ 不肯吃飯
Ⓓ 飲食種類不夠多

30. 根據原文，父母錯誤的觀念會有什麼問題？
Ⓐ 孩子營養不良
Ⓑ 孩子不吃肉類和糖分
Ⓒ 孩子變胖的機率提高了
Ⓓ 孩子吃下過多蔬菜水果

B. 關鍵詞語

一、主題相關詞語

本單元出處	主題相關詞語
四、材料閱讀(一)	名產、品種、香氣、清甜、極品、選擇、油煙、年齡
四、材料閱讀(二)	連鎖、免費、目的、推廣、鼓勵、發布、吸引、注意、趁、相約、領、經濟、困難
五、短文閱讀	佔、倍、平均、現象、普遍、重視、佳、觀念、營養不良

二、常用詞組

本單元出處	常用詞組	例句
四、材料閱讀(一)	廣受……（的）喜愛	這本書廣受老師和學生的喜愛。
五、短文閱讀	引（不）起興趣	她失戀了，什麼事都引不起她的興趣。

愛就是把菜吃光光

A. 測驗練習

一、對話聽力

1. Ⓐ 沒帶大禮物到朋友家去，就很失
      禮
   Ⓑ 到朋友家吃晚飯，是一件很麻煩
      的事
   Ⓒ 特地到朋友家吃年夜飯，是很打
      擾別人的事
   Ⓓ 為了不失禮，到朋友家去吃飯應
      該帶點禮物去

2. Ⓐ 男同學說後天要請大家吃湯圓
   Ⓑ 女同學不只要吃鹹的也喜歡甜的
   Ⓒ 每個節慶都有特別的菜，元宵節
      就是吃元宵或湯圓
   Ⓓ 女同學要到南部去放天燈，可是
      男同學要去北部玩

3. Ⓐ 小玲什麼菜都想吃
   Ⓑ 小玲除了辣的什麼菜都不吃
   Ⓒ 印尼菜、印度菜，還有泰國菜都
      是辣的
   Ⓓ 印尼菜、印度菜，還有泰國菜不
      見得都是辣的

4. Ⓐ 他不知道自己為什麼變胖了
   Ⓑ 他是一個連喝水都會胖的人
   Ⓒ 他吃得並不多，可是重了五公斤
   Ⓓ 餓的時候也會有口渴的感覺，最
      好先喝水

5. Ⓐ 這位先生不管吃什麼都不會變胖
      的
   Ⓑ 這位小姐年紀大了，每天只能少
      吃一餐
   Ⓒ 這位小姐一天都吃四、五餐，也
      常常吃大餐
   Ⓓ 這位先生的減重計畫從來都沒成
      功過，是因為不喜歡運動

二、完成句子

6. 我們應該先_____好大家都有空的時間聚一聚，吃吃飯。
   Ⓐ 排定　　　Ⓑ 排放　　　Ⓒ 安排　　　Ⓓ 排列

7. 他很會做菜，沒一會兒就可以_____一桌的菜來。
   Ⓐ 變成　　　Ⓑ 變出　　　Ⓒ 變化　　　Ⓓ 變換

8. 你知道這一道酸酸甜甜的_____排骨吧。
   Ⓐ 麻辣　　　Ⓑ 紅燒　　　Ⓒ 糖醋　　　Ⓓ 清燉

9. 聽說你有不少_____菜，改天到你家聚餐，好嗎？
   Ⓐ 拿手　　　Ⓑ 拿捏　　　Ⓒ 拿定　　　Ⓓ 拿住

10. 瓜_____的蔬菜水果是最適合在夏天吃的。
    Ⓐ 種　　　　Ⓑ 類　　　　Ⓒ 科　　　　Ⓓ 系

11. 用餐時中國人_____先吃飯，再喝湯。
    Ⓐ 習性　　　Ⓑ 習得　　　Ⓒ 習慣　　　Ⓓ 慣性

12. 為什麼很多商店每個月會有一兩天在店門口桌上_____食物和飲料拜拜呢？
    Ⓐ 布置　　　Ⓑ 擺上　　　Ⓒ 裝上　　　Ⓓ 安排

13. 買新鮮的材料回家做女朋友的生日大餐，我敢_____她一定開心極了。
    Ⓐ 保守　　　Ⓑ 保養　　　Ⓒ 保護　　　Ⓓ 保證

三、選詞填空

(一)

　　綠茶是一種很健康的飲料。茶能讓人__14__、有精神，其中最__15__的原因是有咖啡因。現代科學研究已經__16__：少量咖啡因對身體的好處多，壞處少。但是綠茶也不是人人都合適的，如果有失眠症的，或是貧血的都要__17__。當然孕婦、小孩、空著肚子，還有血糖太低的人也都不適宜喝綠茶。總之，除了上面那些情形以外，綠茶對一般人的保健__18__，是其他茶葉的兩倍或兩倍以上。

14. Ⓐ 高興　　　Ⓑ 興奮　　　Ⓒ 開心　　　Ⓓ 刺激
15. Ⓐ 主要　　　Ⓑ 必要　　　Ⓒ 需要　　　Ⓓ 首要
16. Ⓐ 保證　　　Ⓑ 根據　　　Ⓒ 證據　　　Ⓓ 證明
17. Ⓐ 離開　　　Ⓑ 分開　　　Ⓒ 避免　　　Ⓓ 以免
18. Ⓐ 能力　　　Ⓑ 實力　　　Ⓒ 力量　　　Ⓓ 效果

（二）　　同樣是吃水果，如果　19　上午吃，對身體最好，也更有營養　20　，但是有些水果是不可以在飯前空肚子吃的，　21　餐前吃的水果最好選不太酸也不太甜的，像是蘋果、梨、香蕉等。上午吃容易消化的水果，可以讓人獲得一天在工作上或學習活動上所　22　的營養，而且水果酸酸甜甜的　23　，也可讓人覺得有精神。

19. Ⓐ 改選　　　Ⓑ 當選　　　Ⓒ 選舉　　　Ⓓ 選自
20. Ⓐ 價值　　　Ⓑ 價格　　　Ⓒ 內容　　　Ⓓ 部分
21. Ⓐ 適應　　　Ⓑ 適合　　　Ⓒ 舒適　　　Ⓓ 合適
22. Ⓐ 追求　　　Ⓑ 需要　　　Ⓒ 使用　　　Ⓓ 要求
23. Ⓐ 美味　　　Ⓑ 口味　　　Ⓒ 味道　　　Ⓓ 胃口

四、材料閱讀

（一）餐券

24. 下面哪一個說法是左邊這張套餐餐券上面所說的？
　Ⓐ 限定了使用日期　　　　　Ⓑ 提供葷食、素食都有
　Ⓒ 限定一人僅能使用一券　　Ⓓ 春節期間除夕到初二也不必補差價

25. 右邊這張是左邊這家餐廳上菜要確認的單子，下面哪一個是單子上<u>沒有</u>的菜餚？
　Ⓐ 淮山和果汁　　　　　　　Ⓑ 魚翅和豆腐
　Ⓒ 壽司和蔬菜　　　　　　　Ⓓ 麻油麵線和湯

(二) 廣告

大學校園餐廳 ⋯⋯⋯⋯⋯⋯⋯⋯⋯⋯⋯⋯⋯⋯⋯⋯⋯⋯⋯⋯⋯⋯

誠徵

正職人員（儲備主管）
- 歡迎肯接受公司完整訓練從基礎做起的您！
- 歡迎有志成為餐廳店長或管理連鎖店的主管以及想學習其他餐飲專業的人！
- 歡迎對體力有信心，喜歡挑戰學習新事物須配合公司展店計畫與教育的您！

＊每三個月一次升等考試，升遷管道明確，重視員工教育

大學店計時人員
- 上班時間彈性任選！
- 沒經驗也OK！只要有服務熱忱！
- 歡迎對體力有信心，喜歡挑戰學習新事物的您！

時薪：**135**元

＊每三個月一次升等考試，通過後調高時薪與免費員工餐的額度。

歡迎至現場填寫履歷面試
或上人力銀行投遞履歷

即日起持有師生、職員工作證等證件或敦親睦鄰卡，
即可享有飲料**半價**優惠

【一桌只需出示一張即可】
【請於點餐時出示】

26. 上圖是什麼廣告？
    Ⓐ 餐館求職的廣告　　　　　Ⓑ 大學徵才的廣告
    Ⓒ 大學求職的廣告　　　　　Ⓓ 餐館徵才的廣告

27. 在這兩則廣告中，下面哪一個是對的？
    Ⓐ 上面的廣告在找計時儲備主管
    Ⓑ 上面的廣告在找計時工作人員
    Ⓒ 下面的廣告說明一桌有一杯半價飲料
    Ⓓ 下面的廣告僅有大學工作證的證明才有半價飲料

五、短文閱讀

　　現在亞洲人的飲食習慣越來越西化了。以前大部分的亞洲人一天三餐都吃米飯，可是現代人早飯大都吃麵包和蛋奶類食物。在一般商店裡可以看到各式各樣的西式食品，像是麵包或西式糕點、洋芋片、罐頭食品和各種飲料。

　　從前亞洲人不習慣喝牛奶，只有少數人早餐會喝牛奶，但是現代人們已經知道牛奶含有多種營養，對身體很好，所以喝的人越來越多了。因為大部分上班的人用餐時間很短，為了省時間，常會選擇又快又方便的西式速食，所以西方的飲食文化正在改變許多亞洲人的飲食習慣。

28. 按照上面這段短文內容，下面哪一個是對的？
    Ⓐ 從前亞洲人一直習慣喝牛奶
    Ⓑ 從前亞洲人並不習慣喝牛奶
    Ⓒ 以前大部分的亞洲人早餐都喝牛奶
    Ⓓ 以前大部分的亞洲人只有晚餐吃米飯

29. 按照上面這段短文內容，下面哪一個是對的？
    Ⓐ 亞洲商店一般不賣罐頭食品
    Ⓑ 一般亞洲人不習慣西式速食
    Ⓒ 現代人每一餐都吃麵包和蛋奶類食物
    Ⓓ 一般商店裡可以看到各式各樣的西式食品

30. 按照上面這段短文內容，下面哪一個是對的？

Ⓐ 牛奶的營養，對身體不好

Ⓑ 亞洲人的飲食習慣並沒被改變

Ⓒ 很多人吃西式速食是為了省時間

Ⓓ 現在大部分的亞洲人一天三餐都吃米飯

B. 關鍵詞語

一、主題相關詞語

本單元出處	主題相關詞語
一、對話聽力1.	年夜飯、打擾、禮物、空手、失禮、麻煩
一、對話聽力2.	元宵節、天燈、蜂炮、節慶、食物、湯圓
一、對話聽力4.	重、胖、餓、喝水、口渴
一、對話聽力5.	大餐、控制、身材、運動、減重
四、材料閱讀(一)	素食、套餐、餐券、販售、差價、上菜、菜餚
四、材料閱讀(二)	廣告、誠徵、正職、主管、計時、人員、證件、半價
五、短文閱讀	飲食、習慣、西化、營養、用餐、速食

二、常用詞組

本單元出處	常用詞組	例句
二、完成句子6.	安排時間	這次旅行，學校安排了一段自由活動的時間。
四、材料閱讀(一)	補足差額	如果改坐另一班火車，應該補足票價的差額。
四、材料閱讀(二)	持有證件	持有公司出入證件的人才能進入研究室。
五、短文閱讀	改變習慣	醫生建議他改變生活習慣，這樣才能保持身體健康。

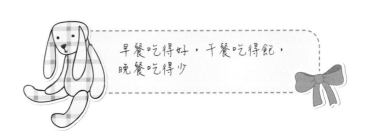

早餐吃得好，午餐吃得飽，
晚餐吃得少

A. 測驗練習

一、對話聽力

1. Ⓐ 這裡的「老伴」指的並不是婚姻
關係的那種
Ⓑ 跟同事、同學、親戚們要常聯
絡，他們才不會忘了我
Ⓒ 以前的好同事、老同學，還有親
戚好友不超過十名最好
Ⓓ 這裡的「老伴」是指婚姻關係的
那種「老公」、「老婆」

2. Ⓐ 這位小姐看起來很忙，但其實並
不是
Ⓑ 這位小姐擔心今晚恐怕無法自己
完成工作
Ⓒ 這位小姐擔心今晚自己做不完
事，需要這位先生幫忙
Ⓓ 這位小姐擔心今晚自己做不完
事，可是還不需要這位先生幫忙

3. Ⓐ 小華平時對朋友都很細心
Ⓑ 小華平時跟誰都很合得來
Ⓒ 細心的先生和害羞的小姐打算祕
密地為朋友小華準備慶生會
Ⓓ 這位先生會幫這位小姐先確定要
參加的朋友，再準備聚餐的地點
和食物

4. Ⓐ 早就發現他跟女朋友個性不合
Ⓑ 誰都說他和他的女友個性不合，
可是他不願意聽
Ⓒ 他的女友以前有一次生氣就半個
月不跟他說話，但是他不敢說分
手
Ⓓ 這位小姐以前就發現他和他的女
友個性不合，但是一直不敢告訴
他

5. Ⓐ 工作時他常因為做錯事而被同事
打頭
Ⓑ 因為在工作時他跟人開玩笑而被
同事打了頭
Ⓒ 他因為平常對那個同事態度總是
不太客氣而被打
Ⓓ 事實上，他只是因為寫錯了兩個
字，那位同事就找他麻煩

二、完成句子

6. 他真是奇怪，把同學的合照放在社群網站上，_____不問人家願不願意。
   Ⓐ 一向　　　　Ⓑ 老是　　　　Ⓒ 從來　　　　Ⓓ 從小

7. 這個球員很有_____，跟隊友的關係也很好，很受大家歡迎。
   Ⓐ 實力　　　　Ⓑ 誠實　　　　Ⓒ 實在　　　　Ⓓ 實際

8. 他還不太會用中文說明自己的感覺和想法，所以常_____得很冷淡。
   Ⓐ 表現　　　　Ⓑ 表達　　　　Ⓒ 表示　　　　Ⓓ 表面

9. 他在外國住了十多年，交了不少好朋友，可是不管是親戚或好朋友，誰都沒辦法
   _____他與「家人」的親密關係。
   Ⓐ 代　　　　　Ⓑ 表示　　　　Ⓒ 取代　　　　Ⓓ 代表

10. 因為他的溝通能力_____，因此常跟同事發生不愉快的事情。
    Ⓐ 不少　　　　Ⓑ 不足　　　　Ⓒ 不滿　　　　Ⓓ 不如

11. 為了讓同學們的關係更好，學習也更進步，_____他常鼓勵他的學生下課一起去吃
    飯和讀書。
    Ⓐ 因此　　　　Ⓑ 因為　　　　Ⓒ 原因　　　　Ⓓ 如此

12. 人跟人的關係_____會結束的，要是有機會在一起可得珍惜。
    Ⓐ 早晚　　　　Ⓑ 早日　　　　Ⓒ 早起　　　　Ⓓ 早就

13. 小陳今天趕著下班是為了跟新的女朋友_____。
    Ⓐ 遇到　　　　Ⓑ 約到　　　　Ⓒ 約會　　　　Ⓓ 碰見

三、選詞填空

(一)　　　不論是什麼公司，老闆都希望員工能專心工作，並互相合作完成公司目標。　14　員工如果能全心投入，就不會隨便應付，而會　15　更多，也會有正面效果，這有助於讓其他員工及顧客的心情更好，　16　工作更順利，公司發展得更快。想要　17　地提高工作效率，方法之一就是把同事當「鄰居」。同事之間有良好的　18　與合作關係，這和工作能力一樣重要。

14. Ⓐ 終於　　　　Ⓑ 根本　　　　Ⓒ 畢竟　　　　Ⓓ 最後
15. Ⓐ 提供　　　　Ⓑ 提出　　　　Ⓒ 付出　　　　Ⓓ 花費
16. Ⓐ 把握　　　　Ⓑ 使得　　　　Ⓒ 保證　　　　Ⓓ 保守
17. Ⓐ 有效　　　　Ⓑ 有用　　　　Ⓒ 有力　　　　Ⓓ 有利
18. Ⓐ 了解　　　　Ⓑ 理解　　　　Ⓒ 明白　　　　Ⓓ 溝通

（二）　　良好的同學關係，是得到好成績的必要　19　。同學之間的互相關心和幫助，遠比自己一個人學習的　20　好得多。幫助同學等於幫助自己，學習時除了老師，向同學　21　就是一種最好、最快、最方便的辦法。然而，有一些孩子卻認為，別的同學都好像是運動場上跟自己　22　冠軍的可怕對手，如果幫了別人，別人的成績就會　23　自己，而把同學推開。其實這是一種錯誤的觀念。

19. Ⓐ 條件　　　　Ⓑ 原因　　　　Ⓒ 基礎　　　　Ⓓ 基本
20. Ⓐ 用功　　　　Ⓑ 有效　　　　Ⓒ 效果　　　　Ⓓ 功能
21. Ⓐ 請求　　　　Ⓑ 請教　　　　Ⓒ 邀請　　　　Ⓓ 請問
22. Ⓐ 偷　　　　　Ⓑ 得　　　　　Ⓒ 拿　　　　　Ⓓ 搶
23. Ⓐ 超級　　　　Ⓑ 超過　　　　Ⓒ 越過　　　　Ⓓ 打敗

四、材料閱讀

（一）雜誌文章選讀 ✂

誰是「老伴」？

現代人的觀念中「老伴」不只是「結婚以後的另外一半」，也是「在老年時能真正陪你的人」。由於一般總是依靠婚姻關係的另一半，對很多事情就不容易看得清楚、明白。萬一有一位先走了，另一半就很難接受這種痛苦。

　　根據研究老人的李教授的觀察，大多數在社會福利團體、醫院服務的志工，80%都是女性，年長男性反而不願意走出來。退休後家庭角色互換，女性跑出來，而大多男性卻喜歡待在家裡。

　　研究得到一個結論：團體和情感方面的支援，是決定退休快不快樂的重要原因，影響程度超過金錢。所以就算是單身，也要有很多親近的朋友、家人、鄰居，參加有趣的團體，一樣可以擴大生活圈，享受更美好的老年生活。

　　幸福的退休生活至少包括六個部分，健康、感情、學習、工作、精神信仰及社交活動。找對「老伴」不但可以提高生活品質，還能改善健康與生命的長短。

24. 按照這篇短文的說法，下面哪一個是對的？

Ⓐ 根據調查，在醫院工作的志工有百分之八十都是女性

Ⓑ 現代人大部分都認為老伴只是「結婚以後的另外一半」

Ⓒ 大部分的人都認為依靠另一半，很多事情就容易看得更清楚、明白

Ⓓ 由於一般夫婦的生活壓力都太沈重，反而不期待跟對方一起度過晚年

25. 按照這篇短文關於「退休」後的說法，下面哪一個是對的？

Ⓐ 退休後生活快不快樂，受到情感支援上的影響比金錢方面多

Ⓑ 退休後，多數男性常跑出去當志工，而大多女性卻喜歡在家裡

Ⓒ 幸福的退休生活不超過六個部分，像健康、感情、學習、工作等等

Ⓓ 找好的結婚對象就可以提高退休品質，還能改善健康與生命的長短

(二) 廣告

怎麼讓人改變心意──十小時人際溝通研習講座

想要改變世界，先從學會改變別人的心意開始

家長、老師、教練、醫生、店員、業務員、經理等，其實誰都需要影響別人，改變心意。不過人的天性害怕改變，本次講座將告訴您如何發揮自己的影響力，改變他人的心意、生活，最後能改變未來生活的祕密。

本講座內容

★ 第一，你會發現一種最有可能幫助你改變他人心意的方法，而且每次都有效。

★ 第二，讓人改變心意有兩種方式：一是影響別人做出他自己也認為是正確的決定，二是讓人做出你想要的決定。以上兩種的差別全在你的用心不同。

★ 透過本課程，將會了解你自己特別的長處，找到有效的技巧，獨特的溝通風格，當然就讓你跟別人不一樣。

本課程講師

現任安康保險壽險業務經理，也是連續十年全國壽險保單業績最高的超級業務專員。

本課程費用

每個人三千元。兩人同行五千五。十人以上團體報名，每位兩千元整。

本課程時間

2018年3月2日～ 6日 晚上7：30—9：30 或
2018年4月6日～10日 晚上7：30—9：30 或
2018年5月4日～ 8日 晚上7：30—9：30

本課程地點

安康保險教育大樓14樓演講廳1408室。

本課程報名、聯絡方式：請上網報名繳費 www.ankang.com，或電詢免費專線 0800-012116。

26. 這是哪一種廣告？
Ⓐ 保險業廣告
Ⓑ 研究所廣告
Ⓒ 人際溝通技巧課程廣告
Ⓓ 壽險公司找業務員廣告

27. 在這個廣告中，下面哪一個是對的？
Ⓐ 要改變別人就要先改變世界
Ⓑ 兩人一起報名，費用每個人兩千五
Ⓒ 只有少數人需要學習影響別人、改變心意的技巧
Ⓓ 在課程中發現自己的長處，學到有效的技巧，就能有不同的溝通風格

五、短文閱讀

怎麼跟好同事或朋友說「不」

　　自己不想做或無法做到的事，怎麼拒絕公司同事或好朋友？有以下六種溝通技巧。

　　首先，看場合說「不」。別在眾人面前拒絕，有旁人在會增加傷害。如果實在無法避開其他人，最好馬上找機會與對方說明。其次，表現友好，先肯定再拒絕。與其對他說：「我不同意」，不如微笑著說：「你做得真精彩！不過有些部分還無法完全說服我。」才能讓對方有「沒被完全否定」的感受。再者，如果「態度謙虛」，並先「肯定他人」將會更好。可以表現自己能力不夠，讓對方減少失望的感覺，同時記得「對事」不「對人」。

　　還有，與其跟別人說：「我不能幫你」，不如換個方式說：「我很想幫忙你，但這件事情其實我也不太會做」，甚至推薦更適合的人選。另外，借用別人的話來拒絕，同時主動道歉，可以讓對方知道你的難處，例如：「實在很抱歉，因為我們公司規定……」當對方知道不是你自己能作主的，比較不會對你生氣。或者也可以短暫停留，表示有困難之處。當有辦不到的要求或請求時，先安靜不說話，專心看著對方，就足夠表示你實在很為難。

28. 從這段短文中，非在大家面前拒絕別人不可時，應該怎麼做？
    Ⓐ 直接說我比不上你，最好還是你自己來吧
    Ⓑ 得在眾人面前拒絕對方，才不會增加對自己的傷害
    Ⓒ 要拒絕別人又無法避開眾人時，之後得馬上找機會跟對方說明原因
    Ⓓ 先微笑表示友好，在肯定拒絕對方以後，再讓他感到完全沒被肯定

29. 按照上面這段短文的內容，下面哪一個是對的？
    Ⓐ 「態度客氣」總是比「肯定他人」更好一些
    Ⓑ 為了讓對方沒有失望的感覺，必須推薦更適合的人來幫忙
    Ⓒ 別直接說不幫忙，客氣地說是自己能力不夠好，實在幫不了忙
    Ⓓ 說自己能力不夠，讓對方減少失望的感覺，記得「對人」不「對事」

30. 對別人的請求自己也辦不成的時候，怎麼跟別人說「不」才好？
    Ⓐ 實在很抱歉的話，只好找別人替你拒絕
    Ⓑ 要是自己實在辦不到時，就要找人一起來幫忙
    Ⓒ 試著先別開口說話，同時專心看著他，他會知道你也有困難的
    Ⓓ 直接拒絕對方最好，說明因為公司規定實在太多而無法自己決定

B. 關鍵詞語

一、主題相關詞語

本單元出處	主題相關詞語
一、對話聽力1.	老伴、情人、作伴、婚姻
一、對話聽力2.	擔心、恐怕、倒是
一、對話聽力3.	害羞、祕密、細心、慶祝、大方、搞定
一、對話聽力4.	吵架、分手
一、對話聽力5.	找麻煩、開玩笑、賀卡、動手、態度、客氣
四、材料閱讀(一)	擴大、縮小、生活圈、享受、依靠、沈重、支援、改善
四、材料閱讀(二)	長處、獨特、差別、溝通
五、短文閱讀	態度、謙虛、增加、減少、傷害

二、常用詞組

本單元出處	常用詞組	例句
一、對話聽力3.	等……確定……再……	等時間確定後再告訴我。
四、材料閱讀(一)	提高品質	開餐廳的時候，除了要增加客人喜歡的菜色，還要想辦法提高服務的品質。

快樂要懂得分享，
才能加倍的快樂

Note

A. 測驗練習

一、對話聽力

1. Ⓐ 爺爺學打字是為了上網
   Ⓑ 原來這位先生的爺爺喜歡打字
   Ⓒ 這位小姐的爺爺原來就喜歡打字
   Ⓓ 爺爺覺得一個人在網路世界很無聊

2. Ⓐ 這位小姐沒有臉書不能打卡
   Ⓑ 這位小姐覺得遊玩吃飯不必打折
   Ⓒ 這位小姐不想別人知道她在哪裡
   Ⓓ 這位先生沒有臉書找不到這位小姐

3. Ⓐ 她覺得夜市遊戲最好玩
   Ⓑ 她玩夜市遊戲每次都贏
   Ⓒ 她煩惱時就去玩夜市遊戲
   Ⓓ 她覺得玩夜市遊戲的人很親切

4. Ⓐ 這位歌星難過得哭了
   Ⓑ 這位小姐感動得哭了
   Ⓒ 這位小姐很感動但沒哭
   Ⓓ 這位歌星感動得哭出來了

5. Ⓐ 做惡夢是因為兩人分手了
   Ⓑ 這位小姐常讓這位先生感到痛苦
   Ⓒ 這位先生做了對不起這位小姐的事
   Ⓓ 因為痛苦，所以這位先生不愛這位小姐

二、完成句子

6. 我跟他現在住在學生宿舍的一個房間裡，他是我的_____。
   Ⓐ 同事　　　　　Ⓑ 室友　　　　　Ⓒ 鄰居　　　　　Ⓓ 隔壁

7. 小王的孩子生病了，他請假在醫院_____孩子。
   Ⓐ 關心　　　　　Ⓑ 照顧　　　　　Ⓒ 了解　　　　　Ⓓ 愛護

8. 網路上說追明星的影迷，十個中有六個是女的，也就是說有_____是女的。
   Ⓐ 十分之六　　　Ⓑ 六分之十　　　Ⓒ 百分之六　　　Ⓓ 一百分之六

9. 我對人際關係這個話題很有_____。
   Ⓐ 趣味　　　　　Ⓑ 有趣　　　　　Ⓒ 樂趣　　　　　Ⓓ 興趣

10. 他說話的＿＿＿＿很好聽。

 Ⓐ 聲音   Ⓑ 樣子   Ⓒ 感覺   Ⓓ 力量

11. 這是他的個人生活，跟你沒關係，你＿＿＿＿嗎？

 Ⓐ 不管   Ⓑ 管不了   Ⓒ 管得著   Ⓓ 管不著

12. 為了幫助一個在路上出了意外的人，雖然上課遲到了，還是很＿＿＿＿。

 Ⓐ 值   Ⓑ 值得   Ⓒ 價值   Ⓓ 有價值

13. 約好了見面時間，卻因路上塞車遲到了，見到朋友最好能當面＿＿＿＿。

 Ⓐ 對不起   Ⓑ 抱歉   Ⓒ 道歉   Ⓓ 歉意

三、選詞填空

(一)

  我的老朋友張總經理是一個相當成功的企業家。因為工作忙，我們並不常見面，最近，我在國際機場貴賓室 __14__ 轉機的時候，碰見了他。

  我問他：「最近情況 __15__ ？」這只是個普通的打招呼，我等著的也只是一句簡單的 __16__ ：「還好，還不錯。」沒想到 __17__ 的卻是一句熱情興奮的「好得不得了」，讓人感受到他在生活及事業上的自信與成功。

  張總經理是個既有才能，又有理想的人。他說做生意、交朋友都一樣，都要拿出 __18__ 的心意，要拿出最好的東西，要跟好朋友分享。不論是在事業上或是在交朋友上，都要真心誠意，他說這樣才能大家都贏。

14. Ⓐ 停著   Ⓑ 等著   Ⓒ 看著   Ⓓ 留著

15. Ⓐ 怎麼   Ⓑ 怎麼了   Ⓒ 怎麼辦   Ⓓ 怎麼樣

16. Ⓐ 回答   Ⓑ 問題   Ⓒ 解釋   Ⓓ 了解

17. Ⓐ 想到   Ⓑ 得到   Ⓒ 拿到   Ⓓ 談到

18. Ⓐ 真誠   Ⓑ 誠實   Ⓒ 實際   Ⓓ 老實

（二）　有一家餐廳長期辦理送書的活動來幫助住在鄉下和山區的孩子。原來的辦法是只要拿兒童書到餐廳櫃台來，就可以　19　到一張免費的用餐票券，但是最近物價越來越　20　，因此這個活動的辦法有一些改變了。餐廳的服務人員說現在要先在餐廳付費點兩　21　套餐，再加上帶來的兩本書，才會送一張下次用的用餐票券。

　　有一個帶著孩子的爸爸，知道辦法改變了以後，他告訴櫃台服務人員說他們今天就先不在餐廳用餐吃飯了，不過他還是要把帶來的書送出去，他說家裡的孩子長大了，有一些已經不看的書，他想把這些書送給　22　的人，他說送書給需要的人　23　免費在餐廳吃飯的意義更大。

19. Ⓐ 給　　　　Ⓑ 替　　　　Ⓒ 換　　　　Ⓓ 送
20. Ⓐ 貴　　　　Ⓑ 高　　　　Ⓒ 大　　　　Ⓓ 好
21. Ⓐ 份　　　　Ⓑ 張　　　　Ⓒ 盤　　　　Ⓓ 碗
22. Ⓐ 用到　　　Ⓑ 沒用到　　Ⓒ 用得到　　Ⓓ 用不到
23. Ⓐ 比　　　　Ⓑ 比較　　　Ⓒ 比得上　　Ⓓ 比不上

四、材料閱讀

（一）社團通知

各位社員：

　　我們社團下週推出的招生海報，需要你們大大的幫忙，那就是需要你們拿出你們美美的生活照，或是活活潑潑的社團活動照，我們會把它印在海報上，等社團招生完以後會還給各位。

　　各組的負責人一定要交，而且最少要交兩張以上。因為怕招不到新社員，更怕招進來的新社員留不住，所以各位除了拿出來的照片一定要讓人看了就想報名參加，另外也請大家更主動更努力地告訴所有你認識的、不認識的人。

社長

24. 這個公告是給誰看的？哪一個**不包括**在內？
　　Ⓐ 新社員　　　　　　　Ⓑ 舊社員
　　Ⓒ 各組負責人　　　　　Ⓓ 要交照片的人

25. 交的照片是做什麼用的？
　　Ⓐ 為了製作海報　　　　Ⓑ 貼在海報上的
　　Ⓒ 證明參加了社團　　　Ⓓ 為了報名參加社團

(二) 公告

學校場地出借管理辦法

目的：為了加強學校和社區資源共同使用，讓大家都能利用學校的運動場來運動，或是利用學校其他的場地來做休閒活動。

辦法：
- 不能影響學校正常的教學。
- 不能破壞學校的設備。
- 得付一筆保證金，活動結束以後退還。
- 除了水電費、清潔費和工作人員加班費以外，其他的都不收費。
- 借用時間是假日或非上課時間。

---

26. 這是什麼的管理辦法？
　　Ⓐ 學校
　　Ⓑ 社區
　　Ⓒ 休閒活動
　　Ⓓ 學校運動場

27. 下面哪一個是對的？
　　Ⓐ 只能在假日借場地
　　Ⓑ 可以借社區的運動場
　　Ⓒ 除了保證金其他都不收費
　　Ⓓ 可以用來辦社區的休閒活動

五、短文閱讀

> 　　爸爸帶著七歲的孩子去買東西，孩子不知道看到什麼讓他有興趣的事，忽然往前跑，跑到很前面去，這時爸爸站在樹的後面，孩子回頭往後看，看不到爸爸。可是孩子看起來並不緊張，他只是不笑了，兩個眼睛東看西看，最後看到爸爸，他又笑了。
>
> 　　看著他放心、快樂的樣子，讓我想到有多少孩子，放心地往前跑開，再回去找他相信的大人時，卻永遠找不到了。孩子在碰到這樣的困難以後，他臉上還會不會再笑？還要多久他才會忘記害怕？才會找回安全感？才會再相信這個曾經讓他害怕、受傷的環境？
>
> 　　要是你看過為孩子演出的兒童劇，裡面那些為孩子寫的奇妙的、美麗的故事，那些為孩子全力演出的演員，那些讓全場孩子又叫又笑的歡樂時間，能有機會在這裡欣賞的是一群有父母陪著的幸福快樂的城市孩子。
>
> 　　有一個兒童劇團決定到鄉下平常不容易看到兒童劇演出的地方，讓更多的孩子也有機會唱唱跳跳、叫叫笑笑，雖然不知道這樣能帶來什麼，但小時候記得的事常常是我們最深的記憶，在我們成長的過程中是很重要的部分。希望曾經害怕、受傷的孩子，因為有這樣輕鬆、快樂的兒童劇場經驗，讓他們也有一個安心的生活。

28. 根據這篇短文內容，那個七歲的孩子看不到爸爸時，他怎麼樣？
　　Ⓐ 忽然往前跑
　　Ⓑ 忽然往後看
　　Ⓒ 不緊張也不笑
　　Ⓓ 眼睛一直看著樹

29. 兒童劇的演出是希望能做到什麼？
　　Ⓐ 讓孩子喜歡看兒童劇
　　Ⓑ 讓孩子喜歡演出兒童劇
　　Ⓒ 給孩子一段歡樂的時間
　　Ⓓ 要父母帶孩子來參加兒童劇

30. 這篇短文最主要的意思，下面哪一個是對的？
　　Ⓐ 孩子一個人不要亂跑
　　Ⓑ 兒童劇的演出對孩子很重要
　　Ⓒ 兒童劇團應該到鄉下去演出
　　Ⓓ 小時候的成長過程會留下很深的記憶

B. 關鍵詞語

一、主題相關詞語

本單元出處	主題相關詞語
一、對話聽力1.	拼音、擔心、網路、聊天、聯絡
一、對話聽力2.	臉書、打卡、遊樂園、門票、費用、打折
一、對話聽力3.	遊戲、主動、幫助、不管、贏、輸、親切、歡樂、感覺、煩惱
一、對話聽力4.	演唱會、興奮、感動、歌迷、表演
一、對話聽力5.	夢、惡夢、總是、痛苦、分手
三、選詞填空(一)	成功、企業家、碰見、情況、回答、興奮、真心、誠實、老實
三、選詞填空(二)	送、換、替、兒童、免費、櫃台、物價、改變、套餐、意義
四、材料閱讀(一)	社團、社員、招生、海報、印、負責人、報名、參加、主動
四、材料閱讀(二)	場地、管理、社區、資源、利用、影響、破壞、設備、保證金
五、短文閱讀	興趣、緊張、快樂、相信、兒童劇、劇團、演出、記憶、害怕、受傷

二、常用詞組

本單元出處	常用詞組	例句
三、選詞填空(二)	辦理活動	社區大學為了讓社區民眾了解藝術教育，辦理了兩次的「藝術教育」活動。
五、短文閱讀	碰到困難	孩子碰到小困難有的會自己解決，可是碰到大困難，就需要大人幫忙了。

人與人之間的關係，
沒有比真實、誠意更重要的

A. 測驗練習

一、對話聽力

1. Ⓐ 這位小姐很喜歡跟別人聊天
   Ⓑ 鄰居的話讓這位先生覺得很沒意思
   Ⓒ 這位先生覺得問在哪裡上班這種問題沒什麼
   Ⓓ 這位小姐覺得鄰居很奇怪，不知道他在哪裡上班

2. Ⓐ 住戶們覺得那位先生不可能是有名的人
   Ⓑ 那位先生才搬來沒多久，所以住戶們不認得他
   Ⓒ 那位先生平常總是早出晚回，所以有住戶不認識他
   Ⓓ 住戶們不知道這位先生有不有名，只知道他的姓名

3. Ⓐ 小美只聽小王的話
   Ⓑ 小美已經12個小時都不說話了
   Ⓒ 要是小美用功一點，考得應該不會太差
   Ⓓ 小美對自己的要求很高，所以很擔心剛才的考試

4. Ⓐ 她請了好幾天假，差一點影響到考試
   Ⓑ 因為她上禮拜出國，所以請了好幾天假
   Ⓒ 她需要幫助的時候，就會跟系上同學在一起
   Ⓓ 幸好系上同學幫她複習上課內容，她才通過了考試

5. Ⓐ 這位先生覺得跟不熟的人聊天很困難
   Ⓑ 這位小姐不想交新朋友，才一個人站著
   Ⓒ 這位先生喜歡吃東西，所以才一直聊吃的
   Ⓓ 這位小姐想交新朋友，但不知道要跟別人聊什麼

二、完成句子

6. 坐在別人面前，可是一直_____手機，好像看不見對方，會讓對方覺得不舒服。
   Ⓐ 講　　　　　Ⓑ 說　　　　　Ⓒ 談　　　　　Ⓓ 問

7. 現在大家都用網路聯絡，長時間_____國外的人，也不覺得離家遠了。
   Ⓐ 飛到　　　　Ⓑ 留給　　　　Ⓒ 等到　　　　Ⓓ 待在

8. 「宅男」_____都在家打線上遊戲，不打扮、不出門，只跟網路上的人聯絡。
   Ⓐ 完全　　　　Ⓑ 從來　　　　Ⓒ 半天　　　　Ⓓ 整天

9. 有一位外國乘客因為_____下車，把錢包丟在計程車上了，幸好被好心的司機送到警察局，讓他覺得台灣是個很溫暖的地方。
   Ⓐ 要緊　　　　Ⓑ 急著　　　　Ⓒ 趕快　　　　Ⓓ 快要

10. 差不多所有成功的人都會同意，在他們成功的各種原因_____，對幫助過他們的人抱著感謝的心是最重要的。
    Ⓐ 其中　　　　Ⓑ 以外　　　　Ⓒ 當中　　　　Ⓓ 以內

11. 多了解別人的想法是很好，但別人說的話，不一定是_____，還是要自己張大眼睛看清楚。
    Ⓐ 實習　　　　Ⓑ 實在　　　　Ⓒ 誠實　　　　Ⓓ 事實

12. 在社會上做事，對自己的_____應該高一點，但對別人倒不必這樣。
    Ⓐ 看法　　　　Ⓑ 表現　　　　Ⓒ 希望　　　　Ⓓ 要求

13. 有的文化中，人們不能把心情表現在臉上。如果心情不好，臉色就很_____，是沒有禮貌的。
    Ⓐ 難看　　　　Ⓑ 難過　　　　Ⓒ 痛苦　　　　Ⓓ 嚴重

三、選詞填空

（一）　　父母跟子女之間的　14　，東西方很不一樣。有的人認為，西方父母讓他們的孩子比東方人更早獨立。就　15　大學生來說，學費得自己付，跟銀行借也好，打工也好，能不能念　16　完全看自己。有些東方父母就　17　了，他們不但會幫子女付學費，就算孩子將來要繼續念研究所，或出國留學，他們也會幫　18　。

14. Ⓐ 道理　　　　Ⓑ 關係　　　　Ⓒ 困難　　　　Ⓓ 毛病
15. Ⓐ 用　　　　　Ⓑ 拿　　　　　Ⓒ 由　　　　　Ⓓ 舉
16. Ⓐ 下去　　　　Ⓑ 上去　　　　Ⓒ 起來　　　　Ⓓ 過去
17. Ⓐ 不同　　　　Ⓑ 不管　　　　Ⓒ 不行　　　　Ⓓ 不見
18. Ⓐ 底下　　　　Ⓑ 年底　　　　Ⓒ 到底　　　　Ⓓ 到處

（二）　　文化的不同也會影響到師生的　19　。有一個剛來台灣沒多久的英文老師說，每次當他向坐在下面的學生說話時，常常半天都沒有人　20　。這種感覺好像一個人在扔球，球一出手就回不來了。後來他才發現，在台灣的教育環境中，老師在講話時，學生一般都會先好好地聽，不會隨便開口。

　　還有，以前當他問問題時，如果學生沒有　21　回答，他就覺得心裡不太舒服。他會以為是因為學生沒有　22　才不說話的，或是學生聽不懂他的問題，卻不肯　23　手發問。現在他知道，大部分的台灣學生都是這樣，他們習慣先好好地想一下才會回答。

19. Ⓐ 教育　　　　Ⓑ 氣氛　　　　Ⓒ 聯絡　　　　Ⓓ 交流
20. Ⓐ 接話　　　　Ⓑ 對話　　　　Ⓒ 聊天　　　　Ⓓ 發表
21. Ⓐ 忽然　　　　Ⓑ 立刻　　　　Ⓒ 繼續　　　　Ⓓ 隨時
22. Ⓐ 預習　　　　Ⓑ 預報　　　　Ⓒ 合作　　　　Ⓓ 討論
23. Ⓐ 抬　　　　　Ⓑ 抽　　　　　Ⓒ 握　　　　　Ⓓ 舉

四、材料閱讀

(一) 廣告

✍ 提供衣物，例如被子、大衣、毛襪、熱水瓶等。

聯絡電話：2123-4567

✍ 有錢出錢，一千元不多、一塊錢不少。

愛心銀行：520-1234567890520

✍ 加入愛心大使，請上網填個人資料。

網址：www.12345.com.tw

「關心小朋友 愛心大使就是你」
冬季活動起跑

24. 這個活動的目的是什麼？

 Ⓐ 照顧兒童健康　　　Ⓑ 幫助有需要的兒童

 Ⓒ 找一個叫愛心大使的人　　　Ⓓ 為兒童舉行一個路跑活動

25. 本次活動內容包括什麼？

 Ⓐ 帶小朋友出去玩　　　Ⓑ 上網跟愛心大使聯絡

 Ⓒ 提供衣物賣給愛心大使　　　Ⓓ 把錢捐到愛心銀行幫助小朋友

(二) 廣告

看看你適不適合這個活動？

1. 準備好要和五到十個不同國家的年輕人一起生活、工作。
2. 希望和不同國家的年輕人交朋友，聽不懂的時候，用比的也要和他們聊下去。
3. 願意接受改變，喜歡新鮮事。
4. 有背包旅行的經驗，或想要當背包客，可以照顧自己。
5. 服務工作完成以後，打算繼續旅行。

26. 這個活動的名字可能是下面哪一個？
	Ⓐ 世界青年服務計畫　　　　Ⓑ 世界青年旅行計畫
	Ⓒ 多國語言遊學計畫　　　　Ⓓ 多國交換學生計畫

27. 這個活動適合什麼樣的人？
	Ⓐ 經常背背包出國旅行的人
	Ⓑ 經常跟外國人一起工作的人
	Ⓒ 雖然沒出過國，但最少會說一種外語的人
	Ⓓ 雖然語言不通，也願意用比的方式來聊天的人

五、短文閱讀

任何人都應該學著跟不喜歡的人一起工作，因為這可以提高成功的可能性。下面是五個原因：

第一、開會討論事情時，也許你們常會意見不同，會花更多時間說明自己的想法，但這也會讓討論更豐富。

第二、要是你們興趣不同，就不會常常停下工作來討論你們共同的興趣。

第三、要是你們只有工作上的關係，就不會常常停下工作來計畫週末的活動。

第四、要是你對工作內容不滿意，想要改變時，比較容易說出來。

第五、要是你覺得對方表現不好時，比較容易開口請對方走路。

如果你的同事不喜歡你，但還是願意聽你說的話，接受你的意見，說明他有開放的工作態度，值得你跟他合作下去。只要你有好點子，對方雖然不喜歡你，也會欣賞你的。跟這種人合作，你不必把精神花在跟工作無關的事情上。不是更好嗎？

跟人合作，不能只是因為他總是跟你站在同一邊。能力比雙方同意更重要。這種合作關係也比較長久，比較容易成功！

28. 下面哪一個是這段短文的意思？
	Ⓐ 不要花時間跟同事一起計畫週末
	Ⓑ 只要跟不喜歡的人合作，就會成功
	Ⓒ 你喜不喜歡你的同事，跟成功沒有關係
	Ⓓ 跟站在自己這一邊的人合作，不如跟有能力的人合作

29. 根據這段短文，跟不喜歡的人一起工作，會帶來什麼好處？
	Ⓐ 可以減少開會時間
	Ⓑ 可以隨時停止合作關係
	Ⓒ 對工作的滿意度比較高
	Ⓓ 不會把時間花在討論工作以外的事情上

30. 根據這段短文，怎麼樣的人值得合作下去？

Ⓐ 工作態度開放的人

Ⓑ 跟自己興趣相同的人

Ⓒ 跟自己意見相同的人

Ⓓ 不管點子好不好，都能欣賞自己的人

B. 關鍵詞語

一、主題相關詞語

本單元出處	主題相關詞語
一、對話聽力1.	鄰居、奇怪、兄弟姐妹、隨便
一、對話聽力2.	認得、電梯、搬、日子、遇見、管理員、平常、出門、有名
一、對話聽力3.	擔心、用功、要求、結果、滿意
一、對話聽力4.	發燒、影響、差一點、幸好、複習、互相、幫助、正常
一、對話聽力5.	難道、認識、聊天、困難、不管、容易
三、選詞填空(一)	獨立、學費、銀行、打工、大部分、道理、完全、未來
三、選詞填空(二)	交流、接話、扔、出手、隨便、立刻、回答、舒服、預習、發問
四、材料閱讀(一)	關心、大使、起跑、提供、例如、聯絡、加入、資料
四、材料閱讀(二)	適合、準備、希望、交朋友、願意、接受、改變、新鮮事、背包、旅行、經驗、背包客、照顧、服務、打算、繼續
五、短文閱讀	提高、成功、可能、意見、說明、想法、討論、豐富、興趣、共同、計畫、週末、表現、開口、走路、接受、開放、態度、值得、合作、點子、欣賞、精神、無關

二、常用詞組

本單元出處	常用詞組	例句
一、對話聽力2.	貴姓大名	A：你好！請問貴姓大名？在哪一系念書？ B：我是王大年，歷史系二年級的學生。
五、短文閱讀	請……走路	他上工總是遲到，影響大家的排班工作時間，最後店長請他走路了。
五、短文閱讀	接受意見	大家給她的意見都很好，她很難決定接受誰的意見。
五、短文閱讀	花（……） 在……上	父母花在子女教育上的錢不是一筆小錢。

A. 測驗練習

一、對話聽力

1. Ⓐ 這位先生說鼻子沒有什麼用
   Ⓑ 這位小姐有話要對這位先生說
   Ⓒ 這位先生要這位小姐多聽多看多說
   Ⓓ 這位先生要這位小姐多觀察怎麼學習安靜

2. Ⓐ 常常頭痛
   Ⓑ 想先寫功課
   Ⓒ 不能決定要做什麼
   Ⓓ 讓大人覺得很麻煩

3. Ⓐ 票很難買
   Ⓑ 擔心流鼻水
   Ⓒ 擔心咳嗽咳不出來
   Ⓓ 擔心咳嗽會很大聲

4. Ⓐ 看不出來王老師幾歲
   Ⓑ 想換個薪水高的工作
   Ⓒ 覺得在學校教書薪水也不錯
   Ⓓ 想要變得年輕健康，錢不重要

5. Ⓐ 這位先生和這位小姐都有腳痛的問題
   Ⓑ 這位先生和這位小姐都有慢跑的習慣
   Ⓒ 這位先生和這位小姐腳痛的原因是一樣的
   Ⓓ 這位先生和這位小姐一樣在慢跑時腳都會痛

二、完成句子

6. 小朋友舊牙_____了，就會長出新牙。
   Ⓐ 丟　　　　　Ⓑ 掉　　　　　Ⓒ 扔　　　　　Ⓓ 破

7. 她感冒一個多禮拜了，難怪看起來很沒_____。
   Ⓐ 能力　　　　Ⓑ 精神　　　　Ⓒ 生活　　　　Ⓓ 顏色

8. 夏天到了，把頭髮剪短會覺得比較_____、舒服。
  Ⓐ 冷清　　　　Ⓑ 冷淡　　　　Ⓒ 冰涼　　　　Ⓓ 涼快

9. 年紀大了，_____也慢慢地不好了，聽不清楚了。
  Ⓐ 聽力　　　　Ⓑ 視力　　　　Ⓒ 體力　　　　Ⓓ 實力

10. 要是感冒了，鼻子聞不到味道，就失去它的_____了。
  Ⓐ 能力　　　　Ⓑ 才能　　　　Ⓒ 功能　　　　Ⓓ 可能

11. 在戶外工作的人，_____常被太陽曬得很黑。
  Ⓐ 指甲　　　　Ⓑ 頭髮　　　　Ⓒ 眼睛　　　　Ⓓ 皮膚

12. 我姐姐每個禮拜_____一次指甲。
  Ⓐ 剪　　　　　Ⓑ 理　　　　　Ⓒ 刮　　　　　Ⓓ 切

13. 我的頭髮不算很長，不必剪短，只要_____一下就好了。
  Ⓐ 刮　　　　　Ⓑ 修　　　　　Ⓒ 改　　　　　Ⓓ 洗

三、選詞填空

（一）
　　到了 __14__ 季的時候，有些人的身體就會出現一些不舒服的 __15__ ，比方說很容易流眼淚、流鼻水、咳嗽、頭痛、肚子痛、拉肚子等，去看醫生，卻又找不出有什麼問題。

　　這種不 __16__ 的現象可能是因為季節改變所帶來的，不過大部分的問題並不算太 __17__ 。這時候只要 __18__ 飲食，不要吃太油的東西，多休息，就可以讓自己舒服一點，過不了幾天就會好的。

14. Ⓐ 換　　　　Ⓑ 改　　　　Ⓒ 變　　　　Ⓓ 替
15. Ⓐ 事情　　　Ⓑ 情況　　　Ⓒ 環境　　　Ⓓ 特色
16. Ⓐ 常常　　　Ⓑ 日常　　　Ⓒ 正常　　　Ⓓ 經常
17. Ⓐ 重要　　　Ⓑ 重點　　　Ⓒ 重視　　　Ⓓ 嚴重
18. Ⓐ 注意　　　Ⓑ 在意　　　Ⓒ 專心　　　Ⓓ 看重

(二) 用肥皂洗手是世界衛生組織 __19__ 最重要又簡單的公共衛生 __20__ 之一。

平常在吃東西以前都應該洗手，因為在我們的 __21__ 環境中，有著許多我們看不見的細菌。常洗手可以避免手上的髒東西或細菌 __22__ 到食物，才不會在不知不覺中吃進不該吃進去的東西。

到醫院去看病以前也要先洗手，免得把外面的髒東西帶進醫院傷害到病人。同樣的，離開醫院時，也一定要洗手，避免把病菌帶回家，這樣才能 __23__ 好自己及家人。

19. Ⓐ 以為　　　Ⓑ 認為　　　Ⓒ 認識　　　Ⓓ 確認
20. Ⓐ 行為　　　Ⓑ 行動　　　Ⓒ 動作　　　Ⓓ 習慣
21. Ⓐ 存在　　　Ⓑ 生存　　　Ⓒ 生活　　　Ⓓ 活著
22. Ⓐ 接觸　　　Ⓑ 接　　　　Ⓒ 受　　　　Ⓓ 吃
23. Ⓐ 保養　　　Ⓑ 保險　　　Ⓒ 保守　　　Ⓓ 保護

四、材料閱讀

(一) 廣告

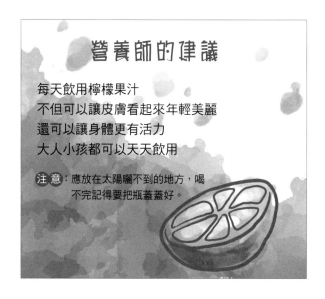

營養師的建議

每天飲用檸檬果汁
不但可以讓皮膚看起來年輕美麗
還可以讓身體更有活力
大人小孩都可以天天飲用

注意：應放在太陽曬不到的地方，喝
不完記得要把瓶蓋蓋好。

24. 這個檸檬果汁是用什麼裝的？
    Ⓐ 罐子　　　　　Ⓑ 盒子　　　　　Ⓒ 瓶子　　　　　Ⓓ 杯子

25. 營養師說這個檸檬果汁怎麼樣？
    Ⓐ 不要曬太陽
    Ⓑ 最好不要天天喝
    Ⓒ 小孩不要天天喝
    Ⓓ 打開以後要一次喝完

(二) 廣告

銀髮族的好消息！好禮物！

操作簡單，畫面字大、聲音大

★ 聽不到電話鈴聲嗎？
★ 講電話時聽不清楚對方說什麼嗎？
★ 看簡訊時字太小嗎？
★ 撥號時會按到旁邊的數字按鍵嗎？
★ 功能太多，多到不知道怎麼用嗎？

不必再擔心了！
一機在手　看得、聽得一清二楚

26. 這個廣告要說的是什麼？
    Ⓐ 怎麼小心地按數字鍵
    Ⓑ 怎麼操作複雜的功能
    Ⓒ 讓老人可以簡單地使用
    Ⓓ 怎麼放大畫面上的文字

27. 下面哪一個是這則廣告要強調的？
    Ⓐ 功能很多很強
    Ⓑ 有收發簡訊的功能
    Ⓒ 可以不再擔心銀髮族了
    Ⓓ 聽得到別人打來的電話聲

五、短文閱讀

　　有些人為了愛美，或是為了健康而減重。不過用餓肚子的辦法減重，並不是人人都覺得沒問題的，有人認為這樣會讓身體營養不夠，嚴重的話，還會生病。

　　不過最新的研究指出，如果處理得好，不必一直餓肚子都不吃，平常可以吃得飽，然後在一段有計畫的時間中不吃，對於人的身體其實是有好處的。這樣除了可以有瘦身效果，還能減少一些現代文明病如心臟病、高血壓等的發生。

　　一般來說，減重的計畫主要是在減少食物熱量的吸收。其實，最新的研究指出，吃的時間點和吃的次數也很重要。現代人的飲食習慣大多是一天吃三餐，再加一些點心，其實這跟早期人類的生活習慣並不完全相同。古時候，人類按照日夜自然的改變，養成了白天進食，天黑以後就空肚子的飲食習慣。專家們說如果像古人一樣把吃飯的時間提早，把生活習慣改成天黑以後就不吃東西，就能產生很好的減重效果。

　　不過現代人的生活作息時間和以前的人是不太一樣了，研究人員建議的做法是：每週有兩天的飲食熱量不超過500大卡，或是一週有幾天很早就吃晚餐，不吃早餐和午餐。你喜歡哪個減重辦法呢？

28. 這段短文的內容說為什麼要空肚子不吃？
    Ⓐ 為了讓身體健康
    Ⓑ 為了做愛美的研究
    Ⓒ 為了找出營養足夠的辦法
    Ⓓ 為了研究怎麼樣才不會生病

29. 這段短文說怎麼吃對身體有好處？
    Ⓐ 晚餐要很早吃
    Ⓑ 每天一定要吃三餐
    Ⓒ 每週飲食熱量不超過500大卡
    Ⓓ 吃熱量多的食物，然後再不吃、餓肚子就沒問題了

30. 這段短文內容說古人的生活是怎麼樣的？
    Ⓐ 為了健康而減重
    Ⓑ 因為食物不夠而餓肚子
    Ⓒ 只在白天進食夜晚不吃
    Ⓓ 每週只有兩天有食物吃

▶ B. 關鍵詞語

一、主題相關詞語

本單元出處	主題相關詞語
一、對話聽力1.	安靜、觀察、耳朵、眼睛、鼻子、嘴
一、對話聽力2.	洗澡、功課、休息、頭痛
一、對話聽力3.	音樂會、感冒、流鼻水、咳嗽、擦、發出、聲音
一、對話聽力4.	體力、活力、難怪、薪水、責任、壓力
一、對話聽力5.	腳痛、習慣、造成、傷害
三、選詞填空(一)	換季、季節、改變、拉肚子、嚴重、注意、飲食
三、選詞填空(二)	肥皂、衛生、認為、生存、接觸、避免、細菌、病毒
四、材料閱讀(一)	營養師、建議、檸檬、皮膚、飲用、瓶蓋、曬
四、材料閱讀(二)	銀髮族、簡訊、撥號、按鍵、數字、功能、擔心
五、短文閱讀	減重、同意、研究、營養、效果、文明病、熱量、飲食

二、常用詞組

本單元出處	常用詞組	例句
一、對話聽力5.	造成傷害	不要小看減重餓肚子，要是處理不好，可能對身體造成很大的傷害。
一、對話聽力5.	出現問題	那棟房子在建造過程中，出現了很多問題。
二、完成句子10.	失去功能	他的雙耳因為生病而失去了功能。
三、選詞填空(一)	注意飲食	生病之後，就會開始注意自己的飲食狀況了。

有規律的生活
原是健康與長壽
的秘訣

A. 測驗練習

一、對話聽力

1. Ⓐ 為了避免拉肚子，最好不要喝開水
   Ⓑ 去自助旅行，要非常注意衛生問題
   Ⓒ 一個人去旅行，解決不了吃喝的問題
   Ⓓ 有沒有水沒關係，用電湯匙就可以泡麵或泡咖啡

2. Ⓐ 已經切好的水果沒營養
   Ⓑ 髒東西只在表皮上，所以不用洗
   Ⓒ 袋子破了，所以髒東西都跑進去了
   Ⓓ 因為去皮太麻煩了，所以不如不要吃水果

3. Ⓐ 冰箱太小了，那些菜放不下了
   Ⓑ 冰箱壞掉了，所以味道怪怪的
   Ⓒ 姐姐不在，他們要趕快把冰箱扔了
   Ⓓ 冰箱裡的菜是上禮拜從餐廳帶回來的

4. Ⓐ 天氣很熱，讓媽媽受不了
   Ⓑ 媽媽叫了好幾次，小方都沒聽到
   Ⓒ 小方已經兩天沒流汗了，所以他不要去洗澡
   Ⓓ 小方說他沒有流汗，媽媽覺得這是不可能的

5. Ⓐ 小李的床上到處都是螞蟻，所以不能睡覺
   Ⓑ 室友在小李的床上吃餅乾，所以小李很緊張
   Ⓒ 因為螞蟻跑到小李的床上，所以小李罵了室友
   Ⓓ 如果室友以後再在床上吃餅乾，小李一定要搬走

二、完成句子

6. 這家公司規定每個員工都要去做健康檢查，檢查所收的_____由公司來付。
   Ⓐ 費用　　　　Ⓑ 經費　　　　Ⓒ 物價　　　　Ⓓ 價值

7. 醫生建議，為了眼睛的健康及衛生，使用隱形眼鏡最好不要_____八小時。
   Ⓐ 超級　　　　Ⓑ 超過　　　　Ⓒ 經過　　　　Ⓓ 通過

8. 選擇要做哪一類運動時，應配合自己的年齡和_____。
   Ⓐ 力量　　　　Ⓑ 體力　　　　Ⓒ 力氣　　　　Ⓓ 程度

9. 很多女生在捷運上化妝，完全_____別人的眼光。
   Ⓐ 不論　　　　Ⓑ 不怪　　　　Ⓒ 不管　　　　Ⓓ 不滿

10. 在_____公共環境衛生方面，每個人都有責任。
    Ⓐ 具有　　　　Ⓑ 擁有　　　　Ⓒ 保養　　　　Ⓓ 維持

11. 每個人的家庭教育不同，碰到衛生習慣不同時，互相_____是很重要的。
    Ⓐ 溝通　　　　Ⓑ 說明　　　　Ⓒ 參觀　　　　Ⓓ 解釋

12. 垃圾應該天天_____，你放了一個禮拜都不丟，真髒！
    Ⓐ 辦法　　　　Ⓑ 辦理　　　　Ⓒ 處理　　　　Ⓓ 料理

13. 像毛巾這種直接_____皮膚的日用品，最好不要跟別人一起用。
    Ⓐ 接近　　　　Ⓑ 接觸　　　　Ⓒ 依靠　　　　Ⓓ 刺激

三、選詞填空

(一)　　生病是很可怕，但不好的生活習慣　14　可怕！所謂的衛生習慣，從飲食、睡覺到運動都包括在內。　15　衛生習慣能使我們避免不必要的健康問題。拿吃的習慣來說，有些習慣是我們的　16　，但並不算是好的衛生習慣，很容易會「病從口入」。比如說，吃飯時用自己的筷子幫別人拿菜，看起來人與人　17　沒什麼距離，　18　是好事，但其實應該使用公筷才是正確的。

14. Ⓐ 越　　　　Ⓑ 倒　　　　Ⓒ 夠　　　　Ⓓ 更
15. Ⓐ 在意　　　　Ⓑ 喜愛　　　　Ⓒ 提高　　　　Ⓓ 重視

16. Ⓐ 傳統　　　　Ⓑ 學習　　　　Ⓒ 練習　　　　Ⓓ 留學
17. Ⓐ 之間　　　　Ⓑ 之外　　　　Ⓒ 其中　　　　Ⓓ 當中
18. Ⓐ 似乎　　　　Ⓑ 恐怕　　　　Ⓒ 簡直　　　　Ⓓ 最初

（二）

　　人們沒時間運動是現代社會普遍的　19　，這也是讓身體不健康的原因之一。這　20　跟工作太忙、生活太緊張有關。因此，要避免運動量　21　，就從改變生活上的小習慣做起吧！例如，每天　22　點時間出門散步或上街買東西；能走樓梯就走樓梯，少坐電梯。其實，大家不是不知道運動的好處，只是沒有　23　運動的好習慣。

19. Ⓐ 現實　　　　Ⓑ 現象　　　　Ⓒ 真實　　　　Ⓓ 實際
20. Ⓐ 來來回回　　Ⓑ 大大小小　　Ⓒ 多多少少　　Ⓓ 輕輕鬆鬆
21. Ⓐ 不足　　　　Ⓑ 不少　　　　Ⓒ 不斷　　　　Ⓓ 不滿
22. Ⓐ 扔　　　　　Ⓑ 拍　　　　　Ⓒ 搶　　　　　Ⓓ 抽
23. Ⓐ 養成　　　　Ⓑ 達成　　　　Ⓒ 完成　　　　Ⓓ 造成

四、材料閱讀

（一）雜誌文章選讀

小心！ 健康食品不一定健康

就算是再健康的食品，吃多了也可能會變胖而對健康有害。不要以為健康就可以多吃！

1. **乾果**：如果一定要吃零食的話，例如葡萄乾等乾果是比較健康的選擇。不過葡萄乾還是不如新鮮葡萄，因為一般來說新鮮水果的糖分還是比乾果低。
2. **巧克力**：很多研究證明，黑巧克力能保護腦，而至於加了糖和牛奶的巧克力還是少吃。
3. **紅酒**：有的人睡前會喝少量的紅酒，這個習慣對維持心、血管健康是有好處的。但酒還是不能多喝，最好不要超過一杯。
4. **沙拉**：沙拉雖然不油膩，但最好不要加沙拉醬，否則也等於在吃油，並不健康。

24. 下面哪一個是對的？
    A 睡前喝一點紅酒對健康有好處
    B 吃沙拉等於吃油，所以並不健康
    C 因為葡萄乾的糖分低，所以是健康的零食
    D 巧克力都不健康，因為裡面加了糖和牛奶

25. 這段文字主要在說什麼？
    A 要吃健康食品就不要怕胖
    B 健康食品吃多了也會變胖
    C 不想變胖就要少吃健康食品
    D 不想變胖就一定要吃健康食品

(二) 廣告

26. 這則廣告的重點是什麼？
    A 預約運動時間　　　　　　B 提供專業的減重餐點
    C 提供正確的減重方式　　　D 提供免費的減重方式

27. 有關這個服務，下面哪一個是對的？
    A 要排隊　　　　　　　　　B 要掛號
    C 要預約　　　　　　　　　D 要付費

五、短文閱讀

　　研究說，在世界上二十多種讓身體不健康的原因中，吸菸排在第一。一般來說，由於吸菸者較容易得到心臟血管方面的病，因此平均生命比較短，至於吸菸者的父母、子女、另一半等家人得到這類病痛的可能性也會提高。另外，吸菸的人，除了健康會受到影響，人看起來也會比較老、比較胖。所以醫生提醒吸菸者，能不吸菸就不要吸菸，以保護自己也保護您身邊的家人與朋友。

28. 這段短文主要要說什麼？
　　Ⓐ 吸菸者會又老又胖
　　Ⓑ 為了健康最好不要吸菸
　　Ⓒ 吸菸者會得到二十多種病
　　Ⓓ 讓身體不健康的原因有二十多種

29. 下面哪一個**不是**吸菸的壞處？
　　Ⓐ 傷害家人的健康
　　Ⓑ 體重會越來越輕
　　Ⓒ 加快老化的速度
　　Ⓓ 平均餘命會減少

30. 「能不吸菸就不吸菸」這句話的意思是什麼？
　　Ⓐ 吸菸並不困難
　　Ⓑ 有時候不得不吸菸
　　Ⓒ 吸菸沒什麼了不起的
　　Ⓓ 最好能減少吸菸的機會

B. 關鍵詞語

一、主題相關詞語

本單元出處	主題相關詞語
一、對話聽力1.	衛生、避免、生水、拉肚子、提供
一、對話聽力2.	洗、麻煩、去皮、表皮、破、髒、營養
一、對話聽力3.	冰箱、打包、難怪、味道、壞掉、臭、扔
一、對話聽力4.	洗澡、流汗、受不了
一、對話聽力5.	餅乾、睡覺、緊張、乾淨、螞蟻
三、選詞填空(一)	生病、可怕、習慣、傳統、病從口入、筷子、距離
三、選詞填空(二)	普遍、現象、增加、改變、適當
四、材料閱讀(一)	健康、食品、零食、選擇、新鮮、研究、證明、保護、維持、油膩、否則
四、材料閱讀(二)	瘦、胖、掛號、排隊、預約、免費、專業、知識、克服
五、短文閱讀	吸菸、平均、生命、病痛、影響、提醒

二、常用詞組

本單元出處	常用詞組	例句
一、對話聽力1.	解決問題	我們應該用心平氣和的態度來解決問題。
一、對話聽力5.	非⋯⋯不可	為了挽回她的心，我決定要減肥，而且非減肥成功不可。
三、選詞填空(二)	養成習慣	學校的營養午餐，讓學生長得高高壯壯，又能養成良好的衛生習慣，真是一舉數得。
四、材料閱讀(一)	對⋯⋯有害	報導說，電動玩具對兒童有害，甚至形成兒童的攻擊行為。
五、短文閱讀	受到影響	近年來國內的餐飲市場受到歐美影響很深，不論是食物做法或用餐空間都越來越西化。

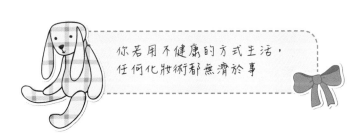

你若用不健康的方式生活，任何化妝術都無濟於事

A. 測驗練習

一、對話聽力

1. Ⓐ 在區公所也可以辦理勞工保險
   Ⓑ 公司替工作的人付全部的勞保和健保費
   Ⓒ 沒有工作的人，就可以不必付健康保險費
   Ⓓ 沒有工作的人，可以在區公所辦理健康保險

2. Ⓐ 誰都可能生病或出意外
   Ⓑ 健康保險是台灣發明的
   Ⓒ 每一個國家的健保制度其實都相同
   Ⓓ 其實並不是每個人都會生病或出意外的

3. Ⓐ 只有天氣變冷了，才有流行性感冒
   Ⓑ 醫院提醒我們在外出時最好戴著口罩
   Ⓒ 感冒流行的季節，營養才是最重要的
   Ⓓ 醫院要我們隨時都要穿外套才能保暖

4. Ⓐ 口渴時才喝水就對了
   Ⓑ 營養不夠時就有自殺念頭
   Ⓒ 水分不足就無法熬夜工作
   Ⓓ 平時千萬要記得補充營養和水分

5. Ⓐ 這位先生的太太不是天天去運動
   Ⓑ 這位小姐天天喝有機蔬菜果汁，不必吃藥病就好了
   Ⓒ 只要天天游泳，再加上走一小時路，生病的人完全不必吃藥
   Ⓓ 這位先生沒想到他太太每天運動，還有注意飲食，就不必再吃藥了

二、完成句子

6. 健保局只能提供全民更好的藥，但沒辦法＿＿＿＿大家保養身體的習慣。
   Ⓐ 變化　　　　Ⓑ 變成　　　　Ⓒ 變更　　　　Ⓓ 改變

7. 他是醫術好的醫生，但對於不聽話的病人，真不知道怎麼跟他們＿＿＿＿才好。
   Ⓐ 教育　　　　Ⓑ 教訓　　　　Ⓒ 參考　　　　Ⓓ 溝通

8. 如果病人有需要的話，醫生或醫院應該＿＿＿＿病人完整的資料。
   Ⓐ 提起　　　　Ⓑ 提供　　　　Ⓒ 提醒　　　　Ⓓ 提到

9. 病人要有健康的心態，才能讓自己的＿＿＿＿更加美麗及充實。
   Ⓐ 生產　　　　Ⓑ 生命　　　　Ⓒ 生長　　　　Ⓓ 活著

10. 上班族長時間坐在電腦前工作，為了＿＿＿＿肩膀痠痛，得起來活動一下。
    Ⓐ 避開　　　　Ⓑ 避免　　　　Ⓒ 免得　　　　Ⓓ 難免

11. 老闆為了員工健康，每天十點＿＿＿＿大家做十分鐘運動。
    Ⓐ 帶路　　　　Ⓑ 帶動　　　　Ⓒ 帶頭　　　　Ⓓ 帶領

12. 他住院時＿＿＿＿營養師特別幫他寫一個月的菜單，方便他出院以後能好好地管理飲食。
    Ⓐ 追求　　　　Ⓑ 需求　　　　Ⓒ 請求　　　　Ⓓ 必須

13. 他怕生病，別說外食，連外面的水都不敢喝，＿＿＿＿讓人無法想像。
    Ⓐ 簡直　　　　Ⓑ 直接　　　　Ⓒ 肯定　　　　Ⓓ 到底

三、選詞填空

(一)
　　陳老闆在面對人生最後的那＿14＿日子，難過地對他的員工說明，因為他身體不適，得住院，不能跟大家再＿15＿奮鬥下去，但是希望大家「多一分思考、多一分努力、多一分＿16＿，就會多接近成功一步。」同時更提醒大家要多多注意身體，＿17＿「多一份保養，就多一份健康。」

　　他35歲開公司以後，每天工作17小時，就算下了班也還在家工作，54歲正是壯年期，可是＿18＿來不及聽身體說話，就走了。就算他是商場的大贏家，但再多的金錢也換不回他的健康。

14. Ⓐ 個　　　　Ⓑ 段　　　　Ⓒ 種　　　　Ⓓ 樣

15. Ⓐ 陸續　　　Ⓑ 繼續　　　Ⓒ 連續　　　Ⓓ 不斷

16. Ⓐ 交往　　　Ⓑ 交通　　　Ⓒ 溝通　　　Ⓓ 明白

17. Ⓐ 畢竟　　　Ⓑ 究竟　　　Ⓒ 根本　　　Ⓓ 最後

18. Ⓐ 正　　　　Ⓑ 在　　　　Ⓒ 再　　　　Ⓓ 卻

（二）

前些日子我好朋友出了一　19　車禍，還好很　20　只有一點小傷，不過他開始擔心自己過去都沒買保險，如果有比較嚴重的　21　發生，對他的家庭來說會是很大的問題，所以他算一算每年　22　有一萬五千塊錢可以用來買保險。他想請教專家該怎麼買。我另一個朋友是做保險業務的，他　23　至少要五萬才夠。雖然健康得靠自己平時保養和管理，但是誰也不知道意外什麼時候會發生，所以意外保險還是得先準備的。

19. Ⓐ 件　　　　Ⓑ 場　　　　Ⓒ 樣　　　　Ⓓ 段

20. Ⓐ 幸福　　　Ⓑ 幸運　　　Ⓒ 幸虧　　　Ⓓ 不幸

21. Ⓐ 榜樣　　　Ⓑ 樣子　　　Ⓒ 情況　　　Ⓓ 劇情

22. Ⓐ 大概　　　Ⓑ 大方　　　Ⓒ 大小　　　Ⓓ 左右

23. Ⓐ 故意　　　Ⓑ 意見　　　Ⓒ 建議　　　Ⓓ 討論

四、材料閱讀

（一）新聞

（本報訊）

關節痛的人只要多注意生活習慣，健康就滿分

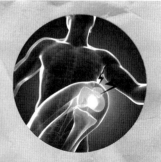

　　關節痛讓很多人頭痛。骨科醫生告訴我們，除了要吃對食物，有電梯時，就避免走路上、下樓梯。只要多留意一些生活習慣，就可以減少對關節的傷害。

要避免下面這一些事情：

1 · 跪著擦地：時間長的話，有的人膝蓋就無法伸直。

2 · 爬山：下山時膝關節受到的壓力，是體重的7倍，下山時最好能帶著雨傘走，讓身體重量的一部分放在雨傘上。

3 · 打太極拳：膝蓋不要超過腳趾頭，當做重心的那隻腳千萬別用力！

4 · 家事過多：家庭主婦太多家務，勞動量雖然不大，但長時間洗碗、擦地等，手關節肯定痛。

5 · 跳繩：體重過重的人最好不要跳繩。上下跳很傷膝蓋，再加上體重負擔，膝關節就會更加疼痛！

24. 應該怎麼做才能避免關節疼痛？
 Ⓐ 別去爬山　　　　　　　　Ⓑ 別打太極拳
 Ⓒ 別把膝蓋伸直　　　　　　Ⓓ 多注意平時生活習慣

25. 家庭主婦最好怎麼做才能避免關節疼痛？
 Ⓐ 下山要帶著傘走　　　　　Ⓑ 家事勞動量不大，做家事沒問題
 Ⓒ 跳繩能很快減重，減少膝蓋負擔　Ⓓ 跪著擦地比較輕鬆，可以避免疼痛

(二) 雜誌文章選讀

日常6招保護關節

1. 合理飲食結構，注意適量補鈣，學會科學飲食，注意鈣質補充。每天搭配多種顏色的食物，以滿足身體的需要。多吃蔬菜水果、牛奶和豆製品；少吃刺激性食物。

2. 平常多注意骨骼的健康，同時應多一些戶外活動，多曬太陽及補充維生素D。

3. 養成良好習慣，在出汗、酒後、睡覺時注意別讓關節受涼，尤其在氣候變換的季節。少穿高跟鞋，可以換一雙運動鞋或平底鞋。

4. 重視自我檢查，早期發現早期治療。兩個膝蓋支持全身體重，當出現膝蓋痛，下樓腿疼，或天氣變化關節不舒服都是關節病的信號！

5. 注意維持體重。體重超過標準往往會增加關節負擔，使得關節結構加速損壞、老化，引起其他關節炎。

6. 注意保持正確姿勢。不要扭著身體走路或工作，也要避免長時間往下蹲。

26. 這一篇文章主題談的是關於什麼？
 Ⓐ 吃素食保健關節　　　　　Ⓑ 肥胖造成關節炎
 Ⓒ 養成多運動的好習慣以保養關節　Ⓓ 注意養成日常好習慣以保護關節

27. 在這一篇文章中所提到什麼是正確的？
 Ⓐ 維持體重，減少關節負擔　Ⓑ 多做戶外活動，但少曬太陽
 Ⓒ 別做跳舞的活動，以減少負擔　Ⓓ 在季節變化時得穿運動鞋保暖

五、短文閱讀

> 　　「健康存摺」您申請了嗎？想知道自己吃了什麼藥？什麼時候洗過牙？什麼時候在什麼醫院做了什麼檢查？從104年5月26日起，您可以用「健保卡」上健保署網站，免費申請、下載自己的「健康存摺」。不過第一次使用健保卡申請「健康存摺」必須先在該網站「健保卡網路服務」註冊得到密碼才可使用。如果家裡無法上網，您也可到全國72家醫院的「健康存摺」處查一查，輕鬆掌握健康大小事！
>
> 　　從前如果要申請之前看病的資料，必須先提出申請、至少繳300元費用，而且要3個工作天以後才可拿到資料。但從103年9月25日開始，民眾只要利用網路，在中央健康保險署的「健康存摺」系統，點「健康存摺」連結，並且按照網頁指示操作，登入「健康存摺」，就能隨時隨地免費查詢或下載個人最近一年的門診、住院資料、最近兩年的看牙紀錄，不但可以做好自我健康管理，也可以在看病時，提供醫生參考，提升醫療安全與效果。
>
> 　　中央健康保險署官網（http://www.nhi.gov.tw/），如有任何問題，可打免付費專線電話0800-030-598。請重視健康、注意養生、熱愛生命！

28. 怎麼申請「健康存摺」才是對的？
    - Ⓐ 只要親自到全國72家醫院的網站申請「健康存摺」就可以使用了
    - Ⓑ 第一次須使用健保卡在「健保卡網路服務」註冊得到密碼才可申請
    - Ⓒ 拿到之前就醫資料，再提出申請，並交費用大約300元就可使用了
    - Ⓓ 利用最近一年的門診、住院資料、最近兩年的看牙紀錄才可以申請

29. 關於「健康存摺」，下面說法哪一個是對的？
    - Ⓐ 利用「健康存摺」可以洗牙
    - Ⓑ 可以使用「健康存摺」到藥房買藥
    - Ⓒ 可以交300元申請「健康存摺」並到醫院檢查
    - Ⓓ 可以利用健保卡免費申請、下載自己的「健康存摺」

30. 根據短文的內容，下面哪一個是對的？
Ⓐ 申請以前看病的資料，雖然免費但是得等三天
Ⓑ 誰都可以在健保署網站免費申請到「健康存摺」
Ⓒ 第一次使用健保卡，得先申請密碼之後才可看病
Ⓓ 中央健康保險署提供訪客免費網路及免付費電話

B. 關鍵詞語

一、主題相關詞語

本單元出處	主題相關詞語
一、對話聽力1.	健康、保險、勞工、補交、費用、區公所
一、對話聽力2.	制度、理想、參考、設計、重要、出意外
一、對話聽力3.	忽冷忽熱、感冒、季節、發高燒、保暖、營養、提醒、口罩、傳染
一、對話聽力4.	開夜車、皮膚、熬夜、吃飽喝足、口渴、慢性自殺
一、對話聽力5.	診所、慢性病、游泳、健走、有機、神奇
三、選詞填空(一)	面對、說明、住院、奮鬥、保養、壯年
三、選詞填空(二)	車禍、擔心、請教、專家、業務、管理、準備
四、材料閱讀(一)	關節、頭痛、減少、受傷、避免、伸直、家務、負擔
四、材料閱讀(二)	適量、補充、配合、刺激、變換、重視、檢查、治療、維持、損壞、老化、姿勢
五、短文閱讀	輕鬆、掌握、查詢、門診、紀錄、提供、提升、醫療、安全、效果、養生、熱愛

二、常用詞組

本單元出處	常用詞組	例句
一、對話聽力2.	出意外	她兒子去澳洲旅行時出了意外，住進當地醫院了。
一、對話聽力4.	開夜車	她一向在開學後就訂出讀書計畫，所以考試前她就不必開夜車（熬夜）了。
四、材料閱讀(二)	滿足需要	對不同的學生，需要用不同的教學方法，來滿足他們的個別需要，使他們獲得最佳的成長。

A. 測驗練習

一、對話聽力

1.　Ⓐ 對這位小姐來說，旅行時不習慣換交通工具
　　Ⓑ 這位小姐覺得找一段時間離開原本的生活，讓她更有精神
　　Ⓒ 對這位先生來說，旅行太累了，讓他累得想立刻回家休息
　　Ⓓ 這位小姐得一邊工作，一邊念書，哪裡有空安排時間旅遊

2.　Ⓐ 山上經常不是颱風就是下雨
　　Ⓑ 山上天氣經常說變就變，連車也上不去
　　Ⓒ 到山上旅行得多穿一點，要不然迷路時可能會有意外發生
　　Ⓓ 旅行的話得先準備一些雨具才行，否則在山上遇到下大雨就糟了

3.　Ⓐ 放假期間這位小姐打算出國旅遊
　　Ⓑ 放假期間高鐵、火車票恐怕會貴得買不起
　　Ⓒ 放假期間高鐵、火車票很難買，先訂好票就行了
　　Ⓓ 放假期間這位小姐本來打算出國旅遊，但買不到飛機票

4.　Ⓐ 夏季時，只要到海邊就能看見飛魚、鯨魚等
　　Ⓑ 夏季時，搭火車到西部賞鯨只要一千塊錢算是便宜的
　　Ⓒ 要是從西部海邊搭船出海一小時左右，就能欣賞鯨豚
　　Ⓓ 到東部外海賞鯨，搭船費用不高，要是坐船不舒服，先吃藥就好了

5.　Ⓐ 這位先生在轉機時的班次經常誤點，害他旅行去不成
　　Ⓑ 這位小姐認為不管在國內、國外旅行，都應該多買一個旅行平安險
　　Ⓒ 在旅行時多買一個旅行平安險，保險公司會提供意外的住宿、交通費等
　　Ⓓ 搭飛機旅行時，最好買旅行平安險和不便險，免得有意外時得不到保障

二、完成句子

6. 在遊樂園的兒童雖然很興奮，但等遊園車時都會_____排好隊。
   Ⓐ 行動　　　　　Ⓑ 激動　　　　　Ⓒ 自動　　　　　Ⓓ 被動

7. 有些公路在地震或颱風過後_____會有落石，開車時得特別小心。
   Ⓐ 平常　　　　　Ⓑ 經常　　　　　Ⓒ 日常　　　　　Ⓓ 正常

8. 遇到連續假日_____太多的時候，搭纜車上山可能要等半小時以上。
   Ⓐ 客人　　　　　Ⓑ 客戶　　　　　Ⓒ 顧客　　　　　Ⓓ 遊客

9. 出外旅行_____，除了要注意當地交通安全，背包和隨身物品也得注意。
   Ⓐ 期間　　　　　Ⓑ 時間　　　　　Ⓒ 平時　　　　　Ⓓ 同時

10. 不管是搭飛機或是船，離島旅行最好能_____颱風季節。
    Ⓐ 離開　　　　　Ⓑ 避開　　　　　Ⓒ 分開　　　　　Ⓓ 除了

11. 每次旅行出發以前，我一定會先_____好交通工具，也會早一點出門。
    Ⓐ 辦理　　　　　Ⓑ 報名　　　　　Ⓒ 負責　　　　　Ⓓ 安排

12. 原來_____跟團旅行可以輕輕鬆鬆地到處玩，沒想到趕來趕去，反而更累。
    Ⓐ 因為　　　　　Ⓑ 為了　　　　　Ⓒ 以為　　　　　Ⓓ 發覺

13. 想在旅行時玩得開心，最好先_____網路上已經去過當地旅客的意見，再安排交通
    工具和計畫住宿方式。
    Ⓐ 參考　　　　　Ⓑ 參觀　　　　　Ⓒ 參加　　　　　Ⓓ 建議

三、選詞填空

(一)　　週末你想在一個藍色天空、美麗海灘和滿天星星的風景區散步嗎？想要享受小漁村　14　又浪漫的氣氛嗎？趕快背起背包，帶著相機來一趟離島之旅，感受海上樂園的多樣　15　吧！要是假期不長，就搭飛機來；要是時間夠長，那就可以搭船再到離島外面的小島到處看看。其中　16　的幾個外島觀光地區包括西北邊的馬祖、金門，西南邊的澎湖、小琉球，還有東南邊的綠島、蘭嶼及東北邊的龜山島等。每個離島風景與玩法並不　17　，但可以滿足遊客不同的　18　，包含自然生態、地理景觀、特殊歷史人文風情、浮潛、古蹟、休閒漁業等各種行程。

14. Ⓐ 輕鬆　　　　Ⓑ 輕便　　　　Ⓒ 放輕鬆　　　Ⓓ 輕輕鬆鬆
15. Ⓐ 有趣　　　　Ⓑ 樂趣　　　　Ⓒ 趣味　　　　Ⓓ 興趣
16. Ⓐ 位置　　　　Ⓑ 主題　　　　Ⓒ 主要　　　　Ⓓ 為主
17. Ⓐ 相同　　　　Ⓑ 相關　　　　Ⓒ 相當　　　　Ⓓ 同意
18. Ⓐ 請求　　　　Ⓑ 必要　　　　Ⓒ 必需　　　　Ⓓ 需求

(二)　　馬祖島在臺灣西北方，除了有生態資源和中國南方建築之外，還有軍事用的　19　。金門離中國大陸只有2100公尺，早在1387年就建立金門城了。雖然金門有「戰爭之島」之稱，但是　20　卻有21處之多。　21　民宅大部分是閩南傳統的三合院。高粱酒、貢糖、牛肉乾和麵線是最有名的代表美食。當地很有　22　的風獅爺是用來保護人們、房子、村子避免發生不幸的事。在松山機場搭飛機，差不多1個小時就能到，來回費用大約4000塊錢。建議旅客先訂位，因為飛往金門、馬祖的班機在假期經常客滿。不過也可以在台北松山機場網站　23　一下班機時刻表。

19. Ⓐ 創造　　　　Ⓑ 造成　　　　Ⓒ 建立　　　　Ⓓ 建設
20. Ⓐ 古老　　　　Ⓑ 古代　　　　Ⓒ 古蹟　　　　Ⓓ 古式
21. Ⓐ 至少　　　　Ⓑ 甚至　　　　Ⓒ 至於　　　　Ⓓ 反而
22. Ⓐ 特別　　　　Ⓑ 特色　　　　Ⓒ 特地　　　　Ⓓ 獨特
23. Ⓐ 查　　　　　Ⓑ 調　　　　　Ⓒ 調查　　　　Ⓓ 檢查

四、材料閱讀

(一) 公告

旅遊中心最新公告

　　西元2000年8月1日正式開放登島到現在，已經有數萬人踏上龜山島。還沒去過的人請跟著本中心一起打開龜山島神祕面紗！除了火山地質、溫泉，還有機會欣賞成群的鯨魚、海豚和飛魚喔！

　　除了每個星期三只有學術單位可以申請外，任何時間本中心都可協助申請，假日一定要在20天前提早申請。只要把相關申請資料寄給李美英小姐即可！請注意！太晚申請可能就沒有名額，只能等下一梯次了。

◎申請辦法

　　不論人數多少，請下載［龜山島申請表格］。填表後請寄到 200081@gmail.com ，Email的標題註明「龜山島申請日期及行程（登島／賞鯨／二合一）、人數」。

例如：龜山島申請 2017／09／01 二合一　王大明、張中華等5位

24. 按照這份最新的公告，哪一個是對的？
    Ⓐ 2000年8月遊客有數萬人　　　　Ⓑ 龜山島太高一般人走不上去
    Ⓒ 除了海洋生態還有火山景觀　　　Ⓓ 每月第三週只限制學校單位進入

25. 按照這份最新公告申請去龜山島，<u>不包含</u>下面哪些手續或項目？
    Ⓐ 上網下載填寫龜山島申請表格　　Ⓑ 要填寫好年份、月、日、姓名
    Ⓒ 得提早20天申請，免得沒有位子　Ⓓ 選擇旅遊種類，泡溫泉、賞鯨或二合一

(二) 交通資訊

野柳交通

電話：02-2492-2016（野柳遊客中心）
地址：新北市萬里區港東路167-1號
開車：開國道3號到基金交流道下，再往省道臺2線。

大眾運輸：
1. 搭高鐵或臺鐵到臺北站下車，轉搭國光客運（往金青中心）到野柳站下車。
2. 搭臺鐵到基隆站下車，轉搭基隆客運（往金山）到野柳站下車。
　　台 北 站→野柳　車程約1小時20分，票價約95元。
　　聯合報站→野柳　車程約1小時，票價約85元。
　　台灣大學→野柳　車程約1小時30分，票價約85元。

野柳週邊景點交通：

野柳←→金山

國光客運：每班次約隔20~30分，車程約15分鐘。

基隆客運：每班次約隔15~20分，車程約15分鐘。

野柳←→淡水

淡水或基隆客運：每班次約隔30分，車程約1.5小時。

野柳←→基隆

基隆客運：每班次約隔15~20分，車程約30分鐘。

野柳←→九份或金瓜石

搭基隆客運到基隆火車站，再換到九份或金瓜石之基隆客運巴士。

附註：基隆客運在基隆火車站旁搭車往金山，在野柳站下車，約每15分鐘一班。在野柳站下車後，步行至野柳地質公園約10分鐘。路上會經過保安宮及野柳國小，野柳地質公園在野柳國小旁邊。

26. 從上面這份資料我們<u>沒辦法</u>知道什麼？

Ⓐ 從台北到野柳的客運票價

Ⓑ 從台北往野柳的最早班車

Ⓒ 從台北到野柳所需要的時間

Ⓓ 從台北往野柳的各種交通方式

27. 在這份資料中，下面哪一個是對的？

Ⓐ 從台北站坐客運往野柳一百塊錢以內肯定到不了

Ⓑ 在基隆火車站下車後往金山走10分鐘就到野柳公園了

Ⓒ 坐基隆客運在野柳站下車後走10分鐘就到野柳公園了

Ⓓ 從野柳坐基隆客運到基隆火車站，可再搭客運10分鐘就到九份或金瓜石

五、短文閱讀

關於在台灣旅遊時，在交通方面應該要先了解從出發到目的地交通方式、價錢、班次，以提早訂票。除了要知道出發地點的交通資料外，對各站之間的交通、班次及價錢，也要弄清楚。每到一站，得馬上辦好到下站的交通手續，以免一時買不到船票、車票或機票。在春節、寒暑假及連續假日期間，更要注意一票難求，甚至得買高價黃牛票的情形。

台灣的各類交通工具中，火車、高鐵的班次較多也較準時，讓旅客更容易控制時間。搭飛機也行，可是還得搭接駁車或花一趟計程車錢才能進市區，因此大多數旅客都會選擇坐火車或高鐵。背包客有時會選擇舉起大拇指搭便車，不過得小心，安全第一。如果選擇在淡季旅行，光飛機票就可省下不少錢，網上預訂價格還能更低。大家外出旅遊時，除了要注意路線及所搭乘的站數之外，也要小心錢包，提防小偷。

離島當然只能搭飛機或船，到了當地可以租腳踏車、機車或汽車環島，但是得先注意車齡、車子狀況，還要弄清楚在哪一些地點可以還車等。希望人人都能高高興興地出門，開開心心地玩樂，平平安安地回家。

28. 根據這篇短文，出發旅行前，應該怎麼準備交通工具才好？
 Ⓐ 因為班次多，搭客運讓旅客更容易控制時間
 Ⓑ 別在連續假日期間出發，不然連高價也買不到高鐵票
 Ⓒ 出發前得先了解交通工具的班次及價錢，並提早訂票
 Ⓓ 除了要知道出發地點的交通資料外，並不需要知道其他站的交通情形

29. 根據這段短文的內容，要到下一站時，最好先怎麼處理交通工具？
 Ⓐ 搭飛機是又快又方便的旅行方式
 Ⓑ 背包客舉起拇指搭便車既省錢又安全
 Ⓒ 到一站再考慮下一站的票，免得時間趕不及時浪費了票
 Ⓓ 每到一站就要訂好下一站的票，以免一時買不到下一站的票

30. 在考慮各種交通工具的選擇時，下
面哪一個是對的？

Ⓐ 在網路上預訂機票，往往還能買
到更低的價錢

Ⓑ 到離島當然只能搭飛機，但是到
了離島就能租車環島

Ⓒ 搭火車、高鐵的班次較多，不過
還得花計程車錢進市區

Ⓓ 離島都有汽車、機車可出租環
島，但一定得回原來租車地點還
車

一、主題相關詞語

本單元出處	主題相關詞語
一、對話聽力1.	安排、麻煩、暫時、充滿
一、對話聽力2.	奇怪、颱風、爬山、隨時、保暖、迷路、萬一、意外
一、對話聽力3.	計畫、旅遊、假期、結束、恐怕、否則
一、對話聽力4.	四周、飛魚、海豚、幸運、鯨魚、頭疼、吐
一、對話聽力5.	忽然、轉機、糟、平安、搭乘、保障、加保、延誤、合理、必要、住宿
三、選詞填空(一)	海灘、散步、享受、輕鬆、浪漫、氣氛、感受、樂趣、玩法、滿足、需求、包含、人文、風情、浮潛、古蹟
三、選詞填空(二)	資源、建築、軍事、建設、建立、至於、民宅、傳統、保護、避免、不幸、客滿
四、材料閱讀(一)	公告、神祕、面紗、欣賞、成群、申請、協助、提早、名額、梯次、下載、表格
四、材料閱讀(二)	交通、遊客、國道、交流道、省道、大眾、運輸、車程
五、短文閱讀	出發、目的地、馬上、手續、以免、一票難求、黃牛票、控制、接駁、背包客、搭便車、省錢、預定、提防

二、常用詞組

本單元出處	常用詞組	例句
三、選詞填空(一)	滿足……需求	這次安排的行程，可滿足大家旅遊及購物的需求。
三、選詞填空(二)	有……之稱	香港的夜景很有名，有「東方明珠」之稱。
五、短文閱讀	弄（不）清楚	很多剛學中文的人認為中文的聲調很難，常常弄不清楚到底是第幾聲。
五、短文閱讀	辦……手續	從美國來了一位朋友，要在這兒念研究所，他剛來，什麼都不清楚，我得帶他去辦入學手續。

旅行，
是恢復青春活力
的泉源

A. 測驗練習

一、對話聽力

1. Ⓐ 沒人居住的島
   Ⓑ 成為度假村的島
   Ⓒ 跟大陸不連接的島
   Ⓓ 只要是搭船或坐飛機去的島都叫離島

2. Ⓐ 有假期的人
   Ⓑ 不想回家的人
   Ⓒ 想要打工賺錢的人
   Ⓓ 想要在工作時沒有壓力的人

3. Ⓐ 她是大學新鮮人
   Ⓑ 她上網查資料，網路上說要做好防曬
   Ⓒ 去海邊露營時，她忘了帶在沙灘穿的鞋
   Ⓓ 她是在學校社團辦迎新會時去過海邊的

4. Ⓐ 遊客不搭船改搭飛機了
   Ⓑ 到離島觀光的遊客太多了
   Ⓒ 碼頭停了很多要去海上觀光的船
   Ⓓ 當天最後一班船的開船時間是下午

5. Ⓐ 說明什麼是難民
   Ⓑ 這位先生是個說話誇大的人
   Ⓒ 島國不見了是這位先生亂說的
   Ⓓ 海平面上升會讓一些島不見的

二、完成句子

6. 這個島上常下雨，空氣很潮濕，洗的衣服都不容易_____。
   Ⓐ 濕　　　　Ⓑ 乾　　　　Ⓒ 潮　　　　Ⓓ 熱

7. 在島上除了走路，就只有一種交通_____，那就是自行車。
   Ⓐ 家具　　　Ⓑ 文具　　　Ⓒ 工具　　　Ⓓ 玩具

8. 這個電影明星為了＿＿＿＿家人和朋友，決定在私人小島舉辦婚禮。

 Ⓐ 保證　 Ⓑ 保守　 Ⓒ 保護　 Ⓓ 保險

9. 小島上只有一家便利商店，因此這家便利商店就成為＿＿＿＿有名的觀光商店了。

 Ⓐ 當中　 Ⓑ 當場　 Ⓒ 當面　 Ⓓ 當地

10. 這家豪華酒店的大廳成了業務人員＿＿＿＿客戶見面的地方。

 Ⓐ 請　 Ⓑ 找　 Ⓒ 約　 Ⓓ 碰

11. 朋友要出國旅遊，我祝他一路＿＿＿＿。

 Ⓐ 流利　 Ⓑ 順便　 Ⓒ 方便　 Ⓓ 平安

12. 天氣好，來這個海島旅遊觀光的人就多了，難怪當地人都說觀光真的是要＿＿＿＿天氣吃飯。

 Ⓐ 看　 Ⓑ 看見　 Ⓒ 好看　 Ⓓ 看起來

13. 一般人在旅遊時的兩個重點總是＿＿＿＿欣賞美景和享受美食。

 Ⓐ 離開　 Ⓑ 沒離開　 Ⓒ 離不開　 Ⓓ 離得開

三、選詞填空

> **(一)**　　吃得健康、熱愛自然的「樂活」已成為現代人 __14__ 健康生活的方式之一。跟家人到離島度假，除了可以讓工作帶來的緊張變得輕鬆以外，更可以因為離開城市的壓力，讓自己跟家人的關係更 __15__ 。不論是在游泳池邊享受著烤肉的樂趣，或是一起在步道中呼吸森林裡特有的 __16__ 空氣，都增加了跟家人相處的時間，度假的心情 __17__ 更好，談話的內容也因此更豐富、更有趣，這是一種最 __18__ 的心理環保。

14. Ⓐ 請求　 Ⓑ 追求　 Ⓒ 需求　 Ⓓ 要求

15. Ⓐ 親切　 Ⓑ 親近　 Ⓒ 溫暖　 Ⓓ 溫柔

16. Ⓐ 新生　 Ⓑ 重新　 Ⓒ 新鮮　 Ⓓ 新聞

17. Ⓐ 改變　 Ⓑ 變化　 Ⓒ 變成　 Ⓓ 變得

18. Ⓐ 效率　 Ⓑ 效果　 Ⓒ 生效　 Ⓓ 有效

(二)

很想出國走走，但又不想 __19__ 太多天的假，那麼到附近的小島去度假應該是不錯的選擇。要是想要省事，可以 __20__ 旅行團，團費也不貴。要是你 __21__ 跟著旅行團會有限制，不夠自由，或是有些想去參觀的 __22__ 卻沒安排，而覺得不夠理想的，那也可以選擇自助旅遊。

對旅行經驗豐富的人來說，只要有一張小島上的觀光地圖，自助旅遊應該 __23__ 他們才對。

19. Ⓐ 請　　　　Ⓑ 訂　　　　Ⓒ 求　　　　Ⓓ 約
20. Ⓐ 參加　　　Ⓑ 參觀　　　Ⓒ 觀光　　　Ⓓ 觀看
21. Ⓐ 著急　　　Ⓑ 按照　　　Ⓒ 擔心　　　Ⓓ 關心
22. Ⓐ 到處　　　Ⓑ 地點　　　Ⓒ 地址　　　Ⓓ 住址
23. Ⓐ 難得倒　　Ⓑ 難不倒　　Ⓒ 沒難倒　　Ⓓ 難倒了

四、材料閱讀

(一) 公告 ✂

遊客服務中心服務台

服務項目：提供旅遊資訊、船班時間、行李寄放服務

搭交通船注意事項：買了離島的交通船船票後，記得一定要登記船位，要不然到時候名單上沒有你的姓名，是不可以上船的。

行李寄放注意事項：行李室只提供行李的寄放，行李物品的安全請自己處理。如果需使用行李室，請跟服務台聯絡。行李室開放時間是上午6:30～下午21:30。

旅客服務中心　啟

24. 下面哪一個服務是旅客服務中心<u>不</u>提供的？
Ⓐ 旅遊資訊　　　　　　Ⓑ 船班時間
Ⓒ 寄放行李　　　　　　Ⓓ 保管行李

25. 下面哪一個事情**沒做**也可以上船？
    Ⓐ 買船票　　　　　　　Ⓑ 登記船位
    Ⓒ 找到名字　　　　　　Ⓓ 登記行李

(二) 說明

南太平洋巴望島旅遊說明

- 巴望島是在南太平洋群島中的一個，台灣目前沒有直飛巴望島的班機，必須先到菲律賓首都馬尼拉，再轉搭國內班機到巴望島。
- 辦理簽證，請準備六個月以上有效的護照、身分證正面反面的影印本，以及兩張2吋白底彩色照片。
- 簽證費用台幣1200元。

26. 這個旅遊說明是給誰看的？
    Ⓐ 住在巴望島的人
    Ⓑ 從台灣去巴望島的人
    Ⓒ 去繳交簽證費用的人
    Ⓓ 從馬尼拉去巴望島的人

27. 去巴望島的人得做什麼？
    Ⓐ 得先到菲律賓的首都轉機
    Ⓑ 準備直飛巴望島的來回機票
    Ⓒ 準備六個月以上有效的簽證
    Ⓓ 準備兩張正面反面的彩色照片

五、短文閱讀

> 　　根據觀光局的報告及旅遊業者的經驗，在亞熱帶地區一般銀髮族大多喜歡在氣溫比較舒服涼快的秋季旅遊。雖然如此，這個季節有時候還是會有點冷，因此在出遊時應該要帶夠保暖的衣物，也應該比一般遊客在食衣住行各方面更要注意細小的部分。因為身體慢慢地老化，動作不像年輕人那麼快，一些小小的問題也有可能會變成大問題。出遊前也要先問過自己的醫生，如果有慢性病，應該準備好足夠的藥物。另外，如果是走路不方便的年長者，也應該事先計畫好方便輪椅行動的旅遊行程。六十五歲以上的人，可以在出發前先向航空公司提出輪椅服務的要求，航空公司不但可以幫忙安排先選座位，還可以安排先運送行李及幫助通過海關的服務。

28. 這段短文主要在說什麼？
    Ⓐ 老人應該多去旅行
    Ⓑ 老人應該在秋季旅行
    Ⓒ 老人旅行時應該注意的事情
    Ⓓ 旅遊業者應該多為老人安排旅行

29. 這段短文提到老人旅行前要做什麼？
    Ⓐ 跟觀光局報告
    Ⓑ 向旅遊業者借輪椅
    Ⓒ 請醫生開慢性病的藥
    Ⓓ 請航空公司提供暖和的衣物

30. 在這段短文中，航空公司<u>沒有</u>提供什麼服務？
    Ⓐ 安排輪椅
    Ⓑ 先選座位
    Ⓒ 先運送行李
    Ⓓ 行李不必通過海關

B. 關鍵詞語

一、主題相關詞語

本單元出處	主題相關詞語
一、對話聽力1.	離島、大陸、連接、居住、度假村
一、對話聽力2.	都會區、壓力、變化、輕鬆、放鬆、賺錢
一、對話聽力3.	社團、新鮮人、迎新會、舉辦、露營、溫差、沙灘、防曬、保暖、裝備、涼鞋、拖鞋
一、對話聽力4.	碼頭、擔心、結束、行程、趕、提
一、對話聽力5.	島國、海平面、冰山、溫度、融化、上升、誇張、難民
三、選詞填空(一)	樂活、輕鬆、步道、呼吸、森林、增加、內容、豐富、有效
三、選詞填空(二)	選擇、擔心、限制、自由、地點、安排、理想、難不倒
四、材料閱讀(一)	注意、名單、提供、處理、需要、聯絡、開放
四、材料閱讀(二)	班機、身分證、正面、反面、影印本、簽證、護照、彩色
五、短文閱讀	根據、經驗、銀髮族、氣溫、輪椅、安排、海關

二、常用詞組

本單元出處	常用詞組	例句
一、對話聽力1.	搭飛機	想去那兒玩可以搭船、搭火車或搭飛機。
一、對話聽力2.	有錢有閒	一位有權有勢的老先生生病後，就沒什麼人去看他了。
一、對話聽力4.	大風大雨	她在這兒工作十年了，見過很多大風大浪。
二、完成句子12.	靠天吃飯	張老師靠教中文吃飯。
二、完成句子13.	欣賞美景	歡迎大家以單車做為交通工具，欣賞金門的美景。
二、完成句子13.	享受美食	附近有不少觀光農園，讓居民可以享受田園樂趣。
五、短文閱讀	根據報告	根據過去的經驗，假日旅遊是造成塞車最重要的原因。

人出門旅行
並不是為了到達某地，
而是為了旅遊

A. 測驗練習

一、對話聽力

1. Ⓐ 每年的頭兩個月,全球住宿房價
    最便宜
   Ⓑ 東京的住宿房價年初跟年底的差
    異很大
   Ⓒ 斯德哥爾摩十二月的住宿房價可
    以低到平常的 75 折
   Ⓓ 七月時,大多數的旅遊地住宿房
    價都不會降,比如澳洲和紐西蘭

2. Ⓐ 去日本還是韓國,她都無所謂
   Ⓑ 她對吃美食、泡湯、購物不感興
    趣
   Ⓒ 她可以趁出國去買新相機,多拍
    一些照片
   Ⓓ 因為沒有便宜的機票,所以她不
    想去賞花

3. Ⓐ 橘色旗子的船不是每站都停
   Ⓑ 泰國有代表各國不同風格的餐廳
   Ⓒ 二月過了再去泰國才不會碰到
    雨季
   Ⓓ 搭船的碼頭都在捷運站附近,船
    只有一種

4. Ⓐ 在印度,不可以跟別人握手
   Ⓑ 出國旅遊以前研究各地不同的風
    俗,是很麻煩的事
   Ⓒ 在一些西方國家,用手摸別人孩
    子的頭會讓父母不高興
   Ⓓ 對一些阿拉伯民族來說,讓別人
    看到鞋子是不客氣的行為

5. Ⓐ 低價的團費能讓人心動,絕對是
    最重要的
   Ⓑ 除了價錢便宜以外,也要吃得
    好、住得好
   Ⓒ 想要滿足旅行的需求,一定要多
    花點時間或金錢
   Ⓓ 團費再低,如果吃和住的品質不
    好,也不值得去

二、 完成句子

6. 出國旅行多少會_____長時間坐車或飛機、不能適應天氣等情況。
 Ⓐ 得到 Ⓑ 遇到 Ⓒ 等到 Ⓓ 拍到

7. 資源豐富但物價_____較低的國家,是自助旅行的理想地點。
 Ⓐ 相關 Ⓑ 相當 Ⓒ 相反 Ⓓ 相對

8. 拿走旅館房間內的用品是一種沒_____的行為。
 Ⓐ 準確 Ⓑ 準時 Ⓒ 水準 Ⓓ 標準

9. _____的社會環境是國際旅客在選擇海外旅遊地點時重視的條件之一。
 Ⓐ 安心 Ⓑ 安定 Ⓒ 平安 Ⓓ 平時

10. 到國外_____跟旅遊不同,什麼都要靠自己,因此外語會話能力很重要。
 Ⓐ 出版 Ⓑ 出租 Ⓒ 出門 Ⓓ 出差

11. 他因為忘了申請_____而不能出國,只好向航空公司改了班機的日期。
 Ⓐ 證書 Ⓑ 證明 Ⓒ 簽名 Ⓓ 簽證

12. 這座有名的古蹟突然停止開放,讓特地來參觀的外國旅客覺得非常_____。
 Ⓐ 不幸 Ⓑ 不足 Ⓒ 不如 Ⓓ 不滿

13. 位在沙漠_____的國家,一向以獨特的風景吸引外國旅客。
 Ⓐ 地理 Ⓑ 地帶 Ⓒ 地板 Ⓓ 地位

三、選詞填空

(一)　　___14___ 旅遊作家,給人的感覺就是可以一邊玩一邊工作,因此當旅遊作家成了現在年輕人心中非常熱門的工作。旅遊作家的工作內容,就是把旅遊中發生的大大小小的事,用寫文章和拍照的方式 ___15___ 下來,只要掌握使用文字和處理照片的技巧,似乎每個人都能當旅遊作家。

　　不論哪種工作 ___16___ ,要把興趣變成專業的工作都是不容易的。很多人想當旅遊作家,是因為看到了這份工作浪漫和理想的一面,卻沒看到辛苦和 ___17___ 的那一面。一般來說,旅遊作家得自己付機票錢、旅館錢和所有的費用,再花幾個月的時間寫書、整理照片, ___18___ 書寫完了以後,又要再花幾個月的時間才能出版。所以當旅遊作家不但不能賺什麼錢,最好你還要有一份正式的工作!

14. Ⓐ 提到　　Ⓑ 遇到　　Ⓒ 得到　　Ⓓ 碰到
15. Ⓐ 紀念　　Ⓑ 記憶　　Ⓒ 記錄　　Ⓓ 日記
16. Ⓐ 領導　　Ⓑ 領域　　Ⓒ 方面　　Ⓓ 範圍
17. Ⓐ 現代　　Ⓑ 現象　　Ⓒ 現實　　Ⓓ 實在
18. Ⓐ 反而　　Ⓑ 更加　　Ⓒ 到底　　Ⓓ 況且

（二）

　　每年五月的第二個星期六是荷蘭的腳踏車節。對喜歡騎鐵馬的遊客來說，這是個值得參加的 __19__。每到那一天，各地都有 __19__ 好玩的活動，有城市之旅、風車之旅等，你可以 __21__ 自己的愛好來選擇，跟著當地人一起騎著鐵馬到處逛逛。由於 __22__ 單車對環保有好處，所以這一天的活動也具有教育的 __23__。

19. Ⓐ 日記　　Ⓑ 日期　　Ⓒ 節日　　Ⓓ 季節
20. Ⓐ 任何　　Ⓑ 一切　　Ⓒ 多少　　Ⓓ 不少
21. Ⓐ 依靠　　Ⓑ 按照　　Ⓒ 通過　　Ⓓ 配合
22. Ⓐ 預備　　Ⓑ 進行　　Ⓒ 使用　　Ⓓ 檢查
23. Ⓐ 意義　　Ⓑ 意見　　Ⓒ 意外　　Ⓓ 意思

四、材料閱讀

（一）旅遊指南

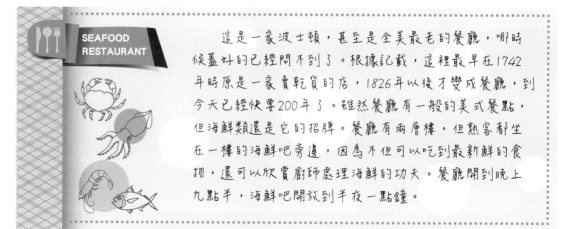

SEAFOOD RESTAURANT

這是一家波士頓，甚至是全美最老的餐廳，哪時候蓋好的已經問不到了。根據記載，這裡最早在1742年時原是一家賣乾貨的店，1826年以後才變成餐廳，到今天已經快要200年了。雖然餐廳有一般的美式餐點，但海鮮類還是它的招牌。餐廳有兩層樓，但熟客都坐在一樓的海鮮吧旁邊，因為不但可以吃到最新鮮的食物，還可以欣賞廚師處理海鮮的功夫。餐廳開到晚上九點半，海鮮吧開放到半夜一點鐘。

24. 這家餐廳是什麼時候蓋好的？
    Ⓐ 1742年　　　　　　　Ⓑ 1826年
    Ⓒ 2000年　　　　　　　Ⓓ 查不到

25. 這家餐廳有什麼特色？
    Ⓐ 現在還在賣乾貨　　　　Ⓑ 招牌是美式餐點
    Ⓒ 海鮮吧最受熟客歡迎　　Ⓓ 全店開放到半夜一點鐘

(二) 城市導覽

　　紐西蘭第一大城奧克蘭，絕對是一個值得一看的大城。位在北島、兩面都是海洋，擁有豐富的自然資源及多民族文化。四周有不同地形的島，島上有各種珍奇的鳥類，還有一千多年的古蹟，因此也是當地人假日喜愛去的地方。位在奧克蘭東北方的懷基奇島，坐船到奧克蘭只要三十五分鐘，便利的交通吸引很多市民到島上居住。上班族每天在城市和島之間來回，對他們來說也是一種樂趣。那裡還有很多葡萄酒廠，旅客可以欣賞獨特的風景，同時嚐到當地的葡萄酒。

26. 關於奧克蘭，下面哪一個是對的？
    Ⓐ 四周的島地形都很相像
    Ⓑ 位在北島，四面都是海洋
    Ⓒ 自然資源和民族文化都很豐富
    Ⓓ 四周的島上有很多常見的鳥類和千年古蹟

27. 為什麼很多市民去懷基奇島上居住？
    Ⓐ 可以免費嚐到當地的葡萄酒
    Ⓑ 它在紐西蘭的東北方，離奧克蘭很近
    Ⓒ 交通方便，坐車到奧克蘭約三十五分鐘
    Ⓓ 上班族可以享受在城市和島之間來回的樂趣

157

五、短文閱讀

現代人重視休閒活動，很多人在努力讀書、工作之外，常常利用寒暑假或年假出國旅行，放鬆心情。出國旅行一定要有正確的觀念，那就是花錢並不是問題，但是一定要花在值得的事情上。

出國旅行前，最重要的就是買機票了。很多人都以為機票越便宜越好，其實並不一定。拿歐洲旅遊來說，有時中間要轉機轉好幾趟，或可能在機場等八小時以上才能接下一班飛機，還不如放棄便宜機票，而選擇從台灣坐晚班飛機，中間只轉一次機，到歐洲時剛好天亮，加上時差就等於多了一天，這樣一來，就能從第一天開始玩。

解決了機票問題，也要好好選擇住宿地點。年輕人可以選擇住青年旅社，認識新朋友，觀察別人和自己生活習慣的不同，體驗文化差異。想住好一點的旅館，就安排在平常日，週末再換到便宜一點的住宿地點，這樣不但能有多種體驗，還能避開週末旅館較貴的時段。不過，待在同一個城市時，不要常常換旅館，最多嘗試兩家旅館就夠了。最重要的，選擇住宿時除了比較價錢，還要看交通方不方便，要不然恐怕會浪費錢、時間和精神。

基本上，旅行計畫不用太詳細，像該去幾天、該坐什麼交通工具、該住哪裡等，只要用網路就能安排好，最重要的還是選一兩件自己非做不可的事，讓這趟旅行變得有成就感。為了在旅行中達成想做的事，省了多少錢其實不重要，而是要把有限的錢用在該用的地方，這才是旅行的智慧。

28. 根據上文，買機票時要注意什麼？
    Ⓐ 只要是便宜機票就值得買
    Ⓑ 去歐洲旅遊一定要懂得計算時差的方法
    Ⓒ 寧可放棄便宜機票，多花一點錢卻能買到時間
    Ⓓ 為了省錢，不如轉好幾趟機或等八小時以上再接下一班飛機

29. 根據上文，住宿地點該怎麼選？
    Ⓐ 週末住好一點的旅館，可以有不同的體驗
    Ⓑ 年輕人住青年旅社的話，可以體驗到文化差異
    Ⓒ 選擇住宿地點時，要好好比較價錢，避免浪費
    Ⓓ 待在同一個城市時，時間夠的話就可嘗試住兩家以上的旅館

30. 根據上文，旅行的智慧是指什麼？
   Ⓐ 用有限的錢完成想做的事
   Ⓑ 在旅行中一共省了多少錢
   Ⓒ 出國的計畫應該安排得非常詳細
   Ⓓ 懂得利用網路來安排天數、交通、住宿等

B. 關鍵詞語

一、主題相關詞語

本單元出處	主題相關詞語
一、對話聽力1.	全球、住宿、季節、運氣、倒是、一年到頭
一、對話聽力2.	春假、賞花、無所謂、感興趣、泡湯、拒絕
一、對話聽力3.	適合、雨季、捷運、碼頭、根據、順便、寺廟、異國
一、對話聽力4.	風俗、避免、麻煩、清潔、隨便、引起
一、對話聽力5.	費用、合理、團費、心動、絕對、浪費
三、選詞填空(一)	提到、作家、熱門、記錄、掌握、使用、處理、技巧、領域、興趣、專業、浪漫、理想、辛苦、現實、整理、況且、正式
三、選詞填空(二)	按照、愛好、環保、好處、具有、教育、意義
四、材料閱讀(一)	指南、全美、記載、乾貨、餐點、招牌、熟客、功夫
四、材料閱讀(二)	導覽、民族、珍奇、喜愛、便利、居住、來回、獨特
五、短文閱讀	重視、努力、放鬆、放棄、時差、認識、觀察、習慣、差異、時段、嘗試、精神、詳細、成就感、達成、智慧

二、常用詞組

本單元出處	常用詞組	例句
一、對話聽力2.	拍……照片	有一次有個人看見我在街上拍照，便走過來，告訴我怎樣才能拍到一張好照片。
一、對話聽力5.	白花／白白浪費	愛迪生一直找不到合用的材料來做電燈泡裡的燈絲。他換了好幾百種材料，結果都不好用。別人笑他白白浪費時間。
三、選詞填空(二)	具有……意義	學者出任政務官或是競選民意代表在社會科學來說，具有將理論結合實際的意義。
四、材料閱讀(一)	根據……記載	根據文獻記載，在埃及豔后時代，愛美的人們以泥土、植物、花朵的色素來染頭髮。

> **A. 測驗練習**

一、對話聽力

1. A 覺得網路購物不安全,會被騙
   B 他覺得直接在傳統商店買東西比較方便
   C 他擔心商家因為價錢訂得太低,不願給貨
   D 他擔心商家隨便訂價錢,他不知道可以不可以買

2. A 在網路上購物很方便
   B 在百貨公司買東西比較安全
   C 要先寄錢才能換特別的禮物
   D 不正常的網路購物情形,要先查清楚,才能避免被騙

3. A 人胖了就一定要吃藥
   B 藥,可以在網路上購買
   C 想很快就能瘦下來,一定要吃藥
   D 要特別注意網路上誇大藥的效果的情形

4. A 網路商送錯了褲子
   B 這位小姐建議這位先生直接在服裝店買
   C 這位先生在網路上買的褲子跟他所想的不一樣
   D 這位先生拿到的褲子跟在網路上看的一樣好看

5. A 這位先生認為貨到付錢是最安全的
   B 這位先生在網路購物從不刷信用卡
   C 這位小姐擔心錢被扣了,但是沒收到商品
   D 信用卡刷了以後,商家馬上可以向信用卡機構拿錢

二、完成句子

6. 因為網路_____各種便利性,所以在網路上購物的人越來越多。
   A 具有　　　　B 只有　　　　C 占有　　　　D 有效

7. 我們現在可以_____在全球的網路商店購物，沒有時間上的限制。

 Ⓐ 隨便   Ⓑ 隨手   Ⓒ 隨時   Ⓓ 隨著

8. 在網路上購買東西，可以_____選擇取貨的時間。

 Ⓐ 自在   Ⓑ 自由   Ⓒ 自動   Ⓓ 自信

9. _____從調查可以看出，年輕人喜歡在網路上買賣東西。

 Ⓐ 按照   Ⓑ 據說   Ⓒ 根本   Ⓓ 根據

10. _____網路的便利性，很多買賣行為利用電子商務來完成。

 Ⓐ 因此   Ⓑ 於是   Ⓒ 由於   Ⓓ 在於

11. 很多年長的人，還不能接受沒有店面的網路購物_____。

 Ⓐ 方式   Ⓑ 方法   Ⓒ 辦法   Ⓓ 方面

12. 網路購物的_____是產品選擇性多、價錢也便宜，還可以隨時購物。

 Ⓐ 缺點   Ⓑ 優點   Ⓒ 壞處   Ⓓ 錯誤

13. 網路購物要注意業者有沒有_____產品的品質保證。

 Ⓐ 提高   Ⓑ 提起   Ⓒ 提到   Ⓓ 提供

三、選詞填空

(一)　　　年節一到，有些人需要送禮物。除了到商店或賣場買，然後親自送去的方式__14__，「網路選購禮品」的方式很__15__。網路購物把__16__真實店面的買賣行為，直接拉到便利商店，這種__17__、不必大包小包辛苦地買東西的方式，很快地就被接受了。網路購物是一種跟傳統買賣__18__完全不同的購物方式。

14. Ⓐ 以後   Ⓑ 以內   Ⓒ 以外   Ⓓ 以來

15. Ⓐ 科技   Ⓑ 科學   Ⓒ 革命   Ⓓ 功夫

16. Ⓐ 當年   Ⓑ 當時   Ⓒ 前面   Ⓓ 傳統

17. Ⓐ 年輕   Ⓑ 輕鬆   Ⓒ 普遍   Ⓓ 普通

18. Ⓐ 經驗   Ⓑ 經歷   Ⓒ 歷史   Ⓓ 經過

（二）　　網路購物就是購物者利用網路　19　他們所需要商品的訊息，跟廠商　20　後，　21　所要的產品，然後在網路上購買。也可以說，商家利用網路商店，　22　他們的商品或服務，接受購物者在網路上訂貨和交貨，因此得到商業　23　，這就是網路購物或線上購物。

19. Ⓐ 達到　　　　Ⓑ 得到　　　　Ⓒ 得意　　　　Ⓓ 碰到
20. Ⓐ 接觸　　　　Ⓑ 接到　　　　Ⓒ 連接　　　　Ⓓ 接著
21. Ⓐ 需求　　　　Ⓑ 確定　　　　Ⓒ 修改　　　　Ⓓ 修理
22. Ⓐ 生產　　　　Ⓑ 廣播　　　　Ⓒ 廣告　　　　Ⓓ 推銷
23. Ⓐ 好處　　　　Ⓑ 利息　　　　Ⓒ 利益　　　　Ⓓ 金錢

四、材料閱讀

（一）新聞報導

　　　　網路購物因為訂貨和拿貨的時間都很自由，所以很受歡迎。但是現在網購所產生的問題卻越來越多。有的是商品弄錯了，買家得付換貨的運費；有的是已經過了**7**天的換貨期，第**8**天購物者才發現東西的品質有問題，結果商家不答應換貨。其實按照規定，只要購物者使用後發現有問題，而這個問題是商品的問題時，半年以內都可以要求換貨或修理，所以購買者別被商家騙了！

　　　　有一個購物者跟報紙的記者說：她明明訂的是短袖衣服，結果送來的是長袖！她向店家要求換貨，網路店家同意換，但是郵局費用要自己付！她氣死了！因為錯的不是她而是店家，店家也不道歉！

24. 下面哪一個<u>不符合</u>這篇報導？
    Ⓐ 現在網路購物，買賣雙方引起的問題越來越多
    Ⓑ 網路購物很方便，因為訂貨和拿貨的時間都很自由
    Ⓒ 如果是商品本身的問題，半年內都可以要求店家換貨或修復
    Ⓓ 網路購物如果超過7天，購買者才發現商品有問題時，一定不能退貨

25. 下面哪一個符合報導？

Ⓐ 她訂長袖衣服，送到家裡的卻是短袖

Ⓑ 店家答應換貨，但是購買者要自己付郵費

Ⓒ 購物者不能生氣，因為她超過7天的換貨時間

Ⓓ 店家認為不是購買者的錯，所以他們願意付郵費

(二) 比例圖

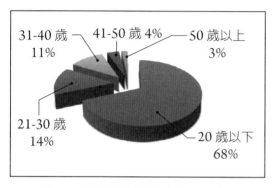

圖 1　網路購物經驗年齡比例圖　　　　圖 2　網路購物經驗次數比例圖

26. 圖1是網路購物經驗年齡的問卷調查，下面哪一個的說明和圖1<u>不符合</u>？

Ⓐ 最沒有網路購物經驗的人是50歲以上的人

Ⓑ 21-30歲有14%有網路購物經驗，排第二位

Ⓒ 40歲以上的人，有4%沒有網路購物的經驗

Ⓓ 最有網路購物經驗的人是20歲以下的人，占68%

27. 圖2是網路購物經驗次數的比例圖，下面哪一個的說明符合圖2？

Ⓐ 31%的人有6次以上的網路購物經驗

Ⓑ 78%的人有1次以上的網路購物經驗

Ⓒ 連一次網路購物經驗都沒有的人占13%

Ⓓ 根據圖2可以看出沒有網路購物經驗的人比較多

五、短文閱讀

由於在網路上購物的人沒有辦法事先看到訂購的產品，所以在購物前應該多了解商品的內容、品質和服務。網購者可以向網路店家查問，以確定產品或服務是不是符合自己的需求。而且要詳細閱讀網路購物的說明，以了解每種費用，包括稅費和運送費。還有關於貨物送到的時間、不同的付錢方式、用哪一種貨幣、退貨的辦法等等，如果雙方有不同的看法，應該怎麼處理，這些方面網購者都應該了解，避免發生了問題以後不知道怎麼解決。

28. 下面哪一項符合文章的內容？
    Ⓐ 網購者沒辦法事先看到訂購的產品
    Ⓑ 對於商品的內容、品質，網購者不須了解
    Ⓒ 網購者不可以向網站店家查問產品的問題
    Ⓓ 網購者並不須確定產品或服務是不是符合需求

29. 下面的說明哪一個**不對**？
    Ⓐ 網路購物有不同的付錢方式
    Ⓑ 網路購物的說明提到退貨的問題
    Ⓒ 網路購物的說明包括貨物送到的時間
    Ⓓ 網路購物的費用除了商品的費用以外，沒有別的

30. 這篇短文主要告訴我們什麼？
    Ⓐ 要多跟網路店家聯絡
    Ⓑ 如果雙方看法不同，網購者沒辦法處理
    Ⓒ 網路購物的說明只能參考，沒什麼用處
    Ⓓ 網購者要多了解網路購物的說明，避免吃虧

▶ B. 關鍵詞語

一、主題相關詞語

本單元出處	主題相關詞語
一、對話聽力1.	敢、商家、願意、付錢、經濟部、訂價、錯誤
一、對話聽力2.	有空、何必、麻煩、網站、騙、寄、換、正常、清楚
一、對話聽力3.	胖、辦法、瘦、有效、馬上、誇大、效果
一、對話聽力4.	好看、發覺、問題、符合、想像、樣子、直接、服裝店
一、對話聽力5.	放心、一向、刷卡、安全、萬一、扣錢、寄出、機構
三、選詞填空(一)	年節、親自、選購、禮品、科技、真實、店面、買賣、輕鬆、辛苦、接受、經驗
三、選詞填空(二)	利用、訊息、接觸、推銷、接受、利益
四、材料閱讀(一)	網購、產生、弄錯、換貨、答應、其實、按照、規定、使用、要求、修理、騙、道歉
五、短文閱讀	事先、了解、內容、必要、查問、確定、詳細、閱讀、說明、運送、貨幣、看法、處理、避免、發生、解決

二、常用詞組

本單元出處	常用詞組	例句
三、選詞填空(一)	除了⋯⋯以外	除了事業成功會帶給人快樂以外，有人認為享受美食也會帶來好心情。
五、短文閱讀	符合需求	二人就可成行的旅行比較符合新婚者的需求，推出後就很受歡迎。
五、短文閱讀	發生問題	游泳池開放沒幾天，就發生嚴重漏水問題。

一分錢一分貨
貨比三家 不吃虧

A. 測驗練習

一、對話聽力

1. Ⓐ 這個男生要去很貴但是好吃的夜市
   Ⓑ 這個男生要去不但貴而且難吃的夜市
   Ⓒ 這個男生要去食物好吃、分量多，可是不貴的夜市
   Ⓓ 這個男生覺得夜市食物只要便宜，好吃不好吃沒關係

2. Ⓐ 逛夜市可以得到幸福
   Ⓑ 拿父母給的零用錢去逛夜市很幸福
   Ⓒ 逛夜市可以吃喝玩樂，還可以學習觀察人
   Ⓓ 這位先生覺得自己打工賺錢去逛夜市很幸福

3. Ⓐ 台灣的夜市都沒有雙語菜單
   Ⓑ 夜市吃的東西太多了，所以不想吃了
   Ⓒ 逛夜市沒什麼意思，因為什麼都不好吃
   Ⓓ 菜單上沒有英文說明，外國人點餐不方便

4. Ⓐ 這個女同學週末要自己去逛淡水夜市
   Ⓑ 這個男同學最後決定週末去看台灣電影
   Ⓒ 這個女同學覺得大熱天看電影不是好主意
   Ⓓ 去淡水夜市可以散步，吃台灣點心，還能了解台灣文化

5. Ⓐ 不管男女老少，大家都喜歡逛夜市
   Ⓑ 逛夜市像過節一樣，只有小孩子喜歡
   Ⓒ 只有年輕人覺得逛夜市輕鬆、自在、快樂
   Ⓓ 年紀大的人覺得逛夜市讓他們想起年輕的時候，所以不喜歡

二、完成句子

6. 每個夜市都各有不同的＿＿＿＿＿小吃。

　　Ⓐ 特色　　　　　Ⓐ 獨自　　　　　Ⓐ 特地　　　　　Ⓐ 特點

7. 來台灣的＿＿＿＿＿，超過70%的人都會被安排去逛夜市。

　　Ⓐ 行人　　　　　Ⓑ 旅客　　　　　Ⓒ 旅遊　　　　　Ⓓ 旅行

8. 夜市的規模由小慢慢擴大，多多少少會＿＿＿＿＿髒亂。

　　Ⓐ 創造　　　　　Ⓑ 完成　　　　　Ⓒ 變成　　　　　Ⓐ 造成

9. 每個夜市都有它們＿＿＿＿＿人的地方，增加了逛夜市的樂趣。

　　Ⓐ 吸收　　　　　Ⓑ 引起　　　　　Ⓒ 吸引　　　　　Ⓓ 滿意

10. 夜市是最有＿＿＿＿＿性的台灣傳統文化之一。

　　Ⓐ 代表　　　　　Ⓑ 代替　　　　　Ⓒ 取代　　　　　Ⓓ 現代

11. 有的夜市的環境不太乾淨，應該要＿＿＿＿＿。

　　Ⓐ 改過　　　　　Ⓑ 修改　　　　　Ⓒ 改變　　　　　Ⓓ 改善

12. 有些人沒辦法＿＿＿＿＿夜市裡人多熱鬧的感覺。

　　Ⓐ 舒適　　　　　Ⓑ 適應　　　　　Ⓒ 反應　　　　　Ⓓ 答應

13. 夜市的食物種類很多，＿＿＿＿＿各種各樣的小吃。

　　Ⓐ 包含　　　　　Ⓑ 包裹　　　　　Ⓒ 含有　　　　　Ⓓ 包著

三、選詞填空

（一）
　　我最愛週五的晚上，因為　14　而來的就是可以　15　一下的週末。週六不必早起，所以我們全家人週五晚上常去逛夜市，我們一邊逛一邊聊天，買買這個，吃吃那個，我喜歡跟爸爸比賽玩投籃機，那個時候所有的　16　都不見了。　17　，逛夜市是我們一家人覺得最輕鬆的　18　。

14. Ⓐ 接觸　　　　　Ⓑ 接著　　　　　Ⓒ 接受　　　　　Ⓓ 間接

15. Ⓐ 輕鬆　　　Ⓑ 減輕　　　Ⓒ 年輕　　　Ⓓ 舒適
16. Ⓐ 麻煩　　　Ⓑ 頭痛　　　Ⓒ 煩惱　　　Ⓓ 腦子
17. Ⓐ 想起來　　Ⓑ 總而言之　Ⓒ 話說回來　Ⓓ 一般來說
18. Ⓐ 經驗　　　Ⓑ 時刻　　　Ⓒ 歷史　　　Ⓓ 經過

（二）　　在我的　19　中，小時候在夜市「夾娃娃」這件事是我永遠都不會忘記的。夾娃娃店的前面總是排著很長的隊，我們每次都　20　地等著。爸爸夾娃娃的　21　最佳，一夾到娃娃，我們就高興得跳起來。　22　娃娃的品質並不是很好，只是在夾的時候覺得又緊張又　23　，這種感覺讓我很難忘記。

19. Ⓐ 記憶　　　Ⓑ 記住　　　Ⓒ 紀錄　　　Ⓓ 想像
20. Ⓐ 忍耐　　　Ⓑ 細心　　　Ⓒ 耐心　　　Ⓓ 安心
21. Ⓐ 科技　　　Ⓑ 程度　　　Ⓒ 結局　　　Ⓓ 技巧
22. Ⓐ 尤其　　　Ⓑ 其實　　　Ⓒ 其中　　　Ⓓ 其次
23. Ⓐ 激動　　　Ⓑ 激烈　　　Ⓒ 刺激　　　Ⓓ 屬害

四、材料閱讀

（一）問卷(Questionnaire)調查

根據對台北市「饒河夜市」100位民眾問卷調查的結果

(1) 喜歡逛夜市男女的比例是2：3，可見女性比較喜歡逛夜市。

(2) 逛饒河街夜市的民眾大多是30歲以下的年輕人。

(3) 職業以學生、商業人士及上班的人為主。

(4) 教育程度高中、高職佔52%，大專院校佔44%。

(5) 九成以上接受訪問的人有逛夜市的習慣，其中超過三成表示
每個月至少去兩次以上。

(6) 除了飲食、購物的目的以外，也有人只是去逛逛，逛夜市成為一種休閒方式。

(7) 夜市商品的售價跟外面賣的差不多甚至更便宜。

(8) 對饒河街夜市攤販及小吃的滿意度都是正面的。

24. 下面哪一個符合問卷調查的結果？

    Ⓐ 喜歡逛夜市男女的比例是3：2

    Ⓑ 逛饒河夜市的民眾大多是不必上班的老年人

    Ⓒ 逛饒河夜市民眾的教育程度，大專院校佔較大的比例

    Ⓓ 逛饒河夜市的人的職業多數是學生、生意人或是上班的人

25. 下面哪一個和問卷調查結果<u>不一樣</u>？

    Ⓐ 夜市商品的價錢都比外面貴

    Ⓑ 對於夜市中的攤販和小吃，消費者大多滿意

    Ⓒ 去夜市不一定會買東西，只是假日沒事去逛逛輕鬆一下

    Ⓓ 習慣逛夜市的人，其中三成以上的人每個月會去兩次以上

(二) 新聞報導

    所謂老街就是古老的街道，老街現在是台灣國內十分熱門的旅遊地點。老街的存在，是台灣人的記憶，也是台灣的歷史。雖然各地的老街看起來都很像，但是因為地理環境、生活方式的不同，也各有各的特色。

    台灣夜市和老街的商品、小吃其實都很像，遊客會逛夜市和老街，一般是因為喜歡傳統和熱鬧的感覺，也想買一些特別但是不貴的東西。怎麼逛夜市和老街呢？

(1) 上網找資料，尤其是參考一般遊客的旅遊經驗。

(2) 向當地人打聽，尤其本身也在該地賣東西的人。

(3) 逛三次才決定要吃什麼買什麼，第一次看個大概，第二次再想想有吸引力的商家，第三次才決定。

26. 根據這篇報導，下面哪一個是對的？

    Ⓐ 台灣的老街跟台灣歷史沒有關係

    Ⓑ 老街看起來雖然都很像，但是各有各的特色

    Ⓒ 老街因為是古老的街道，所以現在沒有人去那裡旅遊

    Ⓓ 台灣各地老街雖然地理環境、生活方式不同，但是都在台灣，所以都一樣，沒什麼特色

27. 下面哪一個<u>不符合</u>文章的內容？
Ⓐ 台灣夜市和老街所賣的商品都差不多
Ⓑ 想知道夜市或老街哪一攤有特色可以向當地人打聽
Ⓒ 網路上一般遊客逛夜市和老街的旅遊經驗不值得參考
Ⓓ 逛夜市或逛老街時，商品應該多看幾次，不要第一次就做決定

五、短文閱讀

　　臺灣的夜晚讓人覺得輕鬆、熱鬧，而位於臺灣各地的觀光夜市，更是吸引遊客，也是喜歡吃些特色小吃的人的最佳去處。

　　臺灣的夜市，各式各樣的衣物、商品，種類很多，價錢也不貴，還能買到臺灣傳統的禮品。而那些吃過就叫人忘不了的美食小吃，更是臺灣夜市的特色，多樣化、口味多的臺灣特有傳統美食，是遊客去了又去的主要原因。

　　在臺灣的夜市中，可以體會到臺灣多元的生活文化與飲食習慣，夜市早已成為外國觀光客旅遊臺灣的觀光地之一。這些年來，在政府的積極管理下，夜市改變了原本古老的樣子，各自發展成具有獨特的風格，同時開始注意環境的整齊乾淨，希望能帶給遊客最大的快樂。

28. 下面哪一個跟文章的內容<u>不一樣</u>？
Ⓐ 台灣各地都有觀光夜市
Ⓑ 台灣的夜市不但吸引台灣人也吸引觀光客
Ⓒ 如果想吃一些台灣的特色小吃可以去夜市
Ⓓ 台灣每個人白天都必須要工作，連晚上也是一樣，沒辦法輕鬆

29. 根據文章下面哪一個是對的？
Ⓐ 臺灣夜市傳統的美食口味並不多
Ⓑ 夜市商品的種類很多，但是價錢有一點貴
Ⓒ 夜市，遊客去了又去，是因為臺灣傳統的美食口味多樣化
Ⓓ 台灣的夜市只能吃到讓人忘不了的美食，但是買不到傳統的禮品

30. 下面哪一個符合文章所說的內容？
Ⓐ 在臺灣的夜市中，看不到臺灣多元的生活文化
Ⓑ 現代台灣的夜市各有風格，也注意環境的整齊乾淨
Ⓒ 臺灣的夜市沒什麼好吃的東西，所以外國觀光客不可能去
Ⓓ 在政府的管理下，夜市維持古老的樣子，希望能帶給遊客最大的快樂

B. 關鍵詞語

一、主題相關詞語

本單元出處	主題相關詞語
一、對話聽力1.	逛、夜市、分量
一、對話聽力2.	幸福、零用錢、打工、賺、厲害、吃喝玩樂、觀察
一、對話聽力3.	選擇、菜單、說明、建議、雙語、點餐
一、對話聽力4.	週末、打算、順便、散步、傳統、點心、了解
一、對話聽力5.	年齡層、認為、熱鬧、自由、負擔、記憶、觀點
三、選詞填空(一)	聊天、比賽、煩惱、時刻
三、選詞填空(二)	忘記、排隊、耐心、技巧、高興、其實、品質、緊張、刺激
四、材料閱讀(一)	民眾、可見、習慣、目的、休閒、售價、便宜、攤販
四、材料閱讀(二)	老街、熱門、歷史、特色、特別、遊客、吸引力、決定
五、短文閱讀	夜晚、去處、各式各樣、種類、禮品、多樣化、口味、特有、多元、管理、獨特、風格

二、常用詞組

本單元出處	常用詞組	例句
一、對話聽力1.	吃個不停（V個不停）	今天一整天雨下個不停。
四、材料閱讀(二)	各有各的……	這幾個國家各有各的美景。

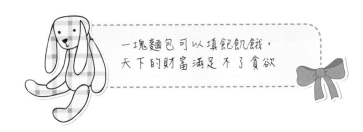

一塊麵包可以填飽飢餓，
天下的財富滿足不了貪欲

A. 測驗練習

一、對話聽力

1. 　Ⓐ 這位先生喜歡去很新的商場購物
　　Ⓑ 去京欣百貨，坐什麼車都能到很方便
　　Ⓒ 坐車在台北車站下車，再走幾分鐘就到京欣百貨公司了
　　Ⓓ 百貨公司在交通重要的地方，是因為人多買東西的人就多

2. 　Ⓐ 美食街的東西好吃可是很貴
　　Ⓑ 這位先生不喜歡去百貨公司的美食街吃晚飯
　　Ⓒ 美食街菜色多，有冷氣而且乾淨，吃飯比較舒服
　　Ⓓ 美食街有冷飲、熱菜及不同的特色菜，但是都很貴

3. 　Ⓐ 夜市賣的東西不可能是真貨
　　Ⓑ 這位小姐在夜市買的皮包價錢是這位先生買的一半
　　Ⓒ 這位先生在百貨公司買了一個三千五百塊的美國皮包
　　Ⓓ 百貨公司的東西雖然比較貴，但是品質好，不會賣假貨

4. 　Ⓐ 臉擦了不好的化妝品會紅紅的
　　Ⓑ 這位小姐擦了不好的化妝品，臉很癢
　　Ⓒ 這位小姐經過一家化妝品店，店員請她去裡面坐，她就買了化妝品
　　Ⓓ 如果是「訪問買賣」，顧客覺得東西不好，在七天內都可以不要，而且可以把錢拿回來

5. 　Ⓐ 這位小姐在百貨公司買了一雙鞋，但是她不喜歡
　　Ⓑ 百貨公司購物不能因為事後不喜歡就不要，要求還錢
　　Ⓒ 這位先生建議這位小姐把鞋子還給百貨公司，然後把錢要回來
　　Ⓓ 這位先生不喜歡他在網路上買的東西，用了三天還能退貨換錢

二、完成句子

6. 百貨公司的商品種類很多，_____也大，都位於交通方便的地方。
   Ⓐ 規矩　　　Ⓑ 規模　　　Ⓒ 設備　　　Ⓓ 建設

7. 百貨公司_____的成本大，所以東西賣得比較貴。
   Ⓐ 投資　　　Ⓑ 資料　　　Ⓒ 資源　　　Ⓓ 物價

8. 百貨業不但要能夠提供多方面的服務，也應該_____改善現有的服務。
   Ⓐ 面積　　　Ⓑ 最佳　　　Ⓒ 增加　　　Ⓓ 積極

9. 百貨業應該用新方式的服務，讓顧客覺得自己有_____，提高顧客滿意度。
   Ⓐ 價錢　　　Ⓑ 價格　　　Ⓒ 價值　　　Ⓓ 講價

10. 百貨公司利用顧客意見調查改善缺點，這是一種非常_____的方法。
    Ⓐ 有效　　　Ⓑ 有力　　　Ⓒ 有利　　　Ⓓ 效果

11. 這家百貨公司服務的_____非常好，所以吸引很多新顧客。
    Ⓐ 產品　　　Ⓑ 作品　　　Ⓒ 品質　　　Ⓓ 用品

12. _____百貨公司都賣化妝品、服裝、電器用品及美食。
    Ⓐ 多麼　　　Ⓑ 大多數　　　Ⓒ 差不多　　　Ⓓ 多多少少

13. 現在百貨公司跟過去不同，在_____上講究現代感。
    Ⓐ 設立　　　Ⓑ 設置　　　Ⓒ 計畫　　　Ⓓ 設計

三、選詞填空

(一)
　　現在 __14__ 網路購物已經非常流行，有些國外的百貨公司也積極 __15__ 電子商務的市場，有家大百貨公司共有800多家分店，在網路上 __16__ 的商品都可以從各分店送到買者手中， __17__ 這些分店同時具有存放商品的 __18__ 。這家大百貨公司目前大約有9%的訂單是從網路上來的。

14. Ⓐ 利用　　　Ⓑ 經過　　　Ⓒ 應用　　　Ⓓ 慢用
15. Ⓐ 加油　　　Ⓑ 更加　　　Ⓒ 加入　　　Ⓓ 加上
16. Ⓐ 購物　　　Ⓑ 購買　　　Ⓒ 購票　　　Ⓓ 買票
17. Ⓐ 不過　　　Ⓑ 但是　　　Ⓒ 倒是　　　Ⓓ 而且
18. Ⓐ 成功　　　Ⓑ 功能　　　Ⓒ 功夫　　　Ⓓ 用功

（二）　　看到網路購物越來越 ___19___ ，百貨業者認為再不加入這個市場，可能會 ___20___ 更多的商業機會。2014年7月台灣百貨 ___21___ 出現一家手機行動App購物商場，百貨業 ___22___ 有了24小時的網路購物方式。他們賣的是有名的商品，跟一般價格比較低的網路商品不一樣。這家百貨公司同時 ___23___ 「去百貨公司直接購物」和「用手機行動App購物」這兩種購物方式，希望都能獲得利益。

19. Ⓐ 發揮　　　Ⓑ 發展　　　Ⓒ 發明　　　Ⓓ 發達
20. Ⓐ 失去　　　Ⓑ 不見　　　Ⓒ 丟了　　　Ⓓ 去世
21. Ⓐ 最後　　　Ⓑ 終於　　　Ⓒ 於是　　　Ⓓ 在於
22. Ⓐ 從不　　　Ⓑ 引起　　　Ⓒ 因此　　　Ⓓ 甚至
23. Ⓐ 採取　　　Ⓑ 採訪　　　Ⓒ 採光　　　Ⓓ 彩繪

四、材料閱讀

（一）新聞報導 ✂

　　每年的母親節，台灣各大百貨公司都會擴大舉辦打折的活動，希望利用母親節賺大錢，吸引顧客來店購物。短短兩、三個星期的時間，賺的錢是一年的15%，甚至1／3。母親節對台灣百貨業者來說，是個最快樂的節日，一般人在母親節都會買禮物送給媽媽表示孝順，有些人就在百貨公司裡面的餐廳請媽媽吃飯。各大百貨公司在母親節前就積極準備商品，舉辦打折、送東西、抽獎品的活動。有兩家很受歡迎的百貨公司，更是有信心至少能賣到新台幣86億及64億。

24. 下面哪一個是這篇報導的主要意思？
    Ⓐ 母親節那天，兒子、女兒要請媽媽吃飯
    Ⓑ 母親節當天，兒子、女兒買禮物送媽媽表示孝順
    Ⓒ 百貨公司在母親節快到的時候，就積極準備商品
    Ⓓ 百貨業者在母親節這段期間都會打折，吸引顧客購物

25. 下面哪一個<u>不符合</u>報導內容？
    Ⓐ 每家百貨公司在母親節期間都能賣到新台幣86億
    Ⓑ 在母親節前，台灣各大百貨公司都會舉辦打折的活動
    Ⓒ 台灣每家百貨公司在母親節前兩、三個星期就積極準備商品
    Ⓓ 母親節時，百貨公司都會舉辦打折、送東西、抽獎品的活動

(二) 報紙分析 ✂

百貨公司具有以下幾個特點

1. 裡面有很多條產品線，每條產品線都分開，各有自己的賣場。
2. 商品的種類很多而且都是流行的商品。
3. 規模大，講究設計。
4. 都位在人多、交通方便的地方，方便購物。
5. 有都會型百貨公司（在市中心）、市郊型百貨公司（在郊區）、社區型百貨公司（在社區）三種。

　　百貨公司因為具有上面的特點，所以能夠吸引很多人去購物，生意好就能賺很多錢。但是現在百貨公司很多，要找對經營百貨業有專業的人有些困難。能賺大錢的週年慶，大家都在搶生意，生意並不好做，而且投資一家百貨公司要花很多錢，所以往往做了好幾年，本錢還收不回來，這是百貨業者最擔心的事。

26. 下面哪一個<u>不是</u>百貨公司的特點？
    Ⓐ 百貨公司很講究設計，而且規模很大
    Ⓑ 百貨公司的商品都很流行，種類也很多
    Ⓒ 百貨公司有很多條產品線，所有產品都放在一起賣
    Ⓓ 為了吸引顧客及方便購物，百貨公司都位在交通方便的地方

27. 下面哪一個符合這個報紙分析的內容？
Ⓐ 都會型的百貨公司大都位在郊區
Ⓑ 現在百貨公司很多，他們很容易找到有專業的人
Ⓒ 百貨公司週年慶雖然每家都在搶生意，但是生意非常好做
Ⓓ 百貨公司投資成本很高，雖然能吸引很多人去購物，但很難短時間內收回成本

五、短文閱讀

　　為什麼現在台灣的百貨公司都選在同一段時間舉辦週年慶？這種做法有什麼好處？

　　百貨公司雖然互相搶生意，但是話說回來，百貨公司之間同時也是互相幫助的朋友。這種情況就像夜市一樣，如果夜市裡只有一兩家小吃攤，雖然不會造成搶生意的現象，但是相對的也沒有辦法吸引很多的遊客，當一個夜市有一、兩百家小吃攤聚在一起的時候，就可以有效地吸引更多的顧客，甚至吸引一些來台灣旅遊的人。百貨公司在同一段時間舉辦活動的道理跟夜市的情況是一樣的。各大百貨公司在同一段時間舉辦週年慶，一起打廣告，能夠又快又有效地讓大家知道「又到了花大錢的時候了」，雖然會有搶生意的現象，但是因為購物的人很多，就有利益。百貨公司自己辛苦舉辦活動的方式，恐怕購物的人不多，不如跟其他業者合作，擴大宣傳再一同分享成果。

　　台灣百貨公司每年的週年慶大約在9~12月間，母親節的活動就像週年慶一樣，如果想省錢又需要一些存貨的話，只要先買夠半年用的就好了！

28. 下面哪一個**不符合**文章的內容？
Ⓐ 百貨公司一般來說都會互相搶生意
Ⓑ 百貨公司在同一段時間舉辦週年慶沒有好處
Ⓒ 台灣各大百貨公司差不多在相同時段舉辦週年慶
Ⓓ 百貨公司雖然會互相搶生意，但是在生意上也可以說是互相幫助的朋友

29. 文章中關於夜市和百貨公司的說法，下面哪一個是對的？
Ⓐ 夜市小吃攤不多，還是有遊客，所以百貨公司自己舉辦週年慶就好了
Ⓑ 夜市如果小吃攤不多，就不會搶生意，所以百貨公司不要同時段舉辦週年慶
Ⓒ 夜市裡小吃攤越多，就能吸引更多的顧客，百貨公司在相同時段舉辦週年慶就是這個道理
Ⓓ 如果夜市有太多小吃攤，一般人會怕太擠不願意去，所以百貨公司應該避免同時段舉辦週年慶

30. 下面哪一個符合文章所說的內容？

　　Ⓐ 台灣的百貨公司每年舉辦四次的週年慶

　　Ⓑ 百貨公司同時段舉辦週年慶，大家搶生意沒有利益

　　Ⓒ 如果想省錢，可以利用週年慶去購物，買越多越好

　　Ⓓ 百貨公司自己舉辦週年慶恐怕顧客不多，不如跟其他業者合作，擴大宣傳吸引
　　　顧客

B. 關鍵詞語

一、主題相關詞語

本單元出處	主題相關詞語
一、對話聽力1.	商場、百貨、捷運、高鐵、轉運站、交通
一、對話聽力2.	美食街、自從、乾淨、冷飲、選擇
一、對話聽力3.	皮包、漂亮、價錢、品質、假貨、商品
一、對話聽力4.	擦、化妝品、癢、發、廣告單、訪問買賣、店家
一、對話聽力5.	越、還（huán）、網路、覺得
三、選詞填空(一)	流行、積極、利用、電子、商務、市場、分店、存放、功能、訂單
三、選詞填空(二)	發達、業者、直接、利益
四、材料閱讀(一)	擴大、舉辦、打折、賺大錢、節日、孝順、抽獎品、受歡迎
四、材料閱讀(二)	特點、產品線、賣場、種類、規模、講究、設計、都會、市郊、社區、具有、經營、專業、困難、搶生意、投資、本錢
五、短文閱讀	段、週年慶、做法、好處、互相、遊客、聚、有效、打廣告、恐怕、其他、宣傳、分享、成果、省錢、存貨

二、常用詞組

本單元出處	常用詞組	例句
一、對話聽力5.	越…… 越（不）……	對於掛在牆上的放大結婚照，小美覺得越看越不像自己。
三、選詞填空(二)	失去機會	在台灣學中文時，有時怕說錯話，不敢上台發表，就失去了在演講比賽得獎的機會了。
三、選詞填空(二)	獲得利益	人類為了獲得自己的利益而傷害了自然環境。
四、材料閱讀(一)	受歡迎	在社團活動時間開設學中文的社團，受到學生與家長熱烈的歡迎。
五、短文閱讀	造成……現象	大家都想搶便宜的心理，造成百貨公司週年慶的搶購現象。

A. 測驗練習

一、對話聽力

1.
   Ⓐ 孩子的興趣跟所學和未來的市場無關
   Ⓑ 讓孩子找到學習的熱情和未來的方向
   Ⓒ 選大學的科系跟孩子的興趣沒有關係
   Ⓓ 為了孩子未來的發展,不必重視孩子的興趣

2.
   Ⓐ 一定要選科系很多的大學
   Ⓑ 看成績可以選什麼學校就選什麼學校
   Ⓒ 從學長姐畢業以後在哪裡工作,可以看到未來工作的方向
   Ⓓ 一定要知道系所教些什麼,以免選的科系不是自己的興趣

3.
   Ⓐ 面試是要了解每個學生的基本資料
   Ⓑ 如果面試老師的問題沒辦法回答,就說不知道
   Ⓒ 面試是要了解學生面對問題時的反應,所以說得越多越好
   Ⓓ 面試時,所有問題都得回答,要不然老師會認為你的能力不夠

4.
   Ⓐ 這個新聞出現在報紙上
   Ⓑ 這個女大學生跟同學之間感情很好
   Ⓒ 如果能早點了解這個女大學生,她可能不會自殺
   Ⓓ 這個女大學生念自己有興趣的系,但覺得這個系以後沒希望

5.
   Ⓐ 賈伯斯在大學時學了書法
   Ⓑ 賈伯斯把書法用在電腦字型中
   Ⓒ 有個畢業生抱怨自己選錯系、走錯路了
   Ⓓ 選錯系沒關係,因為學過的都是將來的養分,賈伯斯就是個例子

二、完成句子

6. 台灣很多大學新生不知道怎麼_____自己想要念的系。
   Ⓐ 選擇　　　　Ⓑ 選舉　　　　Ⓒ 預備　　　　Ⓓ 預習

7. 有些人上大學的_____是為了將來比較容易找到工作。
   Ⓐ 結果　　　　Ⓑ 結局　　　　Ⓒ 目的　　　　Ⓓ 價值

8. 選系和將來選擇職業的關係很_____，因為能把學校所學的運用在工作上。
   Ⓐ 親切　　　　Ⓑ 密切　　　　Ⓒ 確定　　　　Ⓓ 確認

9. 在台灣，一上大學就要選系，_____上，美國大學在大一大二是不分院、系的。
   Ⓐ 事實　　　　Ⓑ 實用　　　　Ⓒ 事物　　　　Ⓓ 實驗

10. 大學要選什麼系，考試前就要先弄清楚，不是等到考試後才_____。
    Ⓐ 參考　　　　Ⓑ 思考　　　　Ⓒ 思想　　　　Ⓓ 安排

11. 大學生在_____念什麼學校及科系前，最常問的就是畢業後可以做什麼？
    Ⓐ 承認　　　　Ⓑ 處理　　　　Ⓒ 檢查　　　　Ⓓ 決定

12. 多數考生在選填科系前，對大學校系的認識嚴重_____。
    Ⓐ 不足　　　　Ⓑ 不如　　　　Ⓒ 不滿　　　　Ⓓ 不少

13. 只照科系名稱選系，可能會_____一些問題，許多學生念了以後，才發現不是自己想要的。
    Ⓐ 變成　　　　Ⓑ 達成　　　　Ⓒ 造成　　　　Ⓓ 完成

三、選詞填空

(一)　　申請大學的學生都需要寫自傳，自傳的內容很重視讀書計畫，因為它可以讓教授了解你的時間管理和未來 _14_ 的方向。所謂讀書計畫，並不是 _15_ 個人平常怎麼讀書，或怎麼 _16_ 工作和休息的方式，而是你進入大學 _17_ 的計畫。因此，計畫的時間可能不只四年，_18_ 是包括進入社會後想要做什麼工作。所以，你必須對想進入的學系有很深的認識，也要注意到自己多方面的發展。

14. Ⓐ 研究　　Ⓑ 講究　　Ⓒ 掌握　　Ⓓ 發揮
15. Ⓐ 把　　　Ⓑ 指　　　Ⓒ 比　　　Ⓓ 只
16. Ⓐ 按照　　Ⓑ 安心　　Ⓒ 安定　　Ⓓ 安排
17. Ⓐ 之間　　Ⓑ 之前　　Ⓒ 之後　　Ⓓ 之內
18. Ⓐ 至於　　Ⓑ 甚至　　Ⓒ 至少　　Ⓓ 終於

(二)　　　高中學生，可能不太了解職業上　19　的工作。他們常把現在喜歡的，當成是一輩子的興趣。在學習或工作當中，遇到無法　20　的困難時，他們往往不仔細思考，就　21　說自己沒興趣，覺得往前走沒希望，往後走無路可退，這才是最大的麻煩。其實，各系各行都有自己未來的發展，　22　困難時，有辦法克服、有　23　能解決，才能叫做有興趣。

19. Ⓐ 關係　　Ⓑ 相關　　Ⓒ 相對　　Ⓓ 相當
20. Ⓐ 解決　　Ⓑ 了解　　Ⓒ 解釋　　Ⓓ 理解
21. Ⓐ 當天　　Ⓑ 時刻　　Ⓒ 立刻　　Ⓓ 當面
22. Ⓐ 直到　　Ⓑ 提到　　Ⓒ 想到　　Ⓓ 碰到
23. Ⓐ 信心　　Ⓑ 相信　　Ⓒ 保證　　Ⓓ 看法

四、材料閱讀

(一) 注意事項

選系技巧

選系時，有一些技巧性的問題必須注意，如下：

※在可以填選的範圍，往上、往下填選。第一是以分數為先，第二再想到自己的理想與未來現實的問題。

※選系還有哪些地方要注意的？有些大學為了招生而改系名，但老師、課程都沒換，只是「換湯不換藥」。還有一些學校把部分科系放在外縣市的「分部」，上課地點太遠了，考生選填時絕對要注意。

24. 下面哪一個符合選系的技巧？
    A 先想到自己的理想再填科系
    B 先想到未來現實的問題再選填科系
    C 在分數可以填選的科系範圍，只能往上或往下填選
    D 在可以填選的科系範圍，往上和往下填選，並以分數為先

25. 下面哪一個和這個注意事項所說的**不一樣**？
    A 大學絕對不會為了招生而改變科系的名字
    B 有些學校把部分科系放在外縣市的「分部」
    C 分部上課的地點很遠，考生選填科系時要注意
    D 有的大學會換湯不換藥，改變系名但是課程不變

(二) 校園電子布告欄

選校還是選系？

　　我現在是個大學生，大學到底要選校還是選系呢？我建議學弟妹們「先選校再選系」，為什麼呢？因為現在大學很多，人人都有大學可念，因此大學的畢業證書就像血統證明一樣重要，哪所大學畢業的就等於是哪個血統出身，畢業之後，工作上的主管也愛用自己學校畢業的學弟妹們，所以我認為大學的血統很重要。

　　現在大學轉系比以前容易許多，就我自己的經驗，只要成績在班上的前10%，要轉系不是問題，因此進大學時不論是念哪個系的，都可能拿到這所大學的熱門科系的學位，所以我建議「選校不選系」。

26. 下面哪一個符合貼文的內容？
    A 現在要念大學很不容易
    B 這位大學生建議學弟妹們先選校再選系
    C 很多公司的主管不愛用自己學校畢業的學弟妹們
    D 他認為大學的畢業證書，也就是大學的血統並不重要

27. 下面哪一個**不是**這個大學生的想法？
    A 現在大學轉系比以前容易許多
    B 是哪所大學畢業的一點都不重要
    C 如果成績在班上的前10%，轉系一般不成問題
    D 因為轉系沒問題，所以念哪個系，都能轉到這所大學的熱門科系

五、短文閱讀

　　大學考生選填科系的時候應該根據個人的興趣、能力、特點、價值觀，也要考慮到社會及家庭經濟情況，而學校地點與資訊方面，包括科系學習內容、未來的發展、學校特色等都要注意到。更要好好利用自己分數高的科目，找出對自己最有好處的校系。

　　根據「大考中心興趣量表」的結果，先找出自己感興趣的科系，然後選擇學校。再參考「學系交通網」，把自己喜歡的學校中，學習領域相通的學系也一起考慮。現在碩士學歷很普遍，可以把大學、研究所一起考慮。如果以碩士為目標，選填科系就不能只考慮大學要念什麼系，還包括要念哪所大學。因為名校碩士班的學生很多是本校大學部直接升上來的學生，所以未來如果想進入科技產業，建議選名校，將來有機會直升研究所。

　　有些科系專業要求很高，必須念到碩士、博士，例如生命科學。填選前要清楚自己是不是喜歡研究工作，是不是要念更高的學位。

28. 對於考生選填科系，下面哪一個<u>不對</u>？
　Ⓐ 學校的特色，在選填科系時也要注意
　Ⓑ 考生選填科系應該根據個人的能力、特點、價值觀
　Ⓒ 家庭、經濟情況、學校地點並不是考生選填科系必須考慮的
　Ⓓ 科系學習內容、未來的發展等資訊，選填科系時都要考慮到

29. 如何選系，下面哪一個建議是對的？
　Ⓐ 學習領域相通的學系不在選系的考慮範圍
　Ⓐ 自己感興趣的科系，跟選擇學校沒有關係
　Ⓒ 「大考中心興趣量表」的結果，不值得參考
　Ⓓ 要找出對自己最有好處的校系，可以利用分數高的科目

30. 關於念大學、碩士、博士，下面哪一個說法正確？
　Ⓐ 不必管自己喜歡不喜歡研究工作，就是要念碩士、博士
　Ⓑ 考生可以把大學和研究所一起考慮，因為現在碩士學歷很普遍
　Ⓒ 如果想念研究所，只要考慮大學要念什麼系，念哪所大學不重要
　Ⓓ 名校碩士班的學生都是要考試的，沒有從大學部直接升上來的學生

▶ B. 關鍵詞語

一、主題相關詞語

本單元出處	主題相關詞語
一、對話聽力1.	科系、煩惱、經驗、建議、重視、興趣、影響、發展、結合、道理、幫助、熱情、方向
一、對話聽力2.	關機、決定、了解、適合、成績、參考、清楚、系所、以免
一、對話聽力3.	面試、緊張、趕快、準備、特別、面對、態度、特質、反應
一、對話聽力4.	新聞、自殺、曾經、表示、不合、原因、相處、沒事
一、對話聽力5.	畢業、抱怨、語文、創辦、故事、書法、設計、字型、養分
三、選詞填空(一)	申請、自傳、管理、研究、所謂、進入、甚至、必須、認識
三、選詞填空(二)	職業、一輩子、解決、困難、往往、立刻、無路可退、克服
四、材料閱讀(一)	技巧性、填選、範圍、分數、理想、現實、招生、換湯不換藥
四、材料閱讀(二)	證書、血統、證明、出身、主管、轉系、容易、熱門、學位
五、短文閱讀	根據、特點、價值觀、量表、感興趣、領域、普遍、目標、包括、直接、科技、產業、生命科學

二、常用詞組

本單元出處	常用詞組	例句
一、對話聽力3.	做……準備	這次颱風會帶來超大的風雨，政府要大家早做準備，減少颱風造成的傷害。
一、對話聽力4.	跟……不合	我對歷史沒興趣，念歷史系跟我興趣不合，我想轉系。
三、選詞填空(二)	碰到困難 /克服困難、解決困難	我看到作文題目總是不知道怎麼開始寫，我碰到困難了。 作文也是學習的一部分，我要想法子戰勝它，克服寫作的困難。 解決的辦法就是每天閱讀文章，練習寫作，現在我已經解決並克服這個困難了。
四、材料閱讀(二)	像……一樣……	咖啡的顏色和味道，讓她覺得像喝中藥一樣。
四、材料閱讀(二)	拿到學位	我不想再在學校念書了，等我拿到碩士學位，我就要去找工作了。
五、短文閱讀	以……為目標	他學中文，以「可以說得像母語一樣」為目標，努力學習。

A. 測驗練習

一、對話聽力

1.
Ⓐ 小學生自己回家很危險
Ⓑ 父母太愛孩子，放學時都接他們回家
Ⓒ 安親班接小學生去進行輔導，學生太累了
Ⓓ 因為父母太忙，孩子回家沒人教、沒人陪，可能會有問題

2.
Ⓐ 候選人要到夜市打掃環境
Ⓑ 能提出改進他們子女學習問題的好辦法
Ⓒ 候選人去市場，請做生意的人投他一票
Ⓓ 一到選舉，候選人就要去夜市、市場和他們握手

3.
Ⓐ 他們都覺得技職學校的補助款不夠
Ⓑ 公平的教育環境，並不能讓教育變好
Ⓒ 大都市的好大學得到更多的補助款是公平的
Ⓓ 要讓教育變好，就要改善考試題目、考試區域等問題

4.
Ⓐ 家裡沒錢就不能申請獎學金
Ⓑ 沒錢的小孩完全沒有機會念台大
Ⓒ 父母有錢，小孩的教育資源比較多
Ⓓ 有錢沒錢跟能不能享受較多的教育資源沒有關係

5.
Ⓐ 獎助學金能幫助沒錢的學生念大學
Ⓑ 政府不應該讓家裡沒錢的學生去大學念書
Ⓒ 父母沒錢替孩子付學費，孩子就不應該去念書
Ⓓ 父母付不起孩子的學費，就不讓孩子去考大學

二、完成句子

6. 每個國家都有它們_____的教育系統。
   Ⓐ 特地　　　　Ⓑ 特色　　　　Ⓒ 特點　　　　Ⓓ 獨特

7. 在學校裡，老師教學生各種不同的_____。
   Ⓐ 課文　　　　Ⓑ 課程　　　　Ⓒ 課堂　　　　Ⓓ 功課

8. 除了學校教育，人們還可以從不同的地方得到非_____的教育。
   Ⓐ 正式　　　　Ⓑ 真正　　　　Ⓒ 正確　　　　Ⓓ 正常

9. 教育是替未來生活做準備的，它具有多_____的功能。
   Ⓐ 方向　　　　Ⓑ 方式　　　　Ⓒ 方面　　　　Ⓓ 對方

10. 一般企業老闆會根據教育_____的高低選用員工。
    Ⓐ 速度　　　　Ⓑ 程度　　　　Ⓒ 制度　　　　Ⓓ 態度

11. 學前教育是指：在學習_____前的兒童，尚未正式入學前所受的教育。
    Ⓐ 年輕　　　　Ⓑ 年級　　　　Ⓒ 年代　　　　Ⓓ 年齡

12. 教育的_____任務是在幫助學習者創造更美好的未來。
    Ⓐ 基礎　　　　Ⓑ 本人　　　　Ⓒ 基本　　　　Ⓓ 本來

13. 很多人懷疑_____的教育方式讓學習者少了創造未來的能力。
    Ⓐ 目前　　　　Ⓑ 目的　　　　Ⓒ 面前　　　　Ⓓ 前方

三、選詞填空

(一)　　「教育從一出生就開始了，而且一輩子都在　14　中，不同的人生階段，學習的方式不同。」這種　15　，大多數人都覺得很有道理，也都能　16　。甚至有人認為教育可以更早開始，所以有些父母　17　還在媽媽肚子裡的小寶寶聽音樂、聽故事，希望經過訓練，對出生以後的寶寶的右腦發展　18　影響。

14. Ⓐ 流行　　　　Ⓑ 進行　　　　Ⓒ 舉行　　　　Ⓓ 進一步
15. Ⓐ 觀念　　　　Ⓑ 觀察　　　　Ⓒ 概念　　　　Ⓓ 紀念

16. Ⓐ 接觸　　　Ⓑ 接著　　　Ⓒ 接受　　　Ⓓ 受得了
17. Ⓐ 叫　　　　Ⓑ 對　　　　Ⓒ 讓　　　　Ⓓ 跟
18. Ⓐ 產生　　　Ⓑ 生產　　　Ⓒ 新生　　　Ⓓ 生出

（二）
　　一般來說，一個認為未來是有希望的人，在　19　方面都比較快速，做事也比較　20　。根據研究發現：小學時代就很清楚自己未來要做什麼的人，也就是大學時代知道自己什麼時候該做什麼事的人。他們進入社會以後，為了達到自己的理想，認真努力地嘗試各種新事物、新方法，所以在　21　新方法這方面，比那些不清楚自己未來、不去計畫思考自己未來的人有　22　。所以應該重視學生對於「未來　23　（futures imagination）」這一方面的教育，也就是要訓練學生多去思考未來要走的方向。

19. Ⓐ 主動　　　Ⓑ 活動　　　Ⓒ 行動　　　Ⓓ 生動
20. Ⓐ 合作　　　Ⓑ 積極　　　Ⓒ 成績　　　Ⓓ 激烈
21. Ⓐ 發明　　　Ⓑ 發揮　　　Ⓒ 造成　　　Ⓓ 創造
22. Ⓐ 成果　　　Ⓑ 成就　　　Ⓒ 成長　　　Ⓓ 成熟
23. Ⓐ 想像　　　Ⓑ 想法　　　Ⓒ 思想　　　Ⓓ 理想

四、材料閱讀

（一）報紙社論 ✂

社論 ▶▶

改善台灣教育與經濟，政府應該重視技職教育。建議如下：

※ 政府補助款的分配，應該合理，才能改善技職教育經費不足的情況。
※ 重視專業技師及教師的專業技能。有很多技職學校教師的養成教育，來自普通大學，並無專業技術能力，無法指導學生技能，甚至做了錯誤的引導。應鼓勵教師在職進修實務技能、取得證照。
※ 課程設計應該強調實務，不能太偏重理論的學習。讓學生多實作，才能發揮他們的能力。
※ 鼓勵多方面的價值觀，讓學生了解學位不等於學習能力，不一定人人都要追求高學位，這樣技職教育才會受到肯定。

24. 下面哪一個符合建議的內容？
    Ⓐ 技職教師取得證照，對學生沒幫助
    Ⓑ 技職學校的教師不一定都要有專業技術能力
    Ⓒ 重不重視技職教育，跟台灣教育、經濟無關
    Ⓓ 要改善技職教育經費不足的情況，政府的補助款應做合理分配

25. 下面哪一個和建議<u>不一樣</u>？
    Ⓐ 學生實作越多，浪費的時間越多
    Ⓑ 學生不是只有拿到高學位，才算有成就
    Ⓒ 技職教育的課程設計，不可偏重理論，應強調實務
    Ⓓ 要讓技職教育受到肯定，要改變學生對高學位的看法

(二) 雜誌報導

教育的一些問題

✦ 公立托兒所數量不夠，一些父母都須上班的家庭，只能送小孩子去私立幼兒園，負擔太大，讓一些年輕夫妻不敢多生小孩。

✦ 有些中學有學生欺負學生的問題。最主要的原因是學校不重視品德教育，學生沒有尊重他人的觀念。

✦ 高中階段有升大學的壓力，近年來升學方式一變再變。延長十二年國教的過程，準備有些不充足，也造成一些問題。

✦ 大學教育更是有問題，早年政府採用廣設大學的錯誤決策，造成大學過多，只考七分也能念大學。一些沒錢念書的學生必須要辦理助學貸款，念完大學就欠了幾十萬元的債，好像他們的人生就從欠債開始。

26. 下面哪一個說明教育出了問題？
    Ⓐ 父母都能把小孩送到公立托兒所
    Ⓑ 學生都很尊重別人，不可能欺負同學
    Ⓒ 年輕夫妻不敢多生小孩，是因為帶小孩太累了
    Ⓓ 學校不重視品德教育，往往產生學生欺負學生的問題

27. 根據報導，下面哪一個<u>不是</u>教育問題？
    Ⓐ 十二年國教準備充足，沒有問題
    Ⓑ 沒錢念書的學生必須要辦理助學貸款
    Ⓒ 近年來升學方式一再改變，高中生升學的壓力更大
    Ⓓ 大學過多，學生低分就能念大學，這是廣設大學造成的結果

五、短文閱讀

> 　　大學生都會面對畢業後找工作的問題。怎麼提高他們畢業後找工作的能力呢？這應該從怎麼訂定基本的教育目標開始去做。台灣早年在職業教育上有非常豐富的經驗，替國家培養了很多優秀的人，他們很會做生意，讓台灣人變得很有錢。但近年來因為受到世界上大學排名的影響，為了想擠進世界前一百所大學，將教育資源做了不公平的分配，五年五百億的經費大多數集中在研究型大學，而技職體系的學生分配到的經費只有十六萬元，相差非常大，降低了學生就業的競爭能力。
>
> 　　事實上除了部分學生需要或適合走向學術研究以外，大多數的學生接受教育以後，還是進入職場到社會服務。如何培養學生的就業能力是教育重要的任務，很多先進國家，如德國、瑞士……，技術教育非常發達，可見技職教育有他的重要性。台灣早期技職學生和非技職學生的比例是7：3，後來廣設大學以後，技職學生人數下降，各個學校只注重學位，碩士、博士的人數增加，卻不重視專業技能的培養，因此讓台灣技職教育的品質變差，當然降低學生的競爭能力跟國家經濟發展的動力。

28. 根據這篇短文，教育目標和找工作的能力有什麼關係？
    Ⓐ 大學生一畢業就能找到很好的工作
    Ⓑ 台灣早年在職業教育上沒什麼概念和經驗
    Ⓒ 教育目標會影響學生畢業後找工作的能力
    Ⓓ 提高學生畢業後找工作的能力跟教育目標沒關係

29. 根據文章，下面哪一個符合文章的內容？
    Ⓐ 大多數學生畢業以後都走向學術研究
    Ⓑ 是不是能擠進世界前一百所大學，並不重要
    Ⓒ 五年五百億的經費，政府做了很公平的分配
    Ⓓ 台灣以前的職業教育，培養了很多會做生意的人，讓台灣人有錢了

30. 下面哪一個**不是事實**？
    Ⓐ 大部分學生畢業以後，都進入職場工作
    Ⓑ 像德國、瑞士……等先進國家，都不重視技職教育
    Ⓒ 台灣早期技職學生的比例很高，廣設大學以後，技職學生人數卻下降
    Ⓓ 現在學校只注重碩士生、博士生的人數是否增加，卻不重視專業技能的培養

B. 關鍵詞語

一、主題相關詞語

本單元出處	主題相關詞語
一、對話聽力1.	放學、安親班、課後輔導、做生意、現象、看法、陪、功課
一、對話聽力2.	選舉、候選人、市場、拜票、握手、投票、改進、競選
一、對話聽力3.	技職、補助、政府、公平、注意、題目、區域、環境
一、對話聽力4.	申請、獎學金、就讀、現象、地位、享受、資源
一、對話聽力5.	鄰居、私立、替、付學費、獎助學金、優惠、求學、權利
三、選詞填空(一)	出生、一輩子、進行、階段、觀念、道理、接受、發展
三、選詞填空(二)	希望、行動、快速、積極、創造、思考、成就、想像、訓練
四、材料閱讀(一)	改善、經濟、重視、技職、建議、分配、合理、技能、養成、指導、錯誤、引導、鼓勵、實務、證照、強調、偏重、理論、實作、發揮、能力、價值觀、學位、肯定
四、材料閱讀(二)	托兒所、家庭、負擔、欺負、品德、尊重、壓力、升學、延長、過程、準備、充足、採用、決策、辦理、助學、貸款、欠債
五、短文閱讀	面對、畢業、提高、基本、目標、豐富、經驗、培養、優秀、排名、擠進、集中、體系、相差、降低、就業、競爭、服務、任務、先進、發達、注重、動力

二、常用詞組

本單元出處	常用詞組	例句
一、對話聽力1.	發生問題／問題發生	剛完成的電腦程式軟體常會有一些小問題發生，發生問題就要想辦法解決。
一、對話聽力5.	失去權利	做壞事被關起來的人，失去了他們自由生活的權利。
三、選詞填空(一)	產生影響	由電腦代替人手處理中文資料，已對我們中文資料的處理環境產生了重大的影響。
四、材料閱讀(一)	改善情況／情況改善	科學家們認為地球上「溫室效應」的情況再不改善的話，未來的地球就不適合人住了。
四、材料閱讀(一)	取得證照	技職學校畢業後，大部分的人都會參加國家認證考試，取得專業證照。
四、材料閱讀(一)	發揮能力	創作式作業讓小朋友發揮個人的創作能力，如：剪貼、畫一張圖、做個黏土的造型、寫詩或故事等。
四、材料閱讀(二)	辦理貸款	想要購買休旅車，可是現金不足，只要自己信用狀況不算太差，也可以向銀行辦理汽車貸款。

> **A. 測驗練習**

一、對話聽力

1. Ⓐ 老師問，大家一起回答比較好
   Ⓑ 跟學生聊天，對學生說話的能力沒幫助
   Ⓒ 讓學生表演故事，跟加強口說能力沒有關係
   Ⓓ 重複老師說過的話，可以訓練學生的聽力和口說能力

2. Ⓐ 學中文只要會說話就好了
   Ⓑ 不常寫漢字會影響漢字的認讀
   Ⓒ 學中文聽得懂最重要，其他可以不管
   Ⓓ 學習中文，聽、說、讀、寫之間完全沒關係

3. Ⓐ 把自己的想法放在心裡
   Ⓑ 自己的想法是對的，不必跟對方溝通
   Ⓒ 說出想法不一定有用，所以只能自己不開心
   Ⓓ 把想法說出來、說清楚，讓對方明白，願意接受

4. Ⓐ 學習語言不輕鬆，所以三分鐘熱度就好
   Ⓑ 跟讀的學習方法對學習語言沒什麼用處
   Ⓒ 最難的是語言本身，跟學習的方法沒關係
   Ⓓ 敢開口、多聽自然的對話或音樂，對學語言有幫助

5. Ⓐ 學習語言應該先讀寫後聽說
   Ⓑ 小孩子學語文，一定是聽說讀寫同時進行
   Ⓒ 成年人學華語，一般用打字的方式代替寫字
   Ⓓ 能說、能用文字表達意思，是學習語文的目標

二、完成句子

6. 聽人說話可以說是_____知識的一種方法。
   Ⓐ 呼吸　　　Ⓑ 吸收　　　Ⓒ 吸引　　　Ⓓ 收穫

7. 說話是把自己的思想_____出來。
   Ⓐ 表面　　　Ⓑ 表演　　　Ⓒ 表達　　　Ⓓ 發現

8. 要_____學生「說」的能力，應該從「聽」的練習開始去做。
   Ⓐ 加強　　　Ⓑ 強調　　　Ⓒ 增加　　　Ⓓ 加入

9. 老師訓練我們說話時，很重視聲音高低強弱表達的_____。
   Ⓐ 科技　　　Ⓑ 技巧　　　Ⓒ 技術　　　Ⓓ 功能

10. 在語言學習上，學生往往只記住語法、詞彙，卻不知怎麼_____。
    Ⓐ 用法　　　Ⓑ 用功　　　Ⓒ 使用　　　Ⓓ 採用

11. 聽力教學要訓練學生在聽的時候怎麼_____重點。
    Ⓐ 把握　　　Ⓑ 握手　　　Ⓒ 握著　　　Ⓓ 握住

12. 語言學習不只是練習語言技巧，最重要的是_____。
    Ⓐ 通知　　　Ⓑ 交通　　　Ⓒ 通過　　　Ⓓ 溝通

13. 能發現別人文章_____的地方，也能改進自己的寫作能力。
    Ⓐ 誤會　　　Ⓑ 錯誤　　　Ⓒ 挫折　　　Ⓓ 糊塗

三、選詞填空

(一)
　　在聽的 __14__ 這方面，常會聽到「聽」和「聆聽」，這兩個詞看起來似乎一樣，其實 __15__ 有些不同。「聽」只是指耳朵收到外面的聲音；「聆聽」是「仔細、注意聽」。理想的「聆聽」強調 __16__ 。首先要聽出重點，明白說話者所表達的意思。其次，把所聽到的跟自己的想法結合。所以「聆聽」是把聽到的聲音 __17__ 成有意義的 __18__ 。也就是說，「聆聽」是強調怎麼去了解聽到的聲音。

14. **A** 力量　　　**B** 能力　　　**C** 實力　　　**D** 力氣
15. **A** 主意　　　**B** 心意　　　**C** 意義　　　**D** 在意
16. **A** 理解　　　**B** 解釋　　　**C** 辦理　　　**D** 修理
17. **A** 變化　　　**B** 變更　　　**C** 想像　　　**D** 轉換
18. **A** 內部　　　**B** 內容　　　**C** 形容　　　**D** 以內

（二）　　在訓練學生說話的方法中，「看圖說話」是一個 ＿19＿ 有效的方法，受到一般教學者的 ＿20＿ ，因為學生可以根據圖畫來說話。教師在 ＿21＿ 零起點或初級說話教材時，應多利用實體的東西或圖畫，教學生怎麼 ＿22＿ 、怎麼表達。對原本口語表達能力不好的學生，＿23＿ 應該多跟他們對話、交談，從短句到長句，一定要讓他們練習說出完整的句子。

19. **A** 相反　　　**B** 相關　　　**C** 相當　　　**D** 互相
20. **A** 安定　　　**B** 肯定　　　**C** 確定　　　**D** 穩定
21. **A** 設計　　　**B** 建設　　　**C** 設備　　　**D** 設立
22. **A** 觀眾　　　**B** 樂觀　　　**C** 觀點　　　**D** 觀察
23. **A** 平均　　　**B** 平時　　　**C** 暫時　　　**D** 一時

四、材料閱讀

（一）投影片 ✂

各種說話的教學方法

① 訓練學生說完整的話
② 加強學生口頭造句練習
③ 加強課堂中師生的對話
④ 加強朗讀訓練，注意說話的語氣
⑤ 用生活報告或專題報告，學習組織的技能
⑥ 訓練說話時，從容易的開始再慢慢加強難度，讓學生有信心
⑦ 用趣味化教學法，增強學生說話的能力
⑧ 用看圖說話教學法，增進學生對話語的組織能力

24. 根據投影片，下面哪一個是好的說話教學方法？
　　Ⓐ 課堂中老師多提問，多跟學生對話
　　Ⓑ 學生朗讀時，只要注意語氣，聲調不重要
　　Ⓒ 課堂上要讓學生多造句，但是要在本子上寫
　　Ⓓ 訓練學生說話時，越簡短越好，不必說整句

25. 下面哪一個不是說話教學方法？
　　Ⓐ 多讓學生上台報告
　　Ⓑ 少讓學生看圖說故事
　　Ⓒ 趣味化教學對說話的能力有幫助
　　Ⓓ 用「由易到難」的漸進方式，讓學生對說話有信心

（二）語言中心廣告

為何學外語？學外語有什麼好處？
語言學家 John McWhorter 告訴你。

1. 語言會影響你的想法
　　語言好像是一種眼鏡，具備它以後，便多了一種觀察世界的方式。如：法語或西班牙語告訴你「桌子」是女生。所以多學會一種語言，你就能了解這種語言是如何解讀這世界的。

2. 學語言有益身心健康
　　根據科學報告：如果你會說兩種語言，得癡呆症的機率會比較低。

3. 語言真有趣
　　每一種語言用字的順序都不一樣，如果只會一種語言，你就沒有：「原來這句話也能這樣說」的驚奇感了！

4. 現在學語言很方便
　　網際網路降低了學習的成本，帶著平板電腦或手機，在任何地方都能學習另外一種語言，也可以看各國的電影、電視劇，輕鬆進入另一種語言與文化。

26. 根據廣告，下面哪一個的說法正確？
　　Ⓐ 語言是一種眼鏡，戴了它就方便學習
　　Ⓑ 有了語言這種眼鏡，學習語言就不難了
　　Ⓒ 學語言必須用腦思考，所以老了以後比較容易癡呆
　　Ⓓ 學會不同的語言，你能了解語言之間不同的解讀方式

27. 關於學習語言，下面哪一個符合廣告的內容？
    Ⓐ 各種語言的語序都不一樣，學起來真累
    Ⓑ 在網路上看各國電影，對學語言沒有幫助
    Ⓒ 在網路上學語言雖然方便，但是費用卻提高了
    Ⓓ 現在網路很發達，所以學語言不一定要去實體教室學習

五、短文閱讀

　　訓練聽力應該由易而難，所以要從「單句」開始。單句的訓練，老師可以採用四種方式：一是讓學生選出適當的詞填空；二是在學習單上，圈選出老師念的句子中出現的詞；三是圈選跟老師念的句子意義相同的詞；四是聽上句接下句等方法。如果單句重點是語法，可以採用選擇正確的句義、判斷合適的句義或是解釋語法對錯的訓練方法。

　　在「對話訓練」方面，不但要讓學生抓住說話雙方討論的要點，而且要記住內容。在「短文訓練」方面，可以採用聽完句子後，選出正確的圖的方法，也就是要讓學生在理解句子內容，聽出重點以後，再選出正確的圖。

　　單句、對話、短文在聽力訓練上都很重要。訓練聽力的方法，「聽」是主要的，但是我們還要利用「聽後讓學生說、讀、寫的方法」，才能了解學生聽懂了沒有。

　　現在是科技時代，我們可以運用多媒體做聽力教學，運用多媒體把影像、圖片、聲音結合在一起訓練聽力，增加趣味性。

　　在訓練聽力時，學生通過語音的輸入（聽）和聽後說出的方法，加強了對句子的理解，提高口語能力，也改正了發音，提高了聽力水準。

28. 關於單句聽力的訓練，下面哪一個是對的？
    Ⓐ 聽力訓練只強調單句的訓練
    Ⓑ 聽後選出對的詞的方法，對聽力教學沒幫助
    Ⓒ 聽後選出句子中出現的詞，是對話聽力訓練的重點
    Ⓓ 聽後選擇句子的意思或是判斷句義，對語法的聽力訓練有幫助

29. 關於對話和短文聽力的訓練，下面哪一個是對的？
    Ⓐ 聽力訓練，沒辦法了解學生是不是聽懂了
    Ⓑ 對話的聽力訓練，訓練學生抓住對話要點而且要記住
    Ⓒ 訓練聽力，只採用聽的方法，跟說讀寫的方法沒有關係
    Ⓓ 讓學生聽句子理解以後再選圖的方法，主要在訓練發音

30. 根據聽力訓練的說明，下面哪一個
    不正確？
    Ⓐ 聽力訓練沒辦法改正發音
    Ⓑ 透過聽和說的訓練，可以加強學
      生對句子的理解
    Ⓒ 訓練聽力時，學生用說來表達，
      所以口語能力增加了
    Ⓓ 影像、圖片、聲音結合的多媒體
      教學，可以用在聽力訓練

B. 關鍵詞語

一、主題相關詞語

本單元出處	主題相關詞語
一、對話聽力1.	加強、能力、聊天、採用、方式、訓練、重複、表演、語氣
一、對話聽力2.	說話、閱讀、重要、常常、漢字、意思、關係、密切
一、對話聽力3.	討論、溝通、願意、解決、接受、同意
一、對話聽力4.	輕鬆、三分鐘熱度、丟臉、幫助、本身、用處
一、對話聽力5.	語文、目標、表達、兒童、成年、進行、認為
三、選詞填空(一)	聆聽、似乎、其實、意義、仔細、理解、轉換、內容
三、選詞填空(二)	訓練、有效、肯定、根據、起點、實體、觀察、交談、完整
四、材料閱讀(一)	造句、朗讀、注意、報告、專題、組織、技能、漸進
四、材料閱讀(二)	影響、具備、解讀、機率、順序、驚奇
五、短文閱讀	判斷、解釋、利用、科技、時代、運用、輸入、改正

二、常用詞組

本單元出處	常用詞組	例句
一、對話聽力2.	聽得懂（V得懂） 看不懂（V不懂）	你中文如果有聽不懂或是看不懂的地方，我可以幫你，請不必客氣。
二、完成句子6.	吸收知識	讓孩子從小養成閱讀的習慣，以後才能不斷地吸收各種知識。
五、短文閱讀	不但…… 而且……	打球是一項非常好的休閒活動，不但可以運動使身體健康，而且還可以拉近球友之間的關係。
五、短文閱讀	加強理解	使用多媒體教學，可以加強學生在學習上的理解。

Unit 1 1-1

A. 測驗練習

1	A	2	D	3	A	4	B	5	A
6	B	7	D	8	C	9	B	10	A
11	A	12	A	13	B	14	B	15	C
16	B	17	D	18	C	19	B	20	B
21	D	22	A	23	C	24	C	25	A
26	B	27	D	28	D	29	D	30	A

B. 聽力文本

1. 男：為什麼說那個小島是天堂呢？是風景美麗？還是生活便宜？

   女：那是有錢人的天堂，是個不必付稅的天堂。

   Question：他們說那個小島怎麼樣？

2. 男：到歐洲買東西，有的大商店已經有說中文的服務了。

   女：不管是對東方文化有興趣，還是為了服務出國旅遊的中國遊客，歐洲開始流行學中文了。

   Question：下面哪一個說法是對的？

3. 男：有的人相信一個人的姓名好不好，跟他的工作、結婚、家庭、有錢沒錢都有關係。

   女：所以想要漂亮的人就叫「美麗」，想要有錢的就叫「發財」囉？這真可笑！

   男：這可不是開玩笑的。

   Question：這位小姐的意思，下面哪一個是對的？

4. 男：小林這個人不是壞人，可是他做什麼事都很隨便，只要差不多就行了，他的同事都不喜歡他。

   女：難怪他在公司好幾年了，到現在還是個小職員。

   Question：小林的同事為什麼不喜歡他？下面哪一個是對的？

5. 女：昨天晚上的約會怎麼樣？介
     紹的對象不錯吧？

    男：別問了，昨晚已經被問夠
     了，陪她來的舅媽才見面就
     問了我一堆問題，在哪兒工
     作、薪水多少、是家裡的老
     大嗎、家裡有哪些人……就
     像是警察問犯人一樣，我真
     想閉上嘴什麼都不說。

    Question：這位先生昨天晚上發生什
     麼事了？

C. 解答說明

二、完成句子

6. Ⓐ 做事／做飯／做工
    Ⓑ 從這些書裡選一本你最喜歡
       的。
    Ⓒ 送給他一支手機／把手機送到
       她家去／開車送朋友去機場／
       送孩子到學校去
    Ⓓ 訂旅館／訂位

7. Ⓐ 她生過孩子，有生產的經驗。
       ／這家工廠採用最新的生產技
       術，使生產量提高很多。
    Ⓑ 垃圾放久了會產生臭味。／不
       同的學習方法會產生不同的效
       果。
    Ⓒ 這個十字路口常發生車禍。
    Ⓓ 他是三月十日出生的。

8. Ⓐ 他現在住的地方離學校太遠，
       他想搬家。
    Ⓑ 他一出門上班，就要到晚上才
       能回家。
    Ⓒ 他打算上午九點出發去火車
       站。
    Ⓓ 只有考試到了，他才會出現在
       圖書館。

9. Ⓐ 這一對男女朋友吵架分手了。
    Ⓑ 王先生夫婦吵架吵得很厲害，
       就離婚了。
    Ⓒ 因為妻子有外遇，老李只好離
       婚。
    Ⓓ 她有了男朋友，戀愛了。

10. **A** 資料是可參考和研究的，如：歷史資料。
    B 做蛋花湯的材料有蛋、蔥花。
    C 情報是關於某種情況的消息或報告，如：軍事情報。
    D 今天的作業是準備明天上課時的口頭報告。

11. **A** 這些從小學到大學的照片是她的成長紀錄。
    B 要參加旅行的人請到辦公室登記。
    C 在空格裡填上合適的字。
    D 這本雜誌有二十篇文章。

12. **A** 參加的人數有三十多個。
    B 這次的比賽有二十個工作人員為大家服務。
    C 台灣人口有兩千三百多萬。
    D 管好自己就好，不要管人家的事。

13. **A** 男女朋友吵架了，雙方都說是對方的錯。
    B 這個工作有性別的限制，只要男性。
    C 買學生票需要的證件是學生證。
    D 她家是個大家庭，因此她有好多親人。

三、選詞填空

(一)
　　我家附近有一個小公園，我在週末時都會跟著爺爺到公園去散步，一大早在那兒的人有 <u>許多</u> 是中年人或老年人。

　　公園附近有一家醫院，所以也常看見坐在輪椅上 <u>曬著</u> 太陽的病人，男女老少都有。小孩多半是由父母推著他們出來；推著年輕人的看起來不是同學、朋友，就是男女朋友；推著老人的，有年紀比較大的， <u>也許</u> 是她先生或是他太太；有的是年輕人，是他的子女嗎？有的看起來像是從外國來的看護工。

　　我看著他們，常常 <u>想像</u> 他們之間是什麼樣的關係， <u>平常</u> 他們是住在一起的嗎？能來看他們、照顧他們的，應該都是關心他們的家人或是朋友吧！

14. **A** 上網的多半是年輕人。
    B 有許多老人也常上網。
    C 他們上網大多是玩線上遊戲。
    D 有多少老人常上網？

15. **A** 學生照著學校的規定做。
    B 跟別人說話時，要看著對方。
    C 衣服還在外面曬著。
    D 不要一直對著太陽看，眼睛會很不舒服。

18. **A** 他經常頭痛，已經變成習慣
     了。
    B 天天都一樣，沒什麼改變，這
     就是日常生活。
    C 現在人人都有手機，很平常。
    D 平常他就常常頭痛。

(二)
　　護照是一個國家發給本國人民可以出入國境，可以到國外旅行、居住的
身分證明和國籍證明。護照是一種官方的證明　文件　，得到護照的人民，就
可以在國外得到國家的外交　保護　。
　　簽證是本國人民和外國人要出入或是經過一個國家國境時的許可證明，
跟護照同時使用。只有護照而沒有簽證，一般是不能　離開　本國國境，或是
去別的國家的。
　　護照和簽證是兩件　分不開　的事情，雖然有些國家不需要簽證，可是需
要簽證的國家，只有護照沒有簽證，是沒有辦法進入的，　而且　沒有護照也
是不能辦簽證的。

19. **A** 一張銀行存款的表格
    B 辦簽證的文件
    C 電腦的使用說明
    D 這是他偷東西的證物。

20. **A** 快下雨了，帶著傘比較保險。
    B 騎摩托車時要戴安全帽來保護
     頭部。
    C 「保守」的相反就是「開放」。
    D 王伯母的皮膚保養得很好，看
     起來好年輕。

22. **A** 牛奶放進咖啡裡就分不開了。
    B C 他做事的方法跟我很合得
     來，要是合不來就不能一起做
     事了。
    D 我的錢跟他的錢合起來也不夠
     買這本書。

23. **A** 他雖然很會唱歌，但是不太會
     跳舞。
    B 他不但歌唱得好，舞也跳得很
     好。
    C 這次的旅行他不但買好機票，
     而且也訂好旅館了。
    D 天氣這麼熱，他不但不喝冰飲
     料，反而喝熱茶。

Unit 1 1-2

A. 測驗練習

1	D	2	C	3	C	4	D	5	B
6	B	7	D	8	B	9	A	10	D
11	B	12	C	13	D	14	A	15	D
16	A	17	B	18	B	19	A	20	A
21	C	22	D	23	B	24	D	25	A
26	B	27	D	28	D	29	D	30	A

B. 聽力文本

1. 男：妳在看什麼看得那麼高興？
   女：只要是跟工作或考試無關的書，我總是有興趣。
   男：每次下班找妳出去，妳都說沒意思。
   女：我不知道有什麼比看書更有趣的。
   Question：下面哪一個是對的？

2. 男：妳每天都從新竹來上班太累了吧！
   女：還好。我家離高鐵站非常近，搭高鐵來又快速又方便，再說也可以在車上看書或休息。
   男：搭高鐵應該不便宜吧！
   女：的確不便宜，票價是按照距離來定的，不過幸好公司補助交通費。
   Question：關於這位小姐，下面哪一個是對的？

3. 男：妳的臉怎麼了？牙疼嗎？
   女：嗯，我牙疼得整晚都睡不著。
   男：牙痛可真要命。妳多久看一次牙醫呢？
   女：要是沒問題，我每半年才看一次牙醫。
   Question：下面哪一個是對的？

4. 男：妳那隻狗的病好一點了嗎？
   女：獸醫也沒辦法，因為牠十六歲了。
   男：其實貓和狗能活十幾歲已經不容易了。
   女：現在如果有奇蹟出現就好了。
   Question：下面哪一個是對的？

5. 男：妳每天中午都不能跟我們去外
　　　面吃午飯嗎？

　　女：外面的菜太油膩，我吃不慣。
　　　只好自己帶午餐。

　　男：的確是油了一點兒，不過我寧
　　　可跟同事一邊吃一邊聊。

　　女：我也想，但醫生要我注意飲食，
　　　並且養成飯後散步的習慣。

　　Question：關於這位小姐，下面哪一個
　　　說法是對的？

C. 解答說明

二、完成句子

6. A 有很大的想像空間
　 B 一份理想的工作
　 C 夢想的實現
　 D 充滿不可能的幻想

7. A 叫了他很多次，他都沒反應。
　 B 老師的鼓勵對他有很大的影響。
　 C 王老闆最大的優點就是很親切。
　 D 這次打工最大的收穫就是增加自
　　　己的經驗。

8. A 養成讀書思考的好習慣
　 B 培養閱讀的興趣
　 C 社區圖書館閱覽室
　 D 推出各種展覽

9. A 表達自己的感情
　 B 成果發表
　 C 上台表演
　 D 點頭表示同意

10. A 從表面上看起來還不錯
　　 B 表現方式不同
　　 C 表演各種角色
　　 D 表示對父母的謝意

11. A 表達不滿的情緒
　　 B 表現非常優秀
　　 C 當場表演唱歌
　　 D 請他吃飯表示感謝

12. A 表達心中的感受
　　 B 代表所有員工提出建議
　　 C 表演拿手才藝
　　 D 讓長輩先坐表示禮貌

13. A 請求幫忙
　　 B 要求很高
　　 C 需要的東西
　　 D 配合一般人的需求

三、選詞填空

(一)

　　其實今天起得並不算早，但是我很 _幸運_ 能在多雨的冬日早晨，看到暖暖的太陽在河邊升起，我迅速地拿出手機拍下這美麗的太陽。

　　我的手機除了用來 _聯絡_ 和照相以外，其他的功能我都很少使用。現代人為了工作忙得連吃飯時間都沒有，更別說是寫日記了， _因此_ 不少人使用手機照相的功能把日常生活 _拍_ 下來，而這也慢慢就變成多數人的習慣了。

　　有些朋友喜歡把自拍的照片放在臉書上，不過這種自拍的事我可不習慣，雖然是這樣，我還是把照片放在臉書相簿裡，把照片中發生的事用文字 _記錄_ 下來，這就是我手機上的照片日記。

14. Ⓐ 幸運地通過考試
　　Ⓑ 生活過得很幸福
　　Ⓒ 幸虧沒受傷
　　Ⓓ 幸好損失並不嚴重

15. Ⓐ 想像天空的雲像一座座小山
　　Ⓑ 色彩容易讓人產生聯想
　　Ⓒ 聯合各校社團辦活動
　　Ⓓ 經常跟朋友聯絡

16. Ⓐ 由於是連續假日，因此山上遊客
　　　很多。（用法像是「所以」）
　　Ⓑ 「因為」是連接詞，用來提起後
　　　面所說的原因。
　　Ⓒ 聽不懂加上閱讀困難是他缺課的
　　　主要原因。（是由某種原因產生
　　　的）
　　Ⓓ 「並且」通常連接兩個句子，是
　　　表示平列或進一層意義的連詞。

17. Ⓐ 被派到外國工作
　　Ⓑ 拍了很多生活照
　　Ⓒ 打了很多次電話
　　Ⓓ 搭過很多次高鐵

18. Ⓐ 童年的記憶
　　Ⓑ 記錄美好的時光
　　Ⓒ 記住失敗的原因
　　Ⓓ 登記個人資料

(二) 有一個南半球有名的環保品牌，他們的設計師來自一個手工創作的家庭，母親是有名的裁縫師，爺爺做家具，這品牌大大小小的 <u>設計</u> 品都是她親手創作的。她從小就喜歡隨手拿身邊的東西變出新的花樣，總是有人問她這些手工 <u>作品</u> 賣不賣？因此家人和朋友都希望她能做出一個新的而且是環保的手作品牌。

她認為這樣的環保品牌多少會給周圍的人 <u>帶來</u> 幸福或改變，但還得看每個人自己的選擇。而為了環保，在買東西以前，她提出幾個 <u>建議</u> ：一、想想是不是真的有需要？能不能借得到？或是舊東西能修好嗎？二、考慮價錢，還有能夠使用多久？三、考慮買二手貨，可 <u>減少</u> 生活中的廢棄物。四、買在地產品，縮短運送里程。五、任何物品在丟棄以前可以考慮送人或者改造再利用。

19. Ⓐ 有些設計他還不滿意，正在修改。
    Ⓑ 他把房間佈置得很溫馨。
    Ⓒ 這篇報告他參考了很多國內外的資料。
    Ⓓ 這些商品的材料都是進口的。

20. Ⓐ 他展出了這幾年的繪畫作品。
    Ⓑ 他一點也不喜歡寫作業。
    Ⓒ 姐姐親手製作自己的結婚卡片。
    Ⓓ 這種機器沒辦法大量生產。

21. Ⓐ 帶給大家愉快的笑聲
    Ⓑ 帶走兩杯西瓜汁
    Ⓒ 帶來很大的傷害
    Ⓓ 把功課帶去學校

22. Ⓐ 他在開會時提出很多意見。
    Ⓑ 他計畫在台灣學習兩年中文。
    Ⓒ 我們打算有空時就去故宮參觀。
    Ⓓ 我建議你別在週末上山賞花。

23. Ⓐ 減低投資風險
    Ⓑ 減少工作壓力
    Ⓒ 垃圾要減量
    Ⓓ 減輕家人的負擔

Unit 1 　1-3

A. 測驗練習

1	A	2	A	3	D	4	A	5	D
6	B	7	A	8	D	9	A	10	D
11	C	12	D	13	A	14	D	15	C
16	A	17	B	18	C	19	D	20	C
21	A	22	B	23	C	24	C	25	D
26	A	27	B	28	D	29	B	30	C

B. 聽力文本

1. 　**男**：聽說妳買新房子了。
　　女：是啊！小孩越來越大，父母家也住不下了。
　　男：還好妳先生的工作收入不錯，不必擔心錢的問題。
　　女：他一個人的錢夠一家人日常生活，但不夠還銀行錢，所以我也要開始上班了。
　　Question：對這位太太來說，下面哪一個是對的？

2. 　**男**：這個房間除了床跟桌子，什麼都放不下。
　　女：我剛畢業，也沒有能力租更大的了。
　　男：市區的房子空間都比較小，妳想搬到郊區嗎？
　　女：雖然住郊區能有大一點的空間，但卻要花更多的交通費跟時間。
　　Question：對這位小姐來說，下面哪一個是對的？

3. 　**男**：我今天早上去看的那個房子，樓下就是夜市，附近也有捷運站，生活各方面都很方便。
　　女：夜市一到晚上就很吵，你住得慣嗎？
　　男：我習慣晚睡，應該不會受影響。
　　女：不如你晚上再去看一次吧！
　　Question：下面哪一個是對的？

4. 　**男**：我找了半個月才找到房子，沒我想得那麼快。
　　女：你現在的租金跟原來的比怎麼樣？
　　男：少了兩千塊，省一點。
　　女：花了這麼久的時間找是值得的。
　　Question：對這位先生來說，下面哪一個是對的？

5. 　**男**：我現在住的地方浴室是共用的，沒有以前的方便。
　　女：一共有幾個房客？
　　男：連我在內有八個，共用兩間浴室。
　　女：你打算換地方住嗎？
　　男：不了，浴室以外，其他都很方便。
　　Question：對這位先生來說，下面哪一個是對的？

C. 解答說明

二、完成句子

6. Ⓐ 這幾種水果都不錯，<u>其中</u>我最喜歡芒果。
　Ⓑ 這四本書，只有這本書是我的，<u>其他</u>三本都不是我的。
　Ⓒ 這裡人太多了，去<u>別</u>的地方吧。
　Ⓓ 這個肉很新鮮，烤一烤，<u>加上</u>一點鹽，就很好吃。

7. Ⓐ 我爺爺雖然年紀大，但他<u>能夠</u>照顧自己。
　Ⓑ 你一個人住，一個月<u>需要</u>多少錢？
　Ⓒ 爸爸<u>答應</u>幫哥哥買一輛摩托車，哥哥高興得不得了。
　Ⓓ 小學生參加什麼活動都要經過父母<u>同意</u>。

8. Ⓐ 你<u>同時</u>做兩份工作，不會很累嗎？
　Ⓑ 王太太<u>曾經</u>到這家店買水果。
　Ⓒ 我弟弟<u>早晚</u>都去公園跑步。
　Ⓓ <u>目前</u>我住在家裡，下個月我就要搬到學校附近了。

9. Ⓐ 蘋果<u>沒有</u>芒果那麼甜。
　Ⓑ 已經十二點了，妹妹<u>怎麼</u>還沒起床？
　Ⓒ 這次考試這班學生考得<u>跟</u>上次同樣好。
　Ⓓ 弟弟已經長得<u>跟</u>爸爸一樣高了。

10. Ⓐ 現在這種手機全國都<u>買不到</u>。
　Ⓑ 這是兩人房，<u>住不下</u>四個人。
　Ⓒ 這裡的房子太貴，我<u>租不起</u>。
　Ⓓ 別人家我<u>住不慣</u>，我喜歡住在自己家。

11. Ⓐ 服務生，請問你們<u>收不收</u>信用卡？
　Ⓑ 客人，你的咖啡<u>加不加</u>糖？
　Ⓒ 這家店的門票<u>包不包</u>飲料的錢？
　Ⓓ 你租的房間<u>帶不帶</u>家具？

12. Ⓐ 他是一個很有自信的人。
    Ⓑ 她的臉看起來不太自然，她做了什麼？
    Ⓒ 你只要按一下，這台機器就會自動煮好一杯咖啡。
    Ⓓ 學生可以自由使用電腦室的電腦，但是不可以打遊戲。

13. Ⓐ 我住的地區離學校很遠。
    Ⓑ 郊區的房子比市區便宜。
    Ⓒ 他爸爸死了以後，他就把土地都賣了。
    Ⓓ 爺爺記不得我家的地址了。

三、選詞填空

（一）

　　大學附近到處都找得到租屋廣告牆，上面 <u>貼</u> 著各種各樣的出租廣告。不過房子的真實 <u>情況</u> 怎麼樣，必須去現場看才知道。看房子時，最好兩個人一起去比較安全。在跟房東 <u>簽約</u> 以前要先問清楚，除了月租，每個月 <u>到底</u> 還有哪些費用要付，像水費、電費、網路費等。一般來說，房客還得放一筆錢在房東那裡，差不多是兩個月的租金。等約 <u>到期</u> 了以後，房東拿回房子跟鑰匙，才會把那筆錢還給房客。

14. Ⓐ 桌上放著一杯茶。
    Ⓑ 牆上掛著一件衣服。
    Ⓒ 請你把個人資料填在這張表上。
    Ⓓ 牆上貼著各種廣告。

15. Ⓐ 這個籃球員今天的表現非常好，得了三十分。
    Ⓑ 每一班學生的程度都不一樣。
    Ⓒ 學校附近的房子只要情況好，很容易就租出去了。
    Ⓓ 小張的工作態度一直都很好，一年以後老闆就讓他當經理了。

16. Ⓐ 這個房客跟房東簽了一年的約。
    Ⓑ 看醫生以前先預約，就不必等太久。
    Ⓒ 跟別人約好了時間，最好不要晚到。
    Ⓓ 小美每個禮拜六晚上都跟她男朋友約會。

17. Ⓐ 小王身體很健康，從來不生病。
    Ⓑ 他常常換手機，他到底有幾支手機？
    Ⓒ 晚上開咖啡店只是小王的興趣，他白天真正的工作其實是當上班族。
    Ⓓ 他兩天沒來上課，第三天就完全聽不懂了。

18. **A** 牛奶過期了就會壞掉，千萬不
能喝。
B 等颱風過去再去海邊吧！
C 我要在這張餐券到期以前把它
賣掉。
A 明天的馬拉松大賽因為颱風而
必須改期。

(二)　　一般人要買房子，最常想到的，就是能不能用最少的時間從 住處 到市
中心去。在 各式 交通工具越來越方便的今天，一般人住的選擇也就越來越
廣，離市中心可以越來越遠。有一 篇 最新的研究報告指出，從自家到市區
（或工作地區），現代人願意花的時間大概是45分鐘。拿大台北地區來說，
要是你肯花45分鐘上下班，你可以住在像林口、淡水這些地方，不但有很
多新的建設，生活環境好得多，房子也 較 便宜。這幾年，這些地方的居住
人口 越來越多，交通就是一個重要的原因。

19. **A** 貓不在屋子裡，在院子裡曬太
陽。
B 這間公寓有兩個房間和兩套衛
浴，兩個人住剛剛好。
C 夜市裡到處都是賣小吃的攤
子。
D 警察到的時候，那個人已經離
開他的住處了。

20. **A** 這個學校的學生個個都會說英
文。
B 這只是我個人的意見，不是大
家的看法。
C 台北市有各式方便的交通工
具。
D 各位同學，考試要開始了，請
把書收起來。

21. **A** 我用三天寫完一篇報告。
B 你這學期有幾科需要考試？
C 廁所裡只剩最後一張衛生紙了。
D 開會時，王經理對大家說了一
段話。

22. **A** 台北的冬天比台中冷。
B 五千塊的房間當然貴一點，但
是也較大一些。
C 明天會下雨嗎？
D 過了一年，小明變高了。

23. Ⓐ 誰當市長，是由人民來決定。
Ⓑ 因為交通不方便，住在這座山上
的人家不多。
Ⓒ 台北市的居住人口有多少？
Ⓓ 新年要到了，人們高高興興地辦
年貨。

Unit 2　2-1

A. 測驗練習

1	B	2	B	3	B	4	A	5	D
6	C	7	A	8	A	9	D	10	B
11	B	12	B	13	C	14	C	15	A
16	D	17	D	18	B	19	A	20	C
21	D	22	A	23	B	24	D	25	D
26	D	27	C	28	D	29	D	30	B

B. 聽力文本

1. 男：不同的生物生活在不同的地方。

女：哪有什麼不同？不是都生活在地球上嗎？

男：地球上有很多不同的環境，像陸地、海洋、沙漠、高山，也有不同的氣候、溫度。

女：所以在不同的自然環境裡，不同的生物發展出不同的生活方式。像鳥在空中飛、魚在水中游、花草樹木生長在土地上。

男：人就住在陸地上，種植物，養動物，捕河裡、海裡的魚生活，發展出人類的生活方式，可是在不同的氣候環境裡又有可能發展出不太相同的生活方式。

Question：下面哪一個說法是對的？

2. 男：新竹又叫「風城」，新竹的
「九降風」又大又有名，是當
地非常重要的天然資源。

女：所以可以在那裡放風箏，在海
邊玩風帆。不過我聽說新竹米
粉更有名。

男：是啊，一般風大的海邊是都可
以玩風帆，但只有在新竹的冬
季，帶有陽光的東北季風的日
曬風吹下，米粉才會好吃。

女：原來是得帶著陽光又乾又冷的風
才行，難怪做米粉有「三分日
曬、七分風乾」這樣的說法。

Question：下面哪一個是對的？

4. 男：有一個位在大陸地區的湖，湖
水流不出去，可是湖水卻越來
越少了。

女：我知道。因為太陽日曬的作用，
水慢慢地都蒸發不見了。最後湖
也就會不見了，是不是？

男：是的，不過還好有一條河流進湖
裡，所以這個湖不會真的不見。

女：我知道。河水流進湖裡的多
少，以及因為日曬而蒸發不見
的水量的多少，就決定了這個
湖水水位的高低，也決定了這
個湖的存在不存在。

Question：這個湖的存不存在跟什麼
有關係？

3. 男：颱風帶來了大量的雨水，碰到
了台灣中部的高山，雨就下在
台灣島上，所以台灣的雨水算
是豐富的。

女：那為什麼台灣也常常發生水不
夠的問題？

男：台灣面積不大，但中部的山都
很高，所以雨水很快就都從山
區流到海裡去了。

女：雨水就像是錢。一個人有很多
錢，可是也很會花錢，留不住
錢，錢都花光了。所以，留得
住才是最重要的。

Question：這段對話說的是什麼？

5. 男：有一個湖叫「死海」，在海拔
下四十二公尺，是世界上最深
最低的湖。

女：「死海」不是海，為什麼不叫
「死湖」，要叫「海」呢？

男：因為它的水是鹹的，它的鹽度
很高，魚類都沒辦法在湖水中
生活，所以叫「死海」。

女：所以死海裡什麼東西都沒有
囉？

男：還是有一些細菌和浮游生物可
以活著。

Question：對死海的說法，下面哪一
個是對的？

C. 解答說明

二、完成句子

6. Ⓐ 氣溫從二十度降到十二度，一共減少了八度。
   Ⓑ 氣溫從十二度升到二十度，一共增加了八度。
   Ⓒ 氣溫從二十度降到十二度。
   Ⓓ 氣溫從十二度升到二十度。

7. Ⓐ 這個地方出產石油。
   Ⓑ 這家工廠只生產高級汽油。
   Ⓒ 台灣的農產有稻米、水果等。
   Ⓓ 手機、電腦都是科技產品。

8. Ⓐ 有些人認為保護環境比發展經濟重要。
   Ⓑ 他最後決定不念歷史系要念地理系。
   Ⓒ 大都市裡的生活讓人感到很緊張。
   Ⓓ 這種麵包是用麵粉做成的。

9. Ⓑ 剛開始學中文時，不但要學寫字，還要注意發音、四聲是不是正確。
   Ⓒ 她畢業開始找工作時，看重的是這個工作能不能讓她有學習成長的機會。
   Ⓓ 別小看走路，它是一個又省錢又隨時隨地都可做的運動。

10. Ⓐ 他的房租包含了水費。
    Ⓑ 「所謂」的意思就是「所說的」。
    Ⓒ 「無所謂」的意思就是不在意、不在乎、沒關係。
    Ⓓ 你不說出來，我怎麼知道你在想什麼。

11. Ⓐ 設計服裝、服裝的設計
    Ⓑ 運動設備
    Ⓒ 事前的準備
    Ⓓ 事前的準備／預備

12. Ⓐ 歡迎你到我家來玩。
    Ⓑ 現代生活受手機的影響很大。
    Ⓒ 要注意看怎麼寫，才不會寫錯。
    Ⓓ 這次的報告得到很多人的幫助才做好的。

13. Ⓐ 他今天一直都穿著白衣服，沒換衣服。
    Ⓑ 外套她穿在身上，沒拿在手上。
    Ⓒ 要去圖書館，穿過校園是最快的一條路。
    Ⓓ 她已經穿了外套，準備要出門了。

三、選詞填空

(一)

　　如果我搭飛機發生了意外，我希望不要發生在 <u>沙漠</u>，因為那裡又乾又熱又沒水，我會渴死乾死；我也不希望發生在高山上，因為那裡 <u>海拔</u> 高，<u>溫度</u> 低，我可能會冷死。

　　要是坐船發生意外，我到了一個熱帶 <u>小島</u> 上，四面都是海。雖然地方不大，但天氣不冷，有淡水，有水果，也許就不會餓死，<u>活著</u> 的機會就應該很大。

18. Ⓐ 有的人的<u>生活</u>很不快樂，<u>生活</u>得很辛苦。
　　 Ⓑ 這條魚還<u>活著</u>，還沒死。
　　 Ⓒ 只要<u>存著</u>希望，努力去做，最後就會成功的。
　　 Ⓓ 到現在，我們還沒辦法預先知道地震會在什麼時候<u>發生</u>。

(二)

　　小王離開了都市，帶著家人回到鄉下老家，在 <u>靠近</u> 海邊的山地整理出一塊地，開始了他們的新生活。

　　他們整理出一小塊地來種菜、種稻，也 <u>養</u> 了雞鴨，有空還去海裡捕魚，這樣，他們日常生活中的 <u>食物</u> 就可以靠自己 <u>解決</u> 了。

　　這裡只住了小王一家人，<u>完全</u> 沒有交通建設，要到別的地方都非常不方便，不過對他們來說，這真的不是問題。

19. Ⓐ 那家旅館<u>靠近</u>火車站，交通很
　　　　方便。
　　 Ⓑ 站好，別<u>靠</u>在牆上。
　　 Ⓒ 他這個人說話不<u>可靠</u>，別相信
　　　　他說的。
　　 Ⓓ 她還沒工作賺錢，只能<u>依靠</u>父
　　　　母生活。

20. Ⓐ <u>生</u>孩子
　　 Ⓑ 這個地方<u>產</u>石油、<u>產</u>稻米
　　 Ⓒ <u>養</u>孩子、<u>養</u>動物
　　 Ⓓ <u>種</u>菜、<u>種</u>花

21. Ⓐ 做椅子的<u>材料</u>
    Ⓑ 每天要用的東西是日常<u>用品</u>。
    Ⓒ 可治病的<u>藥材</u>
    Ⓓ 可吃的<u>食物</u>

22. Ⓐ 這個問題已經<u>解決</u>了，沒問題了。
    Ⓑ 老闆這次的<u>決定</u>跟以前很不一樣，很難<u>理解</u>他為什麼這樣做。
    Ⓒ 我認識他很多年了，可是還是不太<u>了解</u>他的想法。
    Ⓓ 我沒偷他的錢，我怎麼<u>解釋</u>他都不聽。

23. Ⓐ 這件事情發生的<u>經過</u>，我<u>全部</u>都告訴你了。
    Ⓑ 這件事跟我<u>完全</u>沒有關係。
    Ⓒ 今天<u>所有</u>的功課我都寫完了。
    Ⓓ 我在這裡的生活都沒問題，<u>一切</u>都很好。

Unit 2 ▶2-2

A. 測驗練習

1	D	2	D	3	D	4	C	5	A
6	D	7	B	8	A	9	C	10	D
11	A	12	B	13	C	14	B	15	D
16	A	17	C	18	B	19	A	20	C
21	D	22	B	23	A	24	D	25	B
26	C	27	B	28	D	29	C	30	D

B. 聽力文本

1. 男：聽說二、三月在陽明山上可以看到好幾種櫻花，像山櫻花、吉野櫻……
   女：我也聽說可以看到茶花、杜鵑花，三月在竹子湖還可以採海芋。
   男：現在是三月，我們去看看。
   女：我正想約你呢！我們明天去台北車站坐花季公車上山。
   男：氣象報告說明天出太陽天氣很好，我一定要把美麗的櫻花拍下來。
   女：我們還要去竹子湖，我想採幾枝漂亮的海芋！
   男：聽去過的朋友說，在竹子湖買花和採花都是一枝10塊，我想欣賞之後，再買幾枝回家！
   𝓠𝓾𝓮𝓼𝓽𝓲𝓸𝓷：這位先生打算最後怎麼做？

2. 男：台灣人真幸福，能吃到各式各樣的水果。

女：是啊！因為台灣的氣候很適合種水果。

男：但是聽說果農用了很多農藥，為什麼？吃多了很不好！

女：因為氣候適合種水果，當然也適合一些對水果有害的蟲子生長，所以必須使用農藥。

男：那麼，應該怎麼吃才安全？

女：在農藥的安全期內，採收的水果都沒問題。還有，吃以前用大量清水沖洗或去果皮就安全了。

Question：下面哪一個是對的？

3. 男：我看到報上說，現在一些咖啡出產國都很緊張！

女：我的巴西同學也這麼說！

男：這是因為氣候變化出現高溫及雨量過大，影響咖啡的產量。

女：對，我同學說因為高溫雨量多，病蟲害增加，咖啡產量減少了。

男：他們怎麼解決這個問題呢？

女：國際熱帶農業研究中心建議，種咖啡要移到海平面300-500公尺的土地，才能減輕高溫的影響。

Question：下面哪一個是對的？

4. 男：昨天只下了一個小時的雨，我家附近就淹水了！

女：因為昨天的雨實在太大了，水一下子排不出去。

男：為什麼會這樣呢？

女：因為全球的天氣變得越來越溫暖的關係。

男：這就是現在大家都在討論的「全球暖化」現象吧！

女：是的。這種情形有時在短時間內會下超大的雨，造成淹水；有時長時間不下雨，水就不夠用。

男：難怪上次的颱風，才下幾個小時的雨，就淹大水了。

女：農作物也因為受到影響，颱風後菜少了，所以很貴。

Question：根據對話，下面哪一個跟對話的內容意思相同？

5. 男：妳知道南極洲嗎？

女：知道，在南半球，一年中大部分的日子都結冰。

男：我聽說夏天一到，因為有陽光，最上面的冰就沒有了，能看見一英尺左右的土，可以種葡萄樹。

女：葡萄樹靠什麼長大呢？

男：南極洲土壤的養分很低，葡萄樹靠企鵝糞便提供生長的養分。

女：這麼說，南極洲葡萄園因為生長環境的關係，跟企鵝成了好搭檔。

Question：下面哪一個是對的？

C. 解答說明

二、完成句子

6. Ⓐ 中國新年大家碰面時常說恭喜<u>發</u>
   <u>財</u>。
   Ⓑ 每個人工作時都要<u>發揮</u>自己的能
   力。
   Ⓒ 這個地區<u>發展</u>得很快，吸引很多
   人來投資。
   Ⓓ 台北的交通非常<u>發達</u>。

7. Ⓐ 你中文很好，不要<u>假裝</u>聽不懂我
   的話！
   Ⓑ 我家最近<u>安裝</u>了新冷氣。
   Ⓒ 我把送給媽媽的生日禮物<u>包裝</u>得
   很漂亮。
   Ⓓ 他是<u>服裝</u>設計師。

8. Ⓐ 一般人認為，喜歡音樂的孩子不
   會<u>變壞</u>。
   Ⓐ 藍色加黃色會<u>變成</u>綠色。
   Ⓒ 中文的動詞不會跟著時間<u>變化</u>。
   Ⓓ 我搬家了，得<u>變更</u>地址。

9. Ⓐ 他很會<u>投資</u>，所以賺了不少錢。
   Ⓑ 現在上網找<u>資料</u>非常方便。
   Ⓒ 水、太陽能都是不能再生的<u>資</u>
   <u>源</u>。
   Ⓓ 這種工作，一天的<u>工資</u>是多少？

10. Ⓐ 她的心情<u>緩和</u>下來了，不再大吵
    大鬧。
    Ⓑ 她的個性很<u>溫和</u>。
    Ⓒ 他對人總是很<u>和氣</u>。
    Ⓓ 冬天過了，天氣<u>暖和</u>了。

11. Ⓐ 這家餐廳生意不錯，<u>尤其</u>是週
    末，很難訂到位。
    Ⓑ 在球場上打球的那些人中，<u>其中</u>
    有兩位是我的同學。
    Ⓒ 他看起很兇，<u>其實</u>人很好。
    Ⓓ 我認為家人是最重要的，<u>其次</u>是
    朋友。

12. Ⓐ 吃油膩的東西不容易<u>消化</u>。
    Ⓑ 冰塊加熱，一下子就<u>融化</u>了。
    Ⓒ 我大學念的是<u>化學</u>系。
    Ⓓ 社會的<u>變化</u>是很快速的。

13. Ⓐ 這家工廠<u>生產</u>很多廚房的用品。
    Ⓑ 王教授對學生說的話，<u>產生</u>了很
    大的效果。
    Ⓒ 台灣<u>出產</u>很多農產品。
    Ⓓ 這家公司的<u>產品</u>很不錯。

三、選詞填空

（一）
上個月朋友開車帶我到南部的一個漁港──東港鎮，聽到「東港鎮」，大家第一個 _想到_ 的就是最有名的「黑鮪魚季」。東港鎮在高屏溪出口的東南方， _對面_ 是小琉球島。東港是個很熱鬧、很 _忙碌_ 的漁港，是愛吃海鮮的人必到的地方。

每天從 _半夜_ 三點多起，漁港附近就會看到漁船在拍賣各類魚蝦海鮮，這就是辛苦的漁民一天的開始。為了做出各式各樣既便宜又好吃的海鮮大餐，漁港餐廳的廚師每天總是一大早就忙著去 _挑選_ 最新鮮的海產。當然我們這一趟漁港之旅，大家都吃得又飽又開心。

14. Ⓐ 我常回想學生時代的生活。
Ⓑ 沒想到幾年不見，他的事業這麼成功。
Ⓒ 他這種思想很不成熟。
Ⓓ 你的想像力真豐富。

15. Ⓐ 站在你面前的人就是我妹妹。
Ⓑ 有意見大家當面說清楚。
Ⓒ 地球的表面海洋比陸地大多了。
Ⓓ 這棟辦公大樓的對面是圖書館。

16. Ⓐ 現代人的生活都很忙碌。
Ⓑ 人都要互相幫忙。
Ⓒ 他遲到了，一到學校就急忙地走進教室。
Ⓓ 公車上有老人上車，我連忙站起來讓他坐。

17. Ⓐ 黃昏時刻也正是下班的時間。
Ⓑ 山上白天和夜晚的溫差很大。
Ⓒ 他總是到半夜了還不睡覺。
Ⓓ 我跟同學昨天午後上山喝了英式下午茶。

18. Ⓐ 他挑戰台灣最高的玉山，終於成功登上了！
Ⓑ 挑選適合自己的衣服對我來說是不容易的。
Ⓒ 人生常有不如意的事，我們應該選擇面對。
Ⓓ 這次的選舉競爭很激烈。

(二)　　台灣夏天 吹 西南風，因為 受到 西南低壓氣流的影響，常有颱風經過，而台灣中部以南又是熱帶季風氣候，所以天氣總是又濕又熱。 幸好 夏日午後常有雷陣雨，差不多下兩個鐘頭， 氣溫 因此下降了，也讓人覺得涼快 舒適 。

19. Ⓐ 台灣冬天吹東北風。
Ⓑ 颱大風下大雨的時候，出門要小心。
Ⓒ 把氣呼出來。
Ⓓ 山上的空氣真好，我深深地吸了一口氣。

20. Ⓐ 想得到好成績一定得用功。
Ⓑ 我拿東西的時候不小心，頭碰到桌角，痛死了！
Ⓒ 他很幽默，所以到處受到歡迎。
Ⓓ 昨天在公車上遇到以前高中的同學。

21. Ⓐ 人人都期待自己的一生能幸福美滿。
Ⓑ 他家發生了不幸的事！
Ⓒ 我很幸運，錶丟了還找得回來。
Ⓓ 我出去吃飯忘了帶錢，幸好遇見你，要不然就麻煩了！

22. Ⓐ 今天天氣不錯。
Ⓑ 昨天氣溫很高。
Ⓒ 早晨的空氣很新鮮。
Ⓓ 他發燒了，體溫是39度。

23. Ⓐ 人人都希望有一個舒適的家。
Ⓑ 他正在睡覺，你現在去找他很不適當。
Ⓒ 我很容易適應新的環境。
Ⓓ 這件衣服你穿起來很合適。

Unit 2　2-3

A. 測驗練習

1	C	2	C	3	A	4	D	5	D
6	C	7	B	8	A	9	C	10	D
11	C	12	B	13	D	14	D	15	B
16	D	17	B	18	C	19	D	20	A
21	B	22	A	23	C	24	D	25	C
26	C	27	D	28	B	29	B	30	D

B. 聽力文本

1. 男：陳老師常常去有機店買菜，還會上網買有機產品。

   女：難道她從來不逛一般菜市場嗎？

   男：她覺得健康才是最重要的。一般菜市場或超市賣的東西可能比較便宜，不過不一定安全，所以她不常去逛。

   女：種有機菜很困難嗎？

   男：種有機菜的方法並不困難，只是比較辛苦，但對環境跟人都比較好。陳老師很重視環保，所以才選擇買有機菜。

   Question：下面哪一個是對的？

2. 男：太陽能車看起來很帥，就怕不好開，會受到天氣的影響。

   女：其實沒太陽的時候也能開，再說也很環保。

   男：太陽能車雖然很環保，但是在台灣好像還不流行。

   女：嗯，太陽能的設備比較貴，不管是太陽能車或太陽能發電，都還需要時間來發展。

   Question：下面哪一個是對的？

3. 男：今年台灣夏天的天氣動不動就高過三十八、九度。

   女：是啊！過去很少這麼熱。不只台灣，全球都有一樣的問題。

   男：科學家說，今日的地球比過去兩千年來都要熱！

   女：到底是什麼原因？

   男：我們用電、開車等日常活動，都是改變的原因。科學家相信這種全球性的變化大部分是人類的責任。

   Question：下面哪一個是對的？

4. 男：公共腳踏車是給一般市民使用的，但並不是免費的。

   女：如果只是五元、十元沒關係，一般人都付得起，還是比公車便宜，我就常常騎。

   男：不過我覺得上下班時間因為使用的人相當多，所以常常要排半天的隊。

   女：公共腳踏車比較環保，等一下也是值得的吧？

   Question：關於公共腳踏車，下面哪一個是對的？

5. 　**男1**：小姐，一杯美式咖啡。我用
　　　　自己的杯子。

　　男2：你都自己帶杯子啊，我從來
　　　　不自己帶，這樣喝飲料太麻
　　　　煩了。

　　男1：雖然我不是天天都喝外面的
　　　　飲料，還是隨身帶著它。是
　　　　很麻煩沒錯，但是塑膠杯不
　　　　健康，也不環保。

　　女：先生，你的咖啡好了，自備
　　　　杯子減五元。

　　男2：沒想到還可以便宜一點。以
　　　　後我也自己準備杯子吧！

　　Question：下面哪一個是對的？

C. 解答說明

二、完成句子

6. 　Ⓐ 貝多芬是一位了不起的音樂家。
　　Ⓑ 她恨不得馬上下車。
　　Ⓒ 幸好我們已經下山了，要不然現
　　　在在山上一定擠死了。
　　Ⓓ 要不是你通知我，我到現在還不
　　　知道。

7. 　Ⓐ 請你把地上的衣服拿起來掛好。
　　Ⓑ 電燈關好了沒？
　　Ⓒ 吃飯了，把碗筷都放好。
　　Ⓓ 我很快就找到停車位，把車子停
　　　好了。

8. 　Ⓐ 每餐飯吃不完就倒掉，太可惜
　　　了。
　　Ⓑ 舊衣服別扔掉，我拿去送給需要
　　　的人。
　　Ⓒ 他覺得自己寫的字不好看，就全
　　　都擦掉了。
　　Ⓓ 王先生把眼鏡摘掉以後，我都不
　　　認識他了。

9. 　Ⓐ 小妹到底要念哪一所大學？全家
　　　人的意見都不同。
　　Ⓑ 我覺得這個公寓交通方便、價錢
　　　不貴，是最好的選擇。
　　Ⓒ 房屋公司照我們的要求找了好幾
　　　間房子，不過我們都不滿意。
　　Ⓓ 房東太太說，生活上有什麼需要
　　　都可以找她幫忙，不要客氣。

10. **A** 爸爸喜歡人多熱鬧，所以常常請朋友來家裡玩。
    B 他喜歡過簡單的生活。
    C 天氣暖和起來了，花都開了。
    D 每個人都需要家庭的溫暖。

11. **A** 我的手一放開，氣球就飛到天上去了。
    B 他把不用的東西都拿開了。
    C 紙跟紙杯要分開回收。
    D 這個學生很高興地打開新課本。

12. **A** 這件衣服有的地方髒髒的，洗不掉了。
    B 十幾年前的褲子現在已經穿不下了。
    C 這種手機台灣買不到。
    D 一般學生買不起名牌東西。

13. **A** 要下雨了，快把衣服收一收。
    B 房間裡的東西好亂，弄一弄吧！
    C 王老師把上課的方法變一變，讓學生上起課來更有興趣。
    D 等我把衣服換一換，再出門吧！

三、選詞填空

(一) 　　暑假中，我參加了學校環保社在海邊 <u>舉行</u> 的活動，我覺得非常有意義。那就是去收遊客 <u>扔</u> 在沙灘上的空瓶子。我們一到了那裡，就看到原來 <u>美麗</u> 的風景都不見了，沙灘變得又髒又亂。於是，我們馬上開始工作！ <u>經過</u> 一天的努力，大部分的空瓶子都被我們帶走了。我覺得 <u>一切</u> 的辛苦都是值得的，下次我還要再來！

14. **A** 發生了什麼事？你怎麼了？
    B 他已經決定這樣做了，就不會再改變。
    C 那件漂亮的禮服是小美自己設計的。
    D 昨天晚上公園舉行了一場音樂會。

15. **A** 沙灘上躺了很多人。
    B 這家人搬家的時候扔了很多舊書。
    C 對方的球員投進了最後一球，我們才輸了這場比賽。
    D 她什麼也不想吃，所以晚飯還剩了不少。

16. Ⓐ 我喜歡去山上<u>欣賞</u>夜景。
   Ⓑ 小張很<u>享受</u>一個人騎摩托車旅行。
   Ⓒ 哪裡吃得到<u>美味</u>的傳統料理？
   Ⓓ 這件<u>美麗</u>的衣服是在哪裡買的？

17. Ⓐ <u>通過</u>老師的介紹，我了解了那段時間的歷史。
   Ⓑ <u>經過</u>了一年，我開始想家了。
   Ⓒ 我們等了好久，才看到他慢慢從對面<u>過來</u>。
   Ⓓ <u>過去</u>的事，就不要再想了。

18. Ⓐ 這<u>一片</u>空地一直沒有人使用。
   Ⓑ 我們穿的衣服是<u>一樣</u>的，但是感覺完全不同。
   Ⓒ <u>一切</u>都不能再重來一次，放下吧！
   Ⓓ 媽媽打了<u>一下</u>孩子的手心。

（二）   台北市一家百貨公司的美食街，最近開始提供環保 <u>餐具</u> ，不用免洗碗筷。這是因為他們覺得，除了做生意以外，也應該給客人一個 <u>安心</u> 的用餐環境。美食街的餐廳認為，不用免洗碗筷的話，就不能做外帶服務， <u>多少</u> 會影響生意。但這家百貨公司還是 <u>要求</u> 美食街的幾十家餐廳這樣做，一起為環保努力。記者訪問了美食街的客人，大部分的客人對不用免洗碗筷這件事的 <u>看法</u> 是：如果要外帶的話，自己帶環保筷或便當盒不難，習慣就好了，而且像這樣的美食街一定可以讓客人覺得放心，下次還會再來。

19. Ⓐ 開學以前，學生都會準備<u>文具</u>。
   Ⓑ 家中準備一個<u>工具</u>箱，修東西時候很方便。
   Ⓒ 像床和沙發這種大型<u>家具</u>不能隨便丟在路邊。
   Ⓓ 為了健康，去外面吃飯最好自己帶<u>餐具</u>。

20. Ⓐ 今天我請客，你們可以<u>安心</u>地點菜。
   Ⓑ 這個新來的服務員上菜給客人的時候非常<u>小心</u>。
   Ⓒ 我的喉嚨有點痛，我<u>擔心</u>自己可能感冒了。
   Ⓓ 這個班的學生上課非常<u>專心</u>，沒有人看手機。

21. Ⓐ 這部電影多麼有趣啊！
　　Ⓑ 感冒了多少會影響第二天的考試。
　　Ⓒ 沒想到下雨天出來逛街的人還不少。
　　Ⓓ 老師說每一個句子最少要寫十個字。

22. Ⓐ 沒人要求他，他還是天天認真學習。
　　Ⓑ 你需要先填報名表，再交個人資料。
　　Ⓒ 老闆同意了這個新的計畫。
　　Ⓓ 生病了不去看病，求神拜佛有用嗎？

23. Ⓐ 我有個主意，她聽了一定會高興的。
　　Ⓑ 不要因為別人的話影響了自己的心情。
　　Ⓒ 你對這件事的看法怎麼樣？
　　Ⓓ 這個句子的意思是什麼？

Unit 3 3-1

A. 測驗練習

1	D	2	C	3	B	4	D	5	A
6	C	7	D	8	A	9	C	10	D
11	B	12	C	13	C	14	A	15	D
16	B	17	B	18	B	19	C	20	A
21	B	22	B	23	D	24	D	25	B
26	D	27	A	28	C	29	B	30	D

B. 聽力文本

1. 男：妳每天回家都做什麼？
　　女：洗碗、洗衣服，還要檢查孩子的功課。
　　男：妳這樣還有時間休息嗎？
　　女：累得要命！我真恨不得自己有兩雙手！
　　Question：根據對話，這位媽媽怎麼樣？

2. 男：我沒看最後一集，男女主角的結局是什麼？
　　女：你問媽媽最清楚，她每天都坐在電視機前跟著劇情又哭又笑！
　　Question：妹妹說，哥哥可以去問媽媽什麼？

3. 男：最近我們的大樓換了一個管理
員。

女：是啊，自從這個新管理員來了
以後，天天打掃，大樓總算乾
淨多了。

Question：這位小姐的意思是什麼？

4. 男：爺爺跟奶奶真愛打麻將，從剛
剛打到現在，一打就是兩個鐘
頭！

女：哎喲，你真是的！他們坐了這
麼久，萬一等一下站不起來怎
麼辦？

Question：下面哪一個是對的？

5. 男：住在市中心，生活品質不一定
好，為什麼市中心有些幾十年
的老公寓，空間不大，價錢還
開得那麼高？

女：因為地點才重要。公寓的價錢
一年比一年低，土地卻相反。

Question：根據上文，影響房價高低
最重要的原因是什麼？

C. 解答說明

二、完成句子

6. Ⓐ 我很感謝小美在我生病時幫忙代
班。

Ⓑ 爸爸同意讓我念自己有興趣的學
校。

Ⓒ 因為上菜上得太慢了，所以客人
都對這家新開的餐廳不太滿意。

Ⓓ 這件事情我一定能做好，你放心
吧！

7. Ⓐ 我們公司每年都會安排不少活動。

Ⓑ 他在學校圖書館打工，工作的內
容有借書、還書、整理書架上的
書等。

Ⓒ 今天是什麼日子？大家都打扮得
這麼漂亮！

Ⓓ 過節的時候，總是要佈置一下家
裡。

8. Ⓐ 只要你點一份套餐，就免費<u>提供</u>湯或飲料。

Ⓑ 最近菜價變貴了，連小吃攤的餐點價錢都<u>提</u>高了。

Ⓒ 公司決定請你來上班，報到的日期我們會再<u>通知</u>你。

Ⓓ 下過雨以後，天空<u>出現</u>彩虹。

9. Ⓐ 從小到大，他的外表都沒什麼<u>變化</u>。

Ⓑ 我們同事二十多年，慢慢地就<u>變成</u>好朋友了。

Ⓒ 請幫我把這一百元<u>換成</u>十元零錢。

Ⓓ 快把髒衣服<u>換下來</u>吧！

10. Ⓐ 老師覺得小明畫畫畫得非常<u>生動</u>，就讓他去參加比賽。

Ⓑ 一到下班時間，這條路上的車子就<u>移動</u>得很慢。

Ⓒ 這麼便宜的價錢讓我<u>心動</u>了。

Ⓓ 坐了那麼久，站起來<u>活動活動</u>吧！

11. Ⓐ 昨天他<u>替</u>他的同事去見客戶，而且順利地把事情辦好了。

Ⓑ 王先生常常<u>陪</u>他太太一起去逛街。

Ⓒ 有時候<u>求</u>別人幫忙也不一定有用。

Ⓓ 不用<u>管</u>我。

12. Ⓐ 我們是鄰居，本來就應該互相<u>幫助</u>。

Ⓑ 一切都是照計畫<u>進</u>行的。

Ⓒ 這對新人<u>預備</u>後天舉行婚禮。

Ⓓ 星期天我在家裡<u>預習</u>下禮拜要上的課。

13. Ⓐ 你難得到我家來玩，我一定要好好<u>招待</u>你。

Ⓑ 他已經下班了，不過還是很熱心地幫客人<u>服務</u>。

Ⓒ 有困難的時候，朋友應該互相<u>幫助</u>。

Ⓓ 我哥哥很懂<u>照顧</u>小狗小貓這方面的事。

三、選詞填空

(一)　　市場上剛出現了一種最新型的　平板　電腦，爸爸馬上就上網訂了一台。他換平板電腦就跟換衣服一樣快。他平常最大的興趣就是玩臉書，也　經常　在臉書上和他的老同學們聯絡。爸爸覺得，這樣一來，大家好像比以前更　熟　了。　沒事　的時候，他還喜歡上網看影集和電視劇。　不管　是歐美的、日韓的，他都不會錯過。

14. Ⓐ 要是你只想上網和看影片，買<u>平板電腦</u>就好，不用買筆記電腦。
Ⓑ 你可以用這塊<u>板子</u>來切菜。
Ⓒ 有一部分的原住民住在<u>平地</u>，不住在高山上。
Ⓓ 台灣西部大部分是<u>平原</u>。

15. Ⓐ 火車<u>快要</u>開了！趕快上車吧！
Ⓑ 我<u>不常</u>走這條路，所以就迷路了。
Ⓒ 我永遠忘不了我第一次坐飛機的情形。
Ⓓ 我們<u>經常</u>一起到圖書館去寫功課。

16. Ⓐ 趁<u>熱</u>喝吧！
Ⓑ 我跟她才認識一個禮拜就已經很<u>熟</u>了。
Ⓒ 你喜歡<u>深</u>色的還是淺色的？
Ⓓ 這杯咖啡又<u>濃</u>又苦。

17. Ⓐ 我罵過他，但是完全沒<u>用</u>。
Ⓑ 沒<u>事</u>的話，就來幫忙打掃。
Ⓒ 你來不來都<u>沒什麼關係</u>。
Ⓓ 這些新聞真<u>沒意思</u>，都是一樣的事。

18. Ⓐ 我們只是同事，還<u>不算</u>朋友。
Ⓑ <u>不管</u>有沒有打折，我都要去百貨公司看看。
Ⓒ 白煮蛋<u>不但</u>好吃，還很健康。
Ⓓ 我<u>不只</u>寫完了功課，還預習了明天上課的內容。

（二）
　　以前只要一聽到家庭機器人，大家都以為是會做家事的機器人，例如掃地、 <u>擦</u> 桌子、洗碗、倒茶等。現在的機器人越來越進步，除了樣子可愛，能唱歌跳舞，也能 <u>講話</u> 。有的機器人功能很多，它會幫你拍照、打電話、記下約會的 <u>時間</u> ，它還很聰明，能 <u>認得</u> 全家人的臉，或是在陪孩子玩的時候，說有趣的故事給孩子聽，把故事 <u>表演</u> 給孩子看。

19. Ⓐ 他打算買一套新衣服，把身上的舊衣服都<u>扔</u>了。
Ⓑ 蘋果都熟了，可以<u>摘</u>下來吃了。
Ⓒ 先把臉上的水<u>擦</u>一擦。
Ⓓ 那個人把頭<u>抬</u>起來的時候，我才發現他是我以前的同學。

20. Ⓐ 別人在<u>講話</u>的時候，我們應該好好地聽。
Ⓑ 我哥哥會說好幾種不同的<u>語言</u>。
Ⓒ 會議在<u>進行</u>的時候，請不要隨便站起來。
Ⓓ 這個台灣人除了母語以外，還會說一兩種<u>外語</u>，包括英文和韓文。

21. Ⓐ 你是什麼時候知道的？為什麼沒告訴我？
    Ⓑ 我們把見面的時間訂在星期六下午怎麼樣？
    Ⓒ 牆上的那個時鐘是舊了一點，但是還很準。
    Ⓓ 時代一直在進步。

22. Ⓐ 認識他的人，沒有不喜歡他的。
    Ⓑ 他的樣子變了很多，我都不認得他了。
    Ⓒ 這句話的意思，我現在才明白。
    Ⓓ 我已經習慣了大城市方便的生活。

23. Ⓐ 他的臉上出現了笑容。
    Ⓑ 這些學生代表他們的國家來參加活動。
    Ⓒ 王老師覺得上課的表現比考試重要。
    Ⓓ 這是他第一次在這麼大的台上表演，結果十分成功！

Unit 3 3-2

A. 測驗練習

1	D	2	A	3	D	4	B	5	D
6	C	7	C	8	B	9	A	10	D
11	B	12	D	13	A	14	B	15	A
16	D	17	A	18	C	19	C	20	A
21	B	22	D	23	D	24	A	25	A
26	A	27	B	28	C	29	B	30	B

B. 聽力文本

1. 男：週末妳要到哪兒去？
   女：我能去哪兒？還不就是去加班嗎？
   Question：這位小姐說的是什麼意思？

2. 男：妳怎麼來了？
   女：我怕你忙不過來，過來看看。
   Question：下面哪一個是對的？

3. 女：大偉，你怎麼了？看起來這麼
    累！
   男：最近我為了賺錢而睡得很少。
    因為現在我不能再依靠父母
    了。
   女：怎麼說呢？
   男：沒申請到獎學金，再加上我爸
    的公司關門了，不再寄錢給
    我，所以非打工不可。
   Question：大偉為什麼不能再依靠父
         母了？

4. 男：小華，妳打工很辛苦吧？
   女：辛苦倒是不辛苦！不過每天都
    得忙到半夜才回家。
   男：怪不得妳很少交功課。
   女：老師，真對不起。明天開始我
    一定會準時交作業。
   Question：下面哪一個是對的？

5. 女：司機先生，這麼熱的天氣開車
    很辛苦吧？
   男：哪裡有不辛苦的工作呢？還好
    車上有冷氣，時間也很自由。
   女：說得也是！平時哪一個時段生
    意最好？
   男：這很難說，應該是上下班時
    間。另外夜間加價時段收入也
    不錯，不過如果遇到喝醉了的
    客人，就會麻煩一些。
   Question：下面哪一個是對的？

C. 解答說明

二、完成句子

6. Ⓐ 最後決定到台灣留學
   Ⓑ 終於來到夢想已久的世界花都
   Ⓒ 他到底去不去
   Ⓓ 總算了解父母的苦心了

7. Ⓐ 目標明確
   Ⓑ 目的是學會游泳
   Ⓒ 他常幫助同事成為大家的榜樣
   Ⓓ 鴨子走路的樣子真可愛

9. ⒶA 會議紀錄
   Ⓑ 記事本
   Ⓒ 童年記憶
   Ⓓ 結婚紀念

11. Ⓐ 修理電腦
    Ⓑ 修改程式
    Ⓒ 修補親子關係
    Ⓓ 整理衣櫃後，舊衣可以拿去衣物回收桶。

12. Ⓐ 雙語能力是必要的
    Ⓑ 何必多跑一趟，電話聯絡就好了。
    Ⓒ 市場需求
    Ⓓ 學生需要多多鼓勵

13. Ⓐ 失血很嚴重
    Ⓑ 教學很嚴格
    Ⓒ 嚴厲地責備
    Ⓓ 環境污染得很厲害

三、選詞填空

(一)　　林華十三歲那年小學剛畢業，就因為父母親發生意外沒錢看病，失去了雙親。身為老大的她從此就 代替 父母親照顧菜市場的小生意。她是市場裡年紀最小的菜販，沒什麼經驗，做起生意來總是 手忙腳亂 的，每天忙到快傍晚才回到家。

　　小家長真是不簡單，不但要洗衣、燒飯，還要照顧弟妹們睡覺。她小腦袋只想著不管再累，再苦，再 困難 ，都要賺錢讓弟妹們把書念好，因此半夜還沒睡熟就又得摸黑出門了，而且全年無休。

　　她知道市場競爭 激烈 ，但是她相信只要有誠意，比別人更認真，她有 信心 客人一定會再光臨的。如今她已賣了50年的菜了。

14. Ⓐ 運動員在比賽時表現得不好就會被替換下來。
    Ⓑ 代替父母照顧弟妹
    Ⓒ 詞彙代換
    Ⓓ 王經理代表公司參加這次的會議。

15. Ⓐ 事前有準備就不至於手忙腳亂
    Ⓑ 大家七手八腳地亂成一團，沒有效率。
    Ⓒ 他做事大手大腳很粗心。
    Ⓓ 這店員手腳靈活，一下就把老闆交代的事做好了。

16. Ⓐ 要他幫忙，他卻面有難色
    Ⓑ 不知道他到底有什麼難處
    Ⓒ 突破市場困境實在不容易
    Ⓓ 有什麼困難，可以提出來討論討論。

17. Ⓐ 激烈的運動
    Ⓑ 辣椒很刺激，咳嗽時最好別吃
    Ⓒ 她說得很激動
    Ⓓ 做事情很主動

18. Ⓐ 研究信度
    Ⓑ 這家公司很講信用
    Ⓒ 信心十足
    Ⓓ 得到員工的信任

（二） 人生中有三件最慘的事：一是幼年失學、二是中年失業、三是老年失去老伴。中壯年時是家庭經濟的支柱，如果收入不 <u>穩定</u> 會影響全家。但有誰能 <u>預先</u> 知道公司未來營運的情形，或是自己未來的工作以及健康狀況呢？ <u>幸虧</u> 政府有短期的 <u>失業</u> 補助金，但最重要的是讓突然丟了工作的人能盡快找回信心， <u>再次</u> 回到就業市場。

19. Ⓐ 個性溫和穩重
    Ⓑ 腳步穩健
    Ⓒ 呼吸穩定
    Ⓓ 生活安穩無憂

20. Ⓐ 預先知道
    Ⓑ 預想未來
    Ⓒ 預算經費多少
    Ⓓ 預防疾病

21. Ⓐ 幸運數字
    Ⓑ 幸虧預先知道
    Ⓒ 幸福人生
    Ⓓ 今日幸會，一定要向您請教。

22. Ⓐ 他經營的事業很成功。
    Ⓑ 他的專業是烹飪。
    Ⓒ 她是職業婦女。
    Ⓓ 失業以後他得到政府半年的補助。

23. Ⓐ 有空再來坐坐
    Ⓑ 一再地遲到
    Ⓒ 一度放棄了學業
    Ⓓ 再次參觀這個博物館

Unit 3 3-3

A. 測驗練習

1	A	2	C	3	C	4	B	5	C
6	B	7	B	8	B	9	C	10	A
11	B	12	D	13	A	14	B	15	D
16	A	17	B	18	A	19	A	20	B
21	C	22	B	23	C	24	C	25	C
26	C	27	D	28	C	29	C	30	B

B. 聽力文本

1. 男：上課時聽得懂的覺得無聊，聽不懂的覺得更沒意思。

   女：你不喜歡上學嗎？

   男：下課時跟大家聊天打鬧，放學後跟同學閒逛探險，才是我期待的學校生活。

   Question：下面哪一個是這個男同學的想法？

2. 男：「我的學校生活」這個作文題目要怎麼寫啊？我的學校生活又沒什麼特別的事。

   女：沒發生的事也可以寫啊，你可以由別人的經驗來想像，老師要看的是你的寫作能力。

   Question：這個男同學寫作時，擔心什麼？

3. 男：私立學校學費那麼高，一般人真是念不起。

   女：政府就是擔心這個，所以補助公立學校，希望想上學的人都念得起。

   Question：在這段對話裡，政府做了什麼？

4. 男：妳在大三那年的暑假決定到國外打工，沒跟我們一起去環島旅行，真可惜！值得嗎？

   女：當然值得。這段在國外打工的經驗，讓我在找工作的時候，加分了不少呢！

   Question：對於這位小姐，下面哪一個說法是對的？

5. 男：每學期要學的科目那麼多，怎麼學得完？怎麼學得會？

女：老師說只要上課專心聽課，下課好好練習、複習，有問題就要弄懂，這樣就是最有效的學習方法了。

男：我就是有太多不懂的問題，太少弄懂的時間了。

Question：這個男同學怎麼了？下面哪一個是對的？

C. 解答說明

一、對話聽力

1. 上課：老師教課或學生聽課。
   上學：到學校上課或入學念書。（參考來源：教育部國語辭典修訂本）

3. V+不起：學費太高念<u>不起</u>。
   <u>補助</u>：學費太高付不出來，由政府<u>補助</u>，負擔部分費用。

4. 工作：做事、職業。
   打工：利用空閒時間做的臨時性工作。（參考來源：教育部國語辭典修訂本）

二、完成句子

6. Ⓐ 國立的國家<u>公園</u>
   Ⓑ 學校的<u>校園</u>
   Ⓒ 房子前面有個小<u>院子</u>，後面沒有。
   Ⓓ 那棟豪華別墅的<u>庭院</u>有花園、涼亭、噴水池。

7. Ⓐ 做有<u>興趣</u>的事才會覺得有<u>樂趣</u>。
   Ⓑ 對書法有<u>興趣</u>，覺得寫書法很有<u>意思</u>。
   Ⓒ 這個字是什麼<u>意思</u>？/ 這個遊戲很好玩很有<u>意思</u>。
   Ⓓ 父母<u>關心</u>孩子的健康。

8. Ⓐ 寫字的時候要小心，才不會寫錯。
   Ⓑ 念書要專心，不要一邊聽音樂，一邊念書。
   ⒸⒹ 放心，明天旅行用的東西都準備好了，不必擔心。

9. Ⓐ 他們搬到台東了，所以她也跟著轉學，轉到台東了。
   Ⓑ 他生病了，不能來學校上課，所以辦休學，休學半年。
   Ⓒ 出國留學。
   Ⓓ 不按照學校規定，嚴重的話可能會被退學。

10. Ⓐ 這是這次考試用的考卷，一共三張。
    Ⓑ 這篇文章介紹中國的書法。
    Ⓒ 今天有兩份作業，一個是書法的練習，一個是報告的準備。
    Ⓓ 他在學校功課不錯。／回家還有功課要做。

11. Ⓐ 練習（V）發音／發音的練習（N）
    Ⓑ 我認識王小姐，可是不怎麼了解她。
    Ⓒ 說話的考試是口試。
    Ⓓ 用筆寫的考試是筆試。

12. Ⓐ 我喜歡運動，每個星期運動三次。
    Ⓑ 筆試、口試都是考試。
    Ⓒ 訓練比練習要辛苦多了。
    Ⓓ 學校籃球隊每天練習投籃。

13. Ⓐ 走出學校大門
    Ⓑ 走去學校
    Ⓒ 不要在這裡，走開。
    Ⓓ 不打球了，退出籃球隊。

三、選詞填空

> (一) 　　大學生的生活習慣普遍不是很好，尤其是上網，每天晚上差不多十點以後就進入了「上網高峰」時段，在網路上跟同學聊天、玩線上遊戲，不知不覺就已經深夜了。
> 　　到了學期最後，不少大學生 開 夜車 趕 報告，交了報告以後，就又得準備期末考，許多人因此健康 亮 起了紅燈。
> 　　台大社工系三年級學生張敬發起了「健康」運動，希望大學生要為自己的健康 負 起責任，要 改掉 夜生活的壞習慣，建立起正常的作息時間。

14. Ⓐ 我<u>坐</u>計程車
　　Ⓑ 司機<u>開</u>車
　　Ⓒ 公車開了，<u>追</u>不到了。
　　Ⓓ 慢慢走，不要<u>跑</u>。

16. Ⓐ 天<u>亮</u>了／燈<u>亮</u>了
　　Ⓑ 開燈，燈就<u>亮</u>了。
　　Ⓒ <u>換</u>錢／<u>換</u>衣服／<u>換</u>工作
　　Ⓓ <u>轉</u>彎／向左<u>轉</u>／<u>轉</u>車

18. Ⓐ 把不好的習慣都<u>改</u>掉。
　　Ⓑ 不錯，發音<u>改</u>進了不少。
　　Ⓒ 錯的已經都<u>改</u>好了。
　　Ⓓ 把不對的<u>改成</u>對的。

15. Ⓐ <u>付</u>學費
　　Ⓑ <u>說</u>話<u>說</u>得很快
　　Ⓒ <u>拿</u>起來
　　Ⓓ <u>趕</u>快出門／<u>趕</u>不上公車

17. Ⓒ 他把背包<u>背</u>在背上。
　　Ⓓ <u>打</u>仗／<u>打</u>開／<u>打</u>電話

◤（二）◢　我家的經濟情況不是很好，上高中、大學的時候，為了減輕父母的 <u>負擔</u> ，我 <u>靠</u> 申請獎學金來付學費。
　　申請獎學金要先 <u>填寫</u> 一張獎學金申請表，還要準備一份成績單、一份上課出席紀錄表，以及學生證影印本，另外要寫一 <u>篇</u> 自傳文章，一份學習計畫，當然還要有一封老師的推薦 <u>書信</u> ，都準備好了，就可以申請獎學金了。

19. Ⓐ 減輕父母的<u>負擔</u>
　　Ⓑ 由父母來<u>負責</u>
　　Ⓒ 這是父母的<u>責任</u>
　　Ⓓ 王大年先生<u>擔任</u>這家公司的總經理

21. Ⓐ 做出以前沒有人做過的東西，這就是一種<u>創造</u>。
　　Ⓑ 他喜歡<u>照</u>相，但是只喜歡<u>照</u>別人，不喜歡被人<u>照</u>。
　　Ⓒ <u>填寫</u>申請表／<u>填寫</u>表格
　　Ⓓ 把對的詞<u>填</u>到句子的空格裡，就叫<u>填空</u>。

20. Ⓐ <u>受</u>教育
　　Ⓑ <u>靠</u>獎學金上大學
　　Ⓒ <u>借</u>書／<u>借</u>錢
　　Ⓓ 打電話<u>給</u>他／<u>給</u>他打電話

22. Ⓐ 一張紙
　　Ⓑ 一<u>篇</u>文章
　　Ⓒ 一本書
　　Ⓓ 一<u>封</u>信

23. Ⓐ 把信放進信封裡。／一個信封
    Ⓑ 請給我幾張信紙，我要寫信。
    Ⓒ 以前沒有網路的時候，都是靠一封一封的書信聯絡的。
    Ⓓ 用網路電子信箱寄電子信。

Unit 3 3-4

A. 測驗練習

1	B	2	D	3	B	4	D	5	A
6	B	7	B	8	C	9	A	10	D
11	C	12	B	13	A	14	D	15	E
16	F	17	G	18	B	19	D	20	D
21	D	22	C	23	A	24	B	25	D
26	A	27	B	28	A	29	A	30	B

B. 聽力文本

1. 男：大家今天說話怎麼都這麼小聲？
   女：老闆今天臉色看起來不太對，你也要小心一點，要不然就倒楣了。
   Question：下面哪一個是對的？

2. 男：妳聽說老闆今年要提高年終獎金的事了嗎？
   女：你高興得太早了，獲利要超過四成才有。
   Question：關於年終獎金，下面哪一個是對的？

3. 男：每天為了生活，努力地工作賺錢，然後結婚，成立自己的家庭，教育小孩長大，接著照顧年老的父母。生活的目的到底是什麼？
   女：這不就是生活的目的嗎？
   Question：下面哪一個是這位小姐的意思？

4. 男：現代人對吃越來越重視了。
   女：就是啊！東西不但要美味可口，更重要的是吃得營養，吃得健康。
   男：這樣的要求可以同時都做到嗎？
   女：那就看你選什麼樣的食物，用什麼方法做囉！
   Question：對身體的健康來說，下面哪一個是對的？

5. **男**：打麻將不只是數字遊戲，還要
懂別人的心理，這可以訓練人
的思考和觀察的能力，為什麼
很多人要說打麻將不好？

女：打一次麻將最少要兩個小時，
對正常上班上課的人真的不
好。對退休的人來說倒是不錯
的腦力訓練活動。

Question：下面哪一個是對的？

C. 解答說明

二、完成句子

6. Ⓑ 為了：後面接的是「要做的事，
要做的目的」。例句：她為了學
中文來台灣。

7. Ⓐ 忽然：不可作Vs。
Ⓑ 突然：可作Vs。例句：忽然／突
然下大雨。雨下得太突然了。
Ⓒ 雨還沒停，仍然還在下。
Ⓓ 這麼好的天氣居然下雨了，真是
想不到。

8. Ⓒ 一個活動由「什麼人／單位／團
體」來辦，用「舉辦」。

9. Ⓐ 一個活動「在什麼時候」或「在
什麼地方」辦，用「舉行」。

10. Ⓓ 你最近怎麼樣？很忙嗎？

11. Ⓒ 我不知道怎麼做，怎麼辦？

12. Ⓑ 你臉色很不好，你怎麼了？

13. Ⓐ 1) 我怎麼練習，還是寫得不好看。
2) 你怎麼還不起床？要遲到了。

三、選詞填空

(一)　　大明正在學中文，因為他 喜歡 中國文化，他 希望 畢業以後可以找到一
個跟中華文化有關係的工作。

　　為了學好中文，他 願意 每天下課以後，另外再去圖書館做兩個小時的中
文功課。大明把他的 願望 告訴了他最好的朋友，他朋友聽了以後，真心地
祝福 他，不管是學中文或是找工作都能事事如意。

14.~18.
1) 我喜歡化妝，雖然化妝品不便宜，畫個漂亮的妝也很花時間，不過我願意花錢花時間，希望化了妝以後變得更漂亮，這是我的願望，我也祝福所有的人都能完成願望。

2) 為了慶祝男朋友的生日，我化了一個漂漂亮亮的妝，去祝他生日快樂。

（二）　　我生長在一個經濟　條件　不是很好的　家庭　裡，從小我就看著父母　辛苦　地工作，卻沒有辦法讓家裡的生活變得更好，那時我就已經知道生活是很困難的事。

　　現在我長大了，小時候的生活經驗，讓我更懂得不管　碰到　什麼困難，都要　忍耐　，要更認真更努力地去做，我相信只要我肯做，沒有不能做的事。

19. Ⓐ 我想到解決這個問題的辦法了。
Ⓑ 住在海邊和住在山上的生活方式不太一樣。
Ⓒ 怎麼了？發生什麼事情了？
Ⓓ 要到那家公司上班不容易，他們的條件很高。

20. Ⓐ 一所大房子
Ⓑ 這一所大房子有九間屋子。
Ⓒ 房屋出租／房屋租借公司
Ⓓ 我家人的關係都很好很親，我家是個幸福的家庭。

21. Ⓐ 他隨便寫的字看起來很難看。
Ⓑ 她的小狗病死了，她難過得不得了。
Ⓒ 她想一年念完大學，這不太可能，太困難了。
Ⓓ 媽媽除了上班，還要照顧孩子、做家事，真的很辛苦。

22. Ⓐ 這是我新買的衣服，別碰。
Ⓑ 看來看去還是這件衣服最好看。
Ⓒ 每天早上她碰到人都說早。／不小心碰到人要說對不起。
Ⓓ 她看起來好像生病了。

23. Ⓐ 感冒發燒了，很不舒服，<u>忍耐</u>幾
　　 天就會好了。
　　 Ⓑ 這個小孩很乖很聽話，看起來很
　　 <u>老實</u>。
　　 Ⓒ 我沒去過那裡，不<u>認得</u>那裡的路。
　　 Ⓓ 她才學了三個月，中文就說得這
　　 麼好，真<u>屬害</u>。

Unit 4 4-1

A. 測驗練習

1	D	2	A	3	C	4	C	5	A
6	A	7	B	8	A	9	C	10	C
11	D	12	B	13	A	14	D	15	C
16	C	17	B	18	C	19	C	20	C
21	B	22	C	23	C	24	B	25	D
26	C	27	C	28	D	29	C	30	C

B. 聽力文本

1. 男：好不容易有空，不要一直打電
　　 腦，讓妳的腦子也休息休息
　　 吧。
　 女：我玩網路遊戲的時候，就是讓
　　 我腦袋放空的時候啊。
　 Question：下面哪一個是這位小姐的
　　 意思？

2. 男：妳是不是沒事做，很無聊，所
　　 以才整天都在看書？要不要跟
　　 我去打球？
　 女：要是有時間，也沒別的事要忙
　　 的時候，我就會看看小說。要
　　 是你想打球，我也可以跟你
　　 打。我都有興趣。
　 Question：下面哪一個是對的？

3. 男：渴了喝一大杯茶就解渴了，多痛快。妳這樣小杯小壺的怎麼解得了渴？

   女：渴了就喝茶，這是生活；不渴還喝茶，這是悠閒；小杯小壺慢慢地喝，細細地體會，喝出茶的味道，喝出心情的安靜，這是悠閒的生活。

   Question：哪一個是這位小姐的意思？

5. 男：打麻將一打起來就得花好幾個小時，一定會影響到正常的工作休息時間，不過對退休的人來說，倒是很合適。

   女：是啊！對他們來說，時間不是問題，只要有四個人就可以打了，不但可以跟牌友說說話，而且打牌要贏錢也得動動腦才贏得了，不過時間太長，對身體健康還是會有不好的影響。

   Question：下面哪一個是對的？

4. 男：在公園裡，我看見有個老人提著鳥籠在散步，雖然他是慢慢兒地走，可是手卻是前後用力地搖，真奇怪。

   女：這一點兒也不怪。人要運動，鳥也要運動，他提著鳥籠前後搖，就是讓鳥也在籠子裡運動。

   Question：老人為什麼要用力搖他的鳥籠？

C. 解答說明

二、完成句子

6. Ⓐ 不會找樂趣的人會覺得生活很無聊。
   Ⓑ 他學他爸爸說話的樣子好有趣。
   Ⓒ 他喜愛音樂。
   Ⓓ 彈鋼琴是他的喜好。

7. Ⓐ 打針有點痛，忍耐一下就好了。
   Ⓑ 別急，慢慢來，要有耐心，最後才會做得好。
   Ⓒ 小心拿，一不小心蛋就破了。
   Ⓓ 注意聽這個字的發音。

8. Ⓐ 一門專業科目
Ⓑ 一件事／一件衣服
Ⓒ 學了兩課（書）
Ⓓ 門診分內科、外科，還有別的科。

9. Ⓐ 買起來很貴，用起來是很好用。
Ⓑ 煮牛肉不難，但一煮起來就要一、兩個小時。
Ⓒ 聞起來很香
Ⓓ 發音聽起來容易，說起來很難。

10. Ⓐ 這個字寫錯很多次了，他常常寫錯。
Ⓑ 這個字每次都寫錯，他總是寫錯。
Ⓒ 度假回來還是要繼續上班工作。
Ⓓ 學完第二本書，接下來要學第三本書。

11. Ⓐ 坐摩托車／坐車
Ⓑ 開車／開飛機
Ⓒ 搭公車／搭電梯
Ⓓ 騎摩托車／騎馬

12. Ⓐ 練習書法要有耐心。
Ⓑ 心情愉快，什麼煩惱都沒有。
Ⓒ 那位小姐笑起來好美好迷人。
Ⓓ 他球打得不好，他覺得打球一點樂趣都沒有。

13. Ⓐ 有一個禮拜的假期，可以出國度假。
Ⓑ 放七天假
Ⓒ 難忘的學校生活
Ⓓ 每天認真地工作，認真地過日子。

三、選詞填空

（一）　我們班今天的活動是報告自己的休閒生活。明美說她喜歡下棋，下棋可以 _訓練_ 她的思考能力，為了思考下一 _步_ 棋怎麼走，她必須想辦法讓自己安靜下來，這樣也能讓她的 _個性_ 不那麼急。

金名說他喜歡去釣魚，因為釣魚時，只要把釣竿釣具都弄好、放好以後，他就可以完全放鬆，什麼都不必想，什麼都不必做，安靜地、耐心地坐在那裡等，要是覺得無聊了，還可以看看書、聽聽手機音樂， _欣賞_ 河邊、魚池邊的鄉村風景。

這兩個人做的都是自己喜歡的休閒活動，也都是能讓自己安靜下來的休閒娛樂，都是在 _興趣_ 中學習、放鬆。

14. **A** 1) 名詞：<u>學校教育</u>、<u>受教育</u>。
　　 2) 動詞：<u>教育</u>孩子
　　 B <u>學習</u>語言
　　 C <u>通過</u>考試
　　 D <u>訓練</u>思考能力

15. **A** <u>一粒</u>米
　　 B <u>一個</u>棋子
　　 C 下<u>一步</u>棋怎麼走
　　 D 今天跟同學下了兩<u>盤</u>棋。

16. **A** 他們兩個人的<u>感情</u>很好。
　　 B 一下子各種複雜的<u>情感</u>同時出
　　　　現
　　 C 他的<u>個性</u>很容易著急。
　　 D 這只是他<u>個人</u>的想法。

17. **A** 舌頭<u>辣</u>得沒感覺了
　　 B <u>欣賞</u>美麗的風景
　　 C <u>處理</u>事情，只做計畫，卻不動
　　　　手去做，是沒辦法解決的。
　　 D 快做完了，再<u>忍耐</u>一下就可以
　　　　休息了。

18. **A** 覺得很<u>無聊</u>
　　 B <u>開</u>一個小玩笑
　　 C 他對數學沒<u>興</u>趣，一點都不想學。
　　 D 信用卡丟了，當然很<u>著急</u>。

（二）　　黃大城 <u>擔任</u> 森林解說員已經十幾年了，他真的是一位 <u>經驗</u> 豐富的解
說員。

　　他常熱心地帶著遊客走登山步道，認識森林公園裡的植物。這個國家森
林公園有好幾條登山步道，每一條步道的景觀都不一樣。有一條大眾步道
<u>長度</u> 很短，非常 <u>適合</u> 沒辦法走很遠的老人家輕輕鬆鬆地走一趟。在森林
步道上慢慢地走，兩旁都是高大的老樹，風輕輕地吹，吹得人舒服極了。

　　黃大城總是要大家小聲說話，他要大家感受除了鳥叫聲以外，還有一種
在大自然裡才感覺得到的聲音，他真希望能讓來到這裡的每個人，不論是男
的女的老的年輕的，都能 <u>走進</u> 大自然，欣賞大自然，享受大自然。

---

19. **A** 把看電視<u>當作</u>學習中文
　　 B 秋天時樹葉會<u>變成</u>黃色。
　　 C 他一直<u>擔任</u>這個班的班長。
　　 D 他工作很<u>認真</u>。

20. **A** 他們<u>認識</u>很久了。
　　 B <u>認真</u>工作的人最帥
　　 C 王老師的教書<u>經驗</u>很豐富。
　　 D <u>經濟</u>不好大家都沒錢。

21. Ⓐ 路的寬度不夠，車開不進去。
    Ⓑ 褲子長度不夠，太短了。
    Ⓒ 那棵樹的高度有一層樓高。
    Ⓓ 游泳池的深度太淺，不能跳水。

22. Ⓐ 讓老先生坐
    Ⓑ 這麼做不合學校的規定。
    Ⓒ 這件衣服適合年輕人穿。
    Ⓓ 電視上播出的節目剛好是我喜歡的運動。

23. Ⓐ 為自己的未來走出一條路。
    Ⓑ 出去！別進來。
    Ⓒ 走出校園，走進社會。
    Ⓓ 進來！別站在門口。

Unit 4 4-2

A. 測驗練習

1	B	2	C	3	D	4	D	5	D
6	B	7	C	8	C	9	A	10	B
11	A	12	D	13	D	14	A	15	C
16	B	17	D	18	C	19	D	20	B
21	A	22	C	23	D	24	B	25	B
26	C	27	A	28	D	29	D	30	A

B. 聽力文本

1. 男：開車的時候，妳會收聽交通廣播電台播報路況嗎？

   女：聽倒是會聽，可是我還是比較喜歡聽播放流行音樂的電台。

   男：其實交通電台除了播報路況，也播放流行音樂，這樣又可聽音樂，又可知道路況，妳不覺得更安心嗎？

   女：你說的也對！有時候光聽音樂卻不清楚路況是會叫人緊張。

   Question：下面哪一個是對的？

2. 男：近年來，看報紙的人好像越來越少了。

   女：可不是嘛！本來我家裡訂了兩份，現在就只是每天買一份來看看。

   男：不久的將來，書、報刊、雜誌恐怕都會讓電子書、網路新聞給取代了！

   女：不過，用手翻閱書報比在螢幕上滑來滑去的感覺好多了。

   Question：下面哪一個是對的？

3.　**男**：二十世紀後半，最偉大的發明
　　　　應該就是電腦吧！

　　女：的確！電腦不僅提供了大家快
　　　　速共享資訊的世界，也改變了
　　　　聯絡方式。

　　男：不但改變了溝通和聯絡的方
　　　　式，連人們的生活方式也完全
　　　　不同了。

　　女：有時不必出門就能買到想要
　　　　的，還有看不完的新訊息更是
　　　　讓人停不下來。

　　Question：下面哪一個是對的？

5.　**男**：最近有一種新的手錶能跟手機
　　　　相連在一起，真的又實用又輕
　　　　便。

　　女：我們部門不少人就用那種產
　　　　品。它不但有運動時的紀錄，
　　　　可以隨時用來查資料或看郵
　　　　件，而且還能通話。

　　男：沒錯。對商人來說，除了查看
　　　　郵件相當重要以外，錯過電話
　　　　是很麻煩的，而且戴著最新潮
　　　　的電子產品也能讓客人對他們
　　　　更有信心。

　　女：不過新產品的價格很高不說，
　　　　接電話時得把手錶放在耳邊，
　　　　實在有點怪。

　　Question：下面哪一個是對的？

4.　**男**：上個世紀收音機是傳播最迅速
　　　　的媒體，不過到了上世紀末網
　　　　路就代替了廣播。

　　女：不見得吧！還是有很多人在收
　　　　聽電台廣播呢。

　　男：沒錯！但是除了收音機以外，
　　　　手機或平板電腦也都能收聽電
　　　　台廣播。

　　女：沒錯，電台廣播節目暫時還不
　　　　至於被取代或是消失。

　　Question：下面哪一個是對的？

> **C. 解答說明**

二、完成句子

6. Ⓐ 今天他跟<u>往常</u>一樣打扮整齊才出門。
   Ⓑ 他<u>一向</u>不吃辣的食物。
   Ⓒ 他<u>時常</u>一個人去看電影。
   Ⓓ 他<u>平時</u>就是提早半小時到公司。

7. Ⓐ <u>從前</u>常有人到那山邊拍電影。
   Ⓑ 我們<u>從來</u>沒見過他開玩笑。
   Ⓒ 他<u>從來</u>不抽煙。
   Ⓓ 他<u>從小</u>就住在海邊。

8. Ⓐ 這支廣告月底就會<u>播出</u>。
   Ⓑ 那位<u>主播</u>很有權威性。
   Ⓒ 昨天<u>播出</u>的談話性節目很受歡迎。
   Ⓓ 他明天開始<u>播報</u>氣象。

9. Ⓐ 在表演話劇方面非常<u>專業</u>
   Ⓑ 他<u>專門</u>設計休閒服。
   Ⓒ 開車時非<u>專心</u>不可。
   Ⓓ 他是特殊教育<u>專家</u>。

10. Ⓐ 放心去留學
    Ⓑ <u>放鬆</u>心情
    Ⓒ <u>打開</u>心胸
    Ⓓ <u>輕輕鬆鬆</u>地散步

11. Ⓐ 他的病已經沒<u>希望</u>了。
    Ⓑ 你今年有什麼<u>願望</u>？
    Ⓒ 他在網路上訂票就不必花時間排隊<u>等候</u>。
    Ⓓ 他在<u>等待</u>一個面試的機會。

12. Ⓐ 爸爸很會<u>保養</u>他的汽車。
    Ⓑ <u>調養</u>身體
    Ⓒ <u>認養</u>流浪貓
    Ⓓ <u>培養</u>興趣

13. Ⓐ 他最近因為忙著<u>約</u>新女朋友去吃飯、看電影，而沒準備報告。
    Ⓑ 昨天在電影院沒想到會<u>碰見</u>小美。
    Ⓒ 跟朋友<u>約定</u>好見面的時間和地點。
    Ⓓ 跟表姊<u>約</u>好明晚在電影院<u>見面</u>。

三、選詞填空

(一)

　　度過一個又省錢又 <u>充實</u> 的週末假期，卻不是什麼事都不做，哪裡都不去的無聊週末喔！這裡要 <u>提供</u> 大家一些花小錢享受週末的 <u>方式</u> ，像是淡水一日遊、碧潭半日遊。在淡水不到一百元便能吃一頓有機早午餐，再吹吹海風、騎騎腳踏車、喝喝下午茶、看看免費的戲劇表演，還可以坐渡輪到對岸八里參觀原住民博物館或是在漁人碼頭看夕陽。如果去碧潭可以踩小船、騎單車，享受沒有汙染、慢活的旅遊，還有附近的美食。這真是難得的機會，幾百塊就能全部玩個 <u>夠</u> ，兩人同行再折一百。機不可失，請您馬上撥打 <u>免費</u> 電話。0800—654321，0800—654321，我們有專人為您服務。

14. Ⓐ 生活很<u>充實</u>
　　Ⓑ <u>充</u>滿希望和活力
　　Ⓒ <u>充</u>分利用時間
　　Ⓓ 請他暫時<u>充</u>當領隊

15. Ⓐ <u>提</u>醒青少年注意
　　Ⓑ <u>提</u>前準備
　　Ⓒ <u>提供</u>住宿和早餐
　　Ⓓ 最佳音樂獎<u>提</u>名

16. Ⓐ 新的研究<u>方</u>向
　　Ⓑ 表達感情的<u>方式</u>
　　Ⓒ 利用假日休閒的情<u>形</u>很普遍
　　Ⓓ 按照個人經濟情<u>況</u>出門旅行

17. Ⓐ 週末去看電影就讓她很<u>滿</u>足了
　　Ⓑ 觀眾對這場表演都很<u>滿</u>意
　　Ⓒ 看完電影再去看夜景
　　Ⓓ 春節假期一定要好好休息個<u>夠</u>

18. Ⓐ 去便利商店<u>繳費</u>
　　Ⓑ 白<u>費</u>力氣
　　Ⓒ <u>免費</u>參觀
　　Ⓓ 怎麼刺激中價位市場消<u>費</u>

(二)　　自從智慧型手機出現 <u>以來</u> ，笨重的電腦就從桌上 <u>裝</u> 進口袋裡面了，而現在巨仁科技公司會在今年底或明年 <u>初</u> 公開這一副最新的研究發明—可以連接網路的眼鏡。這副眼鏡的樣子像是科幻的太陽眼鏡，可是沒有鏡片。這種眼鏡不但有時間、行事曆、 <u>通知</u> 有新電子郵件的顯示，還有地圖、指路和照相等功能。能隨身「戴著走」，是不是比數位電腦更輕更方便？讓我們一起期待這個新科技的到來，人跟人之間 <u>聯絡</u> 更快速，生活更便利。

19. Ⓐ 午<u>夜前</u>必須回到家
　　 Ⓑ <u>以前</u>有不少華工移民
　　 Ⓒ 十年<u>來</u>他仍堅持理想
　　 Ⓓ 長期<u>以來</u>從事人類學研究

20. Ⓐ 拉著行李上車
　　 Ⓑ 把禮物<u>裝</u>進盒子
　　 Ⓒ 接到郵局寄來的領郵件<u>通知</u>單
　　 Ⓓ 把廢棄物<u>排</u>進水裡面

21. Ⓐ 下個月<u>初</u>
　　 Ⓑ 八十年代中期<u>始</u>進行
　　 Ⓒ 這件事誰也不知道是怎麼<u>開始</u>的
　　 Ⓓ 期<u>末</u>有一個期<u>末</u>報告得準備

22. Ⓐ 兩國政府<u>宣布</u>明年初正式展開經濟合作。
　　 Ⓑ 下個月準備新歌發表簽唱會。
　　 Ⓒ 他剛收到錄取<u>通知</u>。
　　 Ⓓ 他利用網路隨時跟家人<u>通話</u>。

23. Ⓐ 公司<u>通知</u>他被錄取了。
　　 Ⓑ 他<u>通過</u>了中級測驗。
　　 Ⓒ 這一站<u>連接</u>三條捷運路線。
　　 Ⓓ 他經常跟高中同學<u>聯絡</u>。

Unit 4 4-3

A. 測驗練習

1	C	2	C	3	D	4	B	5	B
6	A	7	D	8	C	9	B	10	D
11	B	12	D	13	C	14	A	15	C
16	D	17	B	18	B	19	D	20	C
21	A	22	A	23	A	24	A	25	D
26	B	27	A	28	C	29	A	30	D

B. 聽力文本

1. 男：這套高爾夫球衣看起來不錯，我們合送給爸爸當禮物怎麼樣？

   女：再送他一雙高爾夫球鞋好了，要不然太小氣了。

   男：可是我不知道他的尺寸，還是不要現在買吧！

   女：我也不清楚正確的尺寸……

   男：我看，不如先買這套球衣回去，下次再帶爸爸來試穿這雙鞋子。

   女：也好，這樣就不會買錯了。

   Question：關於爸爸的禮物，下面哪一個是對的？

2. 男：妳說妳並不算用功，但是為什麼知道那麼多單字？

   女：因為我把聽英文廣播當娛樂，有不懂的，就問我語言交換的朋友。

   男：妳都聽哪一類的英文廣播？

   女：我每天早晚都聽英文新聞。

   Question：關於這位小姐學習英文的方法，下面哪一個是對的？

3. 男：平常我跟小王很熟，可是昨天我在健身房遇到小王，不知道為什麼，他卻沒跟我打招呼。

   女：會不會是因為你的穿著不一樣，所以他才不認得你？

   男：有可能，我平常穿得比較正式。

   女：還是因為你刮了鬍子，看起來比較年輕？

   男：這我就不知道了。

   Question：下面哪一個是對的？

4. 男：妳要去的地方，現在氣溫很低，已經零下了。外套準備好了嗎？

   女：等簽證辦好了再說。

   男：妳連簽證都還沒辦好？

   女：不用這麼急吧？我月底才出國。

   男：什麼？這麼快？妳要出國三個月，要買的東西很多，還是立刻動手準備，要不然就來不及了。

   Question：關於這位小姐，下面哪一個是對的？

5. 男：明天妳想做什麼？

　　女：還不知道，你有什麼好主意嗎？

　　男：剛好我同事今天推薦了一家餐廳，有好幾種早午餐。

　　女：吃什麼沒關係，但是環境怎麼樣？

　　男：那家餐廳就在湖旁邊，明天是晴天的話，我們就到戶外欣賞湖景。

　　女：聽起來十分不錯，可是我中午以前大概起不來。

　　男：別擔心，他們的早午餐隨時都可以點。

　　Question：下面哪一個是對的？

C. 解答說明

二、完成句子

6. Ⓐ 我住的<u>地方</u>不太大，不能請朋友來玩。

　　Ⓑ 沙漠<u>地帶</u>的早晚氣溫差異極大。

　　Ⓒ 直到現在，有些國家女人的<u>地位</u>還是比男人的低。

　　Ⓓ 如果要從台北打電話到高雄，要加<u>地區</u>碼。

7. Ⓐ 租房子的<u>租金</u>

　　Ⓑ 一學期的<u>學費</u>

　　Ⓒ 給服務生的<u>小費</u>

　　Ⓓ 上健身房的<u>費用</u>

8. Ⓐ 先<u>經過</u>學校才到車站

　　Ⓑ 錢花得很<u>值得</u>

　　Ⓒ <u>使用</u>網路訂票的方式

　　Ⓓ <u>接受</u>別人的幫助

9. Ⓐ <u>目前</u>的工作

　　Ⓑ 有什麼<u>目</u>的

　　Ⓒ 有的好、有的不好

　　Ⓓ 說明<u>原因</u>

10. Ⓐ 中文系向學校請求經費的協
　　助。
　　Ⓑ 這家公司要求職員們穿制服上
　　班。
　　Ⓒ 今年生日你許了什麼願望？
　　Ⓓ 他非常努力，就是渴望能有在
　　全國觀眾面前表演的一天。

11. Ⓐ 韓劇的流行在很多國家都激起
　　了韓國熱。
　　Ⓑ 她受不了失戀的刺激而病了。
　　Ⓒ 王大明看足球比賽時非常容易
　　激動。
　　Ⓓ 我們吵架吵得很激烈，誰也不
　　讓誰。

12. Ⓐ 我不敢這麼晚回家。
　　Ⓑ 我們不該用打的方式來教孩
　　子。
　　Ⓒ 你人來就好了，什麼都不需準
　　備。
　　Ⓓ 你為什麼不肯下水？

13. Ⓐ 你隨便坐，當自己家。
　　Ⓑ 請不要隨地丟垃圾。
　　Ⓒ 我一到立刻打電話給你。
　　Ⓓ 好無聊，我快要睡著了。

三、選詞填空

> **(一)**
> 　　羅小姐每天長時間工作，　緊張　的生活讓她生了一場大病。她說：「我
> 的工作是照顧別人，卻忘了要　好好　照顧自己。」病好後她改變了　本來　的
> 生活習慣，開始運動。聽說像瑜伽　那樣　的運動很適合女生來做，她就決定
> 去學。她練習了半年多的瑜伽後，覺得　精神　好多了，不像以前那麼容易
> 累。

14. Ⓐ 考試以前，他會緊張得一直跑
　　廁所。
　　Ⓑ 這個學生雖然很聰明，卻不用
　　功。
　　Ⓒ 沒什麼要緊的事，慢慢來吧！
　　Ⓓ 他住院了，而且情況很嚴重。

15. Ⓐ 逛了一個下午，媽媽買了好些
　　東西。
　　Ⓑ 這家火鍋的湯底裡加了好幾種
　　中藥，味道非常香。
　　Ⓒ 改天我們一定要好好說說話。
　　Ⓓ 我好久沒出國旅行了。

16. Ⓐ 老李離開了公司，不知道自己的<u>未來</u>在哪裡？
    Ⓑ 現在多學一種外語，<u>將來</u>一定用得著。
    Ⓒ 美美<u>從來</u>不運動。
    Ⓓ 這間屋子<u>本來</u>是一個教室，後來房東把它改一改就租給別人。

17. Ⓐ 你<u>那</u>邊現在幾點？
    Ⓑ 很多年輕人都喜歡像她<u>那樣</u>的歌手。
    Ⓒ 王先生王太太有<u>同樣</u>的興趣。
    Ⓓ 妹妹不像姊姊<u>那麼</u>乖，但是妹妹特別可愛。

18. Ⓐ 全家人一起吃飯，<u>感情</u>會越來越好。
    Ⓑ 我昨天晚上沒睡覺，所以今天早上沒<u>精神</u>。
    Ⓒ 小王對自己的能力很有<u>信心</u>。
    Ⓓ 那個店員的<u>態度</u>很差，連謝謝也不說。

（二）

　　近幾年，騎腳踏車變成一種全民運動了。路上騎腳踏車的人 ＿增加＿ 了很多，有的人是騎車運動，有的人是 ＿利用＿ 捷運站提供的免費腳踏車上下班。騎腳踏車除了方便，也代表了一種年輕又健康的生活 ＿方式＿ 。不過除了上下班的馬路或住家附近的公園，很多人還希望 ＿發現＿ 更多有趣的自行車道。 ＿最後＿ ，如果騎起來不太難，還能欣賞河邊或田邊美麗的風景，那就更理想了。

---

19. Ⓐ 孩子<u>長大</u>了以後就離開家了。
    Ⓑ 出國學語言就是希望<u>提高</u>說話的能力。
    Ⓒ 他的中文<u>進步</u>了很多。
    Ⓓ 今年報名的人<u>增加</u>了。

20. Ⓐ <u>不用</u>麻煩了。
    Ⓑ 菜還很多，請慢<u>用</u>。
    Ⓒ 捷運站旁邊有免費的腳踏車讓市民<u>利用</u>。
    Ⓓ 想改變心情的話，出門做做休閒活動比一個人待在家裡<u>有用</u>。

21. Ⓐ 每個人都有自己的生活<u>方式</u>。
    Ⓑ 我常常買健康<u>方面</u>的書。
    Ⓒ 為什麼你走的<u>方向</u>跟大家都不一樣？
    Ⓓ 有什麼<u>方法</u>能把衣服上的咖啡洗掉？

22. Ⓐ 李小姐喜歡爬山，也常常<u>發現</u>新的爬山路線。
    Ⓐ 小張只喜歡看漫畫，不怎麼關心現在世界上<u>發生</u>的大事。
    Ⓒ 王老師<u>想</u>了一整天，才<u>想到</u>怎麼解釋這個詞的意思。
    Ⓓ 不管你<u>遇到</u>什麼困難，都不要改變。

23. Ⓐ 他一到家就開始做飯，然後打掃
　　　屋子，<u>最後</u>才坐下來喝口茶。

　　Ⓑ 這個網站上的內容不知道是不
　　　是真的，<u>最好</u>不要隨便相信。

　　Ⓒ 我忘了拿雨傘，<u>只好</u>走回去拿。

　　Ⓓ 想學好外語<u>只有</u>一個方法，就
　　　是常常開口練習。

Unit 5 　5-1

▶ A. 測驗練習

1	C	2	A	3	B	4	C	5	B
6	C	7	D	8	B	9	B	10	C
11	D	12	B	13	A	14	D	15	C
16	B	17	A	18	B	19	C	20	A
21	C	22	B	23	D	24	B	25	D
26	B	27	C	28	A	29	D	30	C

▶ B. 聽力文本

1. 男：我聞到味道了。鍋子裡是什
　　　麼？

　　女：你來嚐一口。

　　男：嗯，是紅燒肉！肉已經爛了。
　　　我真恨不得現在就吃飯。

　　Question：這位先生的意思是什麼？

2. 男：這家便當妳吃得慣嗎？

　　女：味道不錯，很像我家鄉的口
　　　味。而且價錢很實在，學生都
　　　吃得起。

　　男：裡面有什麼料？

　　女：排骨、雞腿或魚排三選一，配
　　　菜有很多樣，包括三種蔬菜，
　　　一塊豆腐，一個蛋。菜色常常
　　　換，我可以天天吃。

　　Question：這位小姐覺得這家便當怎
　　　麼樣？

3. 男：聽說有些早餐店為了降低漢堡的賣價，肉餡中使用的肉不到一半，混了其他的東西，所以油分比一般的肉要高，也沒什麼營養價值。

女：這麼說，混的肉餡最好不要吃嘍？

男：得看混在肉餡中的是什麼東西。像獅子頭按照傳統做法，肉餡中除了肉，就是一些新鮮配料，還會加入雞蛋，是很有營養的。

女：是啊！我最喜歡吃我媽做的獅子頭了。

Question：根據上面的對話，下面哪一個是對的？

5. 男：最近新開了一家小店，裡面光香料類就有50多種，油、酒、醋類共30多種，米食、義大利麵各10多種，連各式麵粉與原料也有。這裡有外面買不到的特殊食材，所有西式基礎食材更不用說了，全都找得到。而且全都可以零買，自己帶瓶子或罐子來裝，不必一次買一整包。

4. 男：後天要舉行家庭派對，這次該以什麼樣的菜色為主？西餐還是中餐？

女：都可以。這種時候除了大人也有小朋友，大家都敢吃的料理是最合適的。

男：那就以家庭料理為主吧！像濃湯、米飯、咖哩這些食物怎麼樣？雖然很平常，但是大家都敢吃。

女：不錯啊！濃湯跟米飯很容易準備，咖哩的話先買好材料，等大家來了再一起準備，多放點蔬菜跟肉，少放點香料，只要不放辣椒就好了。可是我擔心這些菜色恐怕還不夠多⋯⋯

男：不要緊，冰箱裡面還有炸雞和水餃。

Question：根據對話，下面哪一個是對的？

女：太好了！這樣可以減少包裝上的浪費，也避免吃不完而有過期的問題。

男：是啊！再說，這種購買方式感覺很親切，好像以前的雜貨店一樣。就算是從來不下廚的人，也會忍不住買點食材回家，試著自己做做看。

Question：有關這家新開的小店，下面哪一個是對的？

C. 解答說明

二、完成句子

6. Ⓐ 希望這次的活動能順利完成。
　 Ⓑ 我們住得很近，我可以順路送你回家。
　 Ⓒ 既然掃了地，那就順便拖拖地吧！
　 Ⓓ 這種新設計讓所有人都能方便使用。

7. Ⓐ 這份禮物雖然小，卻很珍貴。
　 Ⓑ 去打工讓我得到了寶貴的經驗。
　 Ⓒ 「米老鼠」很受大人和小孩的喜愛。
　 Ⓓ 父母教孩子愛惜食物，飯菜一定要吃完。

8. Ⓐ 這家吃到飽餐廳的用餐時間不能超過兩小時。
　 Ⓑ 你天天工作過量，對身體不好吧？
　 Ⓒ 你太過分了！你怎麼可以看別人的日記？
　 Ⓓ 我哥哥對做菜十分有興趣。

9. Ⓐ 這家咖啡店離學校很近，氣氛又好，所以裡面總是有很多學生。
　 Ⓑ 中國與法國是世界上兩大飲食文化豐富的國家。
　 Ⓒ 烤這種魚連油也不必放，烤好以後加點鹽就很好吃了。
　 Ⓓ 青菜豆腐雖然平常，卻有一種簡單的美味。

10. Ⓐ 我們到教授家討論時，師母常常做菜請我們吃。
　 Ⓑ 阿國師常常上電視表演做菜，現在是全國有名的廚師了。
　 Ⓒ 這道菜是我研究了一個月才做出來的。
　 Ⓓ 食材是最重要的，所以廚師們要常常檢查冰箱裡的食物新不新鮮。

11. Ⓐ 這家海鮮餐廳用的食材都不便宜，但是一個人吃到飽只收五百元。
　 Ⓑ 把吃剩的菜裝進便當盒當成明天的午餐吧！
　 Ⓒ 我的手痛得抬不起來。
　 Ⓓ 剛摘下來的草莓還沒洗，不能吃。

12. Ⓐ 我等了半天，還是沒有人來。
　 Ⓑ 現在是半夜，把音量調小一點吧！
　 Ⓒ 孩子到奶奶家過夜了，家裡難得這麼安靜。
　 Ⓓ 明天不用上班，今天晚上就來看影片和吃宵夜！

13. Ⓐ 四川火鍋口味比較重，吃起來很過癮。
　 Ⓑ 好的茶不但聞起來香，而且是天然的，可以天天喝。
　 Ⓒ 因為舞台燈光強的關係，演員的妝都化得很濃。
　 Ⓓ 海邊的陽光很強，為了不傷眼睛，還是戴墨鏡吧！

三、選詞填空

（一）

　　最近李小姐整天都在外面跟客戶談生意，三餐不 <u>正常</u> ，忙起來就忘記吃了。沒想到才過了一個月，她卻胖了兩公斤。<u>主要</u> 的原因是每天下午她都會買一杯700cc的含糖飲料，例如珍珠奶茶、冰咖啡，而且已經 <u>變成</u> 一種習慣了，一天不喝就感覺怪怪的。

　　為了一天的活力，至少要好好地吃一 <u>頓</u> 飯。另外，含糖飲料熱量太高，最好少喝。不管怎麼忙，還是要 <u>愛惜</u> 自己的身體才對。

14. Ⓐ <u>經常</u>外食的人，容易吃到太油或太鹹的食物。
　　Ⓑ 楊小姐<u>平常</u>就很喜歡做菜，週末的時候當然一定會找時間下廚。
　　Ⓒ 有人說，放調味料沒有<u>正確</u>的量或時間，一切都是經驗。
　　Ⓓ 你一定是因為三餐不<u>正常</u>才這麼容易生病。

15. Ⓐ <u>主</u>人跟每一位客人握手。
　　Ⓑ 他進公司兩年以後，當上了<u>主任</u>。
　　Ⓒ 端午節<u>主</u>要的活動就是划龍舟。
　　Ⓓ 你別緊張，我想到了一個好<u>主意</u>。

16. Ⓐ 她用冰箱裡的剩菜<u>變</u>出一桌的好菜。
　　Ⓑ 自從我認識他以後，上館子吃美食已經<u>變成</u>我們常做的休閒活動了。
　　Ⓒ 這家餐廳的菜色常常<u>變化</u>。
　　Ⓓ 學會做菜改<u>變</u>了他的人生。

17. Ⓐ 難得你回來，我請你去外面好好吃一<u>頓</u>飯。
　　Ⓑ 這位客戶趕到銀行時才發現今天是週末，白跑一<u>趟</u>。
　　Ⓒ 廚房這麼<u>亂</u>，這是怎麼一回事？
　　Ⓓ 這部電影很紅，很多人排隊買票，還有人看了好幾<u>次</u>。

18. Ⓐ 念什麼系很重要，你要好好<u>考慮</u>。
　　Ⓑ 他每天花五、六個小時打電腦，不<u>愛惜</u>自己的眼睛。
　　Ⓒ 外國旅客都喜歡到故宮<u>欣賞</u>古代的東西。
　　Ⓓ 喝茶的人對於茶葉、茶具都很<u>講究</u>。

（二）

　　大偉留學的時候，住在一個華人家庭裡。 跟著 他們一起吃飯、生活，而且他還學會了做幾道小吃。在這幾道小吃當中，他最有 自信 的就是酸辣麵。做的時候，除了麵條，要準備的 醬料 很簡單，有黑醋、麻油、辣醬、醬油。接著，只要用一匙黑醋、半匙麻油、半匙辣醬、兩匙醬油，就能做出 真正 好吃的酸辣麵醬了。回國以後，大偉煮給家人吃， 結果 辣得大家鼻涕、眼淚一直流！

19. Ⓐ 這些孩子都由家長陪著來參加比賽。
    Ⓑ 順著這條路一直走，就會看到捷運站了。
    Ⓒ 學生們都跟著老師一起大聲地念。
    Ⓓ 先把蒜丟進鍋子裡爆香，接著再放香菇。

20. Ⓐ 小王對自己的廚藝很有自信，聽說他還打算出書。
    Ⓑ 你很少穿正式的衣服，當然會覺得不自在。
    Ⓒ 12點以前一定要回到宿舍的規定讓他覺得很不自由。
    Ⓓ 這輛汽車不需要人來開，由電腦控制，是全自動的。

21. Ⓐ 上油畫課要自備顏料和畫筆。
    Ⓑ 大稻埕有很多賣衣料的商店。
    Ⓒ 吃小籠包要配醋和醬油等醬料。
    Ⓓ 圖書館有各種書和資料，方便一般人利用。

22. Ⓐ 這種口味的巧克力正流行，難道你還沒吃過嗎？
    Ⓑ 貝小姐去泰國旅行的時候，學會了怎麼做真正的泰國菜。
    Ⓒ 要是三餐不正常，很容易把身體弄壞。
    Ⓓ 這位老先生因為有正確的飲食習慣而活到一百歲。

23. Ⓐ 臭豆腐聞起來臭，其實吃起來很香。
    Ⓑ 我們換個地方吃飯吧！我不想吃速食。再說，常吃油炸的東西對身體也不好。
    Ⓒ 我沒趕上公車，幸好我的室友願意把他的腳踏車借給我，我才沒遲到。
    Ⓓ 他在網路上等了好幾個小時，結果還是沒買到票。

Unit 5 5-2

A. 測驗練習

1	D	2	C	3	D	4	D	5	D
6	C	7	B	8	C	9	A	10	B
11	C	12	B	13	D	14	B	15	A
16	D	17	C	18	D	19	A	20	A
21	B	22	B	23	C	24	C	25	B
26	D	27	B	28	B	29	D	30	C

B. 聽力文本

1. 男：我朋友請我去他家吃年夜飯，不知道會不會太打擾了？

   女：不會的！中國新年本來就應該到處去看看的啊！

   男：我需要帶什麼特別的禮物嗎？

   女：空手去是很失禮，可是禮物不一定得買大禮物。

   Question：下面哪一個是對的？

2. 男：後天元宵節我們會到北部平溪去放天燈。

   女：我跟朋友要到南部鹽水去看蜂炮！

   男：那麼，這個節日有沒有特別的食物？

   女：每個節慶都有，元宵節就是吃元宵或湯圓。

   男：就是上星期妳請我們吃的鹹湯圓，是嗎？

   女：不只是鹹的，也有甜的呢。

   Question：下面哪一個是對的？

3. 男：小玲，妳想吃什麼？

   女：我吃什麼都行，就是不吃辣的。

   男：好可惜啊！這附近的印尼菜、印度菜，還有泰國菜都很有名。

   女：那些菜可不一定都是辣的！

   Question：下面哪一個是對的？

4. 男：怎麼辦啊，我這個月重了五公斤。

   女：是不是吃太多了？

   男：是啊。尤其是太餓的時候，就吃得更多了。

   女：醫生說，餓的時候要先喝水，因為餓的感覺也常是口渴的關係。

   男：好辦法。希望我可別連喝水都變胖。

   Question：這位先生怎麼了？下面哪一個是對的？

5. 男：妳好像吃什麼都不會變胖喔。
   女：我一天吃四、五餐，但都吃得不多，就算吃大餐的時候也吃得少。
   男：真厲害！控制得真好，難怪妳身材都沒變。
   女：現在年紀大了，每餐要少吃一點，更重要的是得運動。
   男：運動？怪不得我的減重計畫從來都沒成功過。
   Question：下面哪一個是對的？

C. 解答說明

二、完成句子

6. Ⓐ 年底已經排定了明年的行事曆
   Ⓑ 排放廢水、廢氣
   Ⓒ 安排行程、安排活動
   Ⓓ 排列組合

7. Ⓐ 毛毛蟲變成蝴蝶
   Ⓐ 魔術師在那一幅畫上變出幾條活魚來。
   Ⓒ 天氣穩定早晚變化不大
   Ⓓ 變換速度

8. Ⓐ 一種烹調食物的方式讓味覺麻木火辣。如：麻辣火鍋。
   Ⓑ 一種烹調食物的方法。如：紅燒牛肉。
   Ⓒ 一種烹調食物的方法。酌加糖、醋，使菜餚帶有酸酸甜甜的味道。如：糖醋魚、糖醋里肌。
   Ⓓ 湯中不放調味料而用小火熬煮或隔水蒸的烹調方法。如：清燉牛肉、清燉排骨。

9. Ⓐ 專長的、特長或擅長。如：唱歌、跳舞是他最拿手的。
   Ⓑ 看場合拿捏分寸、輕重
   Ⓒ 找到辦法決定這麼做了。如：拿定主意。
   Ⓓ 他伸手拿住了幾個氣球。

10. Ⓐ 計算人或事物的類別的單位。
  如：兩種茶、三種花。
  Ⓑ 按照許多相同或相似的人事物綜
  合而區別。如：魚類、人類、鳥
  類等。
  Ⓒ 機關單位內分別辦事的單位或職
  業學校、專科科別。如：人事
  科、牙科、會計科。
  Ⓓ 大學中所分的學術科別。如：管
  理系。

11. Ⓐ 長期養成的習慣與性情。如：影
  響生活的習性、民族習性。
  Ⓑ 不斷練習才能習得這個外語
  Ⓒ 長期養成，一時不容易改變的行
  為模式或地方風尚。如：飲食習
  慣、衛生習慣。
  Ⓓ 任何物體不受外力時，必保持它
  原來的狀態。如：貨幣市場的慣
  性。

12. Ⓐ 他把房間布置得很舒服。
  Ⓑ 他在書桌擺上全家人的合照。
  Ⓒ 他在門口裝上新的門鈴。
  Ⓓ 他安排這項活動讓同事們有機會
  互相多了解。

13. Ⓐ 態度傾向舊有制度習慣或傳統，
  不想創新。如：思想保守。
  Ⓑ 機械的修理、維護。人的保健、
  調養。如：汽車定期保養。
  Ⓒ 保衛、照顧。如：環境保護。
  Ⓓ 對他人行為、資產或信用負責擔
  保，或擔保的事物。如：誰能保
  證這種速食品百分之百安全？

三、選詞填空

（一）

綠茶是一種很健康的飲料。茶能讓人 興奮 、有精神，其中最 主要 的
原因是有咖啡因。現代科學研究已經 證明 ：少量咖啡因對身體的好處多，
壞處少。但是綠茶也不是人人都合適的，如果有失眠症的，或是貧血的都要
 避免 。當然孕婦、小孩、空著肚子，還有血糖太低的人也都不適宜喝綠茶。
總之，除了上面那些情形以外，綠茶對一般人的保健 效果 ，是其他茶葉的兩
倍或兩倍以上。

14. Ⓐ 希望你們玩得很高興。
  Ⓑ 支持的球隊贏了最讓人興奮了。
  Ⓒ 小孩拿到壓歲錢最開心了。
  Ⓓ 哪一種是最刺激的比賽？

15. Ⓐ 家裡主要的食物是麵食。
  Ⓑ 生病了，有必要改變飲食習慣。
  Ⓒ 人類需要各種不同食物。
  Ⓓ 健康管理是首要目標。

16. Ⓐ 誰也不能保證努力之後一定成功
    Ⓑ 根據調查資料：外食人口快速增加
    Ⓒ 沒有證據就不能說別人是小偷
    Ⓓ 沒辦法證明吃肉一定會變胖

17. Ⓐ 他已經離開那家餐廳了。
    Ⓑ 祖父母的菜跟其他家人的分開煮
    Ⓒ 為了避免營養不夠，週末一定在家好好地做飯給家人吃
    Ⓓ 每天一定要家人回家吃飯以免太多外食影響健康

18. Ⓐ 他的辦事能力很強
    Ⓑ 他在餐飲管理這方面很有實力
    Ⓒ 民意的力量實在很大
    Ⓓ 這種藥的效果很好

(二)
　　同樣是吃水果，如果 改選 上午吃，對身體最好，也更有營養 價值 ，但是有些水果是不可以在飯前空肚子吃的， 適合 餐前吃的水果最好選不太酸也不太甜的，像是蘋果、梨、香蕉等。上午吃容易消化的水果，可以讓人獲得一天在工作上或學習活動上所 需要 的營養，而且水果酸酸甜甜的 味道 ，也可讓人覺得有精神。

19. Ⓐ 改選民意代表
    Ⓑ 他當選三屆市議員。
    Ⓒ 明年十二月底有總統選舉。
    Ⓓ 這篇文章選自西班牙小說。

20. Ⓐ 這水果營養價值相當高。
    Ⓑ 颱風過後，蔬菜水果價格高漲。
    Ⓒ 一些新聞內容不適合兒童觀看。
    Ⓓ 部分上班族常因外食而營養不夠。

21. Ⓐ 他正在適應三餐都吃素的計畫。
    Ⓑ 這份工作很適合有耐心的他。
    Ⓒ 他不喜歡待在舒適的辦公室辦公。
    Ⓓ 水果沙拉搭配南瓜湯很合適

22. Ⓐ 人人都想追求自我價值。
    Ⓑ 他還太小需要父母照顧。
    Ⓒ 他還不知道如何使用電腦的簡報功能。
    Ⓓ 經理要求服務員態度要積極。

23. Ⓐ 美味和營養一樣重要。
　　Ⓑ 冰淇淋口味很多,你最愛哪種?
　　Ⓒ 他做的菜味道太淡了,我吃不慣。
　　Ⓓ 胃口很差時,只好吃清粥。

Unit 6 ⟩6-1⟩

A. 測驗練習

1	A	2	D	3	C	4	D	5	D
6	C	7	A	8	A	9	C	10	B
11	A	12	A	13	C	14	C	15	C
16	B	17	A	18	D	19	A	20	C
21	B	22	D	23	B	24	A	25	A
26	C	27	D	28	C	29	C	30	C

B. 聽力文本

1. 男:親愛的老同學,妳現在有幾個「老伴」?
　 女:你說什麼嘛?不是要我找情人吧?
　 男:並不是指「老公」、「老婆」,而是指「老來一起作伴」的親朋好友。
　 女:是指生活中的好同事、以前的老同學、親戚們嗎?
　 男:正確答案。至少要有十幾名以上喔!記得當然要包括我。
　 Question:下面哪一個是對的?

2. 男:今天妳看起來很忙。
　 女:可不是,恐怕加班也做不完。
　 男:要我幫妳嗎?
　 女:感謝你常幫我,但是今天晚上倒是還不需要幫忙。
　 Question:下面哪一個是對的?

3. 男：下個週末是小華的生日，我們要在哪裡幫他慶祝？

   女：平常他對朋友都很大方，我想邀請大家一起請他吃一頓大餐吧！

   男：太好了。我來做一張大卡片，請朋友把想跟他說的話都寫在上面。

   女：你好熱心，也好細心。像害羞的我就喜歡把想說的話寫下來。我們把這件事當成祕密，先別告訴小華。

   男：請妳先聯絡朋友們，等參加的人數確定後再告訴我。餐廳、飲料、蛋糕、甜點等，就讓我來搞定。

   Question：下面哪一個是對的？

4. 女：你和小玉不是快要結婚了嗎？怎麼有空來找我？

   男：妳別提結婚了，已經分手了。她老是因為小事跟我吵架，一生氣就半個月不跟我說話。

   女：現在你才發現你們個性合不來嗎？

   男：妳早就看出來了嗎？妳怎麼不早一點說嘛！

   女：誰敢說呢？如果我早說了，你也聽不進去吧！

   Question：關於這位先生，下面哪一個是對的？

5. 男：真是氣死人了！我工作快二十年了，第一次被同事打了頭。

   女：你是在開玩笑的吧？怎麼可能呢？你對她做了什麼？

   男：是真的。痛死了。只不過被她看見我在給另一位同事的生日賀卡上寫錯了兩個字而已。

   女：怎麼可能呢？不過是兩個錯字，就動手打別人的頭。這也太奇怪了！

   男：由於她在辦公室裡年紀比較大，我總是對她客客氣氣的，說話也特別小心。可是平時她老是找人麻煩，所以誰都想離她遠一點。

   Question：這位先生為什麼被打頭？

C. 解答說明

二、完成句子

6. Ⓐ 他做事一向都很可靠
   Ⓑ 他老是說假話
   Ⓒ 從來沒欺負過同學
   Ⓓ 從小就謙虛有禮貌

7. Ⓐ 這支球隊相當有實力
   Ⓑ 他是很誠實的員工
   Ⓒ 我們實在無法了解他真正的心
   Ⓓ 這樣做一點也不實際

8. Ⓐ 他表現出當父親的關心
   Ⓑ 他已經替我們表達了所有的意見
   Ⓒ 紅燈表示行人或車輛禁止通行
   Ⓓ 只是表面好看，其實沒有內容

9. Ⓐ 選舉時，誰也不能代你去投票。
   Ⓑ 他買了一籃水果送給房東表示感謝。
   Ⓒ 將來報紙很可能被網路新聞取代。
   Ⓓ 他當選學生代表。

10. Ⓐ 設備上確實改善了不少
    Ⓑ 失敗原因最主要的是研究設備不足
    Ⓒ 客戶常有各種不滿與批評
    Ⓓ 這幾年的經濟確實不如從前

11. Ⓐ 由於他工作過多病了，因此醫生建議他先休息半年。
    Ⓑ 因為跟同事關係不好而換工作
    Ⓒ 跟人相處不好的主要原因是只考慮自己方便就好
    Ⓓ 沒想到那家公司的員工竟然人人都如此親切

12. Ⓐ 孩子早晚會明白父母的想法的
    Ⓑ 希望你能早日學會尊重家人
    Ⓒ 習慣早起運動
    Ⓓ 早就學會獨立了

13. Ⓐ 他在路上遇到大颱風
    Ⓑ 他總算約到了高中的老同學們
    Ⓒ 整天忙著工作，沒時間跟女朋友約會
    Ⓓ 去年夏季旅行時碰見老同學

三、選詞填空

(一)

　　不論是什麼公司，老闆都希望員工能專心工作，並互相合作完成公司目標。 <u>畢竟</u> 員工如果能全心投入，就不會隨便應付，而會 <u>付出</u> 更多，也會有正面效果，這有助於讓其他員工及顧客的心情更好， <u>使得</u> 工作更順利，公司發展得更快。想要 <u>有效</u> 地提高工作效率，方法之一就是把同事當「鄰居」。同事之間有良好的 <u>溝通</u> 與合作關係，這和工作能力一樣重要。

14. Ⓐ 他<u>終於</u>找到幾個一起說中文的朋友
　　Ⓑ 他<u>根本</u>不知道新同事的背景
　　Ⓒ <u>畢竟</u>只有少數人抱怨，別放在心上
　　Ⓓ 雖然日夜努力，但<u>最後</u>並沒成功

15. Ⓐ 公司不斷地<u>提供</u>學習的機會
　　Ⓑ 他在開會時<u>提出</u>很多好主意
　　Ⓒ 為了學好外語他<u>付出</u>很多時間
　　Ⓓ 為了拜訪客戶，他<u>花費</u>不少時間準備資料

16. Ⓐ 請<u>把握</u>留學的機會，多了解文化
　　Ⓑ 他的說明很簡單，<u>使得</u>怕電腦的老人也喜歡來上課
　　Ⓒ 誰能<u>保證</u>努力的人一定成功
　　Ⓓ 由於想法、個性<u>保守</u>，因此談得來的朋友很少。

17. Ⓐ 這種藥要每次吃三次才<u>有效</u>
　　Ⓑ 塞車時自己開車也沒<u>有用</u>，跟坐公車一樣
　　Ⓒ 老人<u>有力</u>地握著他的雙手
　　Ⓓ 住在鄉下<u>有利</u>健康恢復

18. Ⓐ 客戶的想法需要更進一步<u>了解</u>
　　Ⓑ 怎麼<u>理解</u>這篇新詩的背後意義
　　Ⓒ 他實在不<u>明白</u>為什麼有些朋友就是不能誠實面對自己的情況
　　Ⓓ <u>溝通</u>需要互相努力才行

(二)

良好的同學關係，是得到好成績的必要 條件 。同學之間的互相關心和幫助，遠比自己一個人學習的 效果 好得多。幫助同學等於幫助自己，學習時除了老師，向同學 請教 就是一種最好、最快、最方便的辦法。然而，有一些孩子卻認為，別的同學都好像是運動場上跟自己 搶 冠軍的可怕對手，如果幫了別人，別人的成績就會 超過 自己，而把同學推開。其實這是一種錯誤的觀念。

19. Ⓐ 雖然家裡條件不能讓她念高中，她卻半工半讀完成學業。
　　Ⓑ 聽說他能從店員當到總經理，成功的原因是比別人更加倍努力與人溝通。
　　Ⓒ 一切要從基礎做起
　　Ⓓ 要先對自己有基本的了解，將來才能選對科系。

20. Ⓐ 努力用功很多年才完成博士
　　Ⓑ 有效地發揮創造力
　　Ⓒ 空間和視覺效果都很好
　　Ⓓ 這支手機的功能很實用。

21. Ⓐ 打電話請求警局幫忙
　　Ⓑ 這個問題可以請教專家
　　Ⓒ 大學邀請國際學者參與這次研討會。
　　Ⓓ 請問你有學生證嗎？

22. Ⓐ 他偷了別人的研究報告。
　　Ⓑ 他演講比賽得了第一名。
　　Ⓒ 他好不容易才拿到獎學金。
　　Ⓓ 他想因為搶升職機會而讓同事難過。

23. Ⓐ 成為超級員工
　　Ⓑ 他們的關係超過同事，像家人一樣。
　　Ⓒ 他們已經越過那座高山了。
　　Ⓓ 雖然在多次競賽中被打敗，但他最後還是成功了。

Unit 6 6-2

A. 測驗練習

1	A	2	C	3	D	4	C	5	B
6	B	7	B	8	A	9	D	10	A
11	C	12	B	13	C	14	B	15	D
16	A	17	B	18	A	19	C	20	B
21	A	22	C	23	A	24	A	25	A
26	D	27	D	28	C	29	C	30	D

B. 聽力文本

1. 男：我爺爺現在正每天努力地學拼音打字呢。

   女：原來你爺爺也這樣啊。

   男：是啊。爺爺擔心只有他一個人進不了手機、電腦的網路世界，就沒辦法跟大家聊天聯絡了。

   Question：下面哪一個是對的？

2. 男：最近都沒看到妳在臉書上打卡（check in），妳沒到哪裡去嗎？

   女：怎麼可能。我最近到遊樂園去，也跟朋友去餐廳吃了好幾次飯。

   男：妳都沒在臉書上打卡，那麼門票、餐廳的費用就都沒有打折了？

   女：跟打折比，我覺得不讓誰都知道我在哪裡更重要。

   Question：下面哪一個是對的？

3. 男：妳每次到台灣來都一定去逛夜
市，妳那麼喜歡夜市的小吃、
美食啊！

女：除了吃的，我更愛只有夜市才
有的遊戲。

男：什麼夜市遊戲那麼好玩？

女：不完全是因為遊戲。因為我不
太會說中文，可是玩遊戲時，
他們主動幫助我，不管我贏，
還是輸，大家總是那麼親切，
那種感覺，讓我都沒有聽不懂
語言的煩惱。

Question：下面哪一個是這位小姐的
想法？

5. 男：最近總是做惡夢。

女：為什麼？你做了什麼對不起別
人的事嗎？

男：才不是呢。因為夢裡有妳。

女：連在夢裡我都還讓你痛苦嗎？

男：痛苦的愛情，分不了手的愛情啊。

Question：下面哪一個是對的？

4. 男：昨天我們去看的歌星演唱會，
到現在還是讓我興奮得不得
了。

女：除了興奮以外，我更覺得感
動。你不感動嗎？

男：我覺得這個歌星也被歌迷的熱
情感動了，唱歌時還帶著一點
快哭出來的聲音。

女：不論是她台上的表演，或是對
歌迷親切的態度，也讓我感動
得差點就哭出來了。

Question：下面哪一個是對的？

C. 解答說明

二、完成句子

6. Ⓐ 在一起工作的同事
Ⓑ 住同一個房間的室友
Ⓒ 我家附近的鄰居大部分都在公司
上班。
Ⓓ 郵局就在銀行隔壁。

7. Ⓐ 關心注意孩子的教育
Ⓑ 照顧孩子的生活
Ⓒ 了解他的想法
Ⓓ 愛護小動物

9. Ⓐ 趣味比賽／趣味性
   Ⓑ 看起來很有趣
   Ⓒ 學習的樂趣
   Ⓓ 對中國功夫有興趣／養鳥是爺爺的興趣

10. Ⓐ 聲音太小聲聽不清楚。
    Ⓑ 他的樣子很好看。
    Ⓒ 說話沒禮貌，讓人感覺不舒服。
    Ⓓ 他說話的聲音聽起來很有力量。

11. Ⓐ 這是你應該管的事，你不管，就沒人管了
    Ⓑ 弟弟長大了，我已經沒辦法管他了，我管不了了
    Ⓒ 跟你沒關係的事，你管得著嗎？
    Ⓓ 跟我沒關係的事，我管不著

12. Ⓐ 這輛舊車不值五千塊錢
    Ⓑ 博物館值得去參觀
    Ⓒ 這部電影有很高的藝術價值
    Ⓓ 這份最新的研究報告很有價值

13. Ⓑ 覺得很抱歉（Vs）
    Ⓒ 向他道歉（V）
    Ⓓ 表示歉意（N）

三、選詞填空

(一)
　　我的老朋友張總經理是一個相當成功的企業家。因為工作忙，我們並不常見面，最近，我在國際機場貴賓室 等著 轉機的時候，碰見了他。
　　我問他：「最近情況 怎麼樣 ？」這只是個普通的打招呼，我等著的也只是一句簡單的 回答 ：「還好，還不錯。」沒想到 得到 的卻是一句熱情興奮的「好得不得了」，讓人感受到他在生活及事業上的自信與成功。
　　張總經理是個既有才能，又有理想的人。他說做生意、交朋友都一樣，都要拿出 真誠 的心意，要拿出最好的東西，要跟好朋友分享。不論是在事業上或是在交朋友上，都要真心誠意，他說這樣才能大家都贏。

16. Ⓐ 回答問題
    Ⓑ 沒有問題
    Ⓒ 解釋得很清楚
    Ⓓ 對王小姐的了解不夠

18. Ⓐ 真誠的心意讓人感動。
    Ⓑ 誠實的人是不會騙人的。
    Ⓒ 看起來很容易，實際做起來很難。
    Ⓓ 很老實地坐著不敢亂動。

(二)

　　有一家餐廳長期辦理送書的活動來幫助住在鄉下和山區的孩子。原來的辦法是只要拿兒童書到餐廳櫃台來，就可以　換　到一張免費的用餐票券，但是最近物價越來越　高　，因此這個活動的辦法有一些改變了。餐廳的服務人員說現在要先在餐廳付費點兩　份　套餐，再加上帶來的兩本書，才會送一張下次用的用餐票券。

　　有一個帶著孩子的爸爸，知道辦法改變了以後，他告訴櫃台服務人員說他們今天就先不在餐廳用餐吃飯了，不過他還是要把帶來的書送出去，他說家裡的孩子長大了，有一些已經不看的書，他想把這些書送給　用得到　的人，他說送書給需要的人　比　免費在餐廳吃飯的意義更大。

19. Ⓐ 他給我他的電話號碼。
　　Ⓑ 他替我把書拿給她。
　　Ⓒ 我不喜歡紅色，我要換白色的。
　　Ⓓ 生日時，朋友送她一個生日蛋糕。

20. Ⓐ 東西越來越貴
　　Ⓑ 物價越來越高

21. Ⓐ 一份報／一份工作
　　Ⓑ 一張紙
　　Ⓒ 一盤菜
　　Ⓓ 一碗飯／一個碗

23. Ⓐ 我比他高
　　Ⓑ 我比較高
　　Ⓒ 我們校隊的籃球隊長那麼帥，你怎麼比得上他呢？
　　Ⓓ 她很用功，我比不上她。

Unit 6 6-3

A. 測驗練習

1	C	2	C	3	D	4	A	5	D
6	A	7	D	8	D	9	B	10	C
11	D	12	D	13	A	14	B	15	B
16	A	17	A	18	C	19	D	20	A
21	B	22	A	23	D	24	B	25	D
26	A	27	D	28	D	29	D	30	A

B. 聽力文本

1. 女：住在我們家旁邊的鄰居很奇
怪，常常問我一些個人的問
題，例如在哪裡上班、有幾個
兄弟姐妹，讓我不知道怎麼回
答才好。

   男：這沒什麼吧！有的人只是喜歡
隨便聊聊，應該沒什麼特別的
意思。

   Question：下面哪一個是對的？

2. 男：妳認得剛剛走出電梯的那位先
生嗎？

   女：他搬來好些日子了，跟我們住
同一層樓。

   男：是嗎？這是我第一次遇見他。

   女：管理員說他平常總是很早出
門，很晚才回來。

   男：看他的樣子，該不會是什麼有
名的人吧？

   女：我也不知道。下次在電梯裡遇
到他，再問問他貴姓大名吧！

   Question：下面哪一個是對的？

3. 男：小美很擔心剛才的考試，所以
半天都不說話。

   女：那麼用功的人，考得應該不會
太差。

   男：可是她對自己的要求很高，所
以考試的結果常讓她不滿意。

   女：還是去把小王找來吧！他比較
會說話，一定會讓小美的心情
變好的。

   Question：下面哪一個是對的？

4. 男：妳上禮拜發燒，請了好幾天
假，影響到考試了嗎？

   女：我差一點不能通過考試。幸好
系上的同學幫我把上課內容錄
了下來，我才能自己複習。

   男：妳跟系上同學的關係應該不錯
吧？

   女：是啊，我們沒事就在一起，有事
的時候互相幫助是很正常的。

   Question：這位女同學怎麼了？下面
哪一個是對的？

5. 男：妳怎麼一個人站在這裡？難道
妳不想多認識一些新朋友？

   女：想是想，可是我覺得跟不熟的
人聊天很困難。

   男：沒有妳想得那麼困難。不管跟
誰聊天，要是沒話講，聊吃的
就對了。

   Question：下面哪一個是對的？

C. 解答說明

二、完成句子

6. Ⓐ 講電話
　 Ⓑ 說話
　 Ⓒ 談生意
　 Ⓓ 問問題

7. Ⓐ 我們只花三個小時就從台灣飛到日本了。
　 Ⓑ 媽媽把最大的雞腿留給弟弟。
　 Ⓒ 昨天我在那家餐廳等到十點鐘，還沒等到他。
　 Ⓓ 小王畢業以後就在國外找到了一個工作，所以他一直待在國外。

8. Ⓐ 週末天氣不好，所以我完全不想出門。
　 Ⓑ 他從來不喝咖啡。
　 Ⓒ 才看一小時書，你就說看了半天了，太誇大了吧！
　 Ⓓ 你整天都在看書，出去走一走吧！

9. Ⓐ 沒關係，沒什麼要緊的。
　 Ⓑ 小美忍了很久，現在急著找廁所。
　 Ⓒ 你趕快進教室，晚了就不能參加考試了。
　 Ⓓ 看，外面快要下雨了。

10. Ⓐ 夏天的水果很多，其中我最喜歡西瓜。
　 Ⓑ 除了談工作上的事以外，他們完全不會在一起聊天。
　 Ⓒ 在我們班的同學當中，班長最受歡迎。
　 Ⓓ 上司希望我們在一週以內完成工作。

11. Ⓐ 我們系上的學生畢業前，一定要先到大公司實習。
　 Ⓑ 這家小吃店東西又便宜又大碗，很實在。
　 Ⓒ 做人要誠實，不是自己的錢不要拿。
　 Ⓓ 張先生已經死了，張太太還不能接受這個事實。

12. Ⓐ 我對這件事情沒什麼特別的看法。
　 Ⓑ 這個學生平常的表現很好。
　 Ⓒ 我希望明年的房租還是一樣，要不然我就得搬家了。
　 Ⓓ 王老師對學生的要求很高。

13. Ⓐ 你的臉色這麼難看，是心情不好還是生病了？
　 Ⓑ 發生這種不幸的事，大家都很難過。
　 Ⓒ 小張跟女朋友分手了，當然會覺得痛苦。
　 Ⓓ 他被叫到校長室，發生了什麼嚴重的事？

三、選詞填空

(一)

父母跟子女之間的 _關係_ ，東西方很不一樣。有的人認為，西方父母讓他們的孩子比東方人更早獨立。就 _拿_ 大學生來說，學費得自己付，跟銀行借也好，打工也好，能不能念 _下去_ 完全看自己。有些東方父母就 _不同_ 了，他們不但會幫子女付學費，就算孩子將來要繼續念研究所，或出國留學，他們也會幫 _到底_ 。

14. **A** 用說故事的方式來講<u>道理</u>，才容易讓人接受。
    B 他們長得很像，但是沒有任何<u>關係</u>。
    C 你有什麼<u>困難</u>可以說出來，我們一起幫你。
    D 我這輛車太舊了，所以一堆<u>毛病</u>。

15. **A** 這位老先生<u>用</u>他一生存下來的錢蓋了一間學校，幫助沒錢上學的孩子。
    B 我希望父母不要老是<u>拿</u>我跟姐姐比。
    C 買個人的東西當然<u>由</u>個人來付。
    D 寫文章的時候，可以<u>舉</u>一些有名的人當例子。

16. **A** 她很少去上課，念了一學期就念<u>不下去</u>了。
    B 剛才那班捷運人太多，我擠不<u>上去</u>。
    C 爸爸換了眼鏡以後，<u>看起來</u>馬上變年輕了。
    D 坐車太麻煩了，我<u>走過去</u>就好。

17. **A** 他們因為興趣<u>不同</u>而越來越少在一起。
    B <u>不管</u>有沒有打折，我今天就要買。
    C 這台舊電腦已經<u>不行</u>了，該買一台新的。
    D 等他一回來，發現東西和人都<u>不見</u>了。

18. **A** 床<u>底下</u>有什麼東西？
    B 到了<u>年底</u>，很多商店都在打折。
    C 只要我有能力，我會幫你幫<u>到底</u>的。
    D 全班<u>到處</u>找他，不知道他逛到哪裡去了？

（二）
　　文化的不同也會影響到師生的 _交流_ 。有一個剛來台灣沒多久的英文老師說，每次當他向坐在下面的學生說話時，常常半天都沒有人 _接話_ 。這種感覺好像一個人在扔球，球一出手就回不來了。後來他才發現，在台灣的教育環境下，老師在講話時，學生一般都會先好好地聽，不會隨便開口。

　　還有，以前當他問問題時，如果學生沒有 _立刻_ 回答，他就覺得心裡不太舒服。他會以為是因為學生沒有 _預習_ 才不說話的，或是學生聽不懂他的問題，卻不肯 _舉_ 手發問。現在他知道，大部分的台灣學生都是這樣，他們習慣先好好地想一下才會回答。

19. Ⓐ 王太太用心地教育她的孩子。
　　Ⓑ 我很喜歡美式餐廳的氣氛。
　　Ⓒ 如果有重要的事，可以跟誰聯絡？
　　Ⓓ 老師總是設計很多活動來跟學生交流。

20. Ⓐ 這個話題太無聊了，所以沒有人接話。
　　Ⓑ Line 上的對話還留著嗎？
　　Ⓒ 來我家喝咖啡聊天吧！
　　Ⓓ 王老師發表了一篇文章。

21. Ⓐ 忽然下起雨來了。
　　Ⓑ 老闆要你立刻去跟客人解釋。
　　Ⓒ 這一班的學生下學期還要繼續學中文嗎？
　　Ⓓ 歡迎你隨時打電話給我。

22. Ⓐ 如果學生有預習的習慣，上課的表現一定會比較好。
　　Ⓑ 我們還是先查一查天氣預報，再決定要不要去爬山。
　　Ⓒ 這是他們第一次合作，也是最後一次了。
　　Ⓓ 是時候討論這個問題了。

23. Ⓐ 這個沙發太重了，一個人抬不動。
　　Ⓑ 請你先抽號碼牌再排隊。
　　Ⓒ 他們先握手，才坐下來談話。
　　Ⓓ 聽完這場演講以後，很多人都舉手想問問題。

Unit 7　7-1

A. 測驗練習

1	B	2	D	3	D	4	D	5	A
6	B	7	B	8	D	9	A	10	C
11	D	12	A	13	B	14	A	15	B
16	C	17	D	18	A	19	B	20	D
21	C	22	A	23	D	24	C	25	A
26	C	27	D	28	A	29	A	30	C

B. 聽力文本

1. 男：一個人有兩個耳朵一張嘴，就是要妳多聽少說。

   女：只聽你說，不聽我說，你怎麼知道我的想法？

   男：安靜，少說話，要多聽多觀察，妳就會知道很多。

   女：是，人有兩個眼睛一張嘴，要多看少問。那鼻子呢？你都沒說呢！

   男：安靜。

   女：我有話要說，我什麼時候可以說話呢？

   Question：下面哪一個是對的？

2. 男：叫他去洗澡，他就說他要寫功課。

   女：那就寫完功課再洗嘛。

   男：可是要他去寫功課了，他卻說他要先休息一下。這孩子總是讓大人很頭痛。

   Question：這個孩子怎麼了？

3. 男：今天音樂會的票好不容易才買
到，妳怎麼不去了？

女：我感冒了，流鼻水流得很厲
害。

男：那有什麼關係？聽音樂會時，
流鼻水又不會發出聲音。

女：咳嗽就沒辦法了，要是在音樂
會中咳起來了，那可怎麼辦？

Question：這位小姐為什麼不去聽音
樂會？

4. 男：王老師的體力很好，整天看起
來很有活力，真看不出來他已
經年過半百了。

女：老師的學生都是二十歲上下，
整天跟這樣的年輕人在一起，
心理上就比較年輕，身體當然
就健康，看起來也就年輕了。

男：我在科技公司上班，薪水雖然
很高，可是工作時間長，責
任、壓力都很重，再過兩年，
我也想換到學校教書了。

女：沒想到以前只想賺大錢的人，
也有這樣的想法。

Question：這位先生的想法是什麼？

5. 男：最近怎麼都沒看見妳去慢跑？

女：因為腳痛，走路都會痛，更別
說是慢跑了，連坐著都會痛。

男：我不像妳常慢跑，可是腳也常
會痛，真想不通。

女：醫生說有的人雖然沒有運動造成
的傷害，但有些人因為坐太久、
站太久，或是坐的、站的樣子不
對不好，也會出現問題。

Question：這段對話說的是什麼？

C. 解答說明

二、完成句子

6. Ⓐ 我的錢不見了，<u>丟</u>了。／不可以
隨便丟垃圾。

Ⓑ 東西沒拿好就<u>掉</u>了。

Ⓒ 他把脫下來的衣服亂<u>扔</u>在地上。

Ⓓ 運動的時候，不小心把衣服弄<u>破</u>
了。

7. Ⓐ 聽、說、讀、寫是學習語言時都
要學習的<u>能力</u>。

Ⓑ 剛運動完，看起來很有<u>精神</u>。

Ⓒ 學生的<u>生活</u>好像每天沒什麼太大
的改變。

Ⓓ <u>顏色</u>有很多種，像紅的、白的、
黃的什麼的。

8. **A** 到了深夜，商店打烊了，熱鬧
的街上也沒什麼人，看起來有
點冷清。
B 大家聊得很興奮，只有他很冷
淡地說他沒興趣。
C 天熱時，吃塊冰涼的西瓜很舒
服。
D 雖然是夏天，只要有風，就讓
人覺得涼快。

10. **A** 他說中文的能力很好。
B 他不但說話能力好，還很有演
講的才能。
C 現在的手機功能很多。
D 可能會下雨。

12. **A** 剪指甲
B 理頭髮
C 刮鬍子
D 切水果

13. **B** 頭髮不太長不必剪，修短一點
就好了。
C 衣服太大了需要改小一點兒

三、選詞填空

> **(一)**
>
> 　　到了 _換_ 季的時候，有些人的身體就會出現一些不舒服的 _情況_ ，比方
> 說很容易流眼淚、流鼻水、咳嗽、頭痛、肚子痛、拉肚子等，去看醫生，卻
> 又找不出有什麼問題。
> 　　這種不 _正常_ 現象可能是因為季節改變所帶來的，不過大部分的問題並
> 不算太 _嚴重_ 。這時候只要 _注意_ 飲食，不要吃太油的東西，多休息，就可
> 以讓自己舒服一點，過不了幾天就會好的。

14. **A** 換錢／換口味
B 改時間地點／把錯的改成對的
C 秋天過了，天氣變得越來越冷
了。
D 不能替別人寫功課

15. **A** 她很忙，要做的事情很多。
B 他剛發生車禍，現在情況怎麼
樣？
C 保護自然環境是現代人都知道
的觀念。
D 乾淨是臺北捷運的特色。

16. Ⓐ 常常遲到（頻率次數很多）
　　Ⓑ 日常生活
　　Ⓒ 生活正常
　　Ⓓ 經常遲到（表示有規律性，經常這樣）

17. Ⓐ 重要（Vs）的事情
　　Ⓑ 問題的重點（N）
　　Ⓒ 重視（V）教育
　　Ⓓ 問題很嚴重（Vs）

18. Ⓐ 他非常注意身體的健康
　　Ⓑ 現在人民最在意的是經濟問題
　　Ⓒ 一邊看電視，一邊寫功課，一點都不專心
　　Ⓓ 老闆很看重他的專業能力

（二）

　　用肥皂洗手是世界衛生組織 認為 最重要又簡單的公共衛生 習慣 之一。

　　平常在吃東西以前都應該洗手，因為在我們的 生活 環境中，有著許多我們看不見的細菌。常洗手可以避免手上的髒東西或細菌 接觸 到食物，才不會在不知不覺中吃進不該吃進去的東西。

　　到醫院去看病以前也要先洗手，免得把外面的髒東西帶進醫院傷害到病人。同樣的，離開醫院時，也一定要洗手，避免把病菌帶回家，這樣才能 保護 好自己及家人。

---

19. Ⓐ 我以為他結婚了，沒想到他還是單身。
　　Ⓑ 大家都認為這個辦法最好。
　　Ⓒ 你是怎麼認識你女朋友的？
　　Ⓓ 你最好再打一次電話給航空公司確認飛機起飛的時間。

20. Ⓐ 買票時不排隊就擠到前面去買，這是很沒禮貌的行為。
　　Ⓑ 計畫好了就要馬上行動。
　　Ⓒ 他投籃的動作很標準很好看。
　　Ⓓ 天天運動就可以養成運動的好習慣。

21. Ⓐ 我們看不見空氣，可是不能說空氣不存在。
　　Ⓑ 沒有空氣的地方，人類不能生存。
　　Ⓒ 每天的生活都差不多一樣。
　　Ⓓ 活著就有希望。

22. Ⓐ 穿在腳上的襪子會直接接觸到皮膚。
　　Ⓑ 我沒接到他投給我的球。
　　Ⓒ 健康的美食一定會受到大家的喜愛。
　　Ⓓ 在夜市可以吃到各種地方小吃。

23. Ⓐ 保養頭髮使頭髮更漂亮。
    Ⓑ 跟保險公司保（Ｖ）健康保險。
    Ⓒ 觀念太保守，不夠開放。
    Ⓓ 保護頭髮讓頭髮不要受到傷害。

Unit 7 7-2

A. 測驗練習

1	B	2	A	3	D	4	D	5	D
6	A	7	B	8	B	9	C	10	D
11	A	12	C	13	B	14	D	15	D
16	A	17	A	18	A	19	B	20	C
21	A	22	D	23	A	24	A	25	B
26	C	27	C	28	B	29	B	30	D

B. 聽力文本

1. 男：妳一個人去自助旅行，吃喝都要注意，在外面容易吃到不衛生的東西，所以一定要非常小心。

   女：我買了一支電湯匙，可以自己在房間裡煮開水。

   男：嗯，這樣就能避免喝到生水拉肚子。要是旅館不提供熱水，一樣能泡麵或泡咖啡。

   Question：這位先生的意思是什麼？

2. 男：妳把袋子裡的水果拿出來洗一洗吧！

   女：有必要這麼麻煩嗎？去皮不就行了？

   男：妳看，有的表皮都破了，髒東西都跑進去了，不洗一洗怎麼行？

   女：還是直接買切好的算了。

   男：那不如不要吃，已經切好的水果營養很快就都不見了！

   Question：下面哪一個是對的？

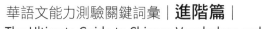

3. 男：冰箱擺滿了菜，別的東西都放不下了。

女：噢，那些是上禮拜姐姐從餐廳打包回來的菜。

男：難怪冰箱的味道怪怪的，一定早就有東西壞掉了！

女：是啊！那些菜再放下去整個冰箱都會臭臭的，誰還敢吃啊？

男：趁姐姐不在，趕快扔了吧！

Question：下面哪一個是對的？

4. 女：小方！去洗澡！

男：噢。

女：小方！我叫你叫了好幾次了，你聽到了沒有？

男：嗯。

女：你這個孩子，怎麼還不去？

男：我又沒有流汗……

女：怎麼可能？天氣這麼熱，你一連兩天不洗澡，實在讓人受不了。

Question：下面哪一個是對的？

5. 男1：你又在床上吃餅乾，弄得到處都是，怎麼睡覺？

男2：小李，這是我的床，又不是你的，你緊張什麼？

男1：你自己不愛乾淨就算了，可是萬一螞蟻跑到我床上怎麼辦？

男2：別再罵我了！不吃就不吃。

男1：要是以後你再這樣，我非搬走不可。

Question：小李怎麼了？下面哪一個是對的？

C. 解答說明

二、完成句子

6. Ⓐ 因為開冷氣的關係，七八月的電費費用比較高。

Ⓑ 研究經費怎麼申請？

Ⓒ 哪一個城市的物價最高？

Ⓓ 這幅畫是有名的作品，價值當然不一樣。

7. Ⓐ 超級市場常常有特價品。

Ⓑ 超過七十分才算及格。

Ⓒ 經過好幾個月的努力練習，這個學生的中文已經說得很自然了。

Ⓓ 你必須通過考試才能轉系。

8. Ⓐ 只要我們一起努力，就會有很大的<u>力量</u>。
Ⓑ 我怕我老了就沒<u>體力</u>去玩了。
Ⓒ 女生的<u>力氣</u>不一定比男生小。
Ⓓ 他的中文<u>程度</u>算是同學中最好的。

9. Ⓐ <u>不論</u>做什麼工作，都需要不斷學習。
Ⓑ 我<u>不怪</u>你，這不是你可以決定的事情。
Ⓒ <u>不管</u>別人說什麼，對得起自己比較重要。
Ⓓ 公司的年假少了一半，讓一些人很<u>不滿</u>。

10. Ⓐ 這台機器<u>具有</u>掃地和拖地的功能，而且運轉的時候很安靜。
Ⓑ 她<u>擁有</u>天生的好歌喉。
Ⓒ 車子要定期<u>保養</u>。
Ⓓ 他們的感情<u>維持</u>了十幾年。

11. Ⓐ <u>溝通</u>不是把話講出來就好，還要懂得在對的時候用對的方式來說。
Ⓑ 這位甜點老師簡單地<u>說明</u>一下做法，就讓學生自己動手做。
Ⓒ <u>這些</u>大學生代表他們的學校到國外的大學<u>參觀</u>和訪問。
Ⓓ 同一個字在字典裡可能會有好幾種不同的<u>解釋</u>。

12. Ⓐ 他想到一個<u>辦法</u>，讓孩子把藥吃下去。
Ⓑ <u>辦理</u>護照需要照片和<u>一些</u>文件。
Ⓒ 她一接到電話，就馬上趕回公司去<u>處理</u>事情了。
Ⓓ 你喜歡吃日本<u>料理</u>嗎？

13. Ⓐ 常常<u>接近</u>大自然對身體有好處。
Ⓑ <u>接觸</u>到別人的口水很不衛生。
Ⓒ 他<u>依靠</u>自己的能力生活。
Ⓓ 跟老年人比起來，年輕人比較喜歡<u>刺激</u>的活動。

三、選詞填空

(一)

生病是很可怕，但不好的生活習慣 <u>更</u> 可怕！所謂的衛生習慣，從飲食、睡覺到運動都包括在內。 <u>重視</u> 衛生習慣能使我們避免不必要的健康問題。拿吃的習慣來說，有些習慣是我們的 <u>傳統</u> ，但並不算是好的衛生習慣，很容易會「病從口入」。比如說，吃飯時用自己的筷子幫別人拿菜，看起來人與人 <u>之間</u> 沒什麼距離， <u>似乎</u> 是好事，但其實應該使用公筷才是正確的。

14. Ⓐ 天氣<u>越</u>來<u>越</u>熱了。
　　Ⓑ 只要不太貴的就行,去哪裡吃我
　　　<u>倒</u>沒意見。
　　Ⓒ 你今天念書念得<u>夠</u>久了,出去走
　　　走吧。
　　Ⓓ 這一對姐妹,雖然姐姐是明星,
　　　但是妹妹比姐姐<u>更</u>漂亮。

15. Ⓐ 我知道你是開玩笑的,我不會<u>在
　　　意</u>的。
　　Ⓑ 這家咖啡店的氣氛很活潑,所以
　　　很受學生<u>喜愛</u>。
　　Ⓒ 他天天看中文新聞,所以中文能
　　　力<u>提高</u>了不少。
　　Ⓓ 我的父母不太<u>重視</u>學校成績,也
　　　不太管我。

16. Ⓐ 中秋節、端午節、春節是<u>傳統</u>的
　　　節日。
　　Ⓑ 年輕就是要多<u>學習</u>。
　　Ⓒ 多<u>練習</u>幾次,你就會了。
　　Ⓓ 他打算畢業以後先到外國<u>留學</u>。

17. Ⓐ 家人<u>之間</u>更要常常互相關心。
　　Ⓑ 除了臭豆腐<u>之外</u>,我什麼都吃。
　　Ⓒ 王家三個孩子都很會念書,<u>其中</u>
　　　一個還是博士。
　　Ⓓ 在這麼多城市<u>當中</u>,我最愛的還
　　　是台北市。

18. Ⓐ 他<u>似乎</u>對唱歌沒興趣,我們還是
　　　去看電影吧!
　　Ⓑ 下班時間碰到下大雨,路上<u>恐怕</u>
　　　會塞車。
　　Ⓒ 她家<u>簡直</u>跟城堡一樣大。
　　Ⓓ <u>最初</u>我並不知道她生病了,後來
　　　才聽別人說起。

(二)

　　人們沒時間運動是現代社會普遍的 <u>現象</u> ,這也是讓身體不健康的原因之一。這 <u>多多少少</u> 跟工作太忙、生活太緊張有關。因此,要避免運動量 <u>不足</u> ,就從改變生活上的小習慣做起吧!例如,每天 <u>抽</u> 點時間出門散步或上街買東西;能走樓梯就走樓梯,少坐電梯。其實,大家不是不知道運動的好處,只是沒有 <u>養成</u> 運動的好習慣。

19. Ⓐ 現實總是讓人失望。
　　Ⓑ 社會越來越複雜，也出現了很多奇怪的現象。
　　Ⓒ 到現在我還覺得這一切不太真實，好像在做夢一樣。
　　Ⓓ 記者在現場了解實際情況怎麼樣。

20. Ⓐ 他來來回回地找，還是沒找到他要的東西。
　　Ⓑ 他常常參加各種大大小小的比賽。
　　Ⓒ 兩個人在一起，多多少少會有意見不合的時候。
　　Ⓓ 他輕輕鬆鬆地吃完兩個漢堡、四塊炸雞，還喝了一大杯飲料。

21. Ⓐ 睡覺時間不足，第二天就會沒精神。
　　Ⓑ 這篇文章有不少錯字。
　　Ⓒ 他每天都在不斷進步。
　　Ⓓ 不滿十八歲不能喝酒。

22. Ⓐ 小張扔下書包就去打球了。
　　Ⓑ 他一拍完食物的照片就馬上上傳。
　　Ⓒ 演唱會的票在一小時內就被搶光了。
　　Ⓓ 我實在抽不出時間去超級市場買東西。

23. Ⓐ 這個孩子從小就養成愛乾淨的好習慣。
　　Ⓑ 為了達成目標，他比誰都認真。
　　Ⓒ 他很快就完成了老闆請他做的工作。
　　Ⓓ 颱風造成大停電，一般人上班上課都受到影響。

Unit 7 　7-3

▶ A. 測驗練習

1	D	2	A	3	B	4	D	5	D
6	D	7	D	8	B	9	B	10	B
11	D	12	C	13	A	14	B	15	B
16	C	17	A	18	D	19	B	20	B
21	C	22	A	23	C	24	D	25	A
26	D	27	A	28	B	29	D	30	B

B. 聽力文本

1. 男：妳加入全民健康保險了嗎？
   女：我才剛找到工作，公司應該會幫我辦勞工保險和健康保險的，我只要繳一小部分就行了。
   男：妳得補交沒上班的那兩個月的健保費用吧！
   女：我沒上班時，已經在區公所付過健保費了。
   Question：下面哪一個是對的？

2. 男：聽說台灣的健保制度是很理想的。
   女：沒錯。當時參考了很多國家的制度，才設計得這麼好。
   男：健康保險太重要了。誰也不知道哪天會生什麼病或出什麼意外。
   女：就是啊！誰說不是呢？
   Question：下面哪一個是對的？

3. 男：最近天氣忽冷忽熱，很多人都感冒了。
   女：現在是流行性感冒的季節，要多小心，如果有發高燒的情形就得上醫院。
   男：明明是春天，可是早晚高低溫相差十幾度。
   女：不管哪個季節都有感冒的人。除了隨時帶著外套，冷的時候可以穿上保暖以外，營養也很重要。
   男：醫院也提醒我們要常洗手，出門隨時戴著口罩，以免傳染。
   Question：下面哪一個是對的？

4. 男：妳才開了幾天夜車，怎麼皮膚就變得這麼乾了呢？
   女：我也不清楚怎麼回事！
   男：人是鐵，飯是鋼，熬夜也要吃飽喝足了才行啊！
   女：哎呀！我都是餓了才吃，口渴才找水喝的。
   男：口渴才喝水就來不及啦！加上營養不夠，妳能熬幾個晚上呢？小心！這可是慢性自殺喔！
   Question：下面哪一個是對的？

5. 男：我要告訴妳一個好消息，我太太最近很少去診所看病了。

女：怎麼可能呢？她的慢性病呢？

男：她這半年不是天天去游泳，就是去附近健走一小時。運動，再加上天天喝有機蔬菜果汁，沒想到就不需要繼續吃藥了。

女：太神奇了。你應該建議她把這半年的經過好好地寫下來給大家參考參考。

𝒬𝓊𝑒𝓈𝓉𝒾𝑜𝓃：下面哪一個說法是對的？

C. 解答說明

二、完成句子

6. Ⓐ 心情<u>變化</u>太大，對健康並不好。
Ⓑ 早上去跑步<u>變成</u>他的日常活動。
Ⓒ 他去區公所<u>變更</u>健保資料。
Ⓓ 每個人都很難<u>改變</u>生活習慣。

7. Ⓐ <u>教育</u>孩子
Ⓑ <u>學到</u>教訓
Ⓒ <u>參考</u>意見
Ⓓ <u>溝通</u>方式

8. Ⓐ 忽然<u>提起</u>那件事
Ⓑ <u>提供</u>資料
Ⓒ <u>提醒</u>大家注意
Ⓓ <u>提到</u>颱風就想到大風大雨

9. Ⓐ <u>生產</u>的方式和品質的管理
Ⓑ <u>生命</u>長短
Ⓒ <u>生長</u>速度
Ⓓ <u>活著</u>的感覺真好

10. Ⓐ <u>避開</u>髒亂的地方
Ⓑ <u>避免</u>發生危險
Ⓒ 別做，<u>免得</u>麻煩
Ⓓ 意外難<u>免</u>會發生

11. Ⓐ 請幫大家<u>帶</u>路
Ⓑ <u>帶動</u>社區發展
Ⓒ 哥哥<u>帶頭</u>做
Ⓓ 母親<u>帶領</u>全家一起做環保。

12. Ⓐ 為了<u>追求</u>健康，除了每天注意營養，運動也是必要的。
Ⓑ 這家餐廳為了配合附近上班族的<u>需求</u>，特別製作外帶便當。
Ⓒ 他<u>請求</u>老闆給他更多的工作，為了能有更多經驗。
Ⓓ 人必須先學會跟人合作，工作時才會順利。

13. Ⓐ <u>簡直</u>無法完成
Ⓑ <u>直接</u>拒絕對方
Ⓒ 按照醫生說的做，<u>肯定</u>能恢復健康。
Ⓓ <u>到底</u>還是醫生說的才對。

三、選詞填空

(一)

　　陳老闆在面對人生最後的那 <u>段</u> 日子，難過地對他的員工說明，因為他身體不適，得住院，不能跟大家再 <u>繼續</u> 奮鬥下去，但是希望大家「多一分思考、多一分努力、多一分 <u>溝通</u> ，就會多接近成功一步。」同時更提醒大家要多多注意身體， <u>畢竟</u> 「多一份保養，就多一份健康。」

　　他35歲開公司以後，每天工作17小時，就算下了班也還在家工作，54歲正是壯年期，可是他 <u>卻</u> 來不及聽身體說話，就走了。就算他是商場的大贏家，但再多的金錢也換不回他的健康。

14. Ⓐ 一個<u>希望</u>
Ⓑ 一<u>段</u>日子
Ⓒ 一種<u>想像</u>
Ⓓ 一樣小吃

15. Ⓐ <u>陸續</u>進教室
Ⓑ <u>繼續</u>升學
Ⓒ <u>連續</u>下了五天大雨
Ⓓ <u>不斷</u>學習

16. Ⓐ <u>交往</u>很密切
Ⓑ <u>交通</u>情況不好
Ⓒ <u>溝通</u>很困難
Ⓓ <u>明白</u>他的意思

17. Ⓐ <u>畢竟</u>這是事實
Ⓑ 你<u>究竟</u>去不去？
Ⓒ <u>根本</u>聽不懂
Ⓓ <u>最後</u>還是成功了

18. Ⓐ 看得<u>正</u>開心，突然停電了
Ⓑ <u>在</u>看書
Ⓒ <u>再</u>不去，就來不及了。
Ⓓ 大家都要去旅行，他<u>卻</u>不去。

（二）

前些日子我好朋友出了一 __場__ 車禍，還好很 __幸運__ 只有一點小傷，不過他開始擔心自己過去都沒買保險，如果有比較嚴重的 __情況__ 發生，對他的家庭來說會是很大的問題，所以他算一算每年 __大概__ 有一萬五千塊錢可以用來買保險。他想請教專家該怎麼買。我另一個朋友是做保險業務的，他 __建議__ 至少要五萬才夠。雖然健康得靠自己平時保養和管理，但是誰也不知道意外什麼時候會發生，所以意外保險還是得先準備的。

19. Ⓐ 一件喜事
    Ⓑ 一場表演
    Ⓒ 兩樣小菜
    Ⓓ 這段時間

20. Ⓐ 幸福的日子
    Ⓑ 很幸運只是小車禍，並沒受傷
    Ⓒ 幸虧有你幫忙
    Ⓓ 不幸發生意外

21. Ⓐ 他是大家的榜樣
    Ⓑ 樣子很秀氣
    Ⓒ 情況很糟
    Ⓓ 那部電影的劇情是關於急診室的故事

22. Ⓐ 大概有五百人
    Ⓑ 大方地唱歌
    Ⓒ 大小剛好
    Ⓓ 五十個左右

23. Ⓐ 故意說錯
    Ⓑ 意見不同
    Ⓒ 建議改變
    Ⓓ 討論哪一家醫院設備好

Unit 8 8-1

A. 測驗練習

1	B	2	C	3	C	4	D	5	D
6	C	7	B	8	D	9	A	10	B
11	D	12	C	13	A	14	A	15	B
16	C	17	A	18	D	19	D	20	C
21	C	22	B	23	A	24	C	25	D
26	B	27	C	28	C	29	D	30	A

B. 聽力文本

1. 男：妳一邊工作，一邊念書，怎麼還有空安排每個週末的旅遊？

   女：找交通工具、安排行程、訂旅館是有點麻煩，但能夠暫時離開平時的生活，真的讓我覺得特別開心！

   男：去旅行時心情是很愉快。可是如果交通工具安排得不好，就會讓人更累，不如不出門。

   女：不過，只要離開我住的城市，不管去哪裡旅行，回來以後總能讓我充滿新的力量。

   Question：上面這段對話的重點是什麼？

2. 男：好奇怪！才看到遠遠天邊有一些雲，怎麼馬上就下起大雨來了？

   女：在山上就是這樣，總是說颱風就颱風，說下雨就下雨。

   男：剛剛在爬山的時候，熱得一直脫衣服，現在冷得找不到衣服穿。

   女：到山裡玩，就是要隨時準備好保暖的衣服和食物，否則迷路時又冷又餓，萬一下山的公車又停班的話，可就會有意外了。

   Question：從上面對話中，下面哪一個說法是對的？

3. 男：放假時妳計畫要出國旅遊嗎？

   女：想是想，不過假期結束後就有大考，恐怕只能去南部玩幾天。

   男：放假時搭高鐵或是火車都得先訂票，否則會訂不到。

   女：那不就是現在就得訂了？

   Question：下面哪一個是對的？

4. 男：夏天從東部海邊坐船出海，差不多一個小時後，往四周看就能看見飛魚、海豚。如果幸運的話還可以看見鯨魚，真的好特別。

   女：你去過嗎？船票應該很貴吧？

   男：去了好幾次了。交通費不算貴！先坐火車到東部，再搭船去，大概需要一千多塊錢。

   女：貴是不貴，可是我沒辦法搭船，頭會疼，而且還會吐。

   男：別擔心，我也是一樣的情況。只要先吃藥，再出發就沒問題了！

   Question：下面哪一個是對的？

5. 男：颱風忽然變大，害我們得在機
      場等風雨變小。結果連轉機也
      來不及。真糟！

   女：誰也不知道颱風會變得這麼
      大。你買機票的時候沒買一個
      「不便險」嗎？

   男：我用信用卡買機票，信用卡公
      司送了旅行平安險，不過那種
      通常只有在搭乘和上、下飛機
      時才有意外和死亡保障。

   女：我建議你另外加買「不便
      險」。如果班機或轉機延誤，
      保險公司會提供住宿費、餐
      費、交通費。

   男：聽起來不錯。下次搭機前非買
      一個「不便險」不可。

   Question：下面哪一個是對的？

▷ **C. 解答說明**

二、完成句子

6. Ⓐ 行動和說話一樣重要。
   Ⓑ 聽到有三個月獎學金可到外國學習
     的消息，心情非常激動。
   Ⓒ 捷運的門會自動關上。
   Ⓓ 被動的學習方式不是很好。

7. Ⓐ 平常飲食和運動的習慣
   Ⓑ 不只經常走路到超市買日用品，也
     經常到公園散步。
   Ⓒ 日常的活動方式很簡單，就是搭捷
     運上、下班，騎自行車外出運動。
   Ⓓ 這台機器的運作不太正常，要找人
     來修了。

8. Ⓐ 客人來了，我為他倒茶。
　 Ⓑ 銀行的服務讓客戶滿意。
　 Ⓒ 百貨公司的廣告吸引顧客注意。
　 Ⓓ 請遊客小心山路。

9. Ⓐ 打折期間
　 Ⓑ 時間長短
　 Ⓒ 平時表現
　 Ⓓ 同時出發

10. Ⓐ 離開辦公室記得關燈。
　　Ⓑ 避開塞車的地方
　　Ⓒ 他高中起就跟父母分開住。
　　Ⓓ 除了常去滑雪，他還常去潛水。

11. Ⓐ 辦理登機手續
　　Ⓑ 提早報名
　　Ⓒ 他負責住宿的登記
　　Ⓓ 安排交通、住宿

12. Ⓐ 因為颱風太大了，所以出不了門
　　　了。
　　Ⓑ 我為了學好外語，休學到國外遊
　　　學一年。
　　Ⓒ 別以為搭飛機最安全
　　Ⓓ 回到家才發覺錢包不見了。

13. Ⓐ 參考網友建議
　　Ⓑ 參觀博物館
　　Ⓒ 參加比賽
　　Ⓓ 建議先上網找資料，再決定住宿
　　　地點。

三、選詞填空

(一)
　　週末你想在一個藍色天空、美麗海灘和滿天星星的風景區散步嗎？想要享受小漁村 __輕鬆__ 又浪漫的氣氛嗎？趕快背起背包，帶著相機來一趟離島之旅，感受海上樂園的多樣 __樂趣__ 吧！要是假期不長，就搭飛機來；要是時間夠長，那就可以搭船再到離島外面的小島到處看看。其中 __主要__ 的幾個外島觀光地區包括西北邊的馬祖、金門，西南邊的澎湖、小琉球，還有東南邊的綠島、蘭嶼及東北邊的龜山島等。每個離島風景與玩法並不 __相同__ ，但可以滿足遊客不同的 __需求__ ，包含自然生態、地理景觀、特殊歷史人文風情、浮潛、古蹟、休閒漁業等各種行程。

14. Ⓐ 因為單身所以很輕鬆地過日子
　　Ⓑ 穿著輕便的衣服參加活動
　　Ⓒ 放輕鬆地看病治療更好
　　Ⓓ 他以為到處旅行、寫文章是輕輕
　　　鬆鬆的工作，其實並不容易

15. Ⓐ 到沒去過的地方旅行真的很新鮮
　　　也很有趣
　　Ⓑ 他把種花當作休閒時唯一的樂趣
　　Ⓒ 科學和藝術有不同的趣味
　　Ⓓ 打籃球是他的興趣

16. Ⓐ 綠島地理<u>位置</u>在台灣的東南邊。
 Ⓑ 這是一個電影<u>主題</u>公園。
 Ⓒ 他<u>主要</u>的交通工具是摩托車，<u>遠</u>的地方才開車去。
 Ⓓ 大多數人的交通工具以公共交通工具<u>為主</u>，像是公車和捷運。

17. Ⓐ 活著，但是每天的感覺都不<u>相同</u>。
 Ⓑ 努力跟成功有很大<u>相關</u>。
 Ⓒ 明天搭小火車上山看日出<u>相當</u>期待，也很興奮。
 Ⓓ 父母<u>同意</u>孩子露營兩天。

18. Ⓐ 他跟經理<u>請求</u>減少加班日。
 Ⓑ 我們還來得及，<u>沒必要</u>搭計程車去。
 Ⓒ 市區<u>必需</u>的交通工具是腳踏車。
 Ⓓ 我們生活的基本<u>需求</u>真的不多。

(二)

  馬祖島在臺灣西北方，除了有生態資源和中國南方建築之外，還有軍事用的 <u>建設</u> 。金門離中國大陸只有2100公尺，早在1387年就建立金門城了。雖然金門有「戰爭之島」之稱，但是 <u>古蹟</u> 卻有21處之多。 <u>至於</u> 民宅大部分是閩南傳統的三合院。高粱酒、貢糖、牛肉乾和麵線是最有名的代表美食。當地很有 <u>特色</u> 的風獅爺是用來保護人們、房子、村子避免發生不幸的事。在松山機場搭飛機，差不多1個小時就能到，來回費用大約4000塊錢。建議旅客先訂位，因為飛往金門、馬祖的班機在假期經常客滿。不過也可以在台北松山機場網站 <u>查</u> 一下班機時刻表。

---

19. Ⓐ <u>創造</u>美好的未來
 Ⓑ 車禍<u>造成</u>嚴重的塞車
 Ⓒ 跟新同事<u>建立</u>良好的關係
 Ⓓ 全國道路基礎<u>建設</u>

20. Ⓐ 保留<u>古老</u>的建築
 Ⓑ 十六世紀以前叫做<u>古代</u>
 Ⓒ 一級<u>古蹟</u>並不多
 Ⓓ 模仿<u>古式</u>建築

21. Ⓐ <u>至少</u>要會兩種以上外語能力才能應徵這份工作。
 Ⓑ 他什麼事都做得不好，<u>甚至</u>跟同事也合不來。
 Ⓒ 她很愛這份工作，<u>至於</u>薪水低、工作時間長，她都不在乎。
 Ⓓ 家人都不愛吃辣的，他<u>反而</u>什麼菜都加辣椒。

22. Ⓐ 你有<u>特別</u>的好主意嗎？
 Ⓑ 這裡的<u>特色</u>就是到處有古蹟。
 Ⓒ 他<u>特地</u>為大家買了當地的點心。
 Ⓓ 這種糕點有<u>獨特</u>的作法。

23. Ⓐ 他每天都先預習查了字典，再來上課。
　　Ⓑ 老師有事，下週四得調課。
　　Ⓒ 做了二十五歲到四十歲女性消費習慣
　　　的市場調查。
　　Ⓓ 每天檢查電子郵件。

Unit 8　8-2

▶ A. 測驗練習

1	C	2	A	3	A	4	D	5	D
6	B	7	C	8	C	9	D	10	C
11	D	12	A	13	C	14	B	15	B
16	C	17	D	18	D	19	A	20	A
21	C	22	B	23	B	24	D	25	D
26	B	27	A	28	C	29	C	30	D

▶ B. 聽力文本

1. 　**男**：離島是指沒跟大陸連接的島。
　　女：這樣的島有人居住嗎？
　　男：不都有人居住，有的是無人
　　　　島。不過有的離島已經變成度
　　　　假村了。
　　女：去離島的交通方便嗎？
　　男：雖然只能坐船或搭飛機，不過
　　　　都很方便。
　　Question：什麼是離島？下面哪一個
　　　　　　是對的？

2. 　**男**：誰會去離島度假？
　　女：有一些住在都會區的人，他們
　　　　工作的壓力很大，所以只要有
　　　　幾天假就想離開工作，離開
　　　　家，到一個可以放鬆心情，又
　　　　可以輕鬆度假的地方。
　　男：在那裡他們做什麼呢？
　　女：想吃就吃，想運動就運動，要
　　　　做什麼就做什麼，就是不工
　　　　作。
　　男：這麼說去離島度假的都是有錢
　　　　有閒的人囉？
　　女：嗯，不過也有些年輕人是去島
　　　　上度假村打工賺錢的。
　　Question：這位小姐說誰會去離島度
　　　　　　假？

3. 男：學校社團為大學新鮮人舉辦迎新會，妳也要報名參加嗎？

   女：當然要去。海邊我去過，露營也參加過好幾次，就是沒去過海邊露營。

   男：妳知道要準備什麼嗎？

   女：我都上網查過了，海邊早晚溫差大，天氣變化也多，除了必備的游泳裝備，還要帶保暖的衣物及雨具。

   男：還要做好防曬，另外也別忘了帶雙適合在沙灘走路的鞋。

   Question：關於這位小姐，下面哪一個是對的？

5. 男：妳知道在太平洋有個島國，因為海水的關係快要不見了嗎？

   女：你說得太誇張了吧！海水怎麼了？

   男：因為全球的溫度越來越高，冰山都融化、流進海裡，海平面也因為這樣上升了。

   女：所以海水如果比海島高，這個島就變成在海平面下，島就不見了。

   男：沒錯，這個島國的人民就可能成為「氣候難民」了。

   Question：這段對話說的是什麼？

4. 男：碼頭怎麼停了這麼多船？今天不去海上觀光了嗎？

   女：氣象報告說颱風要來了，這次颱風會帶來大風大雨，不少在離島觀光的遊客擔心到時候飛機會停飛、船會停開，會回不來。

   男：所以大部分遊客因為擔心第二天的上班上學，都提早結束行程，趕著搭下午最後一班船回來？

   女：是啊！因此，海上觀光的行程就更別提了。

   Question：發生什麼事了？下面哪一個是對的？

C. 解答說明

二、完成句子

6. Ⓐ 下雨了，到處都是水，地上很<u>濕</u>
   Ⓑ 太陽出來，把地上的水都曬<u>乾</u>了。
   Ⓒ 陰天時曬的衣服不太乾，摸起來覺得<u>潮</u>潮的。
   Ⓓ 太陽很大，天氣很<u>熱</u>

7. Ⓐ 桌椅、床、衣櫃都是<u>家具</u>。
   Ⓑ 寫字時用的筆、長尺、橡皮擦等都是<u>文具</u>。
   Ⓒ 汽車、火車、飛機都是交通<u>工具</u>。
   Ⓓ 這是適合三歲孩子玩的<u>玩具</u>。

8. Ⓐ 醫生也沒辦法<u>保證</u>他自己一定不會生病。
   Ⓑ 年輕人覺得老年人觀念<u>保守</u>不夠開放。
   Ⓒ 過馬路走人行道是為了<u>保護</u>行人的安全。
   Ⓓ 把錢存在銀行比放在家裡安全、<u>保險</u>。

9. Ⓐ 我們幾個人<u>當中</u>，他最高。
   Ⓑ 小偷偷東西時，<u>當場</u>被抓住了。
   Ⓒ 要是你想知道他跟他女朋友的事，你就<u>當面</u>問他嘛！
   Ⓓ 這裡的氣候又濕又熱，不過住在<u>當地</u>的人都很習慣了。

10. Ⓐ 我朋友生日時，我<u>請</u>他吃蛋糕。
    Ⓑ 我去學校<u>找</u>朋友一起去吃飯。
    Ⓒ 我跟朋友<u>約</u>好晚上七點去看電影。
    Ⓓ 今天我有事要找小王，希望能在學校<u>碰</u>到他。

11. Ⓐ 他學了好幾年的中文，現在中文說得很<u>流利</u>。
    Ⓑ 你離開房間時，<u>順便</u>把燈關上。
    Ⓒ 學校附近有公車站、捷運站，交通很<u>方便</u>。
    Ⓓ 希望開車的人都能快快樂樂地出門，<u>平平安安</u>地回家。

12. Ⓐ 下雨天，逛夜市的人就少了，夜市攤子的老闆說他們生意好不好是要<u>看</u>天氣的好壞。
    Ⓑ 昨天逛夜市時，我<u>看見</u>小王也帶著他女朋友來逛。
    Ⓒ 好吃的水果不一定都很<u>好看</u>。
    Ⓓ 天氣不太好，<u>看起來</u>好像快要下雨了。

13. Ⓐ 小學畢業後，就<u>離開</u>學校，沒再回去過。
    Ⓑ 昨天我在圖書館準備今天的報告，一整天都沒<u>離開</u>圖書館。
    Ⓒ 二、三歲的孩子是<u>離不開</u>母親的。
    Ⓓ 那麼小的孩子怎麼<u>離得開</u>父母？

三、選詞填空

(一)

　　吃得健康、熱愛自然的「樂活」已成為現代人 <u>追求</u> 健康生活的方式之一。跟家人到離島渡假，除了可以讓工作帶來的緊張變得輕鬆以外，更可以因為離開城市的壓力，讓自己跟家人的關係更 <u>親近</u> 。不論是在游泳池邊享受著烤肉的樂趣，或是一起在步道中呼吸森林裡特有的 <u>新鮮</u> 空氣，都增加了跟家人相處的時間，度假的心情 <u>變得</u> 更好，談話的內容也因此更豐富、更有趣，這是一種最 <u>有效</u> 的心理環保。

14. Ⓐ 公司要求他兩天做完，他<u>請求</u>公司多給他一天的時間。
　　Ⓑ 為了<u>追求</u>浪漫的愛情，他什麼都不管了。
　　Ⓒ 不同年紀的人對旅遊的<u>需求</u>不同。
　　Ⓓ 公司<u>要求</u>員工不可以遲到。

15. Ⓐ 出國十年以後，再回到老家，看到什麼都覺得很親切。
　　Ⓑ 他看到人也不笑，也不打招呼，讓人覺得很難跟他<u>親近</u>。
　　Ⓒ 冬天的陽光曬在身上覺得很<u>溫暖</u>。
　　Ⓓ 他說話不急，聲音也不大，聽起來很<u>溫柔</u>。

16. Ⓐ 他們是一年級的<u>新生</u>。
　　Ⓑ 這個字寫錯了，<u>重新</u>再寫一次。
　　Ⓒ 剛摘下來的水果很<u>新鮮</u>。
　　Ⓓ 想知道最新的消息，就看網路上的<u>新聞</u>。

17. Ⓐ 電腦的出現<u>改變</u>了現代人的工作習慣。
　　Ⓑ 選舉的結果，讓政黨之間起了<u>變化</u>。
　　Ⓒ 經過幾年的努力，她已經從小明星<u>變</u>成大明星了。
　　Ⓓ 自從有了公車以後，這裡的交通<u>變得</u>越來越方便了。

18. Ⓐ 工作要有<u>效率</u>，一個小時就可以
完成的工作不要拖到兩個小時，
要不然就是沒<u>效率</u>。
Ⓑ 多閱讀文章，對寫作的幫助，<u>效</u>
<u>果</u>很好。
Ⓒ 這次新訂的規定從六月一日起<u>生</u>
<u>效</u>。
Ⓓ 這張圖書館借書證一年之內<u>有</u>
<u>效</u>，過了時間就無效了。

(二)

　　很想出國走走，但又不想　<u>請</u>　太多天的假，那麼到附近的小島去度假應
該是不錯的選擇。要是想要省事，可以　<u>參加</u>　旅行團，團費也不貴。要是你
　<u>擔心</u>　跟著旅行團會有限制，不夠自由，或是有些想去參觀的　<u>地點</u>　卻沒安
排，而覺得不夠理想的，那也可以選擇自助旅遊。
　　對旅行經驗豐富的人來說，只要有一張小島上的觀光地圖，自助旅遊應該
　<u>難不倒</u>　他們才對。

19. Ⓐ <u>請</u>五天假
Ⓑ <u>訂</u>旅館
Ⓒ <u>求</u>人幫忙
Ⓓ <u>約</u>好了時間

20. Ⓐ <u>參加</u>學校運動會。
Ⓑ <u>參觀</u>博物館。
Ⓒ 到台灣<u>觀光</u>旅遊。
Ⓓ 他站在機場大樓的玻璃窗前面<u>觀</u>
<u>看</u>飛機起飛。

21. Ⓐ 別著急！放心！還有時間，一定
來得及。
Ⓑ <u>按照</u>公司的規定，請假要在十天
以前告訴公司。
Ⓒ 路上塞車了，我<u>擔心</u>上課要遲到
了。
Ⓓ 他對運動沒興趣，從來都不<u>關心</u>
運動方面的新聞。

22. Ⓐ 夜市裡到處都是人。
Ⓑ 這個<u>地點</u>很適合開餐廳。
Ⓒ 學校的<u>地址</u>是在和平路一段九
號。
Ⓓ 家裡的<u>住址</u>是信安路一段二號。

23. Ⓐ 她的母語是中文，你叫她說中
       文，怎麼難得倒她呢？
    Ⓑ 王老師教學經驗豐富，學生問的
       問題他都知道，都難不倒他。
    Ⓒ 這個問題沒難倒他，我再問一
       個更難的，一定要難倒他。
    Ⓓ 要是有人要我猜他／她幾歲，
       我就被難倒了。

Unit 8 8-3

A. 測驗練習

1	C	2	A	3	B	4	C	5	D
6	B	7	D	8	C	9	B	10	D
11	D	12	D	13	B	14	A	15	C
16	B	17	C	18	D	19	C	20	D
21	B	22	C	23	A	24	D	25	C
26	C	27	D	28	C	29	B	30	A

B. 聽力文本

1. 男：聽說每年年初是全球住宿房價
      最便宜的時候，尤其是一月的
      頭兩個星期。還有，三月最適
      合到歐洲旅遊，住宿房價大約
      是平常的 8 折！

   女：那七月呢？

   男：七月對大多數的旅遊地來說，
      都是旅客最多的季節，住宿房
      價當然降不下來，但是這個時
      候澳洲和紐西蘭的房價卻比較
      低！

   女：那十二月呢？

   男：十二月因為碰到聖誕節和跨
      年，大部分城市的住宿房價也
      跟著提高了。不過瑞典的斯德
      哥爾摩反而便宜了，當地飯店
      最低價可搶到平常的 75 折！

   女：我最喜歡去東京了。東京怎麼
      樣？

   男：妳運氣倒是很好，東京的住宿
      房價一年到頭都差不了多少！

   Question：下面哪一個是對的？

2. 男：我們應該利用春假的時間去日本或韓國賞花，怎麼樣？

女：去哪裡我都無所謂，但是我對賞花不感興趣。

男：妳不是買了新相機嗎？妳可以趁出國多拍點照片！我們還可以吃美食、泡湯、購物……

女：好了好了，你說了這麼多，我怎麼能拒絕你？機票貴不貴？

男：我上網找找有沒有便宜的機票吧！

Question：關於這位小姐的想法，下面哪一個是對的？

3. 男：旅遊書上建議最適合去泰國旅遊的季節是十到二月，再晚就會碰到雨季。

女：那邊的交通方式怎麼樣？

男：捷運跟台灣很像，不太會迷路。捷運附近都有碼頭可以搭船，根據旗子的顏色，船分成好幾種，不是每站都停。橘色旗子的船每站都停，旅客就可以順便看看泰國人的生活方式。

女：去泰國有什麼好玩的嗎？

男：泰國有很多寺廟、美麗的海灘、異國餐廳、手作商店……

Question：下面哪一個是對的？

4. 男：出國旅遊要先研究一下當地的風俗，這樣才能避免麻煩。

女：怎麼說？

男：比方說在印度不用左手跟別人握手、碰別人、送禮物等，連碰食物也不能。

女：嗯，我聽說在中東地區，有一些阿拉伯民族認為，鞋底很髒，所以讓別人看到鞋底是不客氣的意思。

男：還有啊，在一些西方國家，別去隨便摸別人孩子的頭，以免引起父母的不高興。

Question：根據這段對話的意思，下面哪一個是對的？

5. 男：妳覺得低價旅行團怎麼樣？妳有興趣加入嗎？

女：我沒什麼興趣。很多旅行社以低價的團費來吸引一般人，雖然讓人心動，但費用絕對不是最重要的。如果吃和住的品質不夠好，就算團費再低也不值得去。

男：那妳認為參加旅行團最重要的是什麼？

女：一定要費用合理、吃得好、住得好。有時候費用雖然低，卻沒能滿足旅行的需求，也就是白白花了時間或金錢，反而是種浪費。

Question：這位小姐對參加旅行團的看法，下面哪一個是對的？

C. 解答說明

二、完成句子

6. Ⓐ 我們班同學參加中文演講比賽，<u>得到</u>第一名。
   Ⓑ 如果<u>遇到</u>下大雨、颳大風，你最好不要去海邊或山上。
   Ⓒ 我們<u>等到</u>早上六點，才上了飛機。
   Ⓓ 這次的旅行，我<u>拍到</u>很多好看的風景照。

7. Ⓐ 申請獎學金要填哪些<u>相關</u>的文件？
   Ⓑ 鳳梨酥是<u>相當</u>受觀光客歡迎的台灣點心。
   Ⓒ 「高興」的<u>相反</u>詞是「難過」。
   Ⓓ 週年慶的商品是<u>相對</u>便宜的，願意花錢的人當然也比較多。

8. Ⓐ 這位氣象專家的預報很<u>準確</u>。
   Ⓑ 開會要<u>準時</u>，要不然老闆會生氣。
   Ⓒ 到生活<u>水準</u>高的國家去旅行是比較貴。
   Ⓓ 期末考及格的<u>標準</u>是六十分。

9. Ⓐ 小王的媽媽要他<u>安心</u>念書就好，不必擔心學費的問題。
   Ⓑ 生活<u>安定</u>才會覺得快樂。
   Ⓒ 出門旅行，<u>平安</u>是最重要的。
   Ⓓ <u>平時</u>你都怎麼解決三餐的問題？

10. Ⓐ 那位先生<u>出版</u>過好幾本書。
    Ⓑ 房東可以在這個網站上<u>出租</u>公寓。
    Ⓒ 小陳一個星期都沒<u>出門</u>，發生了什麼事？
    Ⓓ 老張常常到世界各國<u>出差</u>。

11. Ⓐ 申請研究所要有大學的畢業<u>證</u>書。
    Ⓑ 身分<u>證</u>是一種<u>證</u>明文件。
    Ⓒ 請你在空白的地方<u>簽</u>名。
    Ⓓ 用本國的護照到哪些國家去不需要辦<u>簽</u>證？

12. Ⓐ 發生這種<u>不幸</u>的意外，誰要負責？
    Ⓑ 這份報告還有很多<u>不足</u>的部分。
    Ⓒ 去聽演唱會<u>不如</u>在家看電視輕鬆。
    Ⓓ 上菜上得太慢，客人都很<u>不滿</u>。

13. Ⓐ 這個地方的<u>地理</u>環境有什麼特色？
    Ⓑ 沙漠<u>地</u>帶的天氣都是乾乾的。
    Ⓒ 這間房間的<u>地板</u>是全新的。
    Ⓓ 他在我們家的<u>地位</u>很高，大家都喜歡問他的意見。

三、選詞填空

（一） ⎯⎯ 提到 旅遊作家，給人的感覺就是可以一邊玩一邊工作，因此當旅遊作家成了現在年輕人心中非常熱門的工作。旅遊作家的工作內容，就是把旅遊中發生的大大小小的事，用寫文章和拍照的方式 記錄 下來，只要掌握使用文字和處理照片的技巧，似乎每個人都能當旅遊作家。

不論哪種工作 領域 ，要把興趣變成專業的工作都是不容易的。很多人想當旅遊作家，是因為看到了這份工作浪漫和理想的一面，卻沒看到辛苦和 現實 的那一面。一般來說，旅遊作家得自己付機票錢、旅館錢和所有的費用，再花幾個月的時間寫書、整理照片， 況且 書寫完了以後，又要再花幾個月的時間才能出版。所以當旅遊作家不但不能賺什麼錢，最好你還要有一份正式的工作！

14. Ⓐ 他就是我跟你提到的那個人。
Ⓑ 遇到這種事，只好算自己倒楣。
Ⓒ 第一次參加作文比賽，小美就得到第一名。
Ⓓ 我在路上碰到塞車，差一點遲到。

15. Ⓐ 這個節日是為了紀念誰？
Ⓑ 在我記憶中，很少跟父母一起出門旅行。
Ⓒ 請把事情的經過記錄下來。
Ⓓ 黃小姐有寫日記的習慣。

16. Ⓐ 這次的計畫是誰領導的？
Ⓑ 在設計的領域中，他一直都表現得很好。
Ⓒ 這個地方在交通方面的建設很多。
Ⓓ 考試範圍是從第幾課到第幾課？

17. Ⓐ 現代年輕人都有出國的經驗。
Ⓑ 讓孩子從小開始學英文是一種早就流行的社會現象。
Ⓒ 現實就是這樣，你生氣也沒有用。
Ⓓ 這個西瓜實在很甜！

18. Ⓐ 哥哥小時候很胖，長大了反而變成一個瘦子。
Ⓑ 上次考試小麗考得很差，讓她更加用功。
Ⓒ 到底是誰吃了我的蛋糕？
Ⓓ 他的成績不好，況且他對念書也沒有興趣，還是讓他做他想做的事就好了。

(二)

　　每年五月的第二個星期六是荷蘭的腳踏車節。對喜歡騎鐵馬的遊客來說，這是個值得參加的 節日 。每到那一天，各地都有 不少 好玩的活動，有城市之旅、風車之旅等，你可以 按照 自己的愛好來選擇，跟著當地人一起騎著鐵馬到處逛逛。由於 使用 單車對環保有好處，所以這一天的活動也具有教育的 意義 。

19. Ⓐ 大維連出國旅遊都不忘天天寫日記。
　　Ⓑ 這個活動的日期是什麼時候？
　　Ⓒ 春節對華人來說是傳統節日。
　　Ⓓ 如果你喜歡水上活動的話，夏天是來台灣旅遊最好的季節。

20. Ⓐ 這個活動任何人都可以參加嗎？
　　Ⓑ 一切都準備好了。
　　Ⓒ 你想買便宜的機票，多少錢才算便宜？
　　Ⓓ 從旅行當中能夠得到不少人生經驗。

21. Ⓐ 孩子都需要依靠父母。
　　Ⓑ 按照合約，你必須住滿一年。
　　Ⓒ 通過考試以後，你就可以輕鬆一下了。
　　Ⓓ 希望大家可以配合加班。

22. Ⓐ 朋友幫我預備了一間乾淨的房間。
　　Ⓑ 比賽進行到最後，所有的人都很緊張。
　　Ⓒ 在捷運站可以使用免費的公共網路。
　　Ⓓ 寫完答案以後，最好再檢查一次。

23. Ⓐ 考試的意義是什麼？
　　Ⓑ 他提了一個很好的意見。
　　Ⓒ 去旅行一定要保意外險。
　　Ⓓ 這個活動很有意思，下次我還想參加。

Unit 9 9-1

A. 測驗練習

1	C	2	D	3	D	4	C	5	C
6	A	7	C	8	B	9	B	10	C
11	A	12	B	13	D	14	C	15	A
16	D	17	B	18	A	19	B	20	A
21	B	22	D	23	C	24	D	25	B
26	C	27	B	28	A	29	D	30	D

B. 聽力文本

1. 男：我不敢在網路上買東西！
   女：為什麼？在網路上購物多方便！
   男：我擔心商家因為訂低了價錢而不願意給貨，可是我已經付了錢，怎麼辦？
   女：別擔心！按照規定，商家不可以因為訂價錯誤就不給貨。
   Question：關於這段對話，這位先生擔心的問題是什麼？

2. 男：妳有空嗎？週末我們去逛百貨公司，我想買鞋子。
   女：何必這麼麻煩？在網路上買就好了！
   男：我被騙過！他們說如果想得到特別的禮物，得先寄錢去才能換，結果沒收到！
   女：網路購物要小心，像這種不正常的方式一定要先問清楚。
   Question：關於這段話，主要告訴我們要注意什麼？

3. 男：最近我胖了很多，有什麼辦法可以很快瘦下來？
   女：吃藥啊！我媽正在吃，好像有效！
   男：我馬上上網找找看。
   女：不過得小心，有的網路廣告會誇大藥的效果，吃多了反而對身體不好。
   Question：下面哪一個是這個對話的主要意思？

4. 男：上星期我在網路上看到一些很好看的褲子，就訂了兩條。
   女：是你現在穿的嗎？
   男：別說了！當我拿到的時候，發覺跟在網路上看的不太一樣。
   女：這是網路購物常發生的問題！不符合心裡想像的樣子！
   男：我看以後直接在服裝店買好了！
   Question：下面哪一個是對的？

5. 男：網路購物妳常用哪一種方式付
　　　錢？

　　女：我都是拿到東西時才付錢，這
　　　樣我才放心，你呢？

　　男：我一向都刷信用卡，很方便！

　　女：這種方式安全嗎？萬一已經扣
　　　錢了但是商品沒收到，怎麼
　　　辦？

　　男：放心！商家得在商品寄出後，
　　　才能向信用卡機構拿錢。

　　Question：下面哪一個符合對話內容？

C. 解答說明

二、完成句子

6. Ⓐ 具有便利性
　 Ⓑ 只有一本日文書
　 Ⓒ 占有重要地位
　 Ⓓ 這種藥很有效。

7. Ⓐ 這個人很隨便（Vs）／隨便
　　　（Adv）丟垃圾
　 Ⓑ 隨手關燈
　 Ⓒ 隨時注意安全
　 Ⓓ 隨著科技的進步……

8. Ⓐ 一個人吃飯很自在。
　 Ⓑ 人都希望自由。
　 Ⓒ 念書很自動
　 Ⓓ 有自信學好中文

9. Ⓐ 按照學校的規定
　 Ⓑ 據說他很有錢。
　 Ⓒ 我根本不知道
　 Ⓓ 根據大家的意見

10. Ⓐ 他太忙，因此病倒了。
　 Ⓑ 颱風過後青菜貴了，大家於是
　　　少吃青菜。
　 Ⓒ 由於他沒禮貌，我決定不幫他
　　　的忙。
　 Ⓓ 能不能成功，在於努力。

11. Ⓐ 改變生活方式
　 Ⓑ 每個人都有自己讀書的方法。
　 Ⓒ 我沒辦法把門打開。
　 Ⓓ 我對歷史這方面很有興趣。

12. Ⓐ 每個人都有<u>缺點</u>。
    Ⓑ 做事有耐心是他的<u>優點</u>。
    Ⓒ 多聽師長的話,一定沒有<u>壞處</u>。
    Ⓓ 你這種做法是<u>錯誤</u>的。

13. Ⓐ <u>提高</u>生活水平
    Ⓑ 一<u>提</u>起他,我就頭痛。
    Ⓒ 開會時,老闆<u>提</u>到加薪的問題。
    Ⓓ 請<u>提供</u>詳細的資料。

三、選詞填空

(一)

　　年節一到,有些人需要送禮物。除了到商店或賣場買,然後親自送去的方式 <u>以外</u>,「網路選購禮品」的方式很 <u>科技</u>。網路購物把 <u>傳統</u> 真實店面的買賣行為,直接拉到便利商店,這種 <u>輕鬆</u>、不必大包小包辛苦地買東西的方式,很快地就被接受了。網路購物是一種跟傳統買賣 <u>經驗</u> 完全不同的購物方式。

14. Ⓐ 九月<u>以後</u>,他就要出國留學了。
    Ⓐ 這種藥兩年<u>以內</u>都有效。
    Ⓒ 除了英文<u>以外</u>,我還會日文。
    Ⓓ 這一年<u>以來</u>,她的中文進步很多。

15. Ⓐ 現在高<u>科技</u>的產品很多。
    Ⓑ 他希望能成為一個<u>科學</u>家。
    Ⓒ 政府做得不好,人民可能起來<u>革命</u>。
    Ⓓ 他在學中國<u>功夫</u>。

16. Ⓐ <u>當年</u>這裡很熱鬧。
    Ⓑ 這件事<u>當時</u>我不太了解。
    Ⓒ 我喜歡坐在<u>前面</u>。
    Ⓓ 孝順父母是中國人<u>傳統</u>的觀念。

17. Ⓐ 他還年輕,沒什麼工作<u>經驗</u>。
    Ⓑ 一放假我就覺得很<u>輕鬆</u>。
    Ⓒ 注重休閒活動已經是很<u>普遍</u>的現象。
    Ⓓ 這種產品很<u>普通</u>。

18. Ⓐ 他的教書<u>經驗</u>很豐富。
    Ⓑ <u>經歷</u>過戰爭的人才真正明白和平的重要。
    Ⓒ 他對中國<u>歷史</u>很有興趣。
    Ⓐ 我回家都會<u>經過</u>公園。

（二）　　網路購物就是購物者利用網路 <u>得到</u> 他們所需要商品的訊息，跟廠商 <u>接觸</u> 後， <u>確定</u> 所要的產品，然後在網路上購買。也可以說，商家利用網路商店， <u>推銷</u> 他們的商品或服務，接受購物者在網路上訂貨和交貨，因此得到商業 <u>利益</u> ，這就是網路購物或線上購物。

19. Ⓐ 人人都希望達到自己的理想。
　　Ⓑ 我這次出國<u>得到</u>很多人的幫助。
　　Ⓒ 他自己一個人完成一件大作品，非常<u>得意</u>。
　　Ⓓ 我昨天在路上<u>碰到</u>高中同學。

20. Ⓐ 不要<u>接觸</u>病人，避免被傳染。
　　Ⓑ 我<u>接到</u>他的信了。
　　Ⓒ 這條鐵路<u>連接</u>東部和西部。
　　Ⓓ 學生一個<u>接著</u>一個走進教室。

21. Ⓐ 你有什麼<u>需求</u>，請告訴我。
　　Ⓑ 我已經<u>確定</u>要去哪裡旅行了。
　　Ⓒ 這件衣服有點大，<u>得</u>修改一下。
　　Ⓓ 他在<u>修理</u>車子。

22. Ⓐ 有<u>些</u>國家已經<u>生產</u>機器人了。
　　Ⓑ 聽到<u>廣播</u>請馬上到辦公室。
　　Ⓒ 這個產品的<u>廣告</u>做得很成功。
　　Ⓓ 他常常在店門口<u>推銷</u>商品。

23. Ⓐ 早睡早起好處多。
　　Ⓑ 現在銀行存款的<u>利息</u>都很低。
　　Ⓒ 重視學生的<u>利益</u>
　　Ⓓ 他家的環境不錯，沒有<u>金錢</u>上的問題。

Unit 9　9-2

A. 測驗練習

1	C	2	C	3	D	4	D	5	A
6	A	7	B	8	D	9	C	10	A
11	D	12	B	13	A	14	B	15	A
16	C	17	B	18	B	19	A	20	C
21	D	22	B	23	C	24	D	25	A
26	B	27	C	28	D	29	C	30	B

B. 聽力文本

1. 男：昨天我聽到台灣朋友討論「夜市食物的CP值」，我真的聽不太懂。

   女：他們說了些什麼？

   男：他們說，逛夜市吃個不停，肚子飽了，皮包卻瘦了。還說別吃到CP值低的食物。

   女：CP值低的食物就是說東西貴，但是分量不多，也不一定好吃。

   男：我懂了，要去CP值高的夜市吃，或是找CP值高的食物吃。

   Question：關於這段對話，下面哪一個是正確的？

2. 男：我覺得自己很幸福，可以每個禮拜逛夜市。

   女：你父母給你很多零用錢嗎？

   男：不是，是我打工賺來的。

   女：真厲害！我得學學你。你為什麼覺得去逛夜市很幸福？

   男：逛夜市不但可以吃喝玩樂，還可以學習觀察人，這是很重要的一門學問。

   Question：這段對話主要的意思是什麼？

3. 男：妳常去逛夜市，妳一定很喜歡台灣的夜市！

   女：喜歡是喜歡！只是到了那兒，常常不知道吃什麼好。

   男：我知道，是因為太多東西可以選擇了。

   女：倒也不是，主要是我看不懂中文菜單。對外國人來說，沒有英文說明很不方便。

   男：這是很好的建議，我知道台灣有些夜市已經有雙語菜單了。

   女：希望很快每個夜市都有。下次我父母來台灣，我帶他們去夜市吃東西就方便了。

   Question：下面哪一個是這段對話要表達的意思？

4. 男：週末妳想去哪裡？

   女：我跟同學約好去逛淡水夜市。你呢？打算做什麼？

   男：大熱天跑那麼遠！我打算去看場台灣電影，順便學學中文。

   女：不錯是不錯，不過去淡水可以散步，吃傳統的台灣點心，還可以了解台灣文化。

   男：這麼說，我跟你們一起去好了！

   女：歡迎加入！

   Question：下面哪一個符合這段對話的內容？

5.　男：妳覺得哪一個年齡層的人喜歡
　　　　逛夜市？
　　女：你認為呢？
　　男：我認為小孩子覺得逛夜市像過
　　　　節一樣熱鬧！
　　女：我想年輕人覺得逛夜市既自由又
　　　　自在，輕鬆沒負擔，多快樂！
　　男：我也覺得年紀大的人一定很開
　　　　心，因為他們在夜市吃到記憶
　　　　中的東西！
　　女：這麼說，我們的觀點相同，大
　　　　家都喜歡逛夜市。
　　Question：下面哪一個是這段對話的
　　　　　　　主要意思？

▶ **C. 解答說明**

二、完成句子

6.　Ⓐ 服務親切是這家飯店的特色。
　　Ⓑ 他常獨自一個人去逛街。
　　Ⓒ 他特地來我家看我。
　　Ⓓ 便利商店24小時都不休息，這
　　　是它的特點之一。

7.　Ⓐ 開車要注意行人。
　　Ⓑ 暑假的旅客特別多。
　　Ⓒ 台灣的旅遊景點很多。
　　Ⓓ 我計畫春節到澳洲旅行。

8.　Ⓐ 中國人創造了漢字。
　　Ⓑ 他完成了一件有特色的作品。
　　Ⓒ 藍色加黃色會變成綠色。
　　Ⓓ 因為發生車禍，造成交通大亂。

9.　Ⓐ 吸收知識
　　Ⓑ 引起別人注意
　　Ⓒ 這個女孩子表演得真好，吸引
　　　了很多人的眼光。
　　Ⓓ 我很滿意這家餐廳的服務。

10.　Ⓐ 他代表我們班參加演講比賽。
　　Ⓑ 父母親是沒有人可以代替的。
　　Ⓒ 電視是沒辦法完全取代收音機的。
　　Ⓓ 現代的社會一直在改變。

11.　Ⓐ 做錯事就要改過。
　　Ⓑ 修改衣服
　　Ⓒ 改變讀書的方法
　　Ⓓ 改善環境

12. Ⓐ 你家的客廳很舒適。
 Ⓑ 很多人沒辦法適應新環境。
 Ⓒ 他被打卻沒反應。
 Ⓓ 不要隨便答應借別人錢。

13. Ⓐ 這句話包含很多意思。
 Ⓑ 我去郵局寄包裹。
 Ⓒ 這種菜含有多種營養。
 Ⓓ 頭上包著一塊布。

三、選詞填空

（一）

　　我最愛週五的晚上，因為 接著 而來的就是可以 輕鬆 一下的週末。週六不必早起，所以我們全家人週五晚上常去逛夜市，我們一邊逛一邊聊天，買買這個，吃吃那個，我喜歡跟爸爸比賽玩投籃機，那個時候所有的 煩惱 都不見了。 總而言之 ，逛夜市是我們一家人覺得最輕鬆的 時刻 。

14. Ⓐ 他自從接觸音樂以後，就被吸引住了。
 Ⓑ 她剛從日本旅行回來，接著又去美國。
 Ⓒ 我接受他的建議，把頭髮剪短了。
 Ⓓ 我從別人那裡間接知道他已經結婚了。

15. Ⓐ 考完大考，我想看場電影輕鬆一下。
 Ⓑ 我打算去打工，減輕爸爸的負擔。
 Ⓒ 趁年輕的時候多看一些書增加知識。
 Ⓓ 舒適的空間讓人覺得很舒服。

16. Ⓐ 這件事很麻煩！
 Ⓑ 我感冒了頭很痛。
 Ⓒ 最近我很煩惱，不知道要換什麼工作。
 Ⓓ 他的腦子裡長了不好的東西。

17. Ⓐ 這件事我沒忘，我想起來了。
 Ⓑ 總而言之，想學會一種語言一定要不怕困難有耐心。
 Ⓒ 最近天天下雨真不方便，可是話說回來，不下雨可能水就不夠了！
 Ⓓ 一般來說，女生比男生喜歡逛街。

18. Ⓐ 我沒有長跑的經驗。
 Ⓑ 這是一個讓人感動的時刻。
 Ⓒ 中國大約有五千年的歷史。
 Ⓓ 這個句子經過老師的解釋我懂了。

（二）

在我的 記憶 中，小時候在夜市「夾娃娃」這件事是我永遠都不會忘記的。夾娃娃店的前面總是排著很長的隊，我們每次都 耐心 地等著。爸爸夾娃娃的 技巧 最佳，一夾到娃娃，我們就高興得跳起來。 其實 娃娃的品質並不是很好，只是在夾的時候覺得又緊張又 刺激 ，這種感覺讓我很難忘記。

19. Ⓐ 他的記憶力真好，看過的書都記得。
    Ⓑ 我總算記住她的手機號碼了。
    Ⓒ 電腦裡有你使用網路的紀錄。
    Ⓓ 他的想像力很豐富，所以小說寫得很好。

20. Ⓐ 忍耐可以減輕一些痛苦。
    Ⓑ 我做事很細心。
    Ⓒ 照顧病人需要耐心。
    Ⓓ 知道爸爸的病沒什麼問題，我們就安心了。

21. Ⓐ 現在的科技非常發達。
    Ⓑ 她的英文程度很好。
    Ⓒ 我不喜歡這本小說的結局。
    Ⓓ 他修理車子的技巧不錯。

22. Ⓐ 最近天氣都很熱，尤其是昨天。
    Ⓑ 她看起來有點害羞，其實跟她熟了以後話就很多了。
    Ⓒ 媽媽買了一些餅乾，其中一種我從來沒吃過。
    Ⓓ 出國旅行要先注意安全，其次才是飲食。

23. Ⓐ 哥哥每次看球賽都很激動。
    Ⓑ 這場籃球比賽打得很激烈。
    Ⓒ 滑雪是一種很刺激的運動。
    Ⓓ 小李很厲害，總是班上第一名。

Unit 9　9-3

A. 測驗練習

1	D	2	C	3	D	4	D	5	B
6	B	7	A	8	D	9	C	10	A
11	C	12	B	13	D	14	A	15	C
16	B	17	D	18	B	19	D	20	A
21	B	22	C	23	A	24	D	25	A
26	C	27	D	28	B	29	C	30	D

B. 聽力文本

1. **男**：我昨天去一家很新的購物商場，人好多！

   女：哪一家？

   男：京欣百貨，妳可以坐公車、捷運、火車、高鐵，都在台北車站下車，走幾分鐘就到了。

   女：你說的就是在台北車站附近的那一家！我也去過。

   男：百貨公司的地點好像都選在交通重要的地方。

   女：沒錯！有家百貨公司就在捷運站上面！人多就容易做生意嘛！

   Question：下面哪一個是這段對話最後的結論？

2. **男**：最近我常去百貨公司的美食街吃晚飯。

   女：我記得你以前喜歡去夜市吃東西。

   男：以前是這樣，可是自從我的台灣朋友帶我去過美食街以後，我就愛上它了！

   女：為什麼？

   男：美食街乾淨、有冷氣，裡面不但有台灣傳統的美食，也有不同國家的特色菜，冷飲、熱菜都有，選擇多也不太貴。

   女：聽你這麼說，我也想去吃吃看！

   Question：下面哪一個符合這段對話的意思？

3. 男：妳看，這是我昨天在百貨公司買的皮包，漂亮吧？

女：欸！跟我上星期在夜市買的一樣，多少錢？

男：三千六百塊。

女：這麼貴！我買的才一千五，價錢還不到你的一半。

男：我的是美國貨，妳的可能是假的？

女：可能！你這個皮包的品質看起來比我的好多了。

男：我聽說夜市有很多假貨，妳得小心！百貨公司的商品是貴一些，可是品質比較好，也不敢賣假貨。

Question：下面哪一個是對的？

4. 男：妳的臉怎麼紅紅的？

女：擦了不好的化妝品啊！好癢喔！

男：昨天不是還好好的嗎？怎麼今天就這樣？

女：昨晚我經過一家化妝品店，店員在門口發廣告單，請我到店裡面，跟我說了很久，我就買了，沒想到……

男：沒關係，像這種「訪問買賣」如果妳覺得東西不好，在七天內可以不要，店家必須還妳錢。

女：那太好了！我這就去那家店。

Question：這段對話主要告訴我們什麼？

5. 男：聽說妳前天在百貨公司買了一雙很貴的鞋子。

女：別說了！我昨天越看越不喜歡，不想穿了。

男：那就不要了，鞋還給百貨公司，把錢拿回來。

女：他們說不行。

男：可是我在網路上買東西，用了三天覺得不好，我就還給他們，錢也拿回來了。

女：網路買賣可以，但是百貨公司購物你是看到東西的，所以不行，我只能去換價錢差不多的鞋。

Question：這段話的結論是什麼？

C. 解答說明

二、完成句子

6. Ⓐ 上課要守<u>規矩</u>。
   Ⓑ 這家百貨公司的<u>規模</u>很大。
   Ⓒ 我們學校的<u>設備</u>不錯。
   Ⓓ 都市<u>建設</u>是很重要的。

7. Ⓐ 他準備<u>投資</u>一家日本餐廳。
   Ⓑ 這是我的個人<u>資料</u>。
   Ⓒ 現在地球上的<u>資源</u>，越來越少。
   Ⓓ 大城市的<u>物價</u>比鄉下高。

8. Ⓐ 台北市的<u>面積</u>不大。
   Ⓑ 今天的演講，他的表現<u>最佳</u>。
   Ⓒ 這次的慢跑活動，青少年<u>增加</u>了不少。
   Ⓓ 他做事<u>積極</u>，所以都能很快就完成。

9. Ⓐ 購物付現金的話，<u>價錢</u>比較便宜。
   Ⓑ 風景區門票的<u>價格</u>都不一樣。
   Ⓒ 這幅畫的<u>價值</u>不高。
   Ⓓ 很多人喜歡買東西時<u>講價</u>。

10. Ⓐ 這種藥對咳嗽很<u>有效</u>。
    Ⓑ 他常常跑步所以腳很<u>有力</u>。
    Ⓒ 不要放掉對自己<u>有利</u>的機會。
    Ⓓ 你買的這個音響的<u>效果</u>不錯。

11. Ⓐ 這家工廠的<u>產品</u>很多。
    Ⓑ 他的<u>作品</u>很有特色。
    Ⓒ 人口增加，多半會影響生活的<u>品質</u>。
    Ⓓ 日常<u>用品</u>

12. Ⓐ 這件衣服<u>多麼</u>漂亮！
    Ⓑ <u>大多數</u>人都愛逛夜市。
    Ⓒ 我的功課<u>差不多</u>都寫完了。
    Ⓓ 人<u>多多少少</u>都會做錯事。

13. Ⓐ 這是一所新<u>設立</u>的學校。
    Ⓑ 這個路口沒有<u>設置</u>紅綠燈。
    Ⓒ 我<u>計畫</u>三年以後開一家咖啡廳。
    Ⓓ 我妹妹在大學修服裝<u>設計</u>。

三、選詞填空

(一)

現在 <u>利用</u> 網路購物已經非常流行，有些國外的百貨公司也積極 <u>加入</u> 電子商務的市場，有家大百貨公司共有800多家分店，在網路上 <u>購買</u> 的商品都可以從各分店送到買者手中， <u>而且</u> 這些分店同時具有存放商品的 <u>功能</u> 。這家大百貨公司目前大約有9%的訂單是從網路上來的。

14. Ⓐ 我常利用假日約老朋友吃飯聊天。
    Ⓑ 我每天回家都經過一個公園。
    Ⓒ 學過的生詞語法，說話時要常應用才不會忘記。
    Ⓓ 我吃完了，你們慢用。

15. Ⓐ 你要加油！趕快把工作完成。
    Ⓑ 為了出國留學，他更加努力念書。
    Ⓒ 我積極加入一些愛心活動。
    Ⓓ 這張畫加上幾筆以後，更加生動了！

16. Ⓐ 年輕人喜歡在網路上購物。
    Ⓑ 她最近購買了一些電子產品。
    Ⓒ 我常用網路購票。
    Ⓓ 先買票再上車

17. Ⓐ 這本書很難，不過對學生很有用。
    Ⓑ 本來應該是孩子的作業，但是很多媽媽卻幫孩子寫！
    Ⓒ 最近你很忙，我倒是很輕鬆。
    Ⓓ 我媽媽做的菜很好吃，而且也很好看。

18. Ⓐ 他非常努力，終於成功了！
    Ⓑ 這種機器有很多功能。
    Ⓒ 我很忙，沒功夫跟你聊天。
    Ⓓ 這個學生很用功。

(二)

　　看到網路購物越來越 發達 ，百貨業者認為再不加入這個市場，可能會 失去 更多的商業機會。2014年7月台灣百貨 終於 出現一家手機行動App購物商場，百貨業 因此 有了24小時的網路購物方式。他們賣的是有名的商品，跟一般價格比較低的網路商品不一樣。這家百貨公司同時 採取 「去百貨公司直接購物」和「用手機行動App購物」這兩種購物方式，希望都能獲得利益。

19. Ⓐ 我們要發揮愛心。
    Ⓑ 我們得盡快發展科技。
    Ⓒ 愛迪生發明了電燈。
    Ⓓ 現在網路非常發達。

20. Ⓐ 失去親人是最痛苦的事。
    Ⓑ 我家的小狗不見了。
    Ⓒ 他的手機丟了。
    Ⓓ 我爸爸已經去世了。

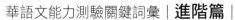
21. ⒶＡ他是最後一個進教室的。
    Ⓑ我終於聽懂你說的話了。
    Ⓒ最近學校感冒的人很多，學校於是停兩天課。
    Ⓓ一個人身體健不健康在於生活正不正常。

22. Ⓐ他從不抽菸。
    Ⓑ她說的話引起很多人不滿。
    Ⓒ我太忙了，因此沒辦法出國旅行。
    Ⓓ他為了把中文學好，很少出去玩，甚至不想回國。

23. Ⓐ我們老師採取有效的教學方法。
    Ⓑ昨天有人來採訪我們學校的校長。
    Ⓒ我的房間採光很好。
    Ⓓ我很喜歡彩繪玻璃。

Unit 10 10-1

A. 測驗練習

1	B	2	C	3	B	4	C	5	D
6	A	7	C	8	B	9	A	10	B
11	D	12	A	13	C	14	A	15	B
16	D	17	C	18	B	19	B	20	A
21	C	22	D	23	A	24	D	25	A
26	B	27	B	28	C	29	D	30	B

B. 聽力文本

1. 男：我們家老大正在選大學的科系，真煩惱！

   女：別煩惱！我有經驗。

   男：妳有什麼建議？

   女：要重視孩子的興趣，興趣會影響孩子未來的發展。

   男：我應該怎麼做？

   女：跟孩子一起找出興趣，再根據興趣找科系，而所選的科系又能跟未來的市場結合更好。

   男：有道理，就是要幫助他們找到學習的熱情與未來的方向。

   Question：下面哪一個是這位小姐的建議？

2. 男：妳在忙什麼？連電話都關機！

女：我忙著選大學的科系，到現在還沒決定，給我一些建議吧。

男：妳得先了解自己的興趣，適合讀哪些科系，再看妳的成績可以上哪些校系。

女：我是這樣做的，但是還是沒辦法決定！

男：妳可以參考學長姐現在都在哪裡工作，這是未來工作的方向。

女：我還得清楚每個系所教些什麼，以免選錯了。

男：沒錯，加油！

Question：下面哪一個是這位先生的建議？

4. 男：我在網路新聞上看到一個女大學生自殺的事。

女：她為什麼自殺？

男：她曾經表示念錯系，跟自己的興趣不合，覺得未來沒希望。

女：還有別的原因嗎？

男：她不跟同學來往，好像還有感情的問題。

女：像這類學生，如果學校、家長能早點了解她，可能就沒事了。

Question：根據這段對話，下面哪一個是對的？

3. 男：下星期我要去大學面試，真緊張！

女：別緊張，趕快做好面試前的準備。

男：有哪些問題是應該特別注意的？

女：我認為是面對問題的態度。

男：怎麼說呢？

女：面試是要了解你的特質、興趣和反應等，如果沒有好的想法或見解，就說「對不起，我不知道」，不要亂說。

男：好，我記住了！

Question：下面哪一個是對的？

5. 男：有個大學畢業生跟我抱怨，說自己選錯系、走錯路了。

女：現在他在做什麼？

男：他去學語文，想找別的工作。

女：你可以告訴他蘋果創辦人賈伯斯（Steve Jobs）的故事。

男：妳是說賈伯斯在大學時學過書法，後來就把它用在電腦字型中？

女：是的。你所經過、學過的事，都會是未來的養分。沒有選錯系、走錯路這回事。

Question：下面哪一個是這位小姐最主要的意思？

C. 解答說明

二、完成句子

6. Ⓐ 替學生<u>選擇</u>好的教材並不容易。
 Ⓑ 這次的總統<u>選舉</u>，有四位參加競選。
 Ⓒ 我在<u>預備</u>明天要演講的內容。
 Ⓓ 教新課以前最好先<u>預習</u>。

7. Ⓐ 這場比賽的<u>結果</u>真讓人不敢相信。
 Ⓑ 我喜歡看<u>結局</u>是快樂的的小說。
 Ⓒ 他來台灣的<u>目的</u>是為了學中文。
 Ⓓ 這部電影的教育<u>價值</u>很高。

8. Ⓐ 他對任何人都很<u>親切</u>。
 Ⓑ 他們兩人的關係非常<u>密切</u>。
 Ⓒ 我<u>確定</u>放假的時候去旅行。
 Ⓓ 出國前要先<u>確認</u>機票。

9. Ⓐ 他做錯事是<u>事實</u>，一定要讓大家知道。
 Ⓑ 這張桌子雖小，但很<u>實用</u>。
 Ⓒ 我們家一切<u>事物</u>，都由媽媽決定。
 Ⓓ 做<u>實驗</u>一定要仔細小心。

10. Ⓐ 這本書很好，可以借我<u>參考</u>一下嗎？
 Ⓑ 要念什麼系，一定要仔細<u>思考</u>。
 Ⓒ 他的<u>思想</u>太傳統了！
 Ⓓ 這次的旅遊請你<u>安排</u>一下。

11. Ⓐ 他<u>承認</u>這件事是他的錯。
 Ⓑ 這件事要趕快<u>處理</u>。
 Ⓒ 警察在<u>檢查</u>路邊亂停的車子。
 Ⓓ 你<u>決定</u>念什麼系以前得想清楚。

12. Ⓐ 我工作的經驗<u>不足</u>。
 Ⓑ 我的成績總是<u>不如</u>妹妹。
 Ⓒ 他<u>不滿</u>老闆老是罵他。
 Ⓓ <u>不少</u>人選擇到國外舉行婚禮。

13. Ⓐ 他轉行以後，<u>變成</u>一位有名的設計師。
 Ⓑ 他終於<u>達成</u>出國念書的願望。
 Ⓒ 這次颱風<u>造成</u>很多地方停電。
 Ⓓ 他花三年的時間<u>完成</u>一套小說。

三、選詞填空

(一) 　　申請大學的學生都需要寫自傳，自傳的內容很重視讀書計畫，因為它可以讓教授了解你的時間管理和未來 <u>研究</u> 的方向。所謂讀書計畫，並不是 <u>指</u> 個人平常怎麼讀書，或怎麼 <u>安排</u> 工作和休息的方式，而是你進入大學 <u>之後</u> 的計畫。因此，計畫的時間可能不只四年， <u>甚至</u> 是包括進入社會後想要做什麼工作。所以，你必須對想進入的學系有很深的認識，也要注意到自己多方面的發展。

14. Ⓐ 他在研究人的性格。
    Ⓑ 他很講究生活品質。
    Ⓐ 整家公司的財務，由他掌握。
    Ⓐ 你會什麼，趁這個好機會趕快發揮出來！

15. Ⓐ 請把李教授的演講海報貼在校門口。
    Ⓑ 你指的就是這件事嗎？
    Ⓒ 他比你高5公分。
    Ⓓ 我說的不只他一個人。

16. Ⓐ 按照規定，公園裡不能抽菸。
    Ⓑ 這種產品很好，可以安心使用。
    Ⓒ 國家安定，人民的生活才會安定。
    Ⓓ 這次的校外教學是學校安排的。

17. Ⓐ 這兩條街之間有四家餐廳。
    Ⓑ 你要來之前，請先打個電話告訴我。
    Ⓒ 大學畢業之後，他很快就找到理想的工作。
    Ⓓ 請在十天之內，完成工作計畫。

18. Ⓐ 他計畫出國留學，至於念哪所學校現在還沒確定。
    Ⓑ 他很喜歡到國外旅行，甚至不想回國。
    Ⓒ 這件衣服很漂亮，我看至少要五千塊。
    Ⓓ 他終於明白，為什麼女朋友要跟他分手了！

(二)

　　高中學生，可能不太了解職業上 __相關__ 的工作。他們常把現在喜歡的，當成是一輩子的興趣。在學習或工作當中，遇到無法 __解決__ 的困難時，他們往往不仔細思考，就 __立刻__ 說自己沒興趣，覺得往前走沒希望，往後走無路可退，這才是最大的麻煩。其實，各系各行都有自己未來的發展，__碰到__ 困難時，有辦法克服、有 __信心__ 能解決，才能叫做有興趣。

19. Ⓐ 這兩家公司沒什麼關係。
    Ⓑ 請你把開會相關的資料準備好。
    Ⓒ 我們相對坐著聊天。
    Ⓓ 今天相當熱。

20. Ⓐ 你的煩惱都解決了嗎？
    Ⓑ 父母必須多了解子女的想法。
    Ⓒ 這個問題請解釋清楚。
    Ⓓ 這本書的內容讓人很難理解。

21. Ⓐ 回想發生車禍<u>當天</u>，到現在還覺得很可怕。
    Ⓑ 在網路上，可以<u>查到</u>飛機起飛的<u>時刻</u>。
    Ⓒ 到了學校，請你<u>立刻</u>打電話給我。
    Ⓓ 你們兩人之間的問題最好<u>當面</u>解決。

22. Ⓐ 我<u>直到</u>最近才知道他結婚了。
    Ⓑ 他總是喜歡<u>提到</u>小時候的事。
    Ⓒ 他一<u>想到</u>考試，就覺得很煩。
    Ⓓ 想不到在這裡<u>碰到</u>多年不見的老朋友。

23. Ⓐ 對自己有<u>信心</u>的人，容易成功。
    Ⓑ 我<u>相信</u>他是一個好人。
    Ⓒ 老闆<u>保證</u>這件商品一定是真貨。
    Ⓓ 對這件事，你的<u>看法</u>怎麼樣？

Unit 10 `10-2`

A. 測驗練習

1	D	2	B	3	A	4	C	5	A
6	D	7	B	8	A	9	C	10	B
11	D	12	C	13	A	14	B	15	A
16	C	17	C	18	A	19	C	20	B
21	D	22	B	23	A	24	D	25	A
26	D	27	A	28	C	29	D	30	B

B. 聽力文本

1. 男：一到小學放學時間，就會看到很多父母開車或騎車來接小孩。
   女：不都是這樣嗎？
   男：不，有的是安親班接走的，他們一定是去上課後輔導。
   女：沒有自己回家的嗎？

   男：有，我想一定是父母還在工作或是做生意，沒時間接他們。
   女：這種現象，你有什麼看法？
   男：我覺得小孩子回家沒父母陪、功課有問題沒人可以問，可能因此會發生一些問題。
   Question：根據這段對話，下面哪一個是這位先生擔心的問題？

2. 男：又要選舉了！

女：是啊！我看到很多候選人都到夜市、市場拜票。

男：妳看到候選人做什麼？說什麼？

女：我看都只是握手，請他們投他一票。

男：我覺得候選人應該提出，如何改進市場的環境及他們子女學習的問題。

女：你來競選，一定選得上！

Question：什麼情況會讓在市場、夜市工作的人更願意投票？

3. 男：聽說我們技職學校的補助很少。

女：是啊！政府的補助好像都給了大都市的大學。

男：這不是太不公平了嗎？

女：大家只注意考試題目、考試區域等問題，這樣就能讓教育變好嗎？

男：應該要有公平的教育環境才對。

Question：下面哪一個符合對話的內容？

4. 男：聽說台大學生因家裡沒錢而申請獎學金的並不多！

女：這是不是表示沒錢的小孩比較少到台大就讀？

男：是有這種現象！

女：這表示如果父母有錢有地位，孩子比較能享受到較多的教育資源。

男：沒辦法！這好像是全世界都會有的問題。

Question：下面哪一個跟對話的內容意思相同？

5. 男：我們鄰居有個學生考上不錯的私立大學卻不能念！

女：為什麼不能念？

男：因為父母沒錢，沒辦法替他付學費啊！

女：如果政府多提供獎助學金，或給他們一些優惠，不就可以念了嗎？

男：沒錯！不能因為沒錢就失去求學的權利。

女：好像政府已經注意到這些問題啦！

Question：下面哪一個符合對話的內容？

C. 解答說明

二、完成句子

6. Ⓐ 我美國的朋友特地來台灣看我。
   Ⓑ 這幅畫很有<u>特</u>色。
   Ⓒ 她說話的<u>特</u>點是快，但是很清楚。
   Ⓓ 橘子有一種獨<u>特</u>的香味。

7. Ⓐ 這課的<u>課</u>文很容易。
   Ⓑ 學生在學校學習不同的<u>課</u>程。
   Ⓒ 在<u>課</u>堂上要專心聽老師講課。
   Ⓓ 我們每天都要寫功<u>課</u>。

8. Ⓐ 我們公司的主管，上班要穿<u>正</u>式的衣服。
   Ⓑ <u>真正</u>懂得生活的人，大多很快樂。
   Ⓒ 她的回答是<u>正</u>確的。
   Ⓓ 網路已經恢復<u>正</u>常，可以上網了。

9. Ⓐ 我開車時常開錯<u>方</u>向。
   Ⓑ 每個人做事的<u>方</u>式都不同。
   Ⓒ 在做生意這<u>方</u>面，我沒經驗。
   Ⓓ 跟人溝通要在意對<u>方</u>的想法。

10. Ⓐ 下雨天，開車的<u>速度</u>不能太快。
    Ⓑ 你用功的程<u>度</u>不夠。
    Ⓒ 每個國家的教育制<u>度</u>都不一樣。
    Ⓓ 他對任何人的態<u>度</u>都很冷淡。

11. Ⓐ 我們應該趁<u>年</u>輕的時候多學習。
    Ⓑ 她兒子念小學三<u>年</u>級。
    Ⓒ 這種樣子的鞋子在90<u>年</u>代很流行。
    Ⓓ 在台灣，<u>年</u>齡不到18歲，不能買香菸。

12. Ⓐ 學習應該打好<u>基</u>礎。
    Ⓑ 這件事是我<u>本人</u>決定的。
    Ⓒ 認真是學習的<u>基</u>本態度。
    Ⓓ 我<u>本</u>來是高中老師，現在是華語老師。

13. Ⓐ 目<u>前</u>你們公司有什麼新產品？
    Ⓑ 他來台灣的<u>目</u>的是為了學中文。
    Ⓒ 她很怕在很多人<u>面前</u>講話。
    Ⓓ <u>前</u>方就有一家便利商店。

三、選詞填空

(一)

　　「教育從一出生就開始了，而且一輩子都在 <u>進行</u> 中，不同的人生階段，學習的方式不同。」這種 <u>觀念</u> ，大多數人都覺得很有道理，也都能 <u>接受</u> 。甚至有人認為教育可以更早開始，所以有些父母 <u>讓</u> 還在媽媽肚子裡的小寶寶聽音樂、聽故事，希望經過訓練，對出生以後的寶寶的右腦發展 <u>產生</u> 影響。

14. Ⓐ 今年冬天流行什麼顏色的衣服？
    Ⓑ 會議正在進行中。
    Ⓒ 他明天下午在公園舉行政見發表會。
    Ⓓ 有進一步的消息，我再告訴你。

15. Ⓐ 她的家庭觀念很傳統。
    Ⓑ 我觀察她很久了，她是很有耐心的人。
    Ⓒ 我對這本書沒什麼概念。
    Ⓓ 今天在我一生中，是一個值得紀念的日子。

16. Ⓐ 這一個專業領域，我沒接觸過，完全不懂。
    Ⓑ 我看完這本書，接著就寫報告。
    Ⓒ 他的觀念，我不能接受。
    Ⓓ 天氣這麼熱，你受得了嗎？

17. Ⓐ 媽媽叫我幫她買一些吃的東西。
    Ⓑ 她對人總是很客氣。
    Ⓒ 上完課後，老師讓我們看影片。
    Ⓓ 我小時候總是跟爸爸要錢買東西。

18. Ⓐ 老闆的話，對員工產生了很大的影響。
    Ⓑ 你們國家生產什麼？
    Ⓒ 他是大一的新生。
    Ⓓ 公雞不可能生出雞蛋。

（二）　　一般來說，一個認為未來是有希望的人，在 <u>行動</u> 方面都比較快速，做事也比較 <u>積極</u> 。根據研究發現：小學時代就很清楚自己未來要做什麼的人，也就是大學時代知道自己什麼時候該做什麼事的人。他們進入社會以後，為了達到自己的理想，認真努力地嘗試各種新事物、新方法，所以在 <u>創造</u> 新方法這方面，比那些不清楚自己未來、不去計畫思考自己未來的人有 <u>成就</u> 。所以應該重視學生對於「未來 <u>想像</u> （futures imagination）」這一方面的教育，也就是要訓練學生多去思考未來要走的方向。

---

19. Ⓐ 你喜歡她，就主動去追求！
    Ⓑ 這次的活動，辦得很成功。
    Ⓒ 計畫好就馬上行動！
    Ⓓ 這條魚，他畫得太生動了！

20. Ⓐ 我跟朋友合作開一家咖啡店。
    Ⓑ 想要成功就要積極地去做。
    Ⓒ 想念好的學校，成績是很重要的。
    Ⓓ 睡前不要做太激烈的運動。

21. Ⓐ 電燈是愛迪生發明的。
   Ⓑ 把妳的能力都發揮出來！
   Ⓒ 大家亂丟東西，就會造成髒亂。
   Ⓓ 他很聰明，創造力很強。

22. Ⓐ 這次的成果展很成功。
   Ⓑ 想要有成就，就須努力。
   Ⓒ 每個人成長的環境都不相同。
   Ⓓ 雖然工作很多年了，他的思想還不太成熟。

23. Ⓐ 人類的想像力很豐富！
   Ⓑ 你的想法很正確。
   Ⓒ 中西方的思想不同。
   Ⓓ 每個人都有自己的理想。

Unit 10　10-3

A. 測驗練習

1	D	2	B	3	D	4	D	5	D
6	B	7	C	8	A	9	B	10	C
11	A	12	D	13	B	14	B	15	C
16	A	17	D	18	B	19	C	20	B
21	A	22	D	23	B	24	A	25	B
26	B	27	D	28	D	29	B	30	A

B. 聽力文本

1. 男：請問有什麼好方法，可以加強學生的口說能力？
   女：應該多跟他們說話聊天。
   男：怎麼聊？
   女：可以採用一問一答的方式，訓練學生說話。
   男：還有什麼好方法呢？
   女：讓學生重複老師說過的內容，或讓他們表演故事，學故事人物說話的語氣。
   Question：根據這段對話，下面哪一個是對的？

2. 男：我學中文，只要聽得懂、會說話就好了！
   女：閱讀也很重要啊！
   男：我常常看不懂中文字，所以不喜歡閱讀。
   女：因為你不常寫漢字，所以看不懂、不會念。
   男：妳的意思是學中文時，聽、說、讀、寫都很重要？
   女：當然！它們的關係是很密切的。
   Question：下面哪一個是這位小姐的意思？

3. 男：妳怎麼了？看起來很不開心。
   女：我的室友總認為自己的做法是對的，我不想跟她討論。
   男：妳們應該多溝通，不要有話都放在心裡。
   女：我不好意思開口說出自己的想法。
   男：所以嘛！妳們都要敢開口溝通、願意開口溝通才能解決問題。
   女：說了，我室友就一定能接受嗎？
   男：當然妳要說清楚，讓她了解妳的意思，希望她能同意。
   女：好，我回家就試試。
   Question：根據對話，雙方的意見不同時，應該怎麼做？

4. 男：學語言真累，我好像學不下去了！
   女：學語言是不輕鬆，最怕的是三分鐘熱度。
   男：我就是這樣。但是我看妳學得很好啊！
   女：學語言要養成練習的習慣，一定要聽一句、跟讀一句，還要讀出聲。
   男：怎麼樣才會「說」呢？
   女：不要怕丟臉，要開口說，多聽自然的對話。
   男：聽歌有幫助嗎？
   女：當然有。學語言，難的不是語言本身，而是人的學習方法。
   Question：根據對話，哪一個是學習語言正確的方法？

5. 男：妳認為學習語文的目標是什麼？
   女：希望能用口說或用文字表達自己的意思。
   男：能很快就做到嗎？
   女：很難，兒童應該先從聽開始，聽多了，就能說，有了聽與說的能力後，再進行讀與寫的教學。不過，成年人聽說讀寫可以同時進行。
   男：如果是外國小孩子學華語呢？
   女：我認為「寫」的方面，也可以用「打」的方式代替。
   Question：下面哪一個符合對話的內容？

C. 解答說明

二、完成句子

6. Ⓐ 在山上可以呼<u>吸</u>到新鮮的空氣。
   Ⓑ 我們要<u>吸收</u>新的知識。
   Ⓒ 這張畫很<u>吸引</u>人。
   Ⓓ 花多少時間耕作，就有多少<u>收穫</u>。

7. Ⓐ 他<u>表面</u>看起來很堅強。
   Ⓑ 今天你們<u>表演</u>得很好。
   Ⓒ 有些人就是不太會<u>表達</u>自己的想法。
   Ⓓ 他<u>發現</u>一個驚人的秘密。

8. Ⓐ 大家的環保觀念不夠好，還要再<u>加強</u>。
   Ⓑ 安全很重要，外出旅遊時更要<u>強調</u>安全。
   Ⓒ 我們公司最近<u>增加</u>了不少員工。
   Ⓓ 歡迎<u>加入</u>我們這一隊。

9. Ⓐ 現在的科技非常<u>發達</u>。
   Ⓑ 他說話很有<u>技巧</u>。
   Ⓒ 他打球的<u>技術</u>進步很多。
   Ⓓ 我不知道這部機器有什麼<u>功能</u>。

10. Ⓐ 我還不明白這個詞的<u>用法</u>。
    Ⓑ 想要有好成績就得<u>用功</u>。
    Ⓒ 這個東西我不知道怎麼<u>使用</u>。
    Ⓓ 公司<u>採用</u>了我的建議。

11. Ⓐ <u>把握</u>時間好好學習。
    Ⓑ 你們<u>握握</u>手，不要再吵架了！
    Ⓒ 你手裡<u>握著</u>什麼東西？打開給我看看。
    Ⓓ 他一直<u>握住</u>我的手，不肯放下。

12. Ⓐ 有消息請馬上<u>通知</u>我。
    Ⓑ 這裡的<u>交通</u>很亂。
    Ⓒ 這次的考試我<u>通過</u>了。
    Ⓓ 父母親要常常跟孩子<u>溝通</u>，了解他們的想法。

13. Ⓐ 不是我弄的，你<u>誤會</u>我了！
    Ⓑ 因為不小心造成很大的<u>錯誤</u>。
    Ⓒ 遇到<u>挫折</u>還是要繼續努力！
    Ⓓ 他真<u>糊塗</u>！連飛機的時間都記錯了！

三、選詞填空

(一)

　　在聽的 能力 這方面，常會聽到「聽」和「聆聽」，這兩個詞看起來似乎一樣，其實 意義 有些不同。「聽」只是指耳朵收到外面的聲音；「聆聽」是「仔細、注意聽」。理想的「聆聽」強調 理解 。首先要聽出重點，明白說話者所表達的意思。其次，把所聽到的跟自己的想法結合。所以「聆聽」是把聽到的聲音 轉換 成有意義的 內容 。也就是說，「聆聽」是強調怎麼去了解聽到的聲音。

14. **A** 大家合作才有力量。
　　B 在語言學習中，聽的能力是很重要的。
　　C 這支籃球隊的實力很強。
　　D 我生病了，一點力氣也沒有。

15. **A** 你的主意不錯。
　　B 你的心意我了解。
　　C 這是個很有意義的活動。
　　D 只要是對的，我不在意別人的看法。

16. **A** 聆聽理解是需要訓練的。
　　B 這個問題，老師解釋得很清楚。
　　C 我要去辦理出國的事。
　　D 門關不上了，請幫我修理一下。

17. **A** 這個時代的變化真大！
　　B 我要變更密碼。
　　C 你能想像二十年後你會變成什麼樣嗎？
　　D 他一進來，我們馬上轉換話題。

18. **A** 這是我們公司內部的事。
　　B 這篇文章的內容很有趣。
　　C 這個蛋糕味道很特別，很難形容。
　　D 老師規定一週以內要交報告。

(二)

　　在訓練學生說話的方法中，「看圖說話」是一個 相當 有效的方法，受到一般教學者的 肯定 ，因為學生可以根據圖畫來說話。教師在 設計 零起點或初級說話教材時，應多利用實體的東西或圖畫，教學生怎麼 觀察 、怎麼表達。對原本口語表達能力不好的學生， 平時 應該多跟他們對話、交談，從短句到長句，一定要讓他們練習說出完整的句子。

19. Ⓐ 我們對這件事的看法剛好相<u>反</u>。
    Ⓑ 跟健康相<u>關</u>的話題都應該注意。
    Ⓒ 我最近雖然不是忙極了，但還是<u>相當</u>忙。
    Ⓓ 人要<u>互相</u>幫助。

20. Ⓐ 現在有<u>些</u>國家還可能會打仗，還是不<u>安定</u>。
    Ⓑ 老闆相當<u>肯定</u>他的建議。
    Ⓒ 你<u>確定</u>不參加這次的會議？
    Ⓓ 他的工作到現在還不<u>穩定</u>，可能還要換工作。

21. Ⓐ 你的<u>設計</u>真是太有特色了！
    Ⓑ <u>建設</u>公司向銀行借錢蓋大樓。
    Ⓒ 這家新開的餐廳<u>設備</u>都是最新的。
    Ⓓ 我們學校<u>設立</u>了很多獎學金。

22. Ⓐ 這場演唱會<u>觀眾</u>不多。
    Ⓑ <u>樂觀</u>的人對事情的看法都很正面。
    Ⓒ 每個人對事物的<u>觀點</u>都不一樣，各有各的想法。
    Ⓓ 到一個新的工作環境要先<u>觀察</u>，了解情況。

23. Ⓐ 我這學期中文的<u>平均</u>分數是90分。
    Ⓑ 我們<u>平時</u>就應該努力，不要到考試時才開夜車。
    Ⓒ 對不起，我<u>暫時</u>離開一下，馬上回來。
    Ⓓ 我<u>一時</u>急著出門，忘了帶錢！

Note

Note

Note

Note

Linking Chinese

華語文能力測驗關鍵詞彙：進階篇

2017年11月初版
2021年4月初版第五刷
有著作權・翻印必究
Printed in Taiwan.

定價：新臺幣480元

著　　　者	吳 彰 英、周 美 宏
	孫 淑 儀、陳 慶 華
編　　　審	張　　莉　　萍
策　　　劃	國 立 臺 灣 師 大 學
	國 語 教 學 中 心
執 行 編 輯	蔡　　如　　珮
叢 書 主 編	李　　　　　芃
內 文 排 版	楊　　佩　　菱
封 面 設 計	林　　芷　　伊
錄　　　音	吳 育 偉、許 伯 琴
錄 音 後 製	純 粹 錄 音 後 製 公 司

出　　版　　者	聯 經 出 版 事 業 股 份 有 限 公 司	副 總 編 輯	陳　　逸　　華
地　　　　　址	新 北 市 汐 止 區 大 同 路 一 段369號1樓	總　編　輯	涂　　豐　　恩
叢 書 主 編 電 話	(02)86925588轉5317	總　經　理	陳　　芝　　宇
台 北 聯 經 書 房	台 北 市 新 生 南 路 三 段 9 4 號	社　　　長	羅　　國　　俊
電　　　　　話	(0 2) 2 3 6 2 0 3 0 8	發 行 人	林　　載　　爵
台 中 分 公 司	台 中 市 北 區 崇 德 路 一 段 1 9 8 號
暨 門 市 電 話	(0 4) 2 2 3 1 2 0 2 3
台 中 電 子 信 箱	e-mail：linking2@ms42.hinet.net
郵 政 劃 撥 帳 戶 第 0 1 0 0 5 5 9 - 3 號
郵 撥 電 話	(0 2) 2 3 6 2 0 3 0 8
印　　刷　　者	文 聯 彩 色 製 版 有 限 公 司
總　經　銷	聯 合 發 行 股 份 有 限 公 司
發　行　所	新 北 市 新 店 區 寶 橋 路235巷6弄6號2樓
電　　　　　話	(0 2) 2 9 1 7 8 0 2 2

行政院新聞局出版事業登記證局版臺業字第0130號

國家圖書館出版品預行編目資料

華語文能力測驗關鍵詞彙：進階篇/吳彰英等著．
初版．新北市．聯經．2017年12月（民106年）．328面．
19×26公分（Linking Chinese）
ISBN　978-957-08-5033-8（平裝）
[2021年4月初版第五刷]

1.漢語　2.詞彙　3.讀本

802.86　　　　　　　　　　　　　　106020250